TOD AUF DER KOKEREI

Thomas Salzmann wurde 1960 in Pirmasens, Rheinland-Pfalz, geboren und studierte in Köln Betriebswirtschaftslehre. Nach mehreren Stationen in der Industrie widmet er sich seit einigen Jahren dem Schreiben. Er ist verheiratet und lebt mit seiner Frau in Mettmann.

THOMAS SALZMANN

TOD AUF DER KOKEREI
DER DRITTE FALL FÜR FREDERIKE STIER

Kriminalroman

emons:

Bibliografische Information der Deutschen Nationalbibliothek
Die Deutsche Nationalbibliothek verzeichnet diese Publikation
in der Deutschen Nationalbibliografie; detaillierte bibliografische
Daten sind im Internet über http://dnb.d-nb.de abrufbar.

© Emons Verlag GmbH
Alle Rechte vorbehalten
Umschlagmotiv: mauritius images/Jochen Tack/imageBROKER
Umschlaggestaltung: Nina Schäfer, nach einem Konzept
von Leonardo Magrelli und Nina Schäfer
Umsetzung: Tobias Doetsch
Gestaltung Innenteil: DÜDE Satz und Grafik, Odenthal
Lektorat: Lothar Strüh
Druck und Bindung: CPI – Clausen & Bosse, Leck
Printed in Germany 2022
ISBN 978-3-7408-1580-6
Originalausgabe

Unser Newsletter informiert Sie
regelmäßig über Neues von emons:
Kostenlos bestellen unter
www.emons-verlag.de

Für meine Leserinnen und Leser

1

Rebecka Lautenschlägers Gesicht verschwand unter dem Reißverschluss des Leichensacks. Der Bestatter und sein Mitarbeiter hievten sie in die Aluwanne, legten den Deckel auf und trugen sie zur Treppe. Routiniert schafften sie die steilen Stufen. Eine Wasserlache glänzte im Schein der Strahler an der Stelle, wo die junge Frau gerade noch gelegen hatte. Einige Tropfen gefroren bereits zu kleinen Eisperlen.

Eine unwirtliche Kälte lag über dem Gelände der Kokerei, einem Teil des Welterbes Zeche Zollverein in Essen.

Frederike Stier und Hartmut Lautenschläger standen Hand in Hand auf dem Liegedeck des Werksschwimmbads auf der Kokerei. Frederike sah zu Harmut hoch. Er schien sich zwischen seinen hochgezogenen Schultern verstecken zu wollen. Frederike konnte sich nur vorstellen, wie schlimm es sich anfühlen musste, wenn das eigene Kind in einem Metallsarg weggetragen wurde.

»Puh«, sagte sie und befreite ihre Hand aus Hartmuts. Sie schüttelte sie, um den Schmerz heraus- und Blut wieder hineinzubekommen.

Hartmut starrte auf die Holzplanken.

Sie gab ihm die Zeit. Die sie nutzte, um sich umzusehen. Atemdampf umhüllte die Köpfe der Männer der Spurensicherung, der Kripo, einiger Streifenpolizisten. Ihr Schweigen war ebenso eisig wie die Luft und zeigte, wie konzentriert sie nach Spuren und Hinweisen suchten. Mit gesenkten Köpfen schlichen sie über die Holzplanken, stellten Nummernschildchen auf, packten eine Spur in den Beweismittelbeutel.

Frederike hob den Kopf. Im Hintergrund wachte der angestrahlte Doppelbock von Schacht XII über dem Ruhrgebiet. Die Kokerei dagegen war in rotes Licht gehüllt. Rot wie die längst verloschene glühende Kohle, mit der Koks erzeugt worden war, dachte sie.

Das Werksschwimmbad, an dessen Rand sie standen, war im Sommer ein Publikumsmagnet, im Winter waren es zwei zusammengeschweißte Überseecontainer mit einem Dach darüber. Natürlich von Künstlern entworfen und natürlich im Rahmen einer Kunstveranstaltung.

Das Schwimmbad befand sich am Kopf der Batterie 9 der Kokerei. Das wusste sie, weil sie es gelesen hatte, ohne zu wissen, was eine Batterie auf einer Kokerei war.

Vor der Mauer des letzten Koksofens baute sich eine rostrote Stahlkonstruktion auf. Im linken Teil führte eine Treppe nach oben. Dort sah sie Rohre, einen Glaskasten mit matten Scheiben und einem Wellblechdach, Stahlgerüste. Ein Stahlseil mit einem schweren Haken hing herunter. Links erhob sich mächtig ein Schornstein in den noch nachtschwarzen Himmel, und hinter ihrem Rücken ragte eine verwahrloste Wand empor, vor der sich Stahlstreben, Rohre, Industriekultur verteilten.

Frederike spürte, dass sie sich nur ablenkte, indem sie die Umgebung betrachtete. Dass sie zusehen musste, wie eine Ermittlung anrollte, bei der sie nicht aktiv beteiligt war, widerstrebte ihr – zutiefst. Zu nah war ihr der Polizeidienst noch.

Will ich aktiv beteiligt sein? Die Fragte schwebte über der Szenerie. Was würde sie antworten, wenn Hartmut sie fragte, ob sie den Tod seiner Tochter beleuchten würde? Die Frage, die sie nicht hören wollte, auf die sie jedoch hoffte? Die Antwort würde ihr schwerfallen. Nicht, weil sie nicht wusste, welche die richtige wäre. Die wusste sie. Doch hätte sie den Mut, sie auszusprechen?

Frederike rieb die Hände aneinander. Sie musste aufhören, darüber nachzudenken.

Ein Taucher stieß mit dem Kopf durch die Wasseroberfläche und prustete. Er hielt sich an der Metallkonstruktion fest, auf die eine Plane gespannt war, die das Schwimmbecken überdachte.

»Hast du was?«, fragte sein Kollege, der am Beckenrand stand und sich zu ihm hinunterbeugte.

»Nichts. Außer Dreck hab ich nichts gefunden.« Er reichte dem Taucher am Beckenrand einen Unterwasserstrahler, danach seine Sauerstoffflasche, die er sich vom Rücken gestreift hatte.

Hartmut sollte bei diesen Arbeiten nicht dabei sein, fand Frederike und blickte hoch zu ihm. So niedergeschlagen und alt hatte sie ihn noch nie erlebt.

Sie drückte seine Hand. »Was kann sie mitten in der Nacht hier gewollt haben?« Die Frage richtete Frederike mehr an sich selbst als an ihn.

Hartmut starrte auf die Stelle, wo gerade noch seine Tochter gelegen hatte. Zwei Schildchen der Spurensicherung mit der »1« und der »2« kennzeichneten Rebeckas Stiefel. Das goldene Kettchen mit einem Kreuz hing noch am Schaft des linken. »Das hat sie von uns zur Konfirmation bekommen.« Er zeigte darauf. »Ach, Frederike, das ist so schlimm.«

Sie strich ihm über den Rücken.

Dann kniete sie sich hin, sah zuerst unter die Plane und in das Schwimmbecken. Sie beugte sich vor, steckte die Hand ins Wasser und zog sie direkt wieder heraus. »Puh, ist das kalt!« Danach sah sie sich Rebeckas Schuhe und das Kettchen genauer an. Was wollte sie finden?

Frederike hob den Kopf, dann die Hand, um ihre Augen vor den Strahlern der Spurensicherung zu schützen. Sie tauchten das Deck in ein erbarmungsloses Licht. Wo war Patrick, der Leiter der Spusi? Sie sah ihn nirgends.

Mit einem Knacken in den Knien richtete sie sich auf. »Komm«, sagte sie zu Hartmut und zog ihn in Richtung Treppe.

Viel lieber würde sie hierbleiben. Um zu erfahren, wie ihre ehemaligen Kollegen die Situation einschätzten. War es der Fundort einer toten jungen Frau oder ein Tatort? Was könnte hier passiert sein? War es wahrscheinlich, dass Rebecka Selbstmord begangen hatte?

»Das war kein Selbstmord, Frederike. Auch kein Unfall.« Hartmuts Stimme holte sie zurück. Er klang fest und bestimmt.

Kowalczyk hatte einen Suizid vermutet, nachdem der Notarzt zusammen mit ihm keinen Hinweis auf eine todesursächliche Gewalteinwirkung an Rebeckas Körper festgestellt hatte. Voreilig, überflüssig und unprofessionell.

Kevin Kowalczyk, ihr Nachfolger bei der Kripo, leitete den Einsatz hier. Er liebte den kurzen Weg, schnelle Entscheidungen, einen leeren Schreibtisch. Zu viele Details störten seinen Rhythmus, unklare Faktenlagen sein Bedürfnis nach einem pünktlichen Feierabend.

»Herr Lautenschläger, wir hätten noch einige Fragen.« Wie aufs Stichwort kam er die Treppe ein Stück herauf. Sie sahen nur seine Schultern und den Kopf.

Vielleicht war es gut, dass er Hartmut von diesem Ort holte und seine Gedanken ablenkte.

»Ich komme mit«, sagte Frederike.

»Kommt nicht in Frage«, erwiderte Kowalczyk sofort.

Frederike setzte zu einer Bemerkung an, doch Hartmut kam ihr zuvor und beugte sich zu ihr. »Ich will jetzt keine Diskussionen.« Sein Gesicht wirkte grau. Die Strahler schnitten harte Konturen hinein.

Sie war überrascht, wie nah ihm Rebeckas Tod ging. Nach dem Tod seiner Frau sei ihr Verhältnis abgekühlt und der Kontakt fast gänzlich abgebrochen, hatte er erklärt. Wenn sie sich richtig erinnerte, suchte Rebecka den Abstand, wollte alleine mit dem Verlust der Mutter fertigwerden. Sie war ein Mamakind gewesen. Vier Jahre war das her. Er litt darunter. Sie selbst hatte Rebecka nie getroffen. Hartmut hatte auch nur in Halbsätzen von ihr erzählt.

Sollte der Verlust eines Elternteils die Familie nicht zusammenschweißen? Sie hatte darauf verzichtet, weiter zu fragen, was wirklich dahintersteckte. Auch nicht, nachdem er sich im Juni mit Rebecka getroffen hatte. Wurden jetzt alte Wunden aufgerissen?

Seine Schultern rollten nach vorne, die Arme hingen herunter. Sie hätte ihn gerne in den Arm genommen.

Aber nicht vor Publikum.

Gemeinsam gingen sie zu ihrem ehemaligen Kollegen, der noch immer auf der Treppe wartete. Frederike sah seinen Blick an sich hochwandern. Auf Höhe des Halses stoppte er. »Kommen Sie, Herr Lautenschläger.«

»Wir haben keine –«, versuchte es Hartmut, sie doch einzubeziehen. Kowalczyk hob die Hand. »Sie können Frau Stier später von unserem Gespräch berichten. Wenn Sie es für hilfreich halten.« Dann sah er Frederike an. »Und du verschwindest von hier. Deine Hilfe wird nicht gebraucht. Von niemandem.«

»Das hat man bei deinen letzten Fällen gesehen.« Dass ihr ehemaliger Kollege in diesem Ton mit ihr sprach, überraschte, nein, es ärgerte sie.

»Du überschätzt dich. Wie du dich auch in der Vergangenheit überschätzt hast.«

Warum provozierte er sie hier, vor Hartmut, vor der versammelten Mannschaft?

»Ich begleite Herrn Lautenschläger, ob es dir gefällt oder nicht«, sagte Frederike und hakte sich bei Hartmut unter.

»Kommen Sie.« Kowalczyk legte Hartmut die Hand auf die Schulter. »Alleine.«

»Lass das, Kowalczyk. Ich gehöre zu ihm.«

»Es ist in Ordnung, Frederike. Danke.« Hartmut knickte ein und strich ihr über die Wange, als wollte er die Schärfe seiner Worte mildern. Die letzte Energie schien damit zu versiegen, denn seine Schultern sanken noch tiefer. »Ich schaffe das. Sie müssen doch den finden, der Rebecka ermordet hat.«

Kowalczyk grinste. »Herr Lautenschläger.« Er legte Hartmut die Hand auf den Rücken und schob ihn an sich vorbei. »Warten wir doch zuerst einmal die Obduktion ab. Dann wissen wir mehr.«

Frederike biss sich auf die Lippe. Es war wirklich nicht der passende Zeitpunkt für einen Streit.

»In einer Minute ist sie weg«, sagte ihr ehemaliger Kollege noch zu einem Uniformierten, der an der Brüstung stand. Dann ging er mit Hartmut die Treppe hinunter.

Frederike blieb oben und sah den beiden nach. Kowalczyk zog die Tür des Vans auf und zeigte Hartmut, wo er Platz nehmen sollte. Kaum saß er, schob Kowalczyk laut krachend die Tür zu.

Frederike drehte sich zur Liegefläche.

Der Streifenpolizist zeigte auf die Treppe.

»Gleich«, sagte sie und ließ ihn stehen.

Sie sollte sich wirklich heraushalten. Doch Kowalczyk verstand es, sie so zu provozieren, dass es ihr unmöglich schien. Auch wenn ihr Verstand ihr signalisierte, dass es dieses Mal tatsächlich besser wäre.

2

Der Streifenpolizist, dünner Flaum glänzte auf seiner Wange, räusperte sich erneut und machte eine auffordernde Handbewegung.

»Gleich, hab ich gesagt.« Frederike suchte Patrick, den Leiter der Spurensicherung. Sie brauchte eine erste Einschätzung, bevor sie ging. Mit Patrick hatte sie sich in ihrer aktiven Zeit oft gefetzt. Um ehrlich vor sich selbst zu sein: Sie waren sich spinnefeind, doch besaß er einen nüchternen, klaren Verstand, den sie immer noch sehr schätzte. Über Patricks Kopf schwebte normalerweise eine Wolke vom Qualm seiner Zigaretten und zeigte von Weitem seinen Standort. Heute ging der im Atemdampf der Mannschaft unter.

Am Ende des Schwimmbeckens machte sie ihn endlich aus. Er redete mit einem der Taucher. Frederike ging wie selbstverständlich zu ihm. »Habt ihr schon etwas?«

»Für dich habe ich gezaubert. Hier.« Er hielt einen leeren Beweismittelbeutel hoch. »Ein silbernes Nichtschen.«

Seine Antwort kam so spontan, dass Frederike sicher war, dass er sie sich zurechtgelegt hatte, als er sie auf sich zukommen gesehen hatte. »Mich interessiert nur, was du mir verheimlichst«, erwiderte sie.

»Dafür habe ich ein goldenes Warte-ein-Weilchen.«

»Fällst du in deine infantile Phase zurück, oder bist du noch nicht nüchtern?«

»Frederike, du weißt doch selbst, dass ich dir nichts erzählen darf. Aber sag, was machst du eigentlich hier?«

Sie sah sich um. »Ich habe geträumt, dass hier eine Frau schwimmt, die ich kennen könnte.«

»*Du* solltest weniger trinken. Aber im Ernst, wer hat dich informiert?«

»Unter uns?«

Er nickte.

Sie überlegte einen Moment. Am Ende siegte die Erkenntnis, dass sie etwas von ihm wollte und sie daher einen vertraulicheren Ton anschlagen sollte. Dass sie damit ihren guten Kontakt zur Kripo preisgab, musste sie riskieren. Und weil sie auf eine Gegenleistung hoffte, sagte sie: »Kowalczyks Vater. Er hat den Namen ›Lautenschläger‹ mitgekriegt, da hat er mich angerufen und gefragt, ob die zusammenhängen. Weil Lautenschläger in Essen nicht verbreitet ist und er von mir und Hartmut weiß. So sind wir hierhergekommen.«

Patrick lachte. »Er dankt dir immer noch, dass du seinen Filius im Präsidium eingeführt und anfangs an die Hand genommen hast?«

»Ja. Und dass ich seinem Sohn alles gezeigt habe, was in keinem Handbuch steht. Außerdem habe ich ihm meinen Job überlassen, damit er nicht in die Provinz muss.«

»Der Alte ist einfach eine treue Seele. Halt ihn dir warm.«

Sie winkte ab, denn sie bekam nur sehr sporadisch Informationen vom »alten Kowalczyk«, wie sie ihn nannte.

»Weiß das der Junior?« Patrick sah natürlich auch, wie angespannt das Verhältnis zwischen Frederike und ihrem Nachfolger mittlerweile war.

»Ich warne dich. Kein Wort zu ihm.«

Patrick hob die Hände.

»Wollen wir uns beim Italiener treffen und in Ruhe über den Fall reden? Das macht es weniger kompliziert.« Frederike bemerkte die Köpfe der Truppe, die sich bereits in ihre Richtung drehten. Sie hofften wahrscheinlich, dass Frederike und der Leiter der Spurensicherung sich wieder an die Wäsche gingen wie so oft in der Vergangenheit, wenn sie aufeinandertrafen. Ihre Antipathie hatten sie vor niemandem verheimlicht.

Ihr Verhältnis hatte sich geändert, nachdem Frederike aus dem Polizeidienst ausgeschieden war. Beim letzten Fall, der Mordermittlung zu Alexander Röttgens Tod, waren sie beinahe vertrauensvoll miteinander umgegangen. Anfangs. Er hatte sie auf dem Laufenden gehalten und sie ihn. Jemand musste das mitbekommen haben, denn plötzlich, von heute auf morgen, war Patrick zugeknöpft und ihre Informationsquelle versiegt gewesen.

Natürlich hoffte sie auf eine Wiederbelebung der Verbindung, weil es hilfreich war, wenn sie Informationen aus dem Zentrum der Ermittlung ergattern konnte.

»Bei Röttgen war es etwas anderes.« Patrick zog den Reißverschluss seines Schutzanzuges auf und holte eine Packung Zigaretten aus der Jacke. Sie lehnte ab, als er ihr die Schachtel entgegenstreckte. Auch, als er ihr nach dem ersten Zug die Zigarette hinhielt. Wegen ihres schwachen Herzens hatte sie das Rauchen aufgegeben. Jeder Rauchfahne hatte sie anfangs hinterhergeschmachtet und sich gewünscht, dass jeder in ihrem Umfeld sich eine Zigarette ansteckte, damit sie passiv mitrauchen konnte. Darüber war sie hinweg. Auch die Zigarette als verbindendes Ritual lehnte sie heute ab.

»Ist es doch etwas Ernstes mit ihm?« Patrick deutete mit dem Kinn Richtung Einsatzwagen, in dem Hartmut gerade saß.

»Keine Sorge, ich entscheide immer noch selbst, was gut für mich ist.«

Er sah sie skeptisch an.

»Kann ich dich anrufen?« Frederike ließ nicht locker.

Patrick blies eine Rauchwolke in die Luft. »Aber nerv nicht. Kowalczyk kämpft um sein Standing und schießt gegen alles, was ihm schadet. Er ist ein echter Angstbeißer, ohne Skrupel.«

»Hast du Angst vor ihm?« Sie sah den einen Kopf größeren Mann schmunzelnd an.

»Ihm ist eine kräftige Brise entgegengeweht, nachdem er bei Röttgen versagt hat. Wenn du ihn wieder vorführst und rauskommt, dass ich dir geholfen habe, dann bin ich draußen.«

»Ich bin in Rente und habe kein Team. Wie kann ich ihn da vorführen?«

»Keine Ahnung, wie. Ich traue dir aber zu, dass.«

»Dieses Mal nicht. Es geht um Hartmuts Tochter. Ich will

mich raushalten. Keine Ahnung, was am Ende herauskommt, aber wenn es persönlich wird, kann ich nur verlieren.«

»Warum willst du dann Informationen?«

Frederike lachte. »Um auf dem Laufenden zu bleiben?«

Sie lachten gemeinsam. Das verband. Hoffte sie.

»Ist dem Arzt etwas aufgefallen?« Eine erste Leichenschau wurde immer vor Ort durchgeführt. Alleine damit die Ermittelnden einen Hinweis bekamen, worauf sie besonders achten sollten.

»Frederike.« Patrick drückte seine Zigarette zwischen Daumen und Zeigefinger aus und steckte die Kippe in den leeren Beutel.

»Kommen Sie bitte, Frau Stier.« Der Streifenpolizist stand neben ihr und wollte ihren Arm greifen.

»Gleich.« Sie zog den Arm weg und wandte sich dem Spurensicherer zu. »Ist sie ertrunken?«

Der zog die Augenbrauen hoch. »Das wird die Obduktion zeigen.«

»Kannst du mir sagen, wer Rebecka gefunden hat?«

Patrick sah den Streifenpolizisten an, der einen Schritt nach hinten trat. »Ein Jogger. Sie schwamm oben. Er hat die Beine durch die Scheiben gesehen und nachgeschaut.«

Als sie gekommen waren, hatte Frederike die kleinen Bullaugen in der Seitenwand des Beckens gesehen. Konnte man dadurch Beine erkennen, wenn man joggte?

Zumindest hatte Patrick ihr einen Hinweis gegeben. Sie verbuchte es als positives Zeichen.

Außerdem speicherte sie die Information ab, für den Fall, dass es wichtig werden sollte und sie Details brauchte. Wenn der Jogger heute hier vorbeigerannt war, dann würde er das auch morgen tun oder übermorgen, wie sie diese Frühsportler kannte, jedenfalls regelmäßig. Sollte es notwendig sein, würde sie ihn hier auftreiben.

»Ich muss weitermachen«, meinte Patrick und hielt ihr die Hand hin.

Frederike drückte sie. »Melde dich, wenn du Hilfe brauchst«, sagte sie, was er mit einem ehrlichen Lachen quittierte.

Mit einem letzten Blick über die Liegefläche stieg sie die Treppe hinunter.

3

Rechts neben Frederike befand sich die Außenwand des Schwimmbads, des Überseecontainers. Auf die Idee musste man kommen, zwei Transportbehälter zu einem Schwimmbad umzubauen. Der Hintergrund bei dieser Installation war bestimmt wieder der Wandel von Industriegütern zu einer alternativen Nutzung oder Wandel durch Umnutzung.

Die Container standen auf der Erde. Man ging die Treppe hinauf, um auf die zweieinhalb Meter höher gelegene Liegefläche und in das zwölf mal fünf Meter große Becken zu gelangen. Sie fragte sich, wieso um diese Jahreszeit noch Wasser im Becken war. Es müsste doch schon längst abgelassen worden sein.

Sie bog um die Ecke. Stahlträger umhüllten die Container wie ein Korsett, eine Holzkonstruktion trug die Liegefläche. Sie wollte zu dem Bullauge, das sie vorhin gesehen hatte und durch das der Jogger Rebecka gesehen haben wollte. Frederike musste sich auf die Zehenspitzen stellen, um hindurchzublicken. Es war wirklich klein, vielleicht dreißig Zentimeter breit und fünfzehn hoch, und nur wenn man direkt davorstand, konnte man im Wasser etwas erkennen. Beim Blick nach unten sah sie die feuchte Stelle des ansonsten trockenen Bodens. *Wie skurril ist das? Steht ein Jogger hier und pinkelt, während eine tote Frau vor ihm im Wasser treibt.*

Wenigstens hatte sie die Frage geklärt, wie ein Jogger Rebecka entdecken konnte.

Die Tür des Einsatzwagens wurde aufgeschoben. Sie ging hin. Hartmuts Gesicht war beinah so rot wie die angestrahlten Batterien der Kokerei im Hintergrund. Auch die versteinerte Miene deutete auf eine kontroverse Befragung hin. Sie würde es erfahren.

»Lass uns gehen«, sagte Hartmut, noch bevor Frederike etwas fragen konnte.

»Ich melde mich«, rief Kowalczyk, doch Hartmut drehte sich nicht mehr zu ihm um, sondern hob nur kurz die Hand und murmelte: »So ein Idiot.«

Doch Kowalczyk gab nicht auf. »Frederike«, rief er ihr hinterher. »Hast du einen Moment?«

Sie hatte nicht, denn gerade musste sie sich um Hartmut kümmern. »Was ist?«, fragte sie dennoch, obwohl sie es sich denken konnte. »Ich halte mich raus«, sagte sie, ohne die Antwort abzuwarten. Sie hoffte, damit Kowalczyk den Wind aus den Segeln zu nehmen. »Mir ist das zu persönlich, mit seiner Tochter. Vor allem, wenn es doch kein Suizid war.«

»Was soll es sonst gewesen sein?« Er schob sein Kinn nach vorne.

Sie schwieg.

Kowalczyk legte den Zeigefinger an die Wange.

Was ging ihm jetzt durch seinen Beamtenschädel?

»Du weißt, dass du in deiner Laufbahn nicht jeden Fall erfolgreich abgeschlossen hast. Fälle, bei denen der Täter heute noch ungestraft herumläuft.«

Die Bemerkung traf sie unvermittelt. »Was willst du damit sagen?« Sofort schoss ihr der eine Fall in den Kopf, der sie seit Jahren verfolgte, weil sie ihn nicht hatte abschließen können. Sie trat einen Schritt näher und stand ihm jetzt Nasenspitze an Adamsapfel gegenüber.

»Dass es manchmal schlecht ist, wenn die Vergangenheit ans Licht kommt.«

»Lass die Andeutungen. Was willst du mir sagen?«

»Ich wollte es nur angesprochen haben. Jetzt, wo wir im Präsidium alte Fälle neu aufrollen.« Er drehte sich weg.

»Was hat das mit mir zu tun?«

»Es sind die ungelösten Fälle, wie du dir denken kannst. Vielleicht ist ja auch einer von dir dabei.«

Natürlich hatte sie nicht jeden ihrer Fälle erfolgreich abgeschlossen. Wie auch? Deshalb war ihr schleierhaft, was Kowalczyk wollte.

»Willst du mir drohen?«, fragte sie ihn und hielt ihn am Arm fest.

»Ich finde es nur fair, wenn ich dich informiere, dass wir an alten Fällen arbeiten. Und jetzt muss ich weiter.«

Damit wandte er sich ab und ging zum Schwimmbecken. Sie sah ihm hinterher, ohne die leiseste Ahnung zu haben, wie sie seine Bemerkung einordnen sollte.

Weil sie wusste, dass es nichts mit Fairness zu tun hatte, wenn Kowalczyk so etwas sagte, dachte sie fieberhaft darüber nach, während sie zurück zu Hartmut ging. Dass im Präsidium offene Fälle regelmäßig neu überprüft wurden, war schon während ihrer Zeit normal. Die Ermittlungsmethoden änderten sich, oder es gab einen neuen Hinweis, einen Grund, um noch einmal mit den Nachforschungen anzusetzen. Ihr das in dieser Form vor die Füße zu werfen war bekloppt. Sie pflichtete Hartmut bei: Kowalczyk war ein Idiot.

Hand in Hand ging sie mit Hartmut zum Parkplatz, wo sein Auto stand. Sie musste beinahe rennen, um mit ihm Schritt zu halten. Kaum waren sie außer Hörweite, machte er seinem Ärger erneut Luft. »Kowalczyk ist überzeugt, dass Rebecka sich das Leben genommen hat.« Er stemmte die Hände in die Seite. »Er glaubt nicht an ein Kapitalverbrechen. Ihr Portemonnaie hätte in ihrer Jacke gesteckt, keine sichtbare Gewalteinwirkung, kein Übergriff –«

»Lass uns das Ergebnis der Rechtsmedizin abwarten. Er kann jetzt noch gar kein Urteil abgeben. Ich weiß nicht, warum er es trotzdem tut.«

Hartmut tastete seine Taschen nach dem Autoschlüssel ab. Mit einem Signalton sprang die Verriegelung auf. Er stand vor der schwarzen Limousine und sah auf den Boden.

Sie trat vor ihn und legte ihre Hände um seinen Nacken. »Es tut mir leid, was passiert ist. Das ist schlimm.«

Er verlor seine Anspannung. Beugte sich zu ihr und drückte sie fest an sich. »Danke«, flüsterte er in ihre Jacke. Mit der flachen Hand rieb sie über seinen Rücken und löste sich.

Seine sonst so strahlenden, fast schon schelmischen Augen füllten sich mit Tränen. Frederike drehte den Kopf weg, um nicht selbst zu weinen.

Hartmut hatte sich selten neutral und niemals positiv über seine Tochter geäußert. Deshalb überraschte sie seine Reaktion. Andererseits war Rebecka immer noch seine Tochter gewesen, seine Familie.

Während sie einen Moment schweigend vor dem Auto standen, kam ihr kurz die Idee, Hartmut anzubieten, in Rebeckas Umfeld nachzuforschen, was hinter ihrem Tod stecken könnte. Doch sie verwarf den Gedanken schnell wieder. Er musste es wollen. Er musste sie fragen, ob sie sich umhören würde.

Ihr war noch sehr bewusst, wie schwierig sich die Ermittlung um Alexander Röttgens Tod gestaltet hatte, nachdem dessen Frau sie gebeten hatte nachzuforschen. Denn Hartmut wollte sie ständig von ihren Nachforschungen abhalten. Es sei zu anstrengend, zu belastend, zu gefährlich für sie. Als könnte sie nicht selbst auf sich aufpassen. Hinzu kam ihr persönliches Verhältnis zu Röttgen, einem Freund und lieben Menschen. Und dass eine Polizistin bei einer Befragung einfacher schwierige, persönliche Fragen stellen konnte als eine Freundin.

Hartmut musste sie fragen.

»Wollen wir einen Kaffee trinken? Dann können wir im Warmen überlegen, wie es weitergeht.« Frederikes Finger färbten sich bereits blau, und ihre Kiefer schlugen unkontrolliert aufeinander.

»Was meinst du: wie es weitergeht? Wir müssen Rebeckas Mörder finden.« Hartmut sagte das mit einer Selbstverständlichkeit, die ihr die Sprache verschlug.

»Lass uns ein Café suchen. Dort können wir es in Ruhe besprechen.«

»Sollten wir nicht besser direkt zu ihrer Wohnung fahren? Nachsehen, ob sie …« Hartmut stockte, wischte sich mit Daumen und Zeigefinger über die Augen und drückte sie an der Nasenwurzel zusammen.

»Kowalczyk fährt sicherlich auch gleich dorthin«, entgegnete Frederike. »Vermutlich mit der Spurensicherung. Wir können da auch später noch hin.«

Hartmut nickte. Er wirkte plötzlich sehr weit weg mit seinen Gedanken, leistete wohl deshalb keinen Widerstand. Er sah auf den Autoschlüssel in seiner Hand, als wüsste er nicht, wozu er diente.

Frederike beschloss, ein Taxi zu rufen. Sie selbst fuhr seit über dreißig Jahren kein Auto mehr, und ihn in diesem Zustand ans Steuer zu lassen kam nicht in Frage. Er sollte zur Ruhe kommen, beginnen zu verstehen, was passiert war.

Hartmut fügte sich. Kurz darauf bestiegen sie beide ein Taxi, das sie zu Hartmuts Haus in den Essener Süden brachte. Sie begleitete ihn zur Haustür, schloss die Tür für ihn auf und versprach, sich am Nachmittag zu melden. Mit einem kaum hörbaren »Danke« verschwand er im Haus.

Das Taxi wartete am Straßenrand. Sie gab dem Fahrer ihre Adresse in der Altendorfer Straße. Danach grübelte sie erneut über Kowalczyks letzte Bemerkungen. »Du weißt, dass du in deiner Laufbahn nicht jeden Fall erfolgreich abgeschlossen hast.«

Es war so banal, wie dass nach Ebbe die Flut kam. Wie selbstverständlich war es, dass jemand, der arbeitete, auch Fehler machte? Sie hatte sogar sehr viel gearbeitet.

Trotzdem hallte es nach.

4

Frederike saß an ihrem Küchentisch, die Onlineausgabe der Westdeutschen Allgemeinen Zeitung auf ihrem Tablet.

Sie versuchte, die Gedanken an Rebeckas Tod in den Hintergrund zu schieben. Doch sie war nicht stark genug und kam gegen die ehemalige Kriminalhauptkommissarin in ihrem Kopf nicht an. Was konnte hinter dem Tod der jungen Frau stecken? Waren es private Probleme, die sie in einen Selbstmord getrieben hatten? War sie in etwas hineingeraten? Was könnte dieses *Etwas* sein? Alles und nichts.

Sie kannte Rebecka nicht, weshalb sie sich auch keine Theorie überlegen konnte. Sie müsste mit Leuten sprechen, die sie gekannt hatten. Allen voran mit Hartmut. Aber auch mit Arbeitskollegen, Freunden, Sonstigen in ihrem Umfeld.

Dazu brauche ich einen Auftrag. Von Hartmut.

Sie scrollte in der Zeitung weiter. Als sie den Namen las, erstarrte sie. »Neue Erkenntnisse im Vermisstenfall Bettina Schmatke« stand in fetten Buchstaben über dem Artikel. Ihre Augen rasten über die Zeilen. Nachbarn erinnerten sich plötzlich wieder daran, in der Nacht ihres Verschwindens doch etwas gehört zu haben. Einen lauten Wortwechsel, der schlagartig verstummt war, eine Tür, die zugeschlagen worden war, ein Rumpeln auf der Treppe. Offenbar Anlass genug für den Polizeipräsidenten, die Akte wieder zu öffnen.

Wusste Kowalczyk von dem Artikel? Natürlich wusste er das. *Deshalb die Anspielung.*

Frederike wusste, dass die Kripo Essen Cold Cases, alte, ungeklärte Fälle, wieder aufrollte. So auch diesen Fall der seit fast dreißig Jahren vermisst gemeldeten jungen Frau aus Essen.

Neue Zeugenaussagen gaben Anlass, dem Fall noch einmal intensiver nachzugehen. In dem WAZ-Artikel wurden die Eltern und Nachbarn zitiert, die auch heute noch der Polizei vorwarfen, damals nicht intensiv genug gesucht zu haben. Den einzigen Verdächtigen, den Verlobten der Frau, nicht überführt zu haben.

Es war einer ihrer wenigen Fälle, die sie unaufgeklärt ins Archiv hatte geben müssen. Einiges hatte auf Kapitalverbrechen hingedeutet, doch es war nie eine Leiche gefunden worden. Die Beweislage war zu dünn gewesen, um eine Anklage ohne Opfer anzustrengen. Also hatte der Staatsanwalt die Ermittlungen eingestellt.

Die Gesichter der Familie, die flehenden Blicke, die verzweifelten Bitten, doch weiterzumachen, zu suchen, nicht aufzuhören, bis sie Frau Schmatkes damaligen Verlobten als Täter überführt hätte, waren noch in ihrem Kopf gespeichert. Frederike erinnerte sich lebhaft an den Fall, weil sie sehr darunter gelitten hatte, vor allem die Eltern zurücklassen zu müssen, ohne ihnen sagen zu können, was mit ihrer Tochter passiert war.

Damals litt sie umso mehr darunter, weil auch sie die Suche nach dem Mörder ihres Mannes Moritz ergebnislos aufgeben musste. Der Steinewerfer, der Moritz' Leben mit einem Pflasterstein ausgelöscht hatte, war ungestraft davongekommen, weil jede Suche in eine Sackgasse geraten war. Das nagte bis heute an ihr. Genau wie dieser Fall. Einen Angehörigen zurückzulassen, ohne das Äußerste getan zu haben, um den Täter zu überführen, war für sie nicht mehr denkbar.

Weil sie sicher war, dass Kowalczyk diese Bemerkung nicht ohne Hintergedanken gemacht hatte, beschloss sie, Patrick nach dem momentanen Stand der wieder aufgenommenen Ermittlungen zu fragen. Sollte Kowalczyk noch einmal davon anfangen, wollte sie vorbereitet sein. Sie trank einen Schluck von ihrem Tee. Kalt und bitter. Wie die Erinnerung.

Sie drehte den Kopf zum Fenster und sah durch ihr gespiegeltes Gesicht hindurch in die Ferne.

Kurz blitzte ein Gedanke auf. Nein. Die Fallakte wurde vertraulich behandelt. Keine Details, keine Namen daraus, auch ihrer, würden an die Öffentlichkeit gelangen. Auf ihre ehemaligen Kollegen konnte sie sich verlassen.

Hoffentlich.

Und auf Kowalczyk?

Als sie die Zeitungs-App schloss, merkte sie, wie ihre Hände zitterten. Sie stand auf. Auch wenn es zum Polizeialltag gehörte, nicht jeden Fall erfolgreich abzuschließen, fühlte es sich selbst heute noch wie eine Niederlage, ein Versagen an. Zum Glück hatte sie anschließend noch zahlreiche Fälle erfolgreich gelöst. Auch nach ihrem Ausscheiden aus dem Polizeidienst.

Im Wohnzimmer hörte sie das Martinshorn, der Klingelton ihres Smartphones. Seit sie sich im Vorruhestand befand, kam das sehr selten vor, dass sie es hörte.

»Hallo, Hartmut.«

»Ich fahre jetzt zu Rebeckas Wohnung«, sagte er ohne Begrüßung. »Kommst du hin?« Er gab ihr die Adresse.

Hartmut wartete vor dem Mietshaus in der Beisingstraße. Er sah auf die Uhr, als Frederike ihn mit der Frage »Geht es dir besser?« begrüßte. Als Antwort hob er die Schultern. Sofort drückte er auf den Klingelknopf. Stephanie Grubinek empfing sie an der Wohnungstür.

Rebecka und Frau Grubinek hatten gemeinsam hier gewohnt. Die ging mit Hartmut voraus zur Küche. Frederike blieb am Eingang stehen. »Ich ziehe schnell meine Schuhe aus«, gab sie vor, um etwas Zeit zu haben, sich alleine einen ersten Eindruck von der Wohnung zu verschaffen.

Alles schien neu. Die Wände weiß gestrichen. Parkettboden. Keine Alltagsspuren an den Wänden. An der Garderobe hingen Jacken und Mäntel auf Bügeln. Auf der Ablage darüber lagen Mützen und Handschuhe, ein roter Hut. Auf dem Boden gegenüber standen feste Winterschuhe auf einer Tropfschale aus Gummi. Frederike stellte ihre dazu. An der Wand darüber sah sie gerahmte Fotos. Auf den ersten Blick von Urlaubsreisen oder Ausflügen. Sie erkannte Frau Grubinek, wie sie Rebecka lachend im Arm hielt. Ein Selfie. Wie unbeschwert die zwei Frauen wirkten. Rebecka strahlte. Ihre lockigen Haare wehten im Wind, Grübchen auf den Wangen, auf den ersten Blick eine sympathische junge Frau. Die Mitbewohnerin wurde von ihr halb verdeckt.

Von diesen Fotos abgegrenzt hingen andere Fotos. Sie erkannte den übervollen Petersplatz in Rom. Auf dem nächsten einen Mann am Fenster, der die Arme ausgebreitet hatte. Ein etwas größeres Foto zeigte Frau Grubinek neben Papst Benedikt. War es bei einer Audienz?

Frederike ging den Flur hinunter. Rechts und links sah sie geschlossene Türen. Welche davon führte wohl in Rebeckas Zimmer? Sie drückte die Klinke der Tür links nach unten, doch sie war verschlossen. Also ging sie weiter zur Küche. Hartmut saß am Esstisch.

Frau Grubinek erzählte gerade, dass sie im Laufe des Vormittags von Kowalczyk informiert worden war. Er hatte sie angerufen. »Ich habe ihm das nicht geglaubt. Das ist doch verrückt, oder? Gestern Abend ist sie ...« Frau Grubinek brach den Satz ab, als sie Hartmuts Blick begegnete. »Entschuldigung. Es tut mir leid.« Sie drehte sich zum Herd, wo ein Wasserkessel zu pfeifen begann. Während sie losen Tee ins Sieb einer Teekanne füllte, erzählte sie, dass sie sich danach mit Kowalczyk hier getroffen hatte, da er Rebeckas Zimmer in Augenschein nehmen wollte.

Die junge Frau wirkte gefasst. War sie nicht betroffen vom Tod ihrer Mitbewohnerin, oder zeigte sie ihre Bestürzung nur nicht?

»Welches ist Rebeckas Zimmer?«, fragte Frederike und setzte sich neben Hartmut.

»Der Mann von der Polizei meinte, dass ich niemanden in das Zimmer lassen darf, bevor er mir nicht das Okay dafür gibt«, antwortete Frau Grubinek. Sie goss das heiße Wasser in die Teekanne.

»Das ist in Ordnung. Kein Problem.« Da es für Kowalczyk kein Morddelikt war, hatte er das Zimmer nicht versiegelt. Trotzdem wollte er nicht, dass es verändert wurde, sollte sich seine

Einschätzung als falsch erweisen. »Hat Herr Kowalczyk etwas gefunden oder mitgenommen?« Die Ermittlerin in Frederike wollte es genau wissen, wobei sie sich um einen belanglosen Ton bemühte.

»Nein. Er war nur kurz drin. Hat ein paar Fragen gestellt, sich umgesehen und war wieder weg.«

Nicht überraschend. Kowalczyk meinte bereits zu wissen, wie Rebecka zu Tode gekommen war, und konzentrierte sich vermutlich auf den nächsten Fall.

»Trinken Sie auch einen Tee?«, fragte Frau Grubinek.

»Danke, im Moment nicht.« Frederike wollte Fragen stellen und Antworten erhalten.

Hartmut nahm gerne einen.

»Wollen Sie sich nicht zu uns setzen?« Die junge Frau rannte die ganze Zeit durch die Küche, räumte einen Teller weg, holte Zucker aus dem Schrank, verstaute einen Saftkarton im Kühlschrank.

»Ich weiß nicht. Das ist alles so fremd. Ich kann es gar nicht glauben.« Sie schnäuzte sich.

»Wann haben Sie sie zum letzten Mal gesehen?«, fragte Frederike.

»Um halb sieben gestern Abend. Sie war zum Essen verabredet.«

»Wissen Sie, mit wem?« Frederike stellte die Frage, als würde es sie nicht besonders interessieren.

Frau Grubinek schüttelte den Kopf. Ihr Blick sagte: Ich weiß, dass ich es wissen müsste.

»Wie lange wohnten Sie und Rebecka schon hier?« Frederike zwang sich, ihre Fragen behutsam und vorsichtig zu stellen, nicht die Ermittlerin heraushängen zu lassen. Doch das lag ihr nicht. Als würde man ein Rennpferd zwingen, Schritt zu gehen.

Es entwickelte sich ein verkrampftes Gespräch. Frau Grubinek ließ sich aber auch alles aus der Nase ziehen. Frederike erfuhr, dass sich die zwei Frauen im Fitnessstudio kennengelernt hatten. Frau Grubinek hatte über einen Aushang dort eine neue

Mitbewohnerin gesucht, sie und Rebecka fanden einen Draht zueinander, und so war Hartmuts Tochter dort eingezogen. Trotzdem schien sich keine enge, vertraute Freundschaft entwickelt zu haben. Frau Grubinek war anfangs sauer auf Rebecka, weil die ihr erst nach dem Einzug gestanden hatte, dass sie auf der Suche nach einem Job war und noch über kein geregeltes Einkommen verfügte.

»Ich war auf das Geld für das Zimmer angewiesen. Alleine konnte und kann ich die Wohnung nicht finanzieren. Und dann das.« Die Frau merkte, dass sie über ihre tote Mitbewohnerin schimpfte, und trank schnell einen Schluck Tee. »Als ich meine Chefin fragen wollte, ob wir in der Agentur Verstärkung brauchten, hatte Rebecka schon einen Vorstellungstermin bei ihr vereinbart. Woher sie den Kontakt hatte, weiß ich nicht. Als es geklappt hat, habe ich mich sehr gefreut.« Sie verstummte. »Erst später erfuhr ich, warum Rebecka genommen wurde.«

Die junge Frau stand auf, um eine Flasche Mineralwasser aus dem Kühlschrank zu holen.

»Und zwar?«, hakte Frederike nach.

»Sie hat einen neuen Kunden mitgebracht. Neues Geschäft ist immer ein gutes Argument.«

Trotzdem. Warum gerade bei der Agentur? Darum würde sie sich später kümmern.

Sie sah sich Stephanie Grubinek genauer an. Sie wirkte nicht wie jemand aus der Werbebranche. Dafür erschien sie ein bisschen spießig mit ihren glatten, schulterlangen Haaren und dem ungeschminkten Gesicht. Sie trug eine weiße Bluse unter einem blauen V-Ausschnitt-Pullover und gar keinen Schmuck. Zu brav, zu wenig … kreativ.

Frederike übte sich weiter in Geduld.

Hartmut fragte unvermittelt: »Wie war Rebecka so? Hat sie genug gegessen? Hat sie auf sich geachtet?« Auch wenn Frederike verstand, warum Hartmut das interessierte, so waren sie eigentlich hier, um nach Motiven für ein Verbrechen zu suchen.

»Ich weiß nicht«, nahm Frau Grubinek den Faden auf und

stellte die Wasserflasche mit einem Lächeln auf den Tisch. »Sie war immer gut gelaunt. Wir haben nicht so viel Zeit miteinander verbracht. Sie hat viel gearbeitet.«

»War sie glücklich?« Hartmut sprach so leise und verzagt, dass er kaum zu verstehen war.

»Ich weiß nicht. Irgendwie schon, glaub ich.« Frau Grubinek sah aus dem Fenster. Sie holte tief Luft. »In letzter Zeit war sie ... Ich weiß nicht.«

»Glauben Sie an einen Selbstmord?«, fragte Frederike ganz direkt.

»Das frage ich mich auch«, antwortete Stephanie Grubinek. »Ich kann es nicht beurteilen. Hätten Sie mich gestern gefragt, wäre die Antwort eindeutig gewesen. Rebecka bringt sich nicht um. Wenn eine solche Vermutung dann plötzlich im Raum steht, überlegt man, ob man etwas übersehen hat, ob es Situationen gegeben hat, die auf so was hingedeutet haben.«

»Haben Sie eine konkrete Situation vor Augen?«

»Nein.« Frau Grubinek hob die Schultern. Sie schien nachzudenken. Abrupt sah sie auf die Uhr an ihrem Handgelenk. »Ich muss los. Tut mir leid.« Sie stand auf.

Frederike hatte noch gar nicht richtig mit ihren Fragen angefangen. Nächstes Mal, tröstete sie sich und legte ihre Hand auf Hartmuts Schulter.

»Lass uns gehen.«

»Ich verstehe es nicht«, sagte er. »Wer macht so etwas? Das ist doch krank.«

»Das ist es«, sagte Frederike, ohne darauf einzugehen, dass es noch nicht feststand, dass seine Tochter einem Verbrechen zum Opfer gefallen war. »Komm.«

Frau Grubinek stand schon an der Eingangstür.

»Darf ich mich wieder melden, wenn ich noch Fragen habe? Sie sehen, wie aufgelöst Herr Lautenschläger ist. Er möchte mehr über seine Tochter wissen. Der Kontakt war nicht sehr gut, und nun macht er sich Vorwürfe.«

Frederike bückte sich, um ihre Schuhe zuzubinden.

»Lass uns gehen«, sagte jetzt Hartmut und zog seine Jacke an. »Danke, dass Sie sich die Zeit für uns genommen haben. Danke.« Er streckte Frau Grubinek die Hand hin, die sie schließlich griff.

»Gerne. Es tut mir leid, was mit Ihrer Tochter passiert ist. Ich kann es immer noch nicht glauben.« Es kam zögernd, ihre Stimme zitterte.

»Darf ich noch einmal vorbeikommen?«, fragte Frederike. »Wenn ich noch Fragen habe oder etwas geregelt werden muss?«

»Natürlich«, antwortete Frau Grubinek wie selbstverständlich. »Ich arbeite lang. Aber wenn es passt, gerne. Melden Sie sich.«

Frederike notierte sich die Telefonnummer und gab ihrerseits Frau Grubinek eine Karte mit ihren Daten. »Wenn Ihnen etwas einfällt, was es für uns leichter macht, das Unglück zu verstehen, rufen Sie mich bitte an.«

Sie verabschiedeten sich, und Frederike stieg mit Hartmut die Treppe hinunter.

»Die verheimlicht uns etwas. Die weiß mehr. Man lebt nicht mit jemandem zusammen und weiß nichts voneinander.« Hartmut klang wach und beinahe zornig. Ganz anders als eben noch.

»Ja dann«, antwortete sie und war versucht, in die Hände zu spucken. »Wo sollen wir hingehen?«

5

Die Novemberluft empfing Frederike und Hartmut kalt und feucht, als sie auf die Beisingstraße traten. Das Haus, in dem sich Frau Grubineks Wohnung befand, war alt, aber renoviert und in einem besseren Zustand als die benachbarten Häuser. Rote Klinker im Bereich des ersten Stocks, die drei oberen Stockwerke waren mit weißen Klinkern verkleidet. Über allen Fenstern bildeten rote Klinker einen Rahmen. Sie zeigten auch, wo ein Stockwerk endete. Ein Erker ragte ebenfalls aus der weißen Fassade. *Ein solcher Erker wäre ein perfekter Platz für meinen Sessel.*

Frederikes Blick blieb noch einen Moment dort hängen, während sie den Reißverschluss der Jacke hochzog.

»Ich habe auf dem Weg hierher ein Café gesehen. Lass uns dorthin gehen«, sagte sie und hakte Hartmut unter. Er brummte etwas in seinen Bart, was sie als Zustimmung interpretierte.

An der nächsten Kreuzung bogen sie links ab, bald darauf kamen sie an einem kleinen Park vorbei. Eine Frau mit Kopftuch schob einen Kinderwagen, am Ohr ein Telefon. Auf einer Bank saßen zwei ältere Männer, die die Kugeln ihrer Gebetsketten durch die Finger rutschen ließen. Am Kiosk am Ende der Straße stand eine Gruppe Jugendlicher. Sie prosteten sich zu, während sie noch herzhaft lachten.

Frederike und Hartmut erreichten den Platz. Bevor sie das Café Zwingli betraten, betrachtete Frederike den silbernen Klotz, der schräg davorstand. Er sah aus wie ein Stein, hoch, bestimmt drei Meter und fast quadratisch. Eine Art Skulptur, die fremd und unpassend wirkte. Sie weckte Neugier bei ihr, was auch schon ein Erfolg war. Bestimmt gibt es dazu eine Geschichte, dachte sie und folgte Hartmut. Stünde sie auf Zollverein, wäre es Kunst.

Sie stiegen die Stufen zum Eingang empor. Eine freundliche Frau zeigte ihnen einen Tisch in der Ecke. Sie setzten sich, bestellten zwei Kännchen Tee, Frederike mit einem Gläschen Rum, weil es so kalt war, und sogen die Wärme des Raums auf. Die Chefin brachte den Tee und verwies auf die Speisekarte, die auf eine Tafel geschrieben über dem Tresen hing, falls sie etwas essen wollten.

Hartmut hatte unterwegs kein Wort gesagt. Jetzt senkte er kurz das Kinn, bevor er Frederike direkt in die Augen sah. Sie spürte dabei eine Gänsehaut, die nicht von der Kälte kam.

»Ich will, dass du das klärst, Frederike. Bring mir den Mörder, der meine Rebecka auf dem Gewissen hat«, sagte er entschlossen. »Tu, was du dafür tun musst, und nimm keine Rücksicht.«

Frederike ließ die Worte ausklingen. Sie waren mehr Musik als Text. Himmelschöre. Trotzdem fragte sie: »Willst du das wirklich?«

»Ich würde es lieber nicht wollen. Ich weiß, wie labil dein Herz noch ist und wie sehr du dich in einen Fall verbeißen kannst. Aber der Gedanke, dass Rebeckas Tod nicht vernünftig aufgeklärt wird, macht mich verrückt.«

»Und wenn sie sich doch selbst getötet hat?«

»Dann …«, er stockte, »das hat sie nicht. Niemals! Du hast doch Frau Grubinek gehört. Rebecka hatte nicht den Eindruck gemacht, dass sie verzweifelt gewesen wäre und sich etwas antun wollte.«

Frederike schwieg. Hartmuts Blick blieb auf sie gerichtet. »Und du bist dir ganz sicher, dass du das willst?«, fragte sie nach einer angemessen empfundenen Bedenkzeit. Sie schwankte immer noch zwischen dem Drang zu ermitteln und der Furcht, mit ihren Ermittlungen Hartmut endgültig zu verlieren.

Nachdem sie den Mord an ihrem Freund Alexander Röttgen aufgeklärt hatte, hatten sie sich eine Pause verordnet. Frederike musste die fast schon besitzergreifende Fürsorge, seinen Drang, sie zu bremsen und zum Aufhören zu bewegen, verarbeiten. In den letzten Wochen hatten sie wieder mehr miteinander unternommen. Aber darüber, wie es mit ihnen weitergehen könnte, hatten sie bisher nicht gesprochen.

Dass Hartmut sie jetzt bat, Untersuchungen anzustellen, jetzt, wo er in der gleichen Situation war wie vor einem halben Jahr Sandra, Alexanders Frau, machte sie sprachlos. Diese Kehrtwende musste er erklären.

Sie sah Hartmut unverwandt an.

Bevor sie etwas sagen konnte, sagte er: »Ich weiß, worauf du hinauswillst. Es war im Sommer falsch von mir, dich von der Ermittlung abhalten zu wollen. Ja. Ich erkenne jetzt, wie unerträglich es ist, wenn ein lieber Mensch getötet wurde und man zusehen muss, wie andere das aufklären. Oder eben nicht. Frederike, bitte –« Hartmut wich ihrem Blick nicht aus.

»Aber versprich mir, dich nicht einzumischen. Du lässt mich ermitteln, wie ich es für richtig halte«, fiel sie ihm ins Wort.

»Frederike –«

Sie hob die Hand. Ihr gingen etliche Fälle durch den Kopf, bei denen Dinge ans Licht gekommen waren, mit denen niemand gerechnet hatte. Doppelleben, Suchtprobleme, Abartigkeiten, alles war ihr untergekommen. »Gleich! Überlege heute Nacht, was aus uns wird, wenn ich etwas entdecke, was nicht in dein Bild von Rebecka passt. Wenn sie ein Leben geführt hat, das du nicht kennst und das für dich vielleicht schwer zu akzeptieren ist. Ich werde die Überbringerin dieser schlechten Nachricht sein. Und du weißt, was mit denen passiert, die schlechte Nachrichten überbringen.«

»Ich –«

Wieder unterbrach sie ihn. »Denk in Ruhe darüber nach. Morgen früh reden wir noch einmal und überlegen gemeinsam, wie es weitergeht.

Frederike wusste, dass das scheinheilig von ihr war. Sie war am Tatort gewesen, hatte Kowalczyk mit seiner vorgefertigten Meinung erlebt, dazu Hartmuts Überzeugung, Rebecka habe sich nicht selbst getötet. Was auch Stephanie Grubinek glaubte.

Trotzdem zwang sie Hartmut und sich zu dieser Bedenkzeit. Nur ihren Kopf konnte sie nicht abschalten. Der überlegte bereits die ersten Ermittlungsschritte.

6

Frederike saß in ihrem Ohrensessel, einen Teller Spaghetti auf dem Knietablett, ein Glas Chianti auf dem Tischchen daneben, und weil es passte, hauchte Leonard Cohen: »*You want it darker.*«

Sie stocherte in den Nudeln herum.

Für Hartmut in Rebeckas Leben zu forschen empfand sie, wie Schokolade zu essen. Sie wusste, dass es nicht gut für sie war, aber es hinterließ ein gutes Gefühl. Wieder in einem Fall zu ermitteln, sich wieder mit Kowalczyk zu messen, am Ende zu wissen, dass sie die Bessere war, ließ das Risiko in den Hintergrund treten. Das Risiko, etwas aufzudecken, was möglicherweise die Freundschaft zu Hartmut gefährdete. Oder mehr noch.

Ihre größte Befürchtung war, dass bei ihren Ermittlungen etwas herauskam, das besser bei Hartmut und Rebecka geblieben wäre. Etwas schlummerte im Hintergrund, was das Verhältnis der beiden zerrüttet hatte. Wenn sie nachforschte, blieb der Punkt nicht unberührt. Sie kannte sich und wusste, dass sie bei ihren Ermittlungen alles aufdecken wollte und würde. Dabei ging sie nicht immer zimperlich vor. Außerdem brachte sie grundsätzlich zu Ende, was sie angefangen hatte, was hieß, dass alle Fragen beantwortet werden mussten.

Sie trank einen Schluck Wein, dann brachte sie die Nudeln in die Küche und drückte den Korken auf die Weinflasche. Die letzten Takte von Cohens Album verklangen.

Zeit, ins Bett zu gehen. Morgen würde sie klarer sehen. Mit wachen Augen und einem frischen Kopf.

Frederike stand auf, noch bevor der Wecker klingelte. Das Laken war zerwühlt, ihr Schlafanzug durchgeschwitzt. Zeit für eine ausgiebige Dusche.

Die Zeitung überflog sie schnell. Heute gab es keinen Bericht über neu aufgerollte Ermittlungsfälle. Der Artikel von gestern spukte noch immer in ihrem Kopf. Mit einem Becher Tee ging sie ins Wohnzimmer. Sie öffnete das Fenster und fragte sich, wann es wohl das erste Mal schneien würde. Im Flur holte sie ihren Rucksack und schloss das Fenster beim Zurückkommen wieder.

Ihr altes Notizbuch steckte in dem Fach, in das es gehörte. Sie holte es heraus. Versonnen schlug sie es auf. Notizen ihrer letzten Fälle. Freistein, der geniale Künstler, mit dem die Mordserie auf Zeche Zollverein angefangen hatte. Verrückt, dachte sie.

Danach ihr Freund Alexander Röttgen, der Kämpfer für das Ruhrgebiet, für die Menschen hier. Der Mahner, der mit dem Kopf voraus durch die Welt gestürmt war. Bis sein Engagement ein jähes, brutales Ende gefunden hatte.

Ihr Blick streifte das Bild »Die Einsamen«. Edvard Munchs gerahmtes Poster zierte seit Freisteins Fall ihre Wand. Das Paar, sie im weißen Kleid, er im schwarzen Anzug, hintereinanderstehend am Strand. Im Museum Folkwang hatte sie es gesehen und sich sofort darin verloren. Es war das erste Bild, bei dem ihre Phantasie angesprochen worden war. Zuerst war es der Titel des Bildes, »Die Einsamen«, gewesen, der sie hatte innehalten lassen. Weil sie sich damals einsam und verlassen gefühlt hatte. Sie sah das Bild und fand sich sofort wieder. Der Welt den Rücken zugekehrt. Der Mann, mit den Händen in den Hosentaschen, untätig danebenstehend. Deshalb stand für sie nicht im Vordergrund, was der Maler ausdrücken wollte, sondern was sie empfand, wenn sie das Bild betrachtete. Jedes Mal, wenn sie es ansah, wanderten ihre Gedanken in eine andere Richtung. So viele Möglichkeiten, das Bild, sich selbst, die Welt zu sehen.

Ihre Hände lagen auf den aufgeschlagenen Seiten ihres Notizbuchs. Sie blätterte um, zu einer neuen, leeren Seite. Wie früher, dachte sie. Wenn sie einen neuen Fall auf dem Tisch hatte, schrieb sie den Fall und das Aktenzeichen in die erste Zeile.

So weit war es noch nicht. Rebecka war noch kein Fall. Deshalb weigerte sich ihre Hand, den Namen »Rebecka Lautenschläger« zu schreiben. Trotzdem wollte sie ihre ersten Überlegungen zum Tod der jungen Frau, ihre Eindrücke vom Tatort – oder Fundort? – und eine Zusammenfassung des Gesprächs mit der Mitbewohnerin aufschreiben.

Ihr Telefon klingelte, und sie legte den Stift beiseite.

Sie kannte die Nummer nicht.

»Guten Morgen«, sagte sie und wartete.

»Frau Stier? Guten Morgen.«

»Wer ist da?«

»Stephanie Grubinek.«

Frederike wartete, doch es kam nichts mehr. »Ja?«

»Entschuldigen Sie. Ich habe mich geirrt.« Das Gespräch war weg.

Seltsam. Die Frau hatte aufgeregt gewirkt, fast gehetzt. Frederike sah auf die Uhr. Es war noch vor sechs Uhr. Eigentlich frech, so früh anzurufen. Warum hatte sie einfach wieder aufgelegt? Wobei oder womit hatte sie sich geirrt?

Sie überlegte zurückzurufen, wollte Stephanie Grubinek aber nicht bedrängen. Sie tat es dennoch. Die Mailbox sprang an.

Sie beschlich der Verdacht, dass bei der jungen Frau etwas nicht stimmte. Ihre Stimme hatte nicht geklungen, als wollte sie sie über etwas informieren.

Frederike drückte die Wahlwiederholung. Wieder die Mailbox.

Sie schrieb eine Notiz in ihr Buch.

Nachdem sich Rebeckas Mitbewohnerin nach fünf Minuten immer noch nicht gemeldet hatte, schrieb sie ihr eine Textnachricht. »Wenn ich etwas für Sie tun kann, melden Sie sich bitte.«

Frederike war gespannt, ob eine Antwort kommen würde.

Sie überlegte, Hartmut anzurufen. Ihn vor neun Uhr zu belästigen grenzte an Majestätsbeleidigung, was er stets zum Ausdruck brachte. Deshalb wartete Frederike, bis die Uhr kurz nach acht anzeigte. Heute musste er das ertragen.

Wie sich herausstellte, hatte Hartmut bereits mit Kowalczyk telefoniert und seinen Unmut über die frühe Störung an ihm ausgelassen.

Die Obduktion sei noch nicht abgeschlossen, und Kowalczyk wolle noch einige Befragungen durchführen, bevor er eine endgültige Einschätzung des Falls vornehme. »›Aber können Sie sich nicht doch vorstellen, dass es eine Selbsttötung Ihrer Tochter war?‹, hat er mich gefragt. Ist das zu fassen?« Hartmut atmete schwer. Jetzt sorgte sich Frederike um sein Herz. »Du glaubst doch auch, dass sie ermordet worden ist?«

Sie schloss es nicht so kategorisch aus, wie es Kowalczyk tat. Die Erfahrungen einer ehemaligen Hauptkommissarin sagten ihr, dass hier etwas nicht stimmte. Wie so häufig war ihr Gefühl nicht konkret, mehr Schwingung als Fakt. Aber dieser ungewöhnliche Fundort, offenbar kein Abschiedsbrief, keine Hinweise im Vorfeld – das alles sprach eher für einen unfreiwilligen Tod. Einen Unfall konnte sie bei diesem Fundort ausschließen. Sie würde gerne weitere Gespräche führen, damit sie sich ein besseres Bild machen konnte.

»Lass uns in Ruhe darüber reden. Ich komme zu dir.«

Eine halbe Stunde später klingelte sie bei Hartmut.

Der Kaffee stand bereits auf dem Tisch. Ein Bild Rebeckas stand gerahmt im Wohnzimmer auf der Anrichte. Flankiert von einer Kerze und drei Rosen in einer Vase. Der dicke Strauß weißer Lilien irritierte sie beim Betreten des Wohnzimmers, sie sagte aber nichts dazu.

Draußen schlug die Haustür zu. Frederike sah über die Schulter.

»Adelheid geht einkaufen.« Hartmut blickte verlegen zur Seite.

Er hatte diese Frau gelegentlich erwähnt. Sie hatten sich im Sommer in der Philharmonie in Düsseldorf kennengelernt. Viel gab es dazu nicht zu sagen. Seither trafen sie sich gelegentlich, gingen in die Oper oder ins Konzert. Manchmal trafen sie sich in einem Café oder gingen essen. Frederike hatte sie bei einer Veranstaltung auf Zollverein kurz getroffen. Sie wusste nicht, was Hartmut an ihr fand. Adelheid war so ganz anders als sie. Mit ihrem Kaschmirpullover, der Perlenkette, den kurzen sportlichen Haaren. Sie war nett und verbindlich gewesen. Frederike war davon ausgegangen, dass sich aus der Bekanntschaft bisher nicht mehr entwickelt hatte.

Hartmut machte keine Anstalten, das weiter zu kommentieren, und sie unterließ die Frage, ob Adelheid bei ihm übernachtet habe.

Sie sah ihn an.

»Setz dich«, war alles, was er sagte.

Der Mann, der fast immer einen Schalk um die Augen mit sich trug, wirkte gealtert und grau; seine Falten tiefer, seine Haare stumpfer, die Augen trüb. Es tat ihr weh, ihn so zu sehen.

Er holte ihr Kaffee und Wasser, schenkte ein, setzte sich und sah Frederike an. »Ich will, dass du herausfindest, was hinter Rebeckas Tod steckt. Ich habe kein Auge zugemacht, weil mich die Frage quält. Ich werde dir alles sagen, was mich und Rebecka betrifft, aber nicht jetzt. Mir fehlt die Kraft. Versprich mir nur, dass du auf dich aufpasst.« Damit beendete er seine Ansprache und machte es dadurch deutlich, dass er aufstand. Sein Blick sagte, dass er das auch von ihr erwartete.

Irgendwie verstand Frederike ihn, irgendwie aber auch nicht. So viele Fragen brannten ihr auf der Seele. Der Respekt Hartmut gegenüber ließ sie stumm bleiben. Fast. »Nur eins versprich mir: Wenn es von Kowalczyk etwas gibt, was ich wissen muss, sag es mir bitte umgehend. Am liebsten wäre es mir, wenn ich bei den Gesprächen dabei sein könnte. Versuche es.« Keine weiteren Fragen stellen zu dürfen widersprach ihrem Selbstverständnis. Zunächst war es entscheidend, vom nächsten Angehörigen Informationen zu bekommen. Sie hatte unendlich viele Fragen. Sie konnte doch nicht wieder gehen, ohne sie gestellt zu haben.

Sie stand auf und stellte sich neben Hartmut, der vor dem Wohnzimmerfenster stand und in den Garten schaute.

Er drehte sich zu ihr und nahm sie in den Arm. »Danke für dein Verständnis. Ich brauche Zeit, um mit der Situation klarzukommen. Sie war meine Familie.«

Was sollte sie noch sagen?

Bevor sie das Wohnzimmer verließen, fragte sie: »Von wem sind die Blumen?« Dabei zeigte sie auf die Lilien.

»Die Werbeagentur, bei der Rebecka gearbeitet, hat sie geschickt.«

Frederike blieb stehen und sah auf die Karte, die noch im Strauß steckte. Wobei sie weniger die Karte sah als eine erste Spur, der sie nachgehen konnte. Arbeitskolleginnen und -kollegen wussten normalerweise immer etwas zu erzählen. »Darf ich?« Sie zeigte Hartmut die Karte, was er mit »Bitte« und einer Handbewegung, die Gleichgültigkeit ausdrücken sollte, beantwortete.

An der Haustür fragte Frederike doch noch einmal: »Gibt es etwas, das du mir erzählen kannst? Was mir helfen könnte, den möglichen Täter zu finden?«

»Es gibt keinen *möglichen Täter*! Nur einen Täter. Sie wurde ermordet. Draußen läuft jemand rum, der meine Rebecka auf dem Gewissen hat.« Jetzt klang Harmut wieder entschlossen. Sie hoffte, dass er sehr schnell immer so sein würde. Gemeinsam ermittelte es sich leichter und effektiver.

»Und den werden wir finden.« Frederike sah ihn an, zählte bis drei, ob er nicht doch noch etwas sagte.

»Im Moment bin ich noch durcheinander und krieg das alles nicht zusammen. Das kommt so plötzlich. Das ist so unwirklich, dass Rebecka tot sein soll.« Seine traurige Stimmung gewann wieder die Oberhand.

»Sag mir bitte bald, was Rebecka und dich auseinandergebracht hat. Was zwischen euch stand.«

»Lass uns ein anderes Mal darüber reden.«

Aus ihrem Rucksack holte sie Mütze und Handschuhe und

nahm ihre Jacke vom Haken. Er half ihr hinein. Sie setzte die Mütze auf.

»Das kriegen wir hin«, sagte sie dann. Zumindest hoffte sie es.

Hartmut beugte sich ihr entgegen und schloss sie in seine Arme. »Danke«, flüsterte er und ließ sie nicht direkt wieder los. »Danke, dass du das machst.«

Sie legte ihm die Hand auf die Wange.

»Wir telefonieren«, sagte Frederike und drehte sich zur Tür.

»Danke«, sagte Hartmut noch einmal und öffnete ihr die Tür.

Es war kalt geworden. Sie zog die Handschuhe an. Tief sog sie die winterliche Luft ein, ihren Blick richtete sie zum Himmel. Die Ermittlungen im Fall Rebecka Lautenschläger begannen.

7

Auf dem Weg zur Straßenbahnhaltestelle kreisten Frederikes Gedanken um das Gespräch mit Hartmut. Dass er noch niedergeschlagen und wenig gesprächig war, konnte sie verstehen. Rebecka war seine Familie gewesen, nachdem seine Frau gestorben war. Nach Hartmuts Bemerkungen dazu war es die Ruine einer Familie.

Sie wusste, dass Hartmut einen jüngeren Bruder und eine Schwester hatte, die aber nicht in der Nähe wohnten. Auch der Kontakt zu ihnen war ihres Wissens auf Grüße zu Weihnachten und zum Geburtstag reduziert. Im Grunde traurig, dass er den Kontakt nicht pflegte.

Wie sollte sie es einschätzen, dass Hartmut nicht über das Verhältnis zu seiner Tochter sprechen wollte? Würde es sich als ein Minenfeld entpuppen? Wenn ja, betrat sie es sehenden Auges.

Frederike erreichte die Haltestelle. Es warteten bereits einige Fahrgäste im Unterstand, wo es windgeschützt war. Deren Blicke waren auf den Boden oder das Smartphone gerichtet. Manche stapften mit den Füßen oder pusteten sich in die Hände.

Frederike stellte sich neben das Häuschen und lehnte sich an die mit Graffiti beschmierte Scheibe. Der Mülleimer stank selbst bei der Kälte. Sie verschränkte die Arme vor der Brust.

Da ihr kein Ermittlungsteam zur Verfügung stand, auch nicht die Möglichkeit, Rebeckas Telefon- oder Bankdaten zu überprüfen oder ein Bewegungsprofil mit Hilfe der Mobilfunkdaten zu erstellen, blieben ihr nur Gespräche mit Menschen aus Rebeckas Umfeld und ihre eigenen Gedanken. Vielleicht fand sich auch ein Sparringspartner, mit dem sie ihre Überlegungen diskutieren konnte.

Frederike holte ihr Smartphone aus dem Rucksack. Keine Anrufe. Sie erinnerte sich an den von Stephanie Grubinek vom

Morgen. Etwas beunruhigt war sie schon. Deshalb tippte sie erneut eine Nachricht: »Alles in Ordnung mit Ihnen? Melden Sie sich, wenn ich etwas tun kann. Das meine ich ernst!« Sie schickte sie ab.

Dieses kurze Stehen nutzte die Kälte sofort, um sich in ihr auszubreiten. Sie hoffte, dass die Bahn bald eintraf, bevor sie zum Eiszapfen erfroren war. Wenigstens blinzelte die Sonne immer wieder zwischen Wolkenlücken durch. Dann drehte sie den Kopf in deren Richtung, und sie kam sich wie eine Sonnenblume vor.

Von der Karte, die Hartmut mit den Lilien geschickt worden war, wusste Frederike, dass sich die Werbeagentur CB, Competence by Bredemann, bei der Rebecka gearbeitet hatte, in Gelsenkirchen befand. Sie suchte im Smartphone die Adresse. Die Straße lag zum Glück nur wenige Meter vom Hauptbahnhof entfernt. Mit der 107 konnte sie dorthin durchfahren.

Es dauerte dann trotzdem eine knappe Stunde, bis sie endlich ankam.

Die Agentur befand sich im obersten Stock eines ganz schicken Eckhauses in der Fußgängerzone. In den zwei unteren Etagen gab es einen Bekleidungsfilialisten, oben die Agentur. Ein wirkliches Eckhaus war es nicht, denn die Ecke war rund. So wirkte es modern inmitten der funktionellen Sechziger- und Siebziger-Jahre-Bauten.

Den Eingang fand sie in der Seitenstraße. Das Klingelschild der Agentur war nicht zu übersehen. Mit dem Aufzug fuhr sie hinauf in den dritten Stock. Die Fahrstuhltüren glitten auseinander, und Frederike betrat eine andere Welt. Blendendes Weiß überall, Glas, Marmor auf dem Boden und ein Duft von Weihnachten in der Luft. Für Ende November fand sie das übertrieben, auch wenn in ihrem Supermarkt die Weihnachtszeit immer schon im September begann.

Sie betrat den Empfangsbereich durch eine doppelflüglige Glastür. Hinter dem weißen Tresen saß eine Schönheit, die das Cover jedes Modemagazin schmücken könnte. Lange glatte

Haare, ein Teint wie Alabaster, dezent geschminkt und ein Lächeln, das Frederike sagte, wie sehr willkommen sie hier war.

Auf dem Tresen stand bereits ein Adventskranz, auf dem eine Kerze brannte. Daneben sah sie einen Teller mit Orangen, Mandarinen und Nüssen. Zimtstangen waren dazwischengemischt. Jetzt wusste sie, warum es nach Weihnachten duftete.

An der Wand hinter dem Empfangsmodel hing das Logo der Agentur CB, darunter, ebenfalls in geschwungenen Lettern geschrieben, der Slogan: »Competence by Bredemann«. Beides war auf eine weiße, bestimmt zwei Meter breite Glasplatte in goldener Schrift geschrieben. Darunter stand ein Sideboard, darauf standen Postkörbe, Aktenordner und eine weiß blühende Orchidee.

Mit ihrer Strickmütze in der Hand und ihrer offenen Winterjacke fühlte Frederike sich deplatziert. Ihre Schuhe, die für eine Schlammwanderung gemacht waren, taten ihr Übriges.

Die junge Frau ließ sich nicht irritieren, lächelte unverdrossen weiter und sagte wie auswendig gelernt: »Herzlich willkommen. Was kann ich Gutes für Sie tun?« Der offene Blick der Frau ließ nicht erkennen, was in deren Kopf vorging.

Frederike räusperte sich. »Stier. Frederike. Könnte ich Frau oder Herrn Bredemann sprechen?« Sie hatte auf dem Weg hierher auf der Homepage gelesen, dass die Agentur vom Ehepaar Bredemann geführt wurde, daher fragte sie auch direkt nach einem von beiden.

Die Frau, »Jenny Rössler« stand auf dem Schildchen, sah auf den Bildschirm vor sich. »Haben Sie einen Termin? Ich kann hier keinen sehen.«

»Nein, nein. Ich bin spontan gekommen. Es geht um Rebecka Lautenschläger.«

»Mein Beileid«, sagte Frau Rössler spontan, wohl in der Annahme, dass Frederike eine Angehörige sei. »Das ist schlimm, was passiert ist. Wir haben es gestern –«

»Danke, aber ich bin eine Freundin von Herrn Lautenschläger, Rebeckas Vater«, unterbrach Frederike sie.

»Richten Sie Herrn Lautenschläger mein Beileid bitte aus. Sind die Blumen angekommen?«

Frederike hörte aus der Stimme eine aufrichtige Anteilnahme heraus. Die junge Frau steckte also hinter den Lilien.

Diese Jenny erklärte Frederike, dass es gerade sehr schlecht sei, weil Frau Bredemann einen Termin habe und danach zu einem wichtigen Pitch wegmüsse. Deshalb sei es heute ungünstig.

Frederike bemerkte eine Bewegung links neben sich und drehte den Kopf. Hinter einer Glastür näherten sich eine Frau und ein Mann. Die Frau druckte die Tür auf, um den Mann vorzulassen.

»Überlegen Sie es sich sehr gut«, sagte der dicke, aufgedunsene Mann zu der Frau im blauen Kostüm. »Ich habe mit meinen Anwälten alles vorbereitet. Sie werden es bereuen.« Das rote Gesicht des Mannes saß auf einem kurzen Hals, der aus einem viel zu engen Kragen quoll. Obwohl der oberste Knopf offen und die Krawatte gelockert war. Seine grauen Minipli-Locken waren zu einem Pferdeschwänzchen zusammengebunden und hüpften lustig. Er neigte den Kopf und sah die Frau von unten an. Fehlte nur, dass er mit dem Fuß über den Boden scharrte.

Die Kostümträgerin zeigte sich von dem aufgeregten Gezeter ziemlich unbeeindruckt. Frederike dagegen beobachtete das Schauspiel amüsiert. Der Mann musste zu der Frau hochschauen. Dafür konnten sich bestimmt zwei kleinere Frauen ihrer Statur hinter ihm verstecken. Er schien in seiner aufgeregten Rede einem Herzinfarkt näher als die Frau einer Gefühlsregung.

Frederike trat einen Schritt zurück, um das Geschehen nicht zu stören.

»Herr Kommer, ich sehe Ihre Bedenken. Glauben Sie mir. Ich habe das überprüfen lassen, und es gibt nichts, wirklich gar nichts, was gegen unser Vorgehen spricht.«

»Ich dachte, Sie wären eine nette Frau. So habe ich Sie kennengelernt. Lassen Sie es nicht drauf ankommen. Das wird nicht gut ausgehen.« Der Mann kämpfte sichtlich mit seinen Emotionen. Er suchte nach einer Formulierung, schob seine Unterlippe vor, was seinem Bemühen nach kompetenter Ausstrahlung nicht förderlich war, bevor er sich abrupt umdrehte und mit einem »Wir sehen uns wieder!« durch die Eingangstür verschwand.

Frederike hielt die Luft an.

Die Frau stand noch einen Moment da und ließ die Szene offenbar Revue passieren. Dann schüttelte sie den Kopf und kam zum Tresen. »Sind die Unterlagen für den Termin gleich fertig?«, fragte sie Frau Rössler.

»Fast. Ich warte noch auf den USB-Stick mit den Daten.«

Frederike war ehrlich beeindruckt. Wie souverän die Frau diesen Angriff pariert hatte, nötigte ihr großen Respekt ab.

»Hier ist Frau …« Frau Rössler sah Frederike an.

»Stier. Frederike Stier.«

Überraschte Augen sahen sie an. »Wie Bond? James Bond?«

Hörte sich so brechendes Eis an? Es fehlte die Wärme. »Eher nicht«, entgegnete Frederike. »Ich bin eine Freundin von Herrn Lautenschläger und –«

»Ich verstehe«, fiel die Frau ihr sofort ins Wort. »Ich bin Fabienne Bredemann. Ich leite mit meinem Mann die Werbeagentur. Es tut mir leid. Schrecklich leid, was passiert ist.«

»Ja, es ist ein Schock. Wir können es noch gar nicht glauben.«

»Natürlich.« Frau Bredemann sah zu der Rezeptionistin. »Tritt ihm auf die Füße, wenn er mit dem Stick nicht fertig wird. Ich muss weg.« Frau Bredemann zeigte ins angrenzende Großraumbüro. Dann zu Frederike. »Gleich habe ich einen sehr wichtigen Termin, den ich noch einmal durchgehen muss. Es tut mir leid, dass ich keine Zeit für Sie habe.«

»Fünf Minuten würden mir schon reichen.«

»Im Moment geht es wirklich nicht. Tut mir leid.«

»Ich kann auch später noch einmal kommen. In einer halben Stunde oder Stunde?« So einfach wurde man sie nicht los.

Frau Bredemann sah auf die Uhr. »Worum geht es denn?«

Ein kleiner Spalt tat sich auf. »Herr Lautenschläger, Rebeckas Vater, bat mich, zu Ihnen zu gehen. Ich würde es gerne diskret ...« Frederike sah zu Frau Rössler.

Frau Bredemann verdrehte die Augen. »Also gut. Kommen Sie kurz vor fünfzehn Uhr noch einmal. Aber wirklich nur kurz.«

In dem Moment stieß Stephanie Grubinek die Glastür auf. »Fabienne, ich bin ...« Sie erkannte Frederike, sah zu Frau Bredemann und stammelte: »Oh, Entschuldigung, ich ... wollte nicht stören.«

»Ist schon gut. Wir sind sowieso fertig. Bis gleich, Frau Stier.« Frederike nickte, bückte sich dann aber, um ihre Schuhe neu zu binden.

»Ich bin Rebeckas Unterlagen für die Präsentation noch einmal durchgegangen«, sagte Stephanie Grubinek. »Ein paar Kleinigkeiten habe ich angepasst. Wenn es dir hilft, könnte ich auch mitkommen. Ich bin jetzt im Thema.«

»Komm.« Frau Bredemann schob Frau Grubinek in Richtung Glastür, durch die sie auch sofort verschwanden. Frederike hörte nur noch: »Wie kommst du auf die Idee, dass ich ...« Dann waren sie außer Hörweite.

»Es ist gerade ein bisschen hektisch bei uns«, bemühte sich Frau Rössler, die Situation zu erklären.

Frederike richtete sich auf. »Frau Lautenschläger, ich meine Rebecka, war sie beliebt?«, startete Frederike einen Versuch, doch jetzt gleich ein paar Informationen zu ergattern.

»Wir können es gar nicht glauben. Das ist so surreal. Vorgestern war sie noch hier. Voller Energie hat sie die Präsentation mit Fabienne, Frau Bredemann, vorbereitet. Heute wollten sie zu einem neuen Kunden fahren, um den Agenturvertrag festzumachen. Und jetzt das.«

»Ein großer Kunde?«, fragte Frederike wie selbstverständlich.

»Bringst du mir die fertigen Unterlagen?« Aus der Telefonanlage drang Frau Bredemanns Stimme. »Es eilt!«

Frau Rössler nahm einen Stapel Schnellhefter und stand auf. »Ich muss.«

»Können wir uns treffen? Herr Lautenschläger ist ganz aufgelöst. Er ist dankbar für alles, was er noch über seine Tochter erfahren kann. Wäre das möglich?«

Frau Rössler zögerte.

»Kommst du!«, ertönte erneut die Stimme.

»Heute Abend, um halb sieben im Fitnessstudio. ›Körpermitte‹. Hier um die Ecke.«

Frederikes »Danke« hörte sie wahrscheinlich nicht mehr.

8

Frederike ging zurück zur Bahnhofstraße. Sie musste knapp drei Stunden überbrücken. Also beschloss sie, sich die Weihnachtsvorbereitungen in der Gelsenkirchener Innenstadt anzusehen.

Über der Einkaufsstraße hingen bereits die Lichterketten, in den Schaufenstern wurde die Geburt des Retters der Welt mit Styroporschnee und Plastiksternen angekündigt, und auf der Straße drängten sich Schüler, Rentner und Mütter samt Kinderwagen.

Überall standen die Buden für den Weihnachtsmarkt, die mit Kugeln behängten Christbäume, Imbissstände, die auf den Startschuss und die Besucher warteten. Ein Stand mit gebrannten Mandeln verkaufte bereits seine Ware. Es roch verführerisch.

Überall wurde noch geschraubt und gebohrt, es wurden Kisten geschleppt und Auslagen eingeräumt. Nur schade, dass das Wetter nicht mitspielte. Es war kalt und grau, und ständig lag ein Hauch von Nieselregen in der Luft.

Frederike stellte sich vor die Filiale eines Kaffeerösters. Sie holte ihr Smartphone aus der Jackentasche und schaute nach, ob Nachrichten gekommen waren. Frau Grubinek hatte ihr eine Textnachricht geschrieben: »Können wir uns heute Abend treffen? Bei mir?«

Gab es doch etwas, was Rebeckas Mitbewohnerin beschäftigte. »Ich kann gegen acht Uhr, vielleicht halb neun, bei Ihnen sein«, schrieb Frederike und drückte auf »Senden«.

»Ich bin da«, kam direkt die Bestätigung.

Ein gutes Gefühl machte sich in Frederike breit. Es ging weiter. Drei Gespräche am ersten Tag versprachen einige Erkenntnisse, bevor sie ins Bett ging.

Bei der Gelegenheit suchte sie direkt die Adresse von diesem Fitnessstudio »Körpermitte«. Nach einer kurzen Orientierung stellte sie fest, dass es sich tatsächlich gleich um die Ecke befand.

Jetzt wollte sie aber die Zeit nutzen, um die Innenstadt kennenzulernen. Sie erinnerte sich an einen Zeitungsartikel, der vom berühmten Gelsenkirchener weiß-blauen Kugelbaum berichtete. Er war seit Jahren die Attraktion zur Weihnachtszeit hier in der Innenstadt. Gesehen hatte sie ihn bisher nicht.

Wenn nicht jetzt, wann dann, dachte sie und schlenderte die Bahnhofstraße hoch. Sie genoss es, mit diesem Trubel, der bereits hier herrschte, nichts zu tun zu haben, und war gespannt, was auf sie zukam. Im Bahnhof war sie vorhin schon über die weißen und blauen Kugeln verwundert gewesen, die über den Geschäften in der Passage angebracht waren. Gab es in Gelsenkirchen ein durchgehendes Farbkonzept vom Bahnhof bis zum Kugelbaum? Es hatte den Anschein.

Als sie vor dem »Baum« stand und den Kopf in den Nacken legte, wusste sie, warum dieser Baum die Gelsenkirchener Bevölkerung spaltete. Eine Pyramide aus weißen und blauen Kugeln. »Sonnenbälle« sollten die darstellen. Okay, Blau war die Stadtfarbe, nicht nur auf Schalke. Aber Weihnachtsbaum? Das Ding war imposant groß. Die Kugeln unterschiedlich dick. Aber das war kein Baum, sondern eine Stahlkonstruktion. Am stählernen Stamm, der über zehn Meter hoch war, ragten Streben heraus, an denen die Kugeln angebracht waren. Unten richtig dicke, danach mischten sich weniger dicke mit kleineren Kugeln. Bis sie sich zur Spitze hin verschlankten. *Sehr eigenwillig. Und schön geht irgendwie anders.*

Als Frederike sich zum Gehen wandte, marschierte ein Mann mit eingezogenem Kopf und dicker Jacke an ihr vorbei. »Entschuldigen Sie«, sprach sie ihn an. »Wie gefällt Ihnen der Baum?«

Der Mann sah sie aus faltigen Augen an, schob seine Kappe nach hinten und kratzte sich im Genick. »Hömma«, fing er an, »wannze den in Schwarz-Gelb aufstellen täten, täten wir hier steh'n wie 'ne Eins. Einer hätt 'ne Flex, der andere en Kasten Pilskes, und Ruh wär im Karton. Na ja«, er sah den Baum an, »so isset halt.«

Mit dieser einfachen Philosophie ließ er sie stehen. »*So isset halt.*« War das die Kapitulation vor dem Unabänderlichen oder Toleranz gegenüber einer anderen Einstellung? Wie sie die Ruhris einschätzte, war es ein bisschen von beidem.

Frederike schlenderte zurück zur Agentur Bredemann, betrachtete auf ihrem Weg die Auslagen, beobachtete das geschäftige Treiben, roch die gebratenen Würstchen bei einem Imbiss. Schmunzelnd dachte sie an die Szene von eben. Es war einfach schön hier im Pott.

Als sie wieder im Foyer der Werbeagentur stand, sah sie durch die Glaswand, die das Großraumbüro abtrennte, dass Frau Bredemann eine Ansprache hielt. An der Wand hinter ihr war ein Foto von Rebecka zu sehen, vermutlich von einem Beamer dorthin projiziert. In der unteren rechten Ecke war ein Trauerflor zu sehen.

Frau Rössler vom Empfang stand in der hinteren Reihe. Sie sah Frederike und hob die Hand. Gleich darauf kam sie durch die Tür geschlüpft.

»Die Chefin informiert gerade offiziell über Rebeckas Tod. Sie ist gleich fertig.«

Im Augenwinkel sah Frederike, wie die Glastür aufschwang. Frau Bredemann kam mit ausgestreckter Hand auf sie zugestürmt. »Es tut mir schrecklich leid. Aber im Moment ist es ganz schwierig. Kommen Sie bitte mit in mein Büro.« Bereits im Gehen drehte sie den Kopf zu der Empfangsdame und meinte: »Jenny, ist mein Mann schon da? Ich hab ihn angerufen, dass er mich fährt. Ich habe nicht die Ruhe, um selbst zu fahren.«

»Gesehen habe ich ihn nicht. Aber ich rufe ihn an.«

Sie eilten durch das Großraumbüro, Frau Bredemann vorweg, Frederike hinterher. »Hast du endlich die Präsentation auf einen USB-Stick gezogen?«, fragte sie einen bärtigen Mann, der konzentriert auf seinen Bildschirm starrte.

»Fertig«, antwortete er und zog den kleinen Datenträger aus seinem Computer. Frau Bredemann nahm ihn entgegen. Ein kurzes »Danke«, und sie eilte weiter.

»Bringst du die Handouts zu Jenny? Sonst vergesse ich sie«, meinte sie zu einer strubbligen Frau, die einen Berg Papier vor sich sortierte. Die nickte und stand auf.

Wie sollte Frederike hier Zeit finden, ihre Fragen zu stellen? Sie bedankte sich im Namen von Hartmut für die schönen Blumen, die die Agentur am Morgen geschickt hatte.

»Ich hatte Jenny gebeten, etwas zu organisieren. Schön, wenn Ihnen die Blumen gefallen.« Frau Bredemann setzte sich. »Es ist so schlimm, dass Rebecka nicht mehr da ist. Und hier läuft es weiter, als wäre nichts passiert. Ich fühle mich so schlecht dabei.« Sie atmete tief durch. »Dabei ist es alles andere als normal.« Die Geschäftsführerin hob die Schultern. »Aber wir müssen weitermachen. Augen zu und durch.« Sie schüttelte den Kopf. »Ich kann nicht glauben, dass Rebecka sich selbst etwas angetan hat.« Frau Bredemann nahm die schwarz gerahmte Brille ab und rieb sich über die Augen.

»Haben Sie mit der Polizei gesprochen?«, fragte Frederike.

»Kurz. Heute Morgen. Ich wurde von einem Kommissar angerufen.«

»Fabienne, Volkmar ist da«, informierte diese Jenny über die Telefonanlage. Das war wahrscheinlich der Ehemann.

»Können wir uns zu einem anderen Zeitpunkt noch einmal treffen?«, fragte Frederike. Sie sah ein, dass sie jetzt keine Chance bekam.

»Fragen Sie bitte Jenny. Sie kann Ihnen meine Termine sagen. Dann nehme ich mir auch Zeit für Sie. Versprochen.« Dabei lächelte Frau Bredemann etwas verkrampft.

Frederike nahm es hin.

Beim Hinausgehen erzählte Fabienne Bredemann: »Rebecka hat den Kontakt zu dem Kunden hergestellt. Sie hat das Konzept erarbeitet, das ich gleich präsentiere. Es ist ihre Präsentation, ihr Kunde. Es ist ihr Baby. Sie sollte das jetzt alles machen.«

Frau Bredemann hielt sich die Hand an den Kopf.

Als sie bei dem Bärtigen vorbeikam, fragte sie: »Hast du die

Änderungen von Stephanie noch eingearbeitet? Hast du sie auch ausgedruckt? Sie sind in den Handouts?«

»Steht ›Anfänger‹ auf meiner Stirn? Klar hab ich das gemacht.« Er lachte.

Sie legte ihm die Hand auf die Schulter.

Sie eilten weiter, und gemeinsam verließen sie den Raum.

»Entschuldigen Sie nochmals, dass ich Sie so rüde behandle. Aber es ist gerade wirklich sehr schlecht. Wir holen es nach. Jenny gibt Ihnen einen Termin.« Damit sah Frau Bredemann zu der Empfangsdame, die bestätigend nickte.

»Volkmar wartet unten«, sagte diese.

»Danke.« Fabienne Bredemann nahm die Stofftasche, in der wohl alles steckte. »Wir sehen uns bald wieder.« Damit streckte sie Frederike die Hand entgegen.

»Kann ich mich vielleicht noch mit Kolleginnen oder Kollegen von Rebecka unterhalten? Herr Lautenschläger ist sehr durcheinander. Er würde gerne mehr über die Arbeit seiner Tochter erfahren. Um alles irgendwie einordnen zu können. Es wäre ihm eine große Hilfe.« Frederike versuchte es auf einem netten Weg.

»Das wäre mir gerade nicht so recht. Wir sind alle noch sehr schockiert von dem Verlust. Außerdem haben wir durch das Weihnachtsgeschäft sehr viele Aufträge, die abgearbeitet werden müssen. Verstehen Sie mich bitte nicht falsch. Zu einem späteren Zeitpunkt gerne.« Frau Bredemann sah auf die Uhr. »Ich muss los.« Sie nahm ihren Mantel vom Haken neben dem Empfang und legte Frederike die Hand auf den Rücken. »Wir können gemeinsam den Aufzug nehmen. Kommen Sie.«

»Frau Rössler gibt mir noch den Termin, dann komme ich nach.« Frederike hoffte, dass Frau Bredemann keine Zeit hatte und schon einmal vorausging.

»Ich rufe den Aufzug und warte auf Sie.« Frau Bredemann ließ sich nicht abschütteln.

Frederike nahm den Terminzettel entgegen. »Übermorgen um neun. Okay.«

»Kommen Sie?«, rief Frau Bredemann. Frederike verabschiedete sich und eilte aus der Tür.

Im Aufzug fragte sie, wie Frau Bredemann den weiß-blauen Kugelbaum fand.

»Das ist doch ein gelungenes Wahrzeichen der Stadt«, antwortete sie mit strahlenden Augen. »Modern, spiegelt die Identität der Leute und interpretiert diese Zeit auf eine ganz neue, ungewöhnliche Art. Außerdem sorgt er für eine Bekanntheit, die weit über die Stadtgrenze reicht. Ich finde ihn toll.« Nach einem kurzen Nachdenken ergänzte sie: »Und mutig.«

Vor dem Haus verabschiedeten sie sich.

Der Mann, der wie auf Knopfdruck aus einem Wagen stieg, musste Volkmar Bredemann sein. Der schwarze SUV glänzte wie eine Speckschwarte, selbst bei dem trüben Wetter.

Volkmar Bredemann ging zu seiner Frau und gab ihr einen Kuss auf die Wange. Frederike blieb daneben stehen. Sie ging auch nicht weg, als Frau Bredemann sagte: »Wir müssen los. Es ist spät.«

Volkmar Bredemann sah sie aus braunen Augen an, während seine Frau schon zum Wagen ging. Die Fältchen um seine Augen deuteten auf eine Frohnatur hin. Nur sein Mund schien sehr schmal, die Lippen zusammengedrückt. Er streckte Frederike die Hand hin und sagte mit offener Miene: »Bredemann, Volkmar Bredemann.«

Auch Frederike stellte sich kurz vor, dann hörte sie, wie die Autotür zuschlug.

»Wir müssen los«, sagte Volkmar Bredemann. »Ein anderes Mal.« Er hob die Hand und eilte zu seinem Wagen. Im nächsten Moment schoss der davon. Frederike wartete, bis der Wagen um die Ecke verschwand. Dann ging sie wieder ins Haus, um mit dem Fahrstuhl erneut hinauf zum Empfang zu fahren.

Jenny Rössler tippte auf ihrer Tastatur herum, als Frederike eintrat. »Haben Sie etwas vergessen?«

»Habe ich meine Handschuhe hier liegen lassen?« Frederike sah sich um.

»Ich habe keine gesehen.« Jenny Rössler stand auf und kam um den Tresen. Sie sah sich ebenfalls um.

Frederike nutzte die Gelegenheit. »Können Sie mir vielleicht etwas über Rebecka erzählen? Ihr Vater und ich sind dankbar, wenn wir mehr über sie erfahren. Wie es ihr ging. Was sie so gemacht hat. Wir können uns einfach nicht vorstellen, was zu ihrem Tod geführt haben könnte, und …« Sie hielt inne, weil sie hörte, wie draußen die Fahrstuhltüren aufglitten. Im Augenwinkel erkannte sie Frau Bredemann.

»Habe ich etwas vergessen einzupacken?« Die Empfangsdame sah erschrocken zu ihr hin.

»Ich glaube, ich habe meine Handschuhe vergessen«, sagte Frederike schnell, um ihr Hiersein zu erklären.

»Hatten Sie die nicht in Ihren Rucksack gesteckt?« Frau Bredemann schob fast schon herausfordernd ihr Kinn vor.

»Da hatte ich vorhin nachgesehen.« Frederike nahm den Rucksack ab und zog den Reißverschluss auf. Sie wühlte drin herum. »Ganz unten haben sie sich versteckt.« Sie holte sie heraus. »Ich werde alt.« Mit einem Lachen versuchte sie, die Lage zu entspannen.

»Dann ist ja alles gut«, meinte Frau Bredemann. »Kommen Sie mit?«

Gemeinsam fuhren sie wieder nach unten, verabschiedeten sich noch einmal, und zum zweiten Mal stand Frederike auf der Straße und fragte sich, warum Frau Bredemann so misstrauisch sein musste.

9

Das Bild, das Frederike von Rebeckas Arbeitsplatz gewonnen hatte, schälte sich nur zögernd aus ihren Eindrücken heraus. Kurz bevor sie das Café betrat, konnte sie es benennen: Schönheitsklinik. Alles blitzte und blinkte, die schönen Menschen, die aufgeräumten Schreibtische. Nichts entsprach dem Bild, das sie von einer Werbeagentur hatte. Das sagenumwobene »kreative Chaos« fand dort nicht statt.

Ob sich Rebecka dort wohlgefühlt hat?

Das Einzige, das ihrer Vorstellung einer Werbeagentur entsprach, war der Stress und der Zeitdruck, der dort offenbar herrschte. Gut, dass es eine Chefin gab, die mit klaren Anweisungen und unaufgeregter Hand den Laden organisierte.

Rebecka schien dort integriert gewesen zu sein, wenn sie die Präsentation zu einer Kundenakquisition verantwortete. Erstaunlich, fand Frederike, wenn sie die entschlossene Agenturchefin bedachte. Rebecka schien viel Stress gehabt zu haben. Die Lilien, die Ansprache, die Reaktion der Rezeptionistin deuteten außerdem darauf hin, dass sie beliebt und geschätzt gewesen war. Das berufliche Umfeld sah auf den ersten Blick nicht nach dem Grund für einen geplanten Suizid aus.

Aber es war auch nur Frederikes erster Eindruck von der Agentur. Weitere Gespräche würden folgen. Das nächste mit Frau Rössler und danach mit Frau Grubinek, Rebeckas Mitbewohnerin.

Es war kalt, dunkle Wolken bauten sich auf, und der Wind zerrte an Frederikes Jacke. Der perfekte Zeitpunkt, jetzt das Café zu besuchen, vor dessen Schaufenster sie vorhin gestanden und es sich verkniffen hatte, hineinzugehen und der Seele etwas Gutes zu tun.

Im Café war es mollig warm, in der hinteren Ecke wartete ein freier Tisch auf sie, und es roch nach frisch gebrühtem Kaffee und Kuchen aus dem Ofen. Hinzu kam, dass sie den Altersdurchschnitt deutlich senkte, was ihre Stimmung noch einmal aufhellte.

Hier stimmte alles: die stoffgepolsterten Stühle mit den geschwungenen Rahmen, die plüschigen Vorhänge an den Fenstern, die Auswahl an Sahnetorten, selbst die Bedienung mit ihrem weißen Schürzchen vor dem Bauch. Eine kleine Zeitreise in ihre Jugend.

Eigentlich perfekt.

Als die Schwarzwälder Kirschtorte vor ihr stand, der Kaffee in der verschnörkelten Tasse dampfte, ihr von den Nachbartischen anerkennend zugenickt wurde, durchfuhr es sie.

Sie bezahlte und verließ das Café. Auf die Nachfrage der Bedienung, ob es nicht geschmeckt habe, entschuldigte sie sich damit, dass sie einen dringenden Termin vergessen habe und sie sich nun beeilen müsse.

Draußen hielt sie das Gesicht in den Nieselregen. War dieses Café die Büchse der Pandora und sie hatte gerade das Leben gesehen, das nun auf sie wartete? Wie sie mit Torte und Rentnern in einem plüschigen Café saß? Wie sie sich über die Welt und das Altwerden beschwerte und den Frust mit einem Likör hinunterspülte?

Wenn sie gekonnt hätte, wäre sie tatsächlich weggerannt. So blieb sie stehen und wartete, dass sich in der kalten Luft und dem sanften Regen ihr Puls wieder beruhigte, die Vision verflog, sie den Teufel wieder von der Wand radiert hatte.

Ihr Hochgefühl, das sie vorhin noch gehabt hatte, weil sie dachte, mit ihren Ermittlungen weiterzukommen, war verschwunden. Sie sah den Berber, der ein Pappschild mit einem einfachen »Danke!« vor sich stehen hatte. Eine junge Frau, die ihre Obdachlosenzeitung fifty-fifty verkaufte und dabei unermüdlich lächelte, auch wenn kaum jemand eine Zeitschrift wollte. Trotzdem wünschte sie allen, die an ihr vorbeigingen, eine friedvolle Adventszeit.

Frederike gab der Frau zehn Euro und bekam eine Zeitung,

dazu die besten Wünsche und ein »Dankeschön«. Das klang herzlich und aufrichtig, dass Frederike eine Gänsehaut bekam. Sie lächelte steif und ging weiter.

Frederike ging in eine Seitenstraße, um sich eine ruhige Ecke zu suchen. Im Schutz eines Lieferanteneingangs rief sie Hartmut an. Seine Stimme klang dünn, seine Enttäuschung, dass sie noch nichts erfahren hatte, war nicht zu überhören. Von der Kripo gab es ebenfalls nichts Neues. »Machst du weiter?«, fragte er.

Sie hörte die Bitte, ihn jetzt nicht mit der Ungewissheit, der Trauer, dem Chaos alleinzulassen.

»Natürlich mache ich weiter. Ich bringe immer zu Ende, was ich angefangen habe.«

»Ich erinnere mich«, brummte er.

In Frederikes Ohren klang es nicht, als würden dabei positive Erinnerungen geweckt.

»Wann triffst du dich mit Kowalczyk?«, fragte sie wie selbstverständlich.

»Er will sich melden, wenn es etwas gibt. Das Obduktionsergebnis soll morgen vorliegen.«

»Wenn er sich mit dir treffen will, lass mich bitte dabei sein. Es ist wichtig, dass ich das Ergebnis kenne.«

»Wie soll ich –«

»Du musst ihm nichts davon sagen. Wenn er kommt, bin ich schon da.« Frederike verstand, dass Hartmut gerade die Energie fehlte, um sich einem Konflikt zu stellen. Ihn zu vermeiden war jetzt aber nicht hilfreich. »Versprich es mir.«

Wieder kam nur ein »Mhh« und eine Bemerkung, die sie nicht verstand.

»Ich melde mich später wieder.«

Mit einem »Tu das« beendete er das Gespräch.

Hartmuts Niedergeschlagenheit übertrug sich auf sie. Sie fragte sich, ob diese Novemberstimmung auch Rebecka aufs Gemüt geschlagen war. Vielleicht gab es wirklich etwas in ihrem Umfeld, das sie aus der Bahn geworfen hatte.

Sie sollte sich einen ruhigen Platz suchen, wo sie ihre Gedanken notieren und sortieren konnte. Sie erinnerte sich an das Rentnercafé, fand aber, dass es so ruhig nun auch nicht sein musste.

Sie hatte aber auch keine Lust, noch weiter durch die Stadt zu laufen. Der Wind blies ihr ins Gesicht, und die Temperatur schien minütlich zu sinken. Also beschloss sie, ins Fitnessstudio zu gehen, wo sie sich gleich mit der Rezeptionistin treffen wollte.

Waren ihre Füße gerade noch ohne ihr Zutun zum Café gelaufen, musste sie sie jetzt zwingen, den Weg zum Fitnessstudio einzuschlagen. »Fitnessstudio«. Alleine das Wort verursachte einen Ausschlag bei ihr. Ein einziges Mal war sie in so einer Einrichtung gewesen. Das nur, weil sie den Besitzer befragen musste. Dieser Gestank nach Schweiß und ungewaschenen Füßen, die dröhnenden Bässe der Musik, diese aufgepumpten Muskelmänner, das war nicht ihre Welt.

Die Freundlichkeit, mit der sie fünf Minuten später im »Körpermitte« empfangen wurde, verblüffte sie. Dass ein Trainer ihr einen Mineraldrink kostenlos auf den Tisch stellte, torpedierte ihre Vorurteile. Und als er dann noch sagte: »Wenn wir etwas für Sie tun können, zögern Sie bitte nicht; wir beantworten sehr gerne Ihre Fragen«, lag alles, was sie sich gegen diese Einrichtungen aufgebaut hatte, in Schutt und Asche.

Dabei hatte sie direkt verkündet, sie warte hier nur auf eine Bekannte, die gleich kommen würde. Sie hatte sich bereits alle Arten der Erwiderung überlegt, wollte man sie rauswerfen. Auf das »Kein Problem. Sie können sich auf das Sofa setzen« wusste sie nichts zu sagen außer: »Danke ... Mach ich gerne.«

Der Drink schmeckte weniger künstlich als befürchtet, und die Luft hier drinnen roch mehr nach Zitrone als nach Schweiß. Wenn das Blondchen hinter der Bar wenigstens gesagt hätte, das hier wäre kein Bahnhof oder Flughafen, wo man auf Ankommende wartete. Nein. Die ließen sie mit ihren Vorurteilen auflaufen und merkten es noch nicht einmal.

Dafür entsprachen die Frauen, die hier herumtänzelten, exakt ihren Erwartungen. Peter Paul Rubens wäre bei diesem Anblick verzweifelt. Wahrscheinlich hätte er aufgehört, seine barocken Bilder zu malen, und angefangen, Symphonien zu komponieren. War es befriedigend zu wissen, dass wenigstens sie selbst ein passables Motiv für ihn abgegeben hätte?

Sie holte ihr Notizbuch aus dem Rucksack und notierte Stichpunkte, die ihr während des Tages noch vom Tatort durch den Kopf gegangen waren. Gab es Hinweise, dass Rebecka im Wasser fixiert worden war? Etwas, womit man sie daran hindern konnte, aus dem Becken zu klettern? Eine Stange oder einen Besen? Warum standen die Schuhe am Beckenrand? Und was sollte die Halskette mit dem Kreuz? Eine Nachricht von Rebecka oder ihrem Mörder? Ihr fiel das Foto von der Mitbewohnerin und dem Papst ein.

Von Frau Grubinek und Frau Rössler brauchte sie Informationen zu Rebeckas Leben außerhalb der Agentur. Gab es einen Freundeskreis, Leute, mit denen sie sich traf, telefonierte oder chattete? Kannten sie Personen, von denen Rebecka erzählt hatte? Oder wussten sie von Problemen, finanziellen, familiären, seelischen? Außer einer Fotografie und den wenigen Hinweisen, die sie von Hartmut bekommen hatte, war diese Frau noch ein unbeschriebenes Blatt für sie.

Die Gespräche mit der Empfangsdame und danach mit Frau Grubinek sollten sie weiterbringen.

Frederike hob den Kopf. Menschen eilten zu Fitnessgeräten, um danach mit verzerrten Gesichtern Gewichte zu bewegen. Andere rannten mit Handtuch und Wasserflasche bewaffnet in einen Raum, während andere mit glücklichem und schweißnassem Gesicht ihnen entgegenkamen. Dabei trugen die meisten ein seliges Lächeln im Gesicht, zeigten entspannte Züge, wirkten zufrieden, als wäre das alles hier das pure Vergnügen und keine Foltereinrichtung.

Wo blieb diese Jenny nur? Die Uhr über dem Tresen sprang auf achtzehn Uhr dreißig.

Eine Trainerin setzte sich neben sie. »Entschuldigen Sie. Haben Sie vielleicht fünf Minuten Zeit für mich?«

Manchmal waren es gerade diese unverhofften Gespräche, die sie weiterbrachten. Also sagte sie Ja.

10

Natürlich kam diese Jenny Rössler nicht pünktlich. Das nutzte die Trainerin gnadenlos höflich und freundlich, um Frederike am Ende zu fragen, wann sie Zeit für ein Probetraining habe.

Auf diese Frage gab es so viele Antworten, dass ihr keine passende einfiel.

Eine Servicekraft brachte ihr einen weiteren Mineraldrink, was es noch schwerer machte, einfach abzulehnen.

Endlich kam Frau Rössler und erlöste sie. »Entschuldigen Sie, dass ich Sie warten ließ. Aber ich kam nicht los.« Sie blieb vor ihr stehen. »Wie ich sehe, haben Sie die beste Trainerin von allen schon kennengelernt? Machen Sie Zumba bei ihr, und Sie werden nicht mehr aufhören wollen.«

Frederike überlegte, was Zumba sein könnte, hatte aber keine Idee. Egal. Sie würde sowieso nur deshalb nicht damit aufhören, weil sie erst gar nicht damit anfing.

»Ich habe dich in die Liste eingetragen«, rief die Frau vom Tresen Jenny Rössler zu. »Beeil dich, der Kurs fängt an.«

Jenny hob die Hand. »Ich muss mich wirklich beeilen. Der Trainer lässt nach dem Warm-up niemanden mehr in den Raum.« Frederike war sprachlos. Das schien man ihr anzusehen, denn Jenny zögerte. »Wir können uns morgen treffen. Um zwölf Uhr hier. Dann nehm ich mir die Zeit. Aber jetzt …« Jenny sah auf die Uhr und rannte in Richtung der Umkleideräume.

Wenigstens hatte sie von der Trainerin noch Interessantes erfahren. Zwischen dem Studio und der Agentur Bredemann gab es eine enge Verbindung. Die Agentur gestaltete für das Studio Flyer und Poster und unterstützte es bei Events und Aktionen, dafür konnten deren Mitarbeiter zu einem Sondertarif dort trainieren. Natürlich nutzten das einige der Werbeleute, um regelmäßig hier zu trainieren.

Rebecka war auch Mitglied gewesen, sei aber sehr unregelmäßig zum Training erschienen. Zu Kursen sei sie manchmal gekommen und nach dem Training meistens sehr schnell wieder gegangen.

Frederike hoffte, einen Kontakt zu einigen von Rebeckas ehemaligen Kollegen zu bekommen, wenn sie nun auch hierherkäme. Deshalb ließ sie sich auf ein Probetraining morgen Vormittag ein. Eine Hintertür hielt sie sich offen, indem sie anmerkte: »Falls ich es nicht schaffe, melde ich mich.« Das war unverbindlich, und es war verrückt. *Ich in einem Fitnessstudio.*

Auf dem Weg zum Bahnhof suchte sie eine Zugverbindung zu Frau Grubinek. Sie musste sich beeilen, wollte sie um zwanzig Uhr bei ihr sein.

»Du glaubst nicht, was ich gerade getan habe«, überfiel sie Hartmut, nachdem sie in der Bahn saß und seine Nummer gewählt hatte.

»Mir ist gerade nicht nach Ratespielen, Frederike. Was hast du angestellt?«

»Ich habe mich für ein Probetraining im Fitnessstudio angemeldet.« An seiner Reaktion merkte sie sofort, dass das der falsche Einstieg war. Das hätte sie sich auch denken können. Seine Tochter war ermordet worden, und er dachte, sie würde ihren Tod aufklären. Stattdessen redete sie nun von Freizeitaktivitäten. Ohne dazuzusagen, dass dies Teil der Ermittlungen sein sollte. »Tut mir leid«, sagte sie schnell, doch es blieb still.

Dann füllten endlich Hartmuts Worte die Leere. »Ich bin stolz auf dich. Wirklich. Das überrascht mich positiv. Ich bin gespannt, wie es dir gefällt.«

»Ich wollte mich mit einer Kollegin von Rebecka in diesem Fitnessstudio treffen, um mehr zu erfahren. Aber sie kam zu spät. Jetzt treffe ich mich morgen noch einmal mit ihr.«

»Das ist gut. Danke.«

Sie nahm das Probetraining auf sich, um Informationen zum Tod seiner Tochter zu bekommen. Durch seine Reaktion kam ihr der Entschluss plötzlich wie eine Schnapsidee vor. Sie machte sich zum Kasper, nur um Antworten zu ergattern, die sie sich bestimmt auch auf anderen Wegen beschaffen könnte. Sie sollte den Termin gleich absagen.

Sie wechselte das Thema, indem sie von ihrem Gespräch mit Rebeckas Chefin berichtete und ihm anschließend erzählte, dass sie einen neuen Termin mit ihr vereinbart hatte und jetzt auf dem Weg zu Stephanie Grubinek war. »Sie muss etwas wissen. Die zwei haben zusammengewohnt. Bestimmt haben sie gelegentlich auch Zeit miteinander verbracht. Ich hatte gestern das Gefühl, als wäre die ehemalige Mitbewohnerin nicht offen.«

»Frag sie, ob Rebecka immer noch Tagebuch geführt hat. Früher hat sie alles aufgeschrieben. Die Tagebücher standen im Regal in ihrem Zimmer.« Hartmuts Stimme klang lebhafter.

Wenigstens taute er jetzt ein wenig auf. Vor allem freute sie sich über seine Idee. Ein Zeichen, dass er aktiver wurde und sich mit den Nachforschungen auseinandersetzte.

»Ich hoffe, Frau Grubinek lässt mich in Rebeckas Zimmer. Fällt dir sonst noch etwas ein?«

»Im Moment nicht. Wenn doch, ruf ich dich an.«

Fast konnte man ihren Austausch ein Gespräch nennen, dachte Frederike und erlaubte sich dezente Zuversicht. »Hat Kowalczyk eigentlich was gesagt, ob die Kripo überhaupt noch ermittelt?« Sie wollte nicht glauben, dass ihr Ex-Kollege so schnell die Möglichkeit eines Gewaltverbrechens ausschloss.

»Nicht wirklich. Wie gesagt, er wartet angeblich das Obduktionsergebnis ab und will dann weitersehen. In Rebeckas Zimmer hat er keine Hinweise gefunden, die auf ein Gewaltverbrechen deuten könnten. Auch sonst nirgends, nicht an ihrer Kleidung oder wo immer er gesucht hat.«

Sie merkte, dass er etwas ergänzen wollte, deshalb schwieg sie.

»Ich habe nicht das Gefühl, dass sie ernsthaft ermitteln. Deshalb bin ich froh, dass du dich bemühst. Danke.«

»Ich bin sicher, die ermitteln seriös und in alle Richtungen.« Frederike wusste nicht, warum sie Kowalczyk verteidigte.

Doch, das weiß ich sehr wohl. Eigentlich verteidigte sie nicht Kowalczyk, sie verteidigte die Kripo, weil sie über dreißig Jahre für den Verein gearbeitet hatte und nicht glaubte, dass ein Mordfall nachlässig behandelt wurde. Kowalczyk hin oder her.

Als sie sich wieder wie ein langjähriges Ehepaar anschwiegen, beendete sie das Gespräch: »Ich bin gleich da und muss raus. Ich melde mich später noch einmal.«

Die Regionalbahn hielt in Altenessen. Frederike ging die wenigen Meter bis zur Straßenbahnhaltestelle, wo sie kurz darauf in die 108 stieg. Sie fuhr bis zur Haltestelle Am Freistein, von dort war es nicht weit bis zu Rebeckas ehemaligem Zuhause.

Nach der Bahnfahrerei empfand sie die Kälte draußen noch schlimmer. Sie schüttelte sich einmal kräftig, pustete in die Hände und zog die Mütze etwas tiefer. Es ließ sich nicht mehr wegleugnen: Der Winter stand vor der Tür. Sie ging durch die Bahnunterführung, früher ein Zentrum für Dealer und Obdachlose, und erreichte die Beisingstraße. Ihr Ziel lag am anderen Ende der Straße.

Als Frederike bei Stephanie Grubinek am Küchentisch saß, fragte die auch gleich, ob sie etwas Heißes trinken wolle. »Ich habe auch Glühwein«, sagte sie und lächelte verschmitzt.

Dazu konnte Frederike nicht Nein sagen. Als der Becher wenig später vor ihr stand und ihr der süßlich-schwere Duft von Rotwein, Zimt und Nelken in die Nase stieg, umschloss sie ihn mit beiden Händen und führte ihn langsam zum Mund. *Der erste Glühwein in diesem Jahr, und ein so leckerer.*

Stephanie Grubinek wirkte angespannt. Deshalb redeten sie zunächst über Belangloses, das Wetter, Weihnachtsmärkte, Musik und welche Möglichkeiten es heute diesbezüglich gab.

Als es für Frederike genug war, fragte sie: »Was wollten Sie mir heute Morgen sagen, als Sie mich angerufen haben?« Die Frage, die ihr die ganze Zeit auf der Seele lag und Frau Grubinek nicht selbst ansprach.

»Ach das. Mir ist etwas durch den Kopf gegangen, aber das

war nicht wichtig. Mir ist dann klar geworden, dass ich das falsch in Erinnerung hatte.«

»Was war das?« Frederike erschien das fadenscheinig. *Warum will sie es jetzt doch lieber verbergen? Und was?*

Die junge Frau lachte. »Das glauben Sie jetzt nicht, aber ich habe es in dem Trubel heute wirklich vergessen. Unwichtig offensichtlich.«

Sie glaubte es wirklich nicht, zog es aber vor, nicht weiter nachzufragen. »Erzählen Sie mir doch ein bisschen von Rebecka. Ich kannte sie gar nicht, und ihr Kontakt zu Hartmut war sporadisch. Aber das wissen Sie ja«, meinte sie stattdessen.

Frau Grubinek nickte und sah zur Seite.

»Ist es in Ordnung, wenn ich mir Notizen mache? Ich habe Angst, dass ich etwas vergesse, wenn ich Herrn Lautenschläger von unserem Gespräch berichte.«

Mit einem »Kein Problem« war auch das abgehakt.

Frederike blätterte in ihrem aufgeschlagenen Notizbuch zu einer freien Seite, strich sie mit der Hand glatt und schrieb: »Gespräch Stephanie Grubinek«, dahinter Datum und Uhrzeit.

Sie sah zu der jungen Frau, die auf dem Stuhl herumrutschte. Ihr Gesicht wirkte heute länger als gestern. Die Wangen waren eingefallen. Sie hatte zarte Züge und ein beinahe schüchternes Lächeln. Sie faltete die Hände und ließ die Daumen kreisen.

»Herr Lautenschläger und ich wollen nur verstehen, was mit Rebecka passiert ist. Ich habe die Bilder im Flur gesehen. Ein bisschen scheinen Sie doch befreundet gewesen zu sein.« Frederike versuchte, der Mitbewohnerin eine Brücke zu bauen.

Die sah sie kurz verblüfft an, antwortete dann: »Anfangs haben wir das eine oder andere zusammen unternommen.«

»Auf manchen Bildern sieht es nach Spaß aus«, bemühte sich Frederike um einen unverfänglichen Ton. Sie wollte erst einmal nicht offenlegen, dass Hartmut und sie nicht an einen Suizid glaubten. Sollte es sich ergeben, konnte sie es immer noch einfließen lassen.

»Sie wissen, dass Herr Lautenschläger wenig Kontakt zu

Rebecka hatte. Er hat mich gebeten, mit Menschen zu sprechen, die ihr nahestanden. Um vielleicht zu verstehen, was passiert ist. Warum es passiert ist.«

»Ich weiß nicht, ob ich Ihnen helfen kann.« Stephanie Grubinek saß aufrecht auf ihrem Stuhl und spielte wieder mit ihren Fingern.

»Erzählen Sie mir einfach, was Sie zusammen gemacht haben, worüber Sie gesprochen, gelacht, vielleicht gestritten haben. Gab es einen Mann in Rebeckas Leben?«

»Oh je«, war die spontane Reaktion. »Wir haben zwar zusammengewohnt, aber Zeit haben wir nur wenig miteinander verbracht.« Das war offenbar keine Einleitung, denn die Mitbewohnerin machte keinerlei Anstalten, noch etwas anzufügen. Für sie war die Frage damit wohl ausreichend beantwortet.

Frederike trank von ihrem Glühwein. Schweigen löste oft die Zunge beim Gegenüber. Doch hier schien es nicht zu funktionieren. Frau Grubinek schwieg einfach mit.

»Geht Ihnen Rebeckas Tod sehr nah?«

Wie überraschend die Mitbewohnerin die Frage fand, war deutlich in ihrem Gesicht zu sehen. Knisterte es zwischen den beiden Frauen? »Gab es Probleme?« Wenn sich die junge Frau nicht verdächtig machen wollte, musste sie nun etwas erzählen.

»Wir standen beide in letzter Zeit unter Strom. Unser Nervenkostüm war nicht das beste, deshalb sind wir uns aus dem Weg gegangen.« Sie stand auf, um zum Kühlschrank zu gehen.

»Wollen Sie mir mehr dazu sagen? Was war der Hintergrund der Probleme?«

»Kleinigkeiten. Wer den Müll runterbringt. Wer in die Badewanne darf. Warum der Joghurt schon wieder alle ist. So was. Es wurden viele Kleinigkeiten.«

»Jetzt sind es diese Kleinigkeiten, die von Rebecka in Erinnerung bleiben.«

Frau Grubinek liefen Tränen über die Wangen. Frederike stand auf und drückte sie an sich, was der aufgelösten Frau offenbar guttat.

»Wegen nichts haben wir gestritten. Und jetzt kann ich es nicht mehr richtigstellen.«

Frederike musste genau hinhören, um alles zu verstehen. »Es waren nur diese Kleinigkeiten, über die Sie gestritten haben?«

Mehr als ein Nicken bekam Frederike nicht als Antwort. Sie setzte sich wieder und trank von ihrem Glühwein, während Frau Grubinek sich sortierte.

»Der Kommissar hat mich vor Ihnen gewarnt«, meinte sie unvermittelt. »Er meinte, ich soll nicht mit Ihnen über Rebecka reden. *Er* würde die Ermittlung leiten, und wenn er zu dem Ergebnis kommt, dass es Selbstmord war, dann sei es auch Selbstmord.«

Um nicht laut loszulachen, trank Frederike schnell einen weiteren Schluck von dem leckeren Glühwein.

»Ich bin nicht hier, um meine eigene Ermittlung durchzuführen. Herr Lautenschläger und ich gehen auch nicht von Mord aus. Wir möchten nur wissen, warum sich Rebecka das Leben genommen haben könnte. Können Sie sich vorstellen, dass sie das getan hat? Welchen Grund könnte sie gehabt haben?«

»Ich hab wirklich keine Ahnung. Manchmal wirkte sie sehr traurig, wenn sie hier war. Dann lag sie lange in der Badewanne und hörte diese depressive Musik.«

»Haben Sie sie darauf angesprochen?«

Stephanie Grubinek sah an die Decke. »Es hat sich nicht ergeben. Meistens ist sie danach direkt ins Bett.« Ihr Blick verschwamm, als würde sie verschiedene Situationen zurückholen. »Rebecka hat nicht viel von sich erzählt. Ehrlich. Wenn wir doch mal gequatscht haben, landeten wir am Ende immer bei der Agentur oder beim Sport. Vielleicht noch, was wir in der Wohnung machen könnten. So was. Wenn es zu persönlich wurde, hat sie sofort das Thema gewechselt. Ich hab's öfter versucht.«

Frederike nahm es so hin. »Hatte sie in letzter Zeit Streit mit jemanden? Hatte sie Probleme, die sie belastet haben? Wo könnte der Grund liegen, dass sie traurig war?« Frederike spürte ihre Ungeduld. Stephanies tranige Antworten befeuerten diese zusätzlich.

»Ich hab wirklich keine Idee. Wir haben uns auf dem Weg zwischen Badezimmer und Schlafzimmer gesehen. Kurz mal in der Küche. Ab und zu in der Agentur. Sie war ständig unterwegs, weil die Präsentation fertig werden musste. Von morgens bis abends war sie in Meetings oder hatte Auswärtstermine.«

»Sie waren in diese Präsentation auch eingebunden?« Frederike erinnerte sich an die Szene in der Agentur und Stephanie Grubineks Bemerkung, sie habe noch etwas an der Präsentation geändert.

»Nachdem Rebecka …« Sie unterbrach sich selbst. »Frau Bredemann hat mich gebeten, noch einmal auf die Unterlagen zu sehen. Dabei sind mir Kleinigkeiten aufgefallen. Bei der Präsentation war ich nur am Rande involviert.«

»Wären Sie gerne enger eingebunden gewesen?«

»Wer will nicht dabei sein, wenn es um einen neuen, großen Kunden geht?«

Frederike wollte es jetzt genau wissen. »Wollte Rebecka Sie nicht im Team haben?«

»Ich weiß es nicht. Es hat sich nicht ergeben. Ich hatte andere Jobs, die wichtig waren.«

Frederikes Hand zuckte, um es in ihrem Notizbuch zu kommentieren, sie fürchtete aber, die Mitbewohnerin damit misstrauisch zu machen.

Sie fragte in eine andere Richtung weiter. »Hatte Rebecka einen Partner?«

»Bei dem Stress? Eher unwahrscheinlich.«

»Sicher sind Sie aber nicht?«

»Ich kann es mir nicht vorstellen.«

Frederike kam einfach nicht weiter. »Darf ich mir Rebeckas Zimmer ansehen?« Sie kannte die Antwort, doch sie musste es fragen.

»Der Kommissar meinte, dass ich es verschlossen halten muss, bis er mir das Okay gibt. Ich will keinen Ärger.«

Frederike zeigte Verständnis.

Sie hatte einige Notizen in ihrem Buch stehen. Ob sie relevant werden würden, konnte sie nicht einschätzen. Im Moment sammelte sie alles, um es später zu sortieren.

Sie klappte das Notizbuch zu. »Wie lebt es sich hier im Eltingviertel?« Frederike gefiel das Quartier, zumindest, was sie bisher davon gesehen hatte. Sie hatte von dem Konzept und der Entwicklung immer wieder in der Zeitung gelesen, war bisher aber nie hier gewesen. Aus ihrer aktiven Zeit kannte sie den Ruf dieser Ecke. Er war mehr als schlecht, die Kriminalitätsrate hoch, Vandalismus an der Tagesordnung, die Lebensqualität bescheiden.

Die Stadt, ein Planungsunternehmen und ein Immobilienunternehmen hatten ein zukunftsfähiges Konzept entwickelt und es gemeinsam mit den Anwohnern umgesetzt. Es war ein wunderschönes, saniertes Viertel mit Vorzeigecharakter entstanden. Alte Gründerzeitvillen neben backsteinverkleideten Häusern, viel Grün, Treffpunkte, Spielplätze. Inzwischen waren viele überzeugt, das Eltingviertel würde bald ein Szeneviertel.

Auf der Suche nach einem neuen, einem altersgerechten Zuhause wäre dieses Quartier hier durchaus eine Option. Das Viertel schien irgendwie zu ihr zu passen. Traditionell, trotzdem bunt und lebhaft, offen für Veränderung und Menschen aus aller Herren Länder. Für die Zukunft ausgerichtet und dennoch das Alte bewahrend. Irgendwie dazwischen, so wie sie.

Stephanie Grubinek erzählte und bekam immer glänzendere Augen. Sie berichtete von den Begegnungen im Café und Bistro Zwingli, den Treffen auf der Straße, beim Kiosk, der Mischung der Kulturen und davon, dass sie sich hier richtig wohlfühlte. »Weil ich hier nicht wegwill, muss ich schnell eine neue Mitbewohnerin finden, die die Miete mitfinanziert.«

Frederike verstand die Anspielung. »Ich spreche mit Herrn Lautenschläger, dass wir die Wohnung leer räumen, sobald die Kripo sie freigibt.«

Sie bedankte sich bei Stephanie für die Informationen und erhob sich.

»Bevor ich es vergesse«, Stephanie ging ins Wohnzimmer und kam mit einem Bündel Post wieder, »die ist für Rebecka gekommen.«

Frederike nahm die Umschläge und warf einen Blick drauf. Ein dicker Umschlag stach heraus. Sie sah ihn genauer an. »Wollte Rebecka in Urlaub fahren?« Der Brief kam von einem Reiseunternehmen. Sie vermutete, dass er Buchungsunterlagen enthielt.

»Sie hatte erwähnt, dass sie nach dem Pitch rausmuss, um den Kopf wieder freizukriegen. Ich habe aber nicht mitbekommen, dass sie etwas gebucht hat.«

Jetzt brannte es in Frederikes Fingern. Sie war drauf und dran, den Umschlag aufzureißen. Doch das wollte sie nicht ohne Hartmuts Erlaubnis tun.

»Danke«, sagte sie und steckte die Post in den Rucksack. »Ich gebe sie Herrn Lautenschläger.«

Auf dem Weg zur Bahn versuchte sie, sich zu erinnern, wie man unbemerkt Briefumschläge öffnete.

11

Frederike saß in ihrem Sessel im Wohnzimmer und hatte so gar keine Lust auf einen weiteren Tee. Ein Becher oder zwei am Abend war ja okay, aber irgendwann musste es etwas Richtiges sein. Gerade und vor allem, wenn sie am Anfang eines neuen Falls stand.

Brauchte sie noch mehr Argumente? Rotwein gegen den hohen Blutdruck? Nudeln fürs Glücklichsein? Scheinheiligkeit gegen Realitätsverweigerung?

Sie gab sich geschlagen und rief ihren Lieblingsitaliener »Don Camillo« an.

»*Buona sera*. Ich habe Hunger und Durst.«

»Ah, Signora Stiere. Wie ich liebe Ihre direkte Art. Gehe gut?« Er fragte immer, als würde es ihn interessieren, und es klang so echt, dass sie es nicht in Frage stellen wollte. Sie liebte diesen Akzent, den Charme des Mannes, dass sie sich weigerte, dieses Heile-Welt-Gefühl zu hinterfragen.

»Was gibt es?«, fragte sie ohne Umschweife. Ihre Form der Unterhaltung besaß mittlerweile Kultcharakter. Er fragte auch jedes Mal, wenn sie höflich oder sogar nett zu ihm war, ob es ihr nicht gut gehe.

»Gehe gut, eh«, lachte er und fing an, seine Speisekarte herunterzubeten.

»Nur die Tageskarte. Den Rest kenne ich doch.«

»*Scusi*«, sagte er pflichtbewusst und empfahl sehr eindringlich: »Müsse probiere die Ravioli mit die Füllung von Cinghiale, wie sage?«

»Wildschwein.« Ihr Basisitalienisch bezog sie von der Speisekarte.

»*Delicioso*. Ich verspreche.«

»Also gut«, verkürzte sie die Diskussion. »Und gibt es noch diesen −«

»Fraue Stier, natürlich ich habe die passende Chianti für Sie. Gebe mit.«

»Wie lang?«

»Sage, dreißig Minute? Ich makke presto. Vielleicht vierzig.«

»Hauptsache, heute noch.« Sie seufzte. »Was würde ich ohne dich nur machen?«

»Für diese Satz ich lebe. *Buona notte*, Fraue Stier. Und bisse bald.«

Frederike liebte ihren italienischen Herzensbrecher mit der unverschämt guten Pasta und dem Chianti, der ihr schon manchen Abend gerettet hatte.

Kaum hatte sie das Gespräch beendet, klingelte ihr Telefon. Hartmut wollte wissen, was sie erfahren hatte.

Sie erzählte ihm von ihrem Gespräch mit Rebeckas Mitbewohnerin. Dann sagte sie: »Frau Grubinek hat mir Rebeckas Post mitgegeben. Ein Brief ist von einem Reisebüro. Sie hatte offenbar einen Urlaub gebucht. Würde es dir etwas ausmachen, wenn ich den Brief öffne?«

»Dann ging es ihr finanziell wieder gut, wenn sie in Urlaub fahren wollte«, merkte er fast erleichtert an. Nach einer kleinen Pause gab er ihr die erbetene Erlaubnis.

»Hat Rebecka im Sommer mit dir über Geldprobleme gesprochen?«

»Sie hat eine Andeutung gemacht. Es schien nur kurzfristig gewesen zu sein. Warum fragst du?«

»Weiter habt ihr nicht darüber gesprochen? Du bist ihr Vater.«

»Es war unser erstes Treffen nach längerer Zeit.« Keine weitere Erklärung.

Frederike nahm es hin. »Ach übrigens«, sagte sie dann, »diese Stephanie will Rebeckas Zimmer so schnell wie möglich neu vermieten. Im Moment blockiert es die Polizei noch, bis Kowalczyk den Fall abschließt. Vielleicht kannst du schon überlegen, was du mit ihren Sachen machen willst.«

Frederike hörte diese Adelheid im Hintergrund, bevor deren Stimme abrupt gedämpft wurde. Offenbar hielt Hartmut die Hand über das Mikro. *Was drängt die sich so in Hartmuts Leben?* Sie, Frederike, ermittelte und wurde abgewürgt, wenn sich Frau Adelheid räusperte. Außerdem ist es schon spät. Das Bild, das gerade bei Frederike aufpoppte, nahm ihr die Lust, das Gespräch fortzuführen. »Du, lass uns morgen wieder telefonieren. Ich bin müde und will ins Bett.«

»Frederike?« Sie hörte Hartmut zwar, drückte das Gespräch dennoch weg.

War es nun doch ernster mit Adelheid? In Frederikes Brust entstand ein Knoten, der deutlich zeigte, dass ihr das nicht gleichgültig wäre. Auch wenn ihr Verhältnis zu Hartmut nicht immer einfach war, so schätzte sie ihn sehr. Er übte eine beruhigende Wirkung auf sie aus. Er holte sie runter, wenn sie wieder durch die Decke wollte, brachte sie auf andere, neue Gedanken. Warum war es trotzdem nicht zu »mehr« zwischen ihnen gekommen? Etwas hatte sie gehindert, den letzten Schritt zu gehen. War es seine Art, sich in ihr Leben einzumischen? Wie er fast schon übergriffig auf sie einredete, wenn sie aus seiner Sicht nicht genügend Rücksicht auf sich nahm? Wahrscheinlich auch das. Aber es war mehr. Oder noch etwas anderes.

Auf jeden Fall empfand sie die Situation mit der neuen Frau als schwierig.

Vielleicht ärgerte es sie auch nur, weil Adelheid so ganz anders war als sie und Hartmut mit ihr besser klarzukommen schien.

Endlich klingelte es an der Haustür, und sie wurde von ihren destruktiven Gedanken abgelenkt. Bevor sie öffnete, sah sie im Flur in den Spiegel. Sie sah sich in die Augen, und die Gedanken an Hartmut kehrten zurück. Hegte sie Hartmut gegenüber etwa nur Verlustängste? Weil sie spürte, dass er von ihr abrückte, wollte sie ihn umso mehr halten? Sie sollte prüfen, ob sie begann, ihn zu idealisieren, über seine Fehler hinwegzusehen und ihn in Schutz zu nehmen. Das wäre doch lächerlich für eine erwachsene Frau im Rentenalter.

Es klingelte erneut an der Tür, und sie öffnete.

»Der Chef spendiert Ihnen Pizzabrötchen und wünscht Ihnen einen guten Appetit.«

Sie bedankte sich, ließ ihrerseits die besten Wünsche übermitteln und gab ein gutes Trinkgeld.

Sie öffnete sofort den Chianti, genoss den Klang des sich lösenden Korkens und setzte sich zur Feier des Tages an den Küchentisch. Außerdem zündete sie die Kerze an, die sie vorbereitet hatte.

Die Stille in der Küche passte nicht zu einem schönen Abendessen. Fast hätte sie vergessen, dass ihr Stephanie diese Musik-App eingerichtet hatte. »Damit können Sie alle Musik anhören, die Sie wollen, und zahlen nur eine monatliche Gebühr dafür«, waren Grubineks Worte gewesen. Sie öffnete die App. Es war wirklich ganz einfach. Doch was wählt man, wenn einem die ganze Welt der Musik zur Verfügung steht? Was hatte sie früher oft gehört, als sie achtzehn, zwanzig Jahre alt war? Bevor die Ravioli kalt wurden, wählte sie Grönemeyer. Sie startete ein Livealbum, und mit »Unter Tage« erwachte das Ruhrgebiet vor ihren Augen, und ihr Kopf wippte im Takt.

Die Pasta schmeckte hervorragend, der Wein passte perfekt, die Musik, obwohl sie nur aus ihrem Smartphone kam, auch.

Eine Ermittlung nicht im Sessel mit dem Teller auf den Knien zu beginnen, kein Leonard Cohen, dafür eine Kerze auf dem Tisch, eine Stoffserviette – überraschenderweise fühlte es sich gut an, so ungewohnt es auch war.

Dieser Gedanke führte zum nächsten, der sie an den Brief an Rebecka vom Reiseunternehmen erinnerte. Sie hatte sich so auf die Ravioli und den Wein gefreut, dass er in den Hintergrund gerutscht war. Nun war die Stimmung vorbei. Sie ließ das Geschirr stehen und ging ins Wohnzimmer, wo ihr Rucksack stand. Sie schaltete das Licht ein. Die grellen Strahler an der

Decke verbreiteten ein ungemütliches Licht. Sie begann eine Mordermittlung, und die war nichts Gemütliches.

Mordermittlung. War es das? Sie war ziemlich sicher.

Sie öffnete den Brief und holte die Unterlagen aus dem Umschlag. Voucher für den Flug, das Hotel, Reiseunterlagen, Hinweise, Kontaktadressen. Eine Pauschalreise in einen Club auf den Kapverden. Sie sah den Preis und dachte: *Kein Schnäppchen.*

So einen Urlaub buchte man nicht, wenn man mit dem Gedanken spielte, sich das Leben zu nehmen. In ihrer Vorstellung reiste man nach Island, wenn einen trübe Gedanken quälten. Aber nicht in einen Club in der Sonne, wo es warm war, es um Spaß, gute Laune und Cocktails mit Schirmchen ging.

Oder war es umgekehrt?

Hatte Rebecka den Urlaub als letzten Versuch einer positiven Wendung gebucht, und dann war etwas dazwischengekommen? Sie konnte es sich nicht vorstellen.

Sie stand auf und öffnete das Fenster. Es befanden sich kaum Menschen auf der Straße. Der Wind hatte gedreht. Mittlerweile regnete es, und es roch nicht mehr nach Winter. Eher nach einem nasskalten, ekligen Novembertag.

Mit dem Rotweinglas in der Hand ließ sie den Tag Revue passieren. Die Situation in der Agentur, das Warten im Fitnessstudio – sie hatte sich auf ein Probetraining eingelassen.

Frederike ging ins Schlafzimmer, um ihre Sachen dafür zu richten. Um zehn Uhr morgen früh ging es los. Die Tasche war schnell gepackt, Trainingsanzug, Schuhe, Handtücher. Sie überlegte und packte noch ein Duschgel und frische Unterwäsche in die Tasche. Für die Reha nach ihrer Herzoperation im Frühjahr hatte sie sich einige Sportsachen kaufen müssen. Mit einem schwachen Herzen durfte sie bestimmt kein Zumba machen oder wie das hieß.

Die Gedanken an Rebecka und den Fall kehrten zurück. Und an Hartmut. Er verschwieg etwas – was sie ärgerte. Dabei konnte für ihre Ermittlungen alles wichtig sein. Natürlich gab es Dinge, über die man nicht gerne sprach. Aber hier ging es um den Tod der Tochter. Außerdem musste ihm klar sein, dass sie alles herausfand, wenn sie weiterermittelte. Er sollte sie kennen. Es war genau dieses Verhalten, das sie zweifeln ließ, die Ermittlung zu Ende zu führen. Früher oder später würde sie etwas finden, was zu einem Konflikt führte und ihre Freundschaft gefährdete oder sogar beendete.

Sie nippte am Rotwein, den sie mitgenommen hatte, und ging zurück ins Wohnzimmer. Was hätte Moritz ihr geraten? *Tu, was du für richtig hältst? Lass deine Ex-Kollegen die Ermittlung führen? Zeig ihnen, dass du es noch kannst, und lass dich nicht unterkriegen?*

Bestimmt hätte Moritz sie aufgefordert, weiterzumachen. Was sie heute herausgefunden hatte … Rebeckas neuer Agenturkunde, ihre Urlaubsreise, die Aussage von Frau Grubinek. Frederike war sich sicher, dass mehr hinter dem Tod der jungen Frau steckte und sie nicht freiwillig ins Wasser gegangen war.

Für den ersten Ermittlungstag war das eine Erkenntnis, auf der sie aufbauen konnte. Sie leerte das Weinglas und brachte es in die Küche. *Für heute ist es genug!*

Doch als sie im Bett lag, fand sie noch nicht einmal Ruhe für ihr Buch. Sie liebte James Lee Burke, mit seiner spröden, harten Sprache, wie er die Trockenheit in Südtexas beschrieb, dass sie selbst glaubte, den Sand zwischen ihren Zähnen zu spüren. Sie freute sich auf einige seiner Seiten, bevor sie das Licht löschte. Doch nicht heute. Sie legte ihn auf den Nachttisch und knipste die Lampe aus. Dann lag sie auf dem Rücken, starrte in die Dunkelheit und bekam die Bilder der toten Rebecka nicht aus dem Kopf. Wie sie auf den Holzbrettern neben dem Schwimmbad gelegen, die Augen starr in den Himmel gerichtet hatte. Das junge Leben ausgelöscht.

Sie sprang aus dem Bett und wählte die Nummer der Rechtsmedizin. An deren Arbeitszeiten wird sich nichts geändert haben, dachte sie und ließ es klingeln. Bis eine Ansage kam, dass der Teilnehmer nicht zu erreichen sei.

Wenn wirklich niemand mehr dort war – hieß das, das Ergebnis der Obduktion war so eindeutig gewesen, dass man sie schnell abschließen konnte? Oder war sie doch aufwendiger, und sie würden morgen weitermachen?

Frederike kroch wieder unter die Decke und starrte in dieselbe Dunkelheit. Auch die Bilder waren die gleichen. Immerhin war der Schlaf dieses Mal gnädig und nahm sie in seine Arme.

12

Frederike saß bereits um sieben Uhr am Frühstückstisch. Die wenigen Stunden Schlaf wirkten überraschend erholsam, der Kopf fühlte sich klar an. Ihre Gedanken fokussierten sich auf das Kommende. Wieder ermitteln zu können hob ihre Laune. Das Müsli schmeckte köstlich, der Tee war ihr heute besonders gut gelungen. Mit einer strahlenden Sonne an einem wolkenlosen Himmel wäre der Morgen kitschig perfekt gewesen. Doch der trübe Himmel mit den dicken Regenwolken bildete einen Gegenpol. Aber schön wäre es gewesen.

Ihr Blick wanderte durch die Küche, über die angeschlagenen Ecken der Schränke, die zerkratzte und abgenutzte Arbeitsplatte, die eingebrannten Essenskrusten auf dem Herd. *Wenn ich umziehe, leiste ich mir eine neue.*

Der Gedanke an eine neue Wohnung bereitete ihr mittlerweile keinen Schreck mehr. Sie war so weit und konnte loslassen. Auch wenn an der Wohnung so viele Erinnerungen an die Zeit mit Moritz hingen. Aber die lagen über dreißig Jahre zurück. Bis vor einem knappen Jahr war ihr sein Unfall noch so gegenwärtig vorgekommen, als wäre er gestern passiert. Auch heute noch, in einsamen, traurigen Momenten, war es ihr, als wäre ihr Mann nur schnell beim Bäcker Brötchen holen.

Moritz hatte mittlerweile einen anderen Platz in ihrem Leben gefunden. Sie besprach nicht mehr alles mit ihm, träumte weniger von dem Unfall, empfand immer öfter Dankbarkeit für die gemeinsamen Jahre. Es war ein langer Weg bis dahin gewesen. Dennoch hatte Moritz seinen unverrückbaren Platz in ihren Gedanken, also würde sie ihn auch in eine neue Wohnung mitnehmen. Sie überlegte sogar, ein Foto von ihm aufzustellen.

Sie sah auf die Uhr. Noch zu früh, um Hartmut anzurufen.

Was ihre Ex-Kollegen von der Kripo ermittelt hatten? Taten sie überhaupt etwas? Sie wollte sich nicht mit dem Gedanken anfreunden, dass sie tatsächlich ausschließlich in Richtung eines Suizids ermittelten. Um den Spurensicherer anzurufen, war es auch zu früh.

Die Onlinezeitung berichtete über »Die Tote auf der Kokerei«. Ein Bild zeigte das Werksschwimmbad, Kowalczyk, Hartmut, sie. Kowalczyk hatte seine Vermutung gegenüber der Presse geäußert, dass es sich wahrscheinlich um Selbstmord handelte. Die letzten beiden Sätze des Artikels schreckten sie auf. »Doch war es wirklich Selbstmord? Wird Frederike Stier der Kripo auch bei diesem Fall wieder helfen?« Daneben befand sich ein Foto von ihr, wie sie eine Notiz in ihr Buch schrieb.

Was ging es die Presse an? Aufregen lohnte sich nicht. Sie klärte die Umstände von Rebeckas Tod für Hartmut und nicht für die Polizei. Sie klappte den Laptop zu.

Dennoch spürte sie die Hitze in ihren Wangen. »Wieder helfen«. Hatte man also wahrgenommen, dass sie noch aktiv ermittelte. Klar, die Festnahme von Alexander Röttgens Mörder im Rahmen des Zechenfests ExtraSchicht auf Zollverein unter dem Doppelbock war aufsehenerregend gewesen. Einen Täter, den die Polizei noch nicht einmal gesucht hatte.

In ihrer aktiven Laufbahn hatte sie viele Fälle, überwiegend Mordfälle, aufgeklärt. Das konnte sie. Dass ihre Laufbahn mit einem spektakulären Fall geendet hatte, war … spektakulär. Nicht nur einen Mörder überführt, sondern gleichzeitig der Kunstwelt einige Schätze zurückgegeben zu haben hatte Staub aufgewirbelt und ihr den Namen »Bella Block des Ruhrgebiets« eingebracht. Dabei war sie nur eine bescheidene Kriminalhauptkommissarin, die ihren Dienst tat. Mit einer Figur aus dem Fernsehen verglichen zu werden schmeichelte ihr, doch sie war Frederike Stier und würde es auch bleiben.

Wird Frederike Stier wieder helfen?

War es nur eine Frage oder schon eine Erwartung? Ging der Reporter davon aus, dass sie ermittelte, weil sie vor Ort gewesen war?

Es bestand die Gefahr, dass der Artikel ihre Nachforschung

behindern könnte. Einer Freundin Hartmuts würde man eher etwas erzählen als einer Frau, die mit der Kripo in Verbindung gebracht wurde. Oder half man der Kripo eher als einer Privatperson? Misstrauen stellte auf jeden Fall eine Hürde dar.

Jetzt wurde es Zeit für das Probetraining. Sie nahm die Sporttasche, die sich wie ein Mühlstein an ihrer Schulter anfühlte, setzte sie noch mal kurz ab, um sich ihren Mantel anzuziehen, und verließ kurz darauf ihre Wohnung.

Nach dem Probetraining fühlte sich Frederike fitter als davor. Unter der Dusche war sie beinahe beleidigt, denn sie hatte weder geschwitzt, noch war sie außer Atem gekommen. Ausführlich erklärt hatte ihr die Trainerin die Möglichkeiten, die Angebote, das Kursprogramm. Sie durfte sich die Räume ansehen, die Foltermaschinen ausprobieren, in die laufenden Kurse schauen, um einen Eindruck zu gewinnen. Beeindruckt hatte sich die Trainerin gezeigt, dass sie täglich die vier Stockwerke zu ihrer Wohnung auf sich nahm.

Aber der Funke war nicht übergesprungen. Nur bei diesem südamerikanischen Zumbatrainer, wie er zur Sambamusik seinen durchtrainierten Körper bewegte, als hätte er biegsame Knochen, hatte sie einen schwachen Moment gehabt.

»Ich überlege es mir«, sagte sie zum Abschied.

»Wir freuen uns, wenn wir dich als neues Mitglied begrüßen dürfen.« Zu Beginn des Trainings hatten sie sich auf das im Studio übliche Du geeinigt. Die anschließende Vorstellung des Studios und der Möglichkeiten war höflich und zurückhaltend, beinahe zu respektvoll gewesen. Manchmal war es ihr lieber, jemand sagte ihr, was sie tun oder lassen sollte.

Wenig später wartete sie im Bistrobereich auf Jenny, die Dame aus der Werbeagentur.

»Heute bin ich pünktlich«, meinte die mit einem schuldbewussten Gesicht zur Begrüßung. »Entschuldige nochmals, dass ich es gestern Abend nicht geschafft habe.«

Frederike hatte Jenny nicht bemerkt, bis sie vor ihrem Tisch stand. Ihre Gedanken hingen noch bei der Studioführung und den Kursen und Geräten.

»Kein Problem«, sagte sie leichthin und zeigte auf den Stuhl neben ihr.

Auch mit Jenny einigte sie sich auf das studioübliche Du, bevor sie über Frederikes erste Erfahrung in einem Fitnessstudio sprachen. Ein Trainer brachte Jenny den bestellten Fitness-Salat, und Frederike wechselte das Thema. »Kannst du mir jetzt etwas mehr über Rebecka erzählen? Herr Lautenschläger und ich sind immer noch auf der Suche nach einem Grund für ihren plötzlichen Tod. Kannst du dir vorstellen, dass sie sich umgebracht hat?« Das vereinbarte Du rollte holprig über Frederikes Zunge.

»In der Agentur war sie beliebt. Schließlich brachte sie einen neuen Kunden.« Jenny lachte. »Auch so. Wir schätzten sie, weil sie hart arbeitete und immer gut gelaunt war.«

»Sahen das alle so?« Frederike war skeptisch.

»Soweit ich das beurteilen kann, ja. Wenn es stressig ist, können auch mal die Fetzen fliegen. Aber das gehört dazu.«

»Wo flogen die Fetzen besonders?«

Jenny überlegte. »Wo nicht rechtzeitig geliefert wurde. Manchmal bei den Textern, manchmal in der Kreation, manchmal bei den Producern. Jeder kriegt mal was ab. Heute der, morgen die. Ganz normal.«

»Wie lange war Rebecka überhaupt bei euch in der Agentur?«

»Ich glaub, sie hat im September angefangen. Vielleicht auch schon Mitte August.«

»Dann hatte sie gerade mal die Probezeit hinter sich«, stellte Frederike fest.

»Die brauchte keine Probezeit. Ab der ersten Minute gehörte sie dazu und hat voll mitgearbeitet.«

»Hast du Rebecka privat getroffen?«

»Wir besuchten sporadisch hier die gleichen Kurse, Steppaerobic oder Zumba. Da haben wir auch ein paar Worte gewechselt. Über die Agentur und so.«

Wenn Frederike »und so« hörte, spürte sie, dass sie mehr

Fragen als Geduld hatte. »Männer?«, fragte sie in der Hoffnung, dass Jenny das Stichwort aufnehmen würde.

Doch die sah sie neutral an und antwortete nur »Weniger«, ohne es näher zu kommentieren.

»Weil da keiner war, oder weil es Wichtigeres gab?«

»Weil Rebecka nicht wollte.« Jenny legte das Besteck weg. »Ich kann es nicht beschreiben. Rebecka war nett und freundlich. Aber sie zog eine Grenze. Da war ein Zaun, über den sie mich nicht ließ.«

»Nur beim Thema Männer?«

Jenny sah an die Decke. »Immer, wenn es zu persönlich wurde.«

Frederike verstand das. Sie gab auch nur ungern ihre Gedanken oder gar Gefühle preis. Das Leben hatte sie gelehrt, besser keine offene Flanke zu bieten. Zu schnell nutzte das jemand aus.

»Was ist das für ein Kunde, den Rebecka akquiriert hat?«

Jennys sah betroffen zur Seite. »Das hat leider nicht geklappt. Wir waren so sicher.« Sie zögerte. »Gestern sollte der Vertrag unterschrieben werden.«

»Das tut mir leid. Worum ging es genau?« Frederike hatte keine Vorstellung, was es bedeutete, um einen Kunden zu buhlen.

»Etwas Technisches. Energiegewinnung für das Ruhrgebiet. Das hat was mit den alten Zechen und regenerativer Energie zu tun.«

»Betreut ihr mehrere solcher Kunden?«

»Das wäre das Geniale gewesen. Ein ganz neuer Geschäftsbereich mit einer neuen Kompetenz für uns.«

»Die hat Rebecka mitgebracht?«

»Das vermute ich.« Jenny drehte eine Strähne ihrer Haare um den Zeigefinger. »Jedenfalls war ihr ehemaliger Chef ganz schön stinkig, dass wir ihm seinen Kunden wegnehmen wollten.« Sie lehnte sich im Stuhl zurück.

»Der ehemalige Chef war der feiste Mann, der sich gestern im Empfang mit Frau Bredemann gestritten hat?«

Jenny nickte.

»Wo hat sie vorher gearbeitet?«

»Bei diesem Projektentwickler in Mülheim. Die wollen der Region helfen, sich für die Zukunft richtig aufzustellen. Wegen Klima- und Strukturwandel und den ganzen Problemen. Neue Konzepte, wie sie sagen.«

»Einen Namen hast du nicht?«

»Etwas mit ›Zukunft‹, glaube ich.«

Frederike notierte es.

Jenny sah auf die Uhr. »Ich muss los.« Sie stand auf.

Frederike zeigte auf den leer gegessenen Teller. »Ich übernehme das. Danke, dass du meine Fragen beantwortet hast. Dann sehen wir uns morgen um neun.«

Sie verabschiedeten sich.

»Sei pünktlich. Fabienne ist pingelig.«

Morgens um neun nach Gelsenkirchen zu fahren war nicht ihre liebste Art, in den Tag zu starten, aber sie würde es überleben.

Kaum war Frederike wieder alleine, holte sie ihr Smartphone aus dem Rucksack und suchte nach dem Mülheimer Unternehmen. Unter »Zukunft Ruhrgebiet« fand sie den Link. Sie klickte auf die Seite, notierte die Telefonnummer und die Adresse, bevor sie sich dem Inhalt widmete.

Das Unternehmen wurde von zwei Geschäftsführern geleitet, einem Herrn Kommer und einem Herrn Lange. Auf dem Foto erkannte sie in Kommer den Mann, den sie in der Agentur gesehen hatte. Das Geschäftsfeld war die Beratung von Städten und Kommunen, wenn es darum ging, Stadtteile und Quartiere energetisch zu sanieren und »fit für die Zukunft« zu machen.

Das hörte sich so spannend an, dass sie beschloss, dort anzurufen und einen Termin zu vereinbaren. Weil es im letzten Fall so gut geklappt hatte, schob sie auch dieses Mal vor, einen Artikel über die Aktivitäten des Unternehmens schreiben zu wollen. Da der Geschäftsführer, Herr Lange, am Nachmittag keinen Termin habe, könne sie in einer Stunde kommen. »Er wird Ihnen gerne alles zu unserem Konzept und unserer Philosophie erläutern.«

Dass nicht der Mann von gestern ihr das Unternehmen vorstellte, war ganz in ihrem Sinne. Der war ihr auf Anhieb unsympathisch gewesen, ohne dass sie sagen könnte, wieso.

Während der Bahnfahrt zur Adresse in Mülheim informierte Frederike Hartmut über ihre Aktivitäten. »Ich überlege, mich für einen Probemonat in dem Studio anzumelden«, schloss sie ihre Ausführungen.

Hartmut quittierte es mit einem kurzen Lachen.

Das ärgerte sie. Denn in ihrer Vorstellung konnte es für einen Veganer nicht grausamer sein, ein rohes Stück Fleisch essen zu müssen, als für sie, ins Fitnessstudio zu gehen. Alleine dass sie es in Betracht zog, verdiente etwas Zuspruch und Anerkennung.

»Wie geht es dir?«, wechselte sie daher das Thema.

Sie hörte geduldig zu, denn Hartmut ging es wirklich schlecht, und sein Gewissen schien ihn nach wie vor zu plagen. Natürlich konnte sie nachvollziehen, dass er sich Vorwürfe machte. Aber wenn er ihr nicht sagte, was genau zwischen ihm und Rebecka vorgefallen war, konnte sie ihm nicht helfen.

»Du kannst ausschließen, dass das damals etwas mit Rebeckas Tod zu tun hat?«

Er schloss es kategorisch aus. Wieder, ohne es zu begründen oder näher zu erläutern.

»Hast du Adelheid davon erzählt?«

»Wovon?«, kam direkt seine ausweichende Antwort.

Frederike gestand sich ein, dass sie die Frage nicht gestellt hatte, um in der Ermittlung weiterzukommen. »Grüß sie von mir.«

Sie beendete das Gespräch, weil sie ihre Haltestelle erreichte. Die Frage, was Hartmut ihr verheimlichte, fraß sich förmlich in ihre Gedanken. Wenn es belanglos war, konnte er es ihr sagen. Wenn es gravierend war, musste er es ihr sagen. Doch so stand dieses Thema zwischen ihnen, was bedeutete, dass sie Hartmut nicht vertrauen konnte.

Sie würde es klären müssen.

Das Unternehmen »Zukunft Ruhrgebiet« residierte in einer feudalen Villa. »Neubarock«, las sie auf dem Schild, das vor dem historischen Gebäude stand und die Geschichte des Hauses beschrieb.

Sie ging über den Vorplatz. Der Kies knirschte unter ihren Schuhen. Rechts parkten schwarze Karossen, links, im Hintergrund, standen wahrscheinlich die Autos der Angestellten. Sie klingelte. Ein Summer öffnete die Tür, eine schwere Eichenholztür mit Schnitzereien und Reliefs. Auch wenn sie gelesen hatte, dass das Gebäude aufwendig saniert worden war, war sie von dem Licht und dem Glanz, der sie begrüßte, überrascht. Glastüren trennten den Eingangsbereich vom Empfang ab. Kronleuchter sorgten für eine festliche Atmosphäre, ein gigantischer Adventskranz hing bereits von der mindestens fünf Meter hohen Decke. An der Wand schmückte Kunst das Haus. Überwiegend abstrakte Kleckse und Striche in bunten oder monochromen Kompositionen. Sie ging zum Empfang, wo eine freundliche Dame sie interessiert musterte.

»Sie müssen Frau Stier sein«, begrüßte die Dame sie. »Herr Lange kommt sofort. Er hat noch ein Gespräch und ist danach bei Ihnen. Darf ich Ihnen etwas zu trinken bringen, während Sie warten? Einen Kaffee oder ein Wasser?«

Sie wollte einen Kaffee.

Neben dem Empfang stand eine Sitzgruppe. Sie setzte sich in einen Sessel. Auf dem Tisch lagen Prospekte, in denen die Arbeit und das Konzept von »Zukunft Ruhrgebiet« beschrieben wurde. Sie las darin, auch wenn sie das meiste bereits wusste.

Sie überflog die Überschriften: »Neue Energie im Ruhrgebiet«, »Neue Konzepte fürs Quartier«, »Neue Industrien auf alten Flächen«. Kernige Sprüche, die neugierig machten.

»Frau Stier«, hörte sie jemanden sagen, »was kann ich für Sie tun?« Ein schnieker Anzugträger stand strahlend vor ihr und hielt ihr die Hand entgegen.

Sie schälte sich aus dem Sessel. Was für ein Hüne, dachte sie und sah zu dem Kerl hoch. Ein akkurater Kurzhaarschnitt, eine randlose Brille, gepflegte Hände, wie man sich einen mittvierzigjährigen Karrieretypen vorstellte.

»Können wir uns ungestört unterhalten?« Sie sah zu der Dame an der Rezeption, dann zu der Eingangstür, die von einem neuen Besucher geöffnet wurde.

»Natürlich. Kommen Sie.« Der Mann drehte sich um und ging links den Flur hinunter, Frederike im Eiltempo hinterher. »Sie machen es aber spannend. Ich dachte, Sie wollen etwas über unser Unternehmen erfahren.« Er hielt ihr die Tür zu einem kleinen Besprechungszimmer auf und zeigte auf die Stühle. »Hier sind wir ungestört.«

Frederike setzte sich.

»Was möchten Sie ungestört mit mir besprechen, Frau Stier?« Er nahm eine silberne Thermoskanne vom Sideboard rechts und goss Kaffee in zwei Tassen. Dann setzte er sich an die Stirnseite des Tisches, links neben Frederike.

Sein Blick und die krause Stirn zeigten ihr, dass gerade etwas in seinem Kopf arbeitete. »Ja, ich bin es. Frederike Stier.« Nachdem sie einen Schluck getrunken hatte, ergänzte sie: »Ich bin hier, weil ich eine Freundin von Herrn Lautenschläger bin. Seine Tochter Rebecka hat bei Ihnen gearbeitet.«

Herr Lange sah sie kurz an. »Sie kommen, weil Sie im Zusammenhang mit ihrem Tod ermitteln?« Aus seinem Ton hörte sie etwas Ärgerliches und Skeptisches heraus.

»Ich bin keine Ermittlerin mehr. Herr Lautenschläger ist ein Freund und kann den Tod seiner Tochter nicht verarbeiten, weil er nicht versteht, was passiert sein könnte. Die beiden hatten sich, wie soll ich sagen, aus den Augen verloren. Er bat mich, mit Menschen zu reden, die seine Tochter kannten und ihm vielleicht helfen, sich ein besseres Bild vom Leben seiner Tochter zu machen.«

Er warf ihr einen abschätzenden Blick zu. »Das soll ich Ihnen glauben?«

»Ich bin ehrlich. Herr Lautenschläger möchte wissen, was

seine Tochter in den Selbstmord getrieben hat. Er macht sich große Vorwürfe, dass er nicht für sie da war, als sie ihn am nötigsten gebraucht hätte.« Sie suchte nach dem empfindlichen Punkt, an dem sie Lange erreichen konnte.

»Ich habe es in der Zeitung gelesen«, warf er direkt ein. »Das ist …«, er sah auf seine Hände, »unglaublich. Wir waren alle hier überrascht.« Jetzt erst sah er Frederike an. »In der Zeitung wurde gefragt, ob Sie der Polizei wieder helfen. Tun Sie das?«

»Ich bin eine Freundin von Herrn Lautenschläger. Aus dem Polizeidienst bin ich vor einem Dreivierteljahr ausgeschieden. Meine Kontakte dorthin sind sehr sporadisch. Die ehemaligen Kollegen brauchen meine Hilfe nicht.« Frederike bemühte sich um einen neutralen Ton.

Er musterte sie, als würde er überlegen, ob er das Gespräch direkt abbrechen sollte. Um die Bedenkzeit zu verlängern, trank er von seinem Kaffee. »Ich weiß nicht genau, wie ich Ihnen dabei helfen kann.« Jetzt lachten seine Augen nicht mehr. Er saß aufrecht da, betrachtete sie fast lauernd. Dann stand er auf und sah Frederike auffordernd an.

Sie wusste, dass sie nur noch eine Chance hatte. »Haben Sie Kinder, Herr Lange? Würden Sie nicht auch nachfragen, wenn eins tot im Schwimmbad auf der Kokerei gefunden würde?«

»Ich würde die Polizei ihre Arbeit machen lassen.«

»Und wenn Sie der Polizei nicht vertrauen, weil Sie sicher sind, die ermitteln in eine falsche Richtung?«

»Sie waren bei der Kripo. Kann man der nicht vertrauen? Trauen Sie Ihren ehemaligen Kollegen wirklich zu, nicht richtig zu ermitteln?«

Wie kommt man aus einer Sackgasse heraus?

»Natürlich kann man der Kripo vertrauen. Herr Lautenschläger möchte sich nur sein eigenes Bild von seiner Tochter machen. Die Kripo ermittelt, ob es Mord war oder Suizid. Herr Lautenschläger möchte etwas von seiner Tochter erfahren. Es wäre sehr schön, wenn Sie ihm Informationen geben könnten, die das Bild von seiner Tochter vervollständigten.«

»Ich mische mich ungern in familiäre Dinge ein«, antwortete Lange kühl. Wenigstens setzte er sich wieder.

»Kennen Sie Herrn Lautenschläger?« Frederike musste die Stimmung aufhellen und suchte nach einem Thema.

»Nur von Erzählungen. Persönlich kenne ich ihn nicht.«

Die Tür flog auf. »Diese alte Schlam… Oh, ich wusste nicht, dass du Besuch hast.«

Der feiste Kerl, den Frederike bei Frau Bredemann gesehen hatte, stand in der Tür. Natürlich wusste er, dass sein Partner Besuch hatte. Warum sonst war die Tür geschlossen? Sein Kopf war wieder so rot wie eine Ampel, die den Verkehr stoppte. Er nickte Frederike zu, wobei er augenscheinlich versuchte, sie einzuordnen.

Sein Partner half ihm. »Das ist Frau Stier. Sie möchte sich mit uns über Rebecka Lautenschläger unterhalten.«

Der Kerl überlegte kurz. »Dafür haben wir keine Zeit …« Er unterbrach sich selbst und kam an den Tisch. Er zog sein Jackett aus, goss sich einen Kaffee ein und setzte sich Frederike gegenüber. Dann fragte er: »Was genau interessiert Sie?«, während er die Manschettenknöpfe aus seinem Hemd klaubte und die Ärmel hochkrempelte.

Frederike überlegte, wie sie dieses Verhalten interpretieren sollte. War er nun entgegenkommend und hilfsbereit oder provokativ und hinterhältig? Im Moment konnte sie ihn noch nicht einschätzen.

»Entschuldigung. Ich bin Peter Kommer, Geschäftsführer hier im Haus.« Er holte eine Visitenkarte aus seiner Hemdtasche und legte sie vor Frederike auf den Tisch.

»Der Kontakt zwischen Herrn Lautenschläger und seiner Tochter war nicht sehr intensiv. Daher hat er mich gebeten, mit den Menschen zu sprechen, die sie möglicherweise näher gekannt haben. Er möchte wissen, was hinter ihrem Tod stecken könnte.« Sie vermied es nun, das Wort »Selbstmord« zu benutzen.

»Rebecka war eine engagierte und motivierte Teamplayerin. Wir haben sie sehr geschätzt. Auch unsere Kunden. Dass sich unsere Wege getrennt haben, ist bedauerlich. Für uns alle.« Der Dicke hörte sich an, als würde er ein Band abspulen.

»Warum haben sich Ihre Wege getrennt?«

Die zwei Männer stimmten sich mit einem Blick ab. »Ich kann es Ihnen nicht sagen. Manchmal haben unsere Mitarbeiter eine andere Vorstellung von ihrer Zukunft als wir. Dann sprechen wir darüber, und wenn wir keinen Konsens finden, überlegen wir einen alternativen Weg.«

»Der dann Kündigung heißt.«

»Wir kämpfen immer um ein gemeinsames Ergebnis.«

»Was genau hat nicht mehr gepasst zwischen Ihnen und Frau Lautenschläger?«

»Das kann ich Ihnen heute nicht mehr im Detail beantworten.« Er wandte sich an Herrn Lange. »Weißt du das noch? Das Gehalt war es nicht.«

»Sie plante ihre Karriere und wollte weiterkommen. Wir haben hier sehr flache Hierarchien. Wir arbeiten im Team. Offenbar hatte sie andere Ideen.«

»Das klingt fadenscheinig«, entfuhr es Frederike, die das seichte Um-den-heißen-Brei-Reden aufbrachte. »Was ist passiert?« Frederike sah abwechselnd die zwei Männer an. Sie hatte keine Lust, sich so abspeisen zu lassen. »Ich weiß, dass Rebecka finanzielle Schwierigkeiten hatte. Ich kann mir nicht vorstellen, dass sie ihren Job gekündigt hätte, ohne etwas Neues zu haben.«

Die Herren sahen sich überrascht an und hoben die Hände. »Frau Stier, das ist, was wir dazu sagen können. Von ihren Schwierigkeiten wissen wir nichts. Wir hoffen nur, dass das nicht der Grund für ihren Selbstmord war.«

Diese scheinheiligen Typen. »Wissen Sie, wohin Frau Lautenschläger gegangen ist?«, fragte sie, um einen ruhigen Ton bemüht.

Herr Lange antwortete: »Soviel ich weiß, ging sie zu einer Werbeagentur.«

Wieder diese Lügen. Sie wussten es genau. Warum sonst war Kommer gestern bei Frau Bredemann gewesen?

Herr Kommer sah auf die Uhr. »Wir müssen los«, sagte er zu

seinem Partner, bevor Frederike reagieren konnte. »Entschuldigen Sie, Frau Stier. Wenn Sie noch Fragen haben, melden Sie sich bitte. Sie haben meine Karte.« Er stand auf.

Frederike überlegte, das gestrige Treffen in der Werbeagentur anzusprechen, tat es dann nicht, weil sie keine weitere Konfrontation wollte. Früher hätte sie darauf keine Rücksicht genommen. Da war sie Hauptkommissarin und konnte qua ihrer Position jede Frage stellen. Bekam sie keine zufriedenstellenden Antworten, hatte sie Leute ins Präsidium einbestellt. Das konnte sie nicht mehr. Trotzdem: Als sie Kommer, hemdsärmelig und mit großflächigen Schweißflecken unter den Achseln, jetzt betrachtete, war es ihr plötzlich egal. »Worum ging es gestern bei dem Streit mit Frau Bredemann? Wenn Sie mit einem Prozess drohen, muss es wichtig sein.«

Herr Kommer lachte lauthals und sah Frederike an. »Daher kamen Sie mir bekannt vor. Die kleine Dame mit der Strickmütze.« Er trank den letzten Schluck aus seiner Tasse.

Sie hatte einen wunden Punkt getroffen, also schwieg sie.

»Ich wollte ihr auf den Zahn fühlen. Weil es ethisch nicht sauber ist, was sie macht.«

»Ich fürchte zwar, das geht mich nichts an. Erklären Sie es mir trotzdem?«

»Eine Mitarbeiterin zu übernehmen, die dann einen Kunden vom alten Arbeitgeber abwirbt, ist nicht anständig.«

»Wussten Sie das schon, bevor Frau Lautenschläger Ihr Unternehmen verlassen hat?«

»Hätte ich es geahnt, hätte ich Vorkehrungen getroffen. Konkret: Ich hätte eine für sie schmerzhafte Konventionalstrafe festgesetzt.« Kommer stützte sich mit beiden Händen auf dem Tisch ab. Er schien angefressen zu sein.

»Dass Sie Frau Lautenschlägers Verhalten nicht gut fanden, mussten Sie Frau Bredemann mit sehr deutlichen Worten erklären?«

»Manchmal spiele ich den Choleriker. Vor allem, wenn ich mich in einer aussichtslosen Position befinde.«

»Da hat Frau Bredemann Sie ganz schön abblitzen lassen.«

»Das können Sie laut sagen. Mit fliegenden Fahnen musste ich abziehen. Wie sagt man so schön: Manchmal verliert man, und manchmal gewinnen die anderen. Und manchmal hat man einfach nur Pech.«

»Hatten Sie gestern Pech, oder haben Sie verloren?«

»Diese Frage habe ich mir hinterher bei einem Glas Rotwein auch gestellt. Trinken Sie Rotwein, Frau Stier?«

»Sie können nicht nur den Choleriker spielen.«

»Nein, ich kann auch charmant. Mein Partner bestätigt Ihnen das bestimmt.« Damit legte er Herrn Lange die Hand auf die Schulter, der pflichtbewusst nickte.

»Darf ich Sie auf Ihrer mobilen Nummer anrufen, wenn ich noch Fragen habe?« Frederike betrachtete die Visitenkarte, bevor sie sie in ihren Rucksack steckte.

»Auf jeden Fall.« Herr Kommer drehte sich zur Tür. »Es hat mich sehr gefreut, Sie kennenzulernen. Und richten Sie Herrn Lautenschläger bitte unser tiefes Bedauern zum Tod seiner Tochter aus. Sein Kind zu verlieren muss tragisch sein.«

Triefte gerade Sarkasmus aus seinen Worten? »Haben Sie Kinder?«, fragte sie deshalb.

»Zwillinge. Ich kann mir wirklich nichts Schlimmeres vorstellen, als dass ihnen etwas passiert.«

Frederike war von der offenen Antwort überrascht.

Kommer öffnete ihr die Tür. Sie bedankte sich bei den Herren und stand kurz danach vor dem luxuriösen Gebäude.

Mittlerweile war es dunkel geworden. Laternen beleuchteten den Innenhof. Sie stellte den Kragen ihrer Jacke auf. Ein leichter Nieselregen fiel auf Mülheim. Das Gespräch arbeitete in ihr. Mit einem solchen Verlauf hatte sie nun gar nicht gerechnet.

Bei den Herren kochte es, und sie hatte leicht den Deckel angehoben.

13

»Kowalczyk kommt morgen früh um neun, um mir das Ergebnis der Obduktion mitzuteilen.« Mit dieser Nachricht eröffnete Hartmut das Gespräch. Augenblicklich rauschte Frederikes Laune in den Keller.

»Hab ich dich nicht gebeten –«

»Was soll ich denn machen?«, fuhr er dazwischen. »Er hat den ganzen Tag über Termine und will es mit mir besprechen, bevor er ins Präsidium fährt«, rechtfertigte sich Hartmut in einem barschen Ton. »Er meinte, es wäre besser, wenn er es mir persönlich sagt.«

Wunderbar! Haben sie etwas gefunden, und ich bin nicht dabei, weil ich mich mit der Agenturchefin verabredet habe.

Sie hätte schreien können. Wäre sie nicht in der Straßenbahn gewesen, hätte sie es getan.

»Frederike?«

Sie überlegte. »Willst du mich nicht dabeihaben?«

»*Er* will dich nicht dabeihaben, und ich will keine Diskussionen. Ich bin müde.«

»Ich muss jetzt umsteigen. Ich melde mich nachher noch einmal.« Sie sagte das, weil sie nicht weiter mit Hartmut streiten wollte. Trotzdem machte es sie sauer, dass er wieder den Weg des geringsten Widerstands nahm. Langsam ging ihr dieses Verhalten auf die Nerven.

Was die Rechtsmedizin gefunden haben könnte, war müßig zu spekulieren. Es konnte alles sein. Von einer unheilbaren Krankheit bis zu Drogen oder Gift – oder nichts; noch nicht einmal Wasser in der Lunge.

Sollte sie den Termin bei Frau Bredemann verschieben? Sie sah auf die Uhr. In der Agentur würden sie bestimmt noch arbeiten. Sie rief an.

Jenny meldete sich direkt. »Tut mir leid, Frederike. Morgen

ist sie den ganzen Tag in Meetings oder bei Kunden. Sie muss jetzt Rebeckas Termine übernehmen.« Jenny tat es hörbar leid, dass sie ihr nicht helfen konnte.

»Nicht so schlimm. Es wäre schön gewesen.«

»Sehen wir uns im Fitnessstudio?«, fragte Jenny abschließend.

»Ich hab mich noch nicht entschieden«, sagte sie und beendete das Gespräch.

Die Straßenbahn hielt an der Haltestelle Nordstraße. Neue Fahrgäste drängten herein und verhinderten damit, dass andere hinauskonnten. Drinnen drängten sich schließlich alle dicht an dicht. Zum Glück hatte sie noch einen Sitzplatz ergattert. Kurz nach dem Verlassen der Haltestelle überquerte sie die A 40. Dort standen die Autos Stoßstange an Stoßstange. Die konnten wenigstens die Scheiben herunterlassen, um für frische Luft zu sorgen.

Wieder zog Rebecka Frederikes Gedanken auf sich. Sie hatte den Job bei der Kripo lange genug gemacht und spürte, wenn etwas nicht stimmte. Die mysteriösen Todesumstände, die ausweichenden Informationen, der aufgebrachte Ex-Chef. Ausreichend Hinweise, um tiefer zu bohren.

Ihr Telefon klingelte. Sie sah aufs Display. *Angefangen bei Hartmut.*

»Es tut mir leid«, eröffnete er das Gespräch. Und blieb dann still.

»Was genau tut dir leid?«

»Übertreib es nicht.« Sie musste sehr genau hinhören, um ihn zu verstehen. Sie verkniff es sich nachzufragen, was sie nicht übertreiben solle. Daher sah sie kurz aus dem Fenster in die anbrechende Winternacht.

»Hast du dich mit Rebecka über ihre Arbeit unterhalten?«

»Wenig. Sie meinte nur, dass sie auf der Suche nach einer neuen Stelle wäre. Warum, hat sie nicht gesagt.«

»Und du hast nicht nachgefragt.«

»Doch, aber sie wollte nicht darüber reden. Es hätte nicht mehr gepasst, so was hat sie gesagt. Das habe ich akzeptiert.«

»Kannst du mir irgendwas sagen, was mich weiterbringen könnte? Hat sie von einem Partner gesprochen? Einer Freundin? Probleme, die für sie zu groß waren?« Es musste etwas geben. »Den Kontakt im Juni hat Rebecka gesucht?«

»Ja, das hab ich dir doch schon gesagt.«

»Dann muss es doch einen Grund dafür gegeben haben. Nach so langer Zeit.«

Ihrem Gefühl nach schwieg Hartmut zu lang. Also sagte sie: »Ich will den Hintergrund von Rebeckas Tod herausfinden. Dafür brauche ich Informationen, auch von dir. Überleg dir bitte, ob du sie mir geben willst. Wenn du auf meine Fragen nur mit Schweigen antwortest, kann ich nicht weitermachen.«

»Frederike.« Hartmut schwieg.

Sie ließ ihn. *Kommt jetzt ein Geständnis?*

»Rebecka hat mich vor circa vierzehn Tagen angerufen.«

»Hartmut, ich sitze in der Bahn und kann nicht reden. Das ist doch wichtig –«

»Ist es nicht. Ich habe nicht mit ihr gesprochen. Nur kurz.«

»Weil?« Sie wollte durch die Leitung kriechen.

»Weil ich stur war.«

»Entweder erzählst du mir jetzt die ganze Geschichte an einem Stück, oder wir brechen hier ab.«

»Da gibt es nichts zu erzählen. Ich wollte, dass sie sich wegen ihres Verhaltens im Sommer entschuldigt. Sie sah keinen Anlass dafür. Ich wollte nicht weiter mit ihr reden. Punkt.«

»Weshalb sie angerufen hat, weißt du also nicht?«

»Hörst du mir zu?«

Sie hätte durch die Decke gehen können. So einen wichtigen Hinweis verschwieg ihr Hartmut. Was sollte sie damit anfangen? Sie erinnerte sich an die Technik, um wieder ruhig zu werden, wendete sie an, sagte langsam: »Wir müssen darüber reden. Ich melde mich morgen wieder, wenn ich mit Frau Bredemann gesprochen habe.«

Hartmut wollte noch etwas erwidern, doch sie unterbrach ihn. »Überleg dir, wenn du nachher im Bett liegst, wie zukünftig deine Unterstützung aussieht. Oder besprich es mit Adelheid. Bis morgen.«

War sie gerade dabei, eine neue Facette von Hartmut zu entdecken? Oder bewertete sie »die Facette« anders, weil sie begann, ihn mit anderen Augen zu sehen? *Egal.* Als wollte er nicht, dass sie mit ihrer Nachforschung weiterkam. Sie war sprachlos. Verschwieg er etwas, weil er einen Grund hatte?

Um sich abzulenken und sich wieder zu beruhigen, gab sie erneut »Zukunft Ruhrgebiet« in die Suchmaschine ihres Smartphones ein und wartete auf die Ergebnisse. Beim ersten Suchen war sie nur an deren Homepage und der Adresse interessiert gewesen. Jetzt wollte sie wissen, was über das Unternehmen im Netz stand.

Im Mai dieses Jahres hatten mehrere Zeitungen im Ruhrgebiet darüber berichtet, dass es einen Skandal rund um die Präsentation eines neuen Wärmegewinnungskonzepts gegeben habe. Sie überflog die Berichte. Offenbar wollte »Zukunft Ruhrgebiet«, oder ZR, wie das Unternehmen in Berichten oftmals abgekürzt wurde, ein Konzept vermarkten, das politisch noch nicht zu Ende diskutiert worden war. Es ging um eine Entwicklung, die die ehemaligen Schächte und Gelände von Zechen nutzen wollte, um mit Hilfe von Wasserkraft Energie zu gewinnen.

In folgenden Artikeln wurde über mögliche Klagen, verärgerte Kunden sowie Statements hochrangiger Politiker berichtet, die sich öffentlich von »Zukunft Ruhrgebiet« distanzierten. Die letzte Notiz, die sie fand, war mit »Zukunft Ruhrgebiet hat wieder eine Zukunft« überschrieben.

In einem älteren Artikel fand Frederike etwas von »personellen Konsequenzen«, die dem Skandal folgten, aber keine Namen. Sie notierte es, um es beim nächsten Treffen mit Herrn Kommer anzusprechen. Aber auch Frau Bredemann würde sie nach ihrer Sicht fragen.

Frederike wechselte am Abzweig Aktienstraße in die 105 und stieg knapp fünfzehn Minuten später die vier Stockwerke zu ihrer Wohnung hinauf.

Es war kalt im Treppenhaus. Atemdampf bildete sich sogar hier drin. Wie jedes Jahr um diese Zeit. Die vertrauten Geräusche aus den Wohnungen drangen zu ihr. Töpfe klapperten, im Fernsehen lief wohl eine Polizeiserie, Schulzens nörgelnder Sohn, das Quieken der kleinen Svetlana. Groß war sie geworden, die Tochter ihrer Nachbarn in der Wohnung unter ihr. Sie hatte schon lange nicht mehr auf sie aufgepasst.

Dieses vertraute Umfeld würde sie aufgeben, wenn sie in eine neue Wohnung zog. Sie kannte alle ihre Nachbarn. Über viele Jahre waren sie zu einer verschworenen Gemeinschaft zusammengewachsen, auch wenn sie sich nicht regelmäßig trafen oder sahen. Manchmal reicht es, wenn man weiß, dass jemand da ist, dachte sie. In einer neuen Wohnung müsste sie damit von vorne anfangen. Blieb ihr dafür die Zeit? *Blöde Frage.* Wenn sie jetzt mit dem Fitnessstudio anfing, war ihr die ewige Jugend gewiss. Alles mit Bedenken und Zweifeln anzugehen war jedenfalls auch der falsche Weg. Also könnte sie gleich im Internet nach einer Wohnung suchen. Dann würde sie nicht nur darüber nachdenken umzuziehen, sondern es aktiv angehen.

In ihre Gedanken vertieft, nahm sie eine Stufe nach der anderen und stand ganz unvermittelt vor ihrer Wohnungstür. Wie einfach das heute gegangen war. Zeigte das Probetraining schon Wirkung?

Mein Galgenhumor war auch schon mal besser.

Nach einem kargen Abendessen setzte sie sich in ihren Ohrensessel. Sie wollte den Tag noch einmal durchgehen und die wichtigen Erkenntnisse notieren. So, wie sie es im aktiven Dienst getan hatte.

Sie rief Patrick an. Vielleicht erwischte sie den Spurenleser heute in einer günstigen Stimmung.

»Geht es dir gut?«, fragte sie nach einer kurzen Begrüßung.

»Ich kann dir nichts sagen«, versuchte er, sie sofort abzuwimmeln.

»Gab es Auffälligkeiten? Habt ihr einen Hinweis gefunden? Was steht im Obduktionsbericht?«

»Frederike.« Sie hörte, wie er sich eine Zigarette ansteckte. »Ich habe den Bericht nicht gesehen.«

»Dann setz dich an deinen Computer und sieh nach.«

»Ich wünsche dir auch einen schönen Abend.« Er legte auf.

Manchmal funktionierte es bei ihm, wenn sie direkt und unverblümt vorging. Heute nicht.

Frederike überlegte, wen sie bei der Kripo ansprechen konnte. Ganz ohne Kontakt dorthin war es schwer. Wie immer.

Sie wählte Jens' Nummer. Mit Jens, der bei der Kripo für die Massendaten verantwortlich zeichnete, hatte sie ein gutes Verhältnis gehabt. Er ging nicht dran. Sie versuchte es bei Sarah, die Kowalczyk mit zur Ermittlungsgruppe geholt hatte, als sie im Fall des toten Künstlers Freistein ermittelt hatte. Auch sie war nicht zu erreichen.

Nun denn. Frederike beschloss, es dabei bewenden zu lassen und den Rest des Abends weniger an Rebecka und Hartmut und »Zukunft Ruhrgebiet« und die anderen zu denken. Vor allem das Gespräch mit Hartmut spukte durch ihren Kopf. Was dachte er sich, ihr nicht zu sagen, dass er kurz vor Rebeckas Tod mit ihr telefoniert hatte? Hatte sie Hilfe gesucht? Oder wollte sie den Kontakt zu ihrem Vater doch wieder aufnehmen? Es musste einen konkreten Grund gehabt haben, Hartmut anzurufen. Und Hartmut hatte das Gespräch verweigert. Sie schrieb sich eine Notiz in ihr Buch und klappte es zu.

Jetzt wollte sie sich ihrer neuen Wohnung widmen. Nachdem sie sich mühsam durch verschiedene Portale geklickt und versucht hatte, ihre Vorstellungen und Wünsche mit den geforderten Mieten in Einklang zu bringen, resignierte sie. In Essen gab es zwar einige Wohnungen auf dem Markt, doch gab es immer etwas, das nicht passte. Hier wurde die Wohnung nur mit Küche vermietet, dort fehlte die Badewanne, die öffentlichen Verkehrsmittel waren zu weit entfernt, oder sie war einfach viel zu teuer. Es würde schwierig werden, merkte sie schnell.

Sie nahm ihr Smartphone und wählte Stephanie Grubineks Nummer. »Hallo, Frau Grubinek, hier ist Frederike Stier.« Sie wartete, bis die ihren Namen einsortiert hatte. »Ich habe eine Frage zu Ihrer Wohnung.«

Sie unterhielten sich über den Wohnungsmarkt in Essen, die gute Wohnlage im Eltingviertel und darüber, wie sie an eine Wohnung dort gelangen könnte. Frederike bekam einen Ansprechpartner bei der Wohnungsbaugesellschaft, der die Wohnungen verwaltete. Sie notierte die Telefonnummer. Morgen würde sie dort anrufen.

»Ist Ihnen zu Rebecka noch etwas eingefallen?«, fragte sie, bevor das Gespräch zu Ende war.

»Nein. Ich überlege schon den ganzen Tag.« Pause. »Heute ist ein Paket für Rebecka gekommen. Der Nachbar hat es vorhin gebracht. Offenbar hat sie für ihren Urlaub Klamotten bestellt.«

Wieder ein Punkt, der gegen einen Suizid sprach. Und damit für ein Gewaltverbrechen.

Frederike wollte nicht am Telefon über Rebeckas früheren Arbeitgeber sprechen. Beim nächsten Treffen mit ihr würde sie es tun. Deshalb fragte sie auch direkt: »Wollen wir uns morgen Abend nach Ihrer Arbeit treffen?«

»Es gibt bei mir um die Ecke ein kleines Café und Bistro, Zwingli. Ich versuche, um sieben Uhr dort zu sein.«

Frederike hatte nicht damit gerechnet, dass das so einfach gehen würde. »Ich warte, wenn es später wird.« Schließlich kannte sie die Pünktlichkeit der Werbeleute.

Frederike saß noch in ihrem Sessel. Moritz kam zu ihr. Wie schön, dass er gerade jetzt, wo sie nicht so genau wusste, wie es weitergehen sollte, ihr Gesellschaft leistete.

In Gedanken klagte sie ihm ihr Leid, und er hörte geduldig zu. Als sie am Ende meinte: »Ich finde es trotzdem heraus, was hinter Rebeckas Tod steckt«, antwortete er: »Das tust du mit Sicherheit.«

Sie ging ins Bett. Der Tag wurde in ihrem Kopf noch hin und her gewälzt. Die Frage, welche Rolle Hartmut spielte, hielt sie lange vom Einschlafen ab.

14

Fünf vor neun betrat Frederike die Werbeagentur durch die Glastür. Hinter dem Empfangstresen saß Jenny. Ihre Augen waren verquollen, das Make-up verwischt.

»Was ist passiert?«, fragte Frederike. Sie trat näher, weil sie sich ernstlich Sorgen machte.

»Ist schon gut. Ich sage Fabienne Bescheid, dass du da bist.« Jenny schnäuzte sich.

Frederike hörte Schritte. »Guten Morgen, Frau Stier. Schön, dass Sie es geschafft haben.«

Frau Bredemann kam aus der Toilette neben dem Eingang. Sie wirkte aufgedreht, ihre Haare waren nass, als wäre sie gerade erst aus der Dusche gestiegen. Sie öffnete die Tür zum Großraumbüro, ließ Frederike vor und eilte dann direkt wieder an ihr vorbei zu ihrem Büro.

Die wenigen Leute, die hier waren, drehten verstohlen den Kopf zu ihnen hin. Bei einigen hatte sie den Eindruck, dass sie Bilder auf den Monitoren wegklickten, als sie vorbeimarschierte. Stephanie saß am anderen Ende des Raums und sah aus dem Fenster.

Frau Bredemann schenkte Kaffee ein.

»Danke, so früh tut ein Kaffee immer gut«, sagte Frederike und schälte sich aus ihrer Jacke.

»Frau Stier, im Moment bin ich ein wenig irritiert.« Frau Bredemann sprach in einem sehr förmlichen Ton, fast als wolle sie Frederike tadeln. Sie setzte sich trotzdem auf den Stuhl, sah Frau Bredemann aber weiterhin an.

»Ich dachte, ich hätte klargemacht, dass es mir nicht recht ist, wenn Sie in der Agentur Gespräche führen, während ich außer Haus bin.« Die Frau fixierte sie regelrecht mit ihrem Blick, sie schien nicht einmal zu blinzeln. »Und dann lese ich auch noch in der Zeitung, dass Sie die Polizei unterstützen. Ich ging davon aus, dass Sie im Auftrag von Herrn Lautenschläger hier waren und nicht von diesem Kowal... was weiß ich.«

Frederike fühlte sich an alte Zeiten erinnert, als Julian, ihr ehemaliger Vorgesetzter bei der Kripo, wie ein Derwisch durchs Büro gehüpft war, wenn er mit einer ihrer Aktionen nicht einverstanden gewesen war. Nur dass sie sich jetzt das Grinsen verkneifen musste.

»Ich bin auch im Auftrag von Rebeckas Vater hier. Und selbstverständlich respektiere ich Ihre Wünsche.«

»Dann schleichen Sie sich das nächste Mal nicht wieder in meine Agentur, wenn ich es nicht sehe.« Frau Bredemann stützte sich auf die Rückenlehne ihres Bürostuhls. »Ich mag es einfach nicht, wenn hinter meinem Rücken etwas passiert.« Die Agenturchefin wartete auf eine Reaktion, die ihr Frederike in Form eines knappen Nickens gab. Danach lächelte sie und meinte: »Ich hoffe, Sie haben mich verstanden.« Frederike bestätigte es, was die Agenturchefin zum Anlass nahm, sich zu setzen und ein freundliches Gesicht aufzusetzen. »Aber jetzt zu Ihnen. Was kann ich für Sie tun?«

»Eine Sache möchte ich wirklich klarstellen«, begann Frederike. »Weder unterstütze ich die Polizei, noch arbeite ich mit ihr zusammen. Ich bin im Ruhestand und sehr glücklich damit.«

»Warum steht das dann in der Zeitung?«

»Ich habe das auch gelesen und war nicht weniger überrascht als Sie. Meine Theorie: Im Sommer habe ich beim Tod eines Freundes ein wenig ermittelt. Die Journalisten haben das erfahren und denken nun wahrscheinlich, dass ich es wieder tue. Aber ich habe mit meinem Dienst bei der Kripo abgeschlossen. Dass ich hier bin, ist wirklich nur der Tatsache geschuldet, dass Herr Lautenschläger und ich befreundet sind und er mich gebeten hat, mehr über seine Tochter zu erfahren. Sie werden verstehen, dass ihn der Selbstmord sehr schockiert hat.«

Auf Frau Bredemanns Stirn verschwanden die tiefen Falten nicht ganz.

»Herr Lautenschläger und ich haben uns in der Reha kennengelernt«, fuhr Frederike fort. »Als wir jeder unseren Herzinfarkt auskurieren mussten. Das hat uns verbunden. Im Rahmen meiner Möglichkeiten versuche ich nun, ihn zu unterstützen. Wir sind beide noch angeschlagen davon und nur wenig belastbar.« Frederike hoffte, dass es half, wenn sie auf die Tränendrüse drückte.

»Und dann machen Sie ein Probetraining im Fitnessstudio?« Jetzt setzte sich Frederike gerade auf den Stuhl. Dass Frau Bredemann über dieses Detail informiert war, weckte sie mehr, als es der Kaffee vermochte.

»Der Arzt hat mir empfohlen, mich mehr zu bewegen und mein Herz zu trainieren. Gerade jetzt, in der kalten Jahreszeit, dachte ich, dass es eine gute Idee sein könnte, drinnen Sport zu treiben.«

»Übertreiben Sie es nicht. Die Trainer dort sind darauf aus, einen zu fordern, und das permanent. Oft ohne Rücksicht auf Alter oder Vorerkrankungen. Sie werden es merken.«

Frederike überlegte, ob das fürsorglich oder drohend gemeint war. Sie blieb neutral. »Ich werde auf mich aufpassen. Sport ist leider nicht meine Leidenschaft, daher werde ich es auch jetzt nicht übertreiben. Trainieren Sie regelmäßig?«

»Ich komme gerade von dort. Wenn ich es einrichten kann, gehe ich gerne morgens dorthin, um mich auf den Tag vorzubereiten. Manchmal auch abends. Beim Schwitzen lässt sich der Stress sehr gut abbauen, und der Kopf wird frei.« Frau Bredemann sah sie an. »Sie sind aber nicht gekommen, um mit mir über Sport zu sprechen.«

Frederike hatte das Thema Fitnessstudio nicht angesprochen, war dennoch froh, das Geplänkel abschließen zu können. »Herr Lautenschläger möchte sich ein Bild davon machen, wie das Leben seiner Tochter in der Zeit vor ihrem Tod aussah. Der Kontakt war abgerissen. Deshalb macht er sich Vorwürfe, sich nicht ausreichend um Rebecka gekümmert zu haben. Es wäre schön, wenn Sie mir als ihre Chefin etwas über sie erzählen könnten. Etwas, das hilft, das Bild zu vervollständigen.«

»Kommt das nicht ein bisschen spät?«

»*Zu* spät. Er weiß das auch. Nun hat ihn dafür sozusagen nicht das Leben bestraft, sondern der Tod seiner Tochter. Aus diesem Grund will er versuchen, es zu verstehen.«

Frau Bredemann nahm die Brille ab und drückte ihre Nasenwurzel. »Ich kenne Rebecka auch nur von unserer gemeinsamen Arbeit. Sie war eine sehr motivierte, engagierte Mitarbeiterin. Zuverlässig und unglaublich zielstrebig. Sie wusste, was sie wollte. Dabei war sie in der Lage, ihre Kollegen so einzubinden, dass sie sie immer unterstützt haben. Sie war wirklich ein Gewinn für die Agentur.«

Diese Formulierungen könnten auch in einem Zeugnis stehen, dachte Frederike. »Es gab keine Probleme mit Kollegen?«

»Nein.« Frau Bredemann sah ihr in die Augen. »Worauf zielt Ihre Frage ab? Suchen Sie doch nach einem Motiv für einen Mord? Sind Sie doch im Auftrag der Kripo hier?«

Frederike atmete durch. »Ich versichere Ihnen, dass ich mit der Kripo nichts zu tun habe. Keine Hilfe, keine Unterstützung, gar nichts.« Eine kurze Pause sollte ihren Worten Nachdruck verleihen.

Frau Bredemanns Blick sagte, dass sie ihr nicht glaubte.

»Wie haben Sie Rebecka erlebt? Hatten Sie das Gefühl, dass sie glücklich war?«

»Wie soll ich das wissen? Wir reden hier nicht über Privates. Der Pitch gestern stand im Fokus. Darauf haben wir Tag und Nacht hingearbeitet. Rebecka vor allem. Es war ihr Kunde. Sie wollte ihn unter allen Umständen für unsere Agentur gewinnen.«

»Gab es dabei Probleme? Kann es sein, dass sie Zweifel hatte? Dass sie Angst hatte, nicht erfolgreich zu sein?«

»Wir waren alle sehr überzeugt, dass wir den Mandanten gewinnen. Nein, sie zweifelte weder an sich selbst noch am Team, das sie unterstützte.«

Frederike überlegte. »Vorgestern habe ich den ehemaligen Chef von Rebecka kurz hier gesehen. Wissen Sie, ob Rebecka mit ihm Probleme hatte? Ob es dort Unstimmigkeiten gab, die noch nicht ausgeräumt sind?«

»Nicht dass ich wüsste. Aber wir haben auch nie über ihren vorigen Arbeitgeber gesprochen. Sie hat auch von sich aus nichts erwähnt.« Frau Bredemann klang reserviert, als wäre ihr das Thema unangenehm. Es erschien Frederike auch unglaubwürdig, dass sie dem ehemaligen Arbeitgeber einen Kunden abnehmen wollten und nicht weiter über den Chef gesprochen hatten. Also bohrte sie nach.

»So wie er sich aufgeführt hat, schien nicht alles besprochen gewesen zu sein. Auch mit Ihnen. Aber das war natürlich nur der Eindruck, den es auf mich gemacht hat.«

»Ja, Herr Kommer hat sehr eigene Vorstellungen vom Wirtschaftsleben. Aber das besprechen Sie besser mit ihm.«

Frau Bredemann sah demonstrativ auf die Uhr. »Ich habe gleich ein Meeting, auf das ich mich noch vorbereiten muss. Aber melden Sie sich gerne, wenn ich noch etwas für Sie tun kann.«

»Wäre es heute möglich, mit einigen von Rebeckas Kollegen zu sprechen? Vielleicht können die etwas mehr über Rebecka Lautenschläger als Privatmensch erzählen.«

»Wie gesagt, wir sind momentan sehr eingespannt. Wenn wir das Weihnachtsgeschäft hinter uns haben, vielleicht.« Bredemann legte einen Finger an die Stirn. »Haben Sie schon mit dem früheren Freund von Frau Lautenschläger gesprochen? Der kann Ihnen sicherlich mehr über sie erzählen.«

»Einen Namen haben Sie nicht?« Frederike hörte zum ersten Mal von einem früheren Freund und nahm das Stichwort gerne auf.

»Vielleicht fragen Sie die Mitbewohnerin von Rebecka. Stephanie weiß das bestimmt.«

Frederike bedankte sich und verließ das Zimmer. Selten, dass sie nach einem Treffen so ambivalent war. War es ein gutes oder ein schlechtes Gespräch gewesen? Sie konnte es nicht beantworten.

Als sie das Großraumbüro betrat, sahen viele der mittlerweile Anwesenden zu ihr. Die Köpfe drehten sich weg, als sie die Blicke erwiderte.

Am Fenster entdeckte sie Stephanie Grubinek. Frederike signalisierte, ob sie kurz zu ihr kommen könne. Sie tat es.

»Können Sie mir etwas zu Rebeckas früherem Freund sagen?«

»Können wir das nicht heute Abend besprechen? Ich habe viel auf dem Tisch.«

»Nur einen Namen«, beharrte Frederike.

Frau Grubinek verdrehte die Augen. »Sie hat einmal von einem Sven gesprochen. Den Nachnamen weiß ich nicht.«

»Danke. Bis nachher«, sagte Frederike.

Frau Grubinek ging zurück an ihren Platz.

Auf der Bahnhofstraße öffneten die ersten Buden des Weihnachtsmarkts. Wenn sie doch nur ihre Ohren so schließen könnte wie ihre Augen. Warum mussten die Menschen das bisschen aufkommende Stimmung mit diesem immer gleichen Gedudel im Keim ersticken?

Sie ging zu einem Stand und kaufte sich einen Kinderpunsch. Sie stellte sich an einen Tisch. Beim Blick auf die Uhr dachte sie, dass Hartmuts Gespräch mit Kowalczyk vorbei sein müsste. Sie wählte seine Nummer.

»Es ist schwer, etwas zu erfahren, Hartmut. Die kennen mich und trauen mir nicht.«

»Das hält dich aber trotzdem nicht ab, oder?«

Jetzt klang er wieder bittend. Ihr lag die Bemerkung auf der Zunge, dass er sie dann auch bitte unterstützen möge, entschied aber, sie dort liegen zu lassen.

»Natürlich nicht. Aber es ist schwierig.«

Sie wollte, dass Hartmut selbst vom Gespräch mit der Kripo anfing. Aber er machte keine Anstalten, was sie enttäuschte.

»Willst du mir nicht sagen, was die Obduktion ergeben hat?«

Hartmut antwortete nicht sofort. »Das Ergebnis der Obduktion … Toxikologisch seien die Ergebnisse noch nicht komplett ausgewertet.«

»Und sonst?« Ihr Geduldsfaden wurde dünner, weil sie wusste, wie lange diese Untersuchungen dauerten.

»Sie konnten Alkohol nachweisen.«

So stockend, wie er erzählte, musste noch etwas Unerwartetes kommen. »Viel?«

»Über ein Promille. Eins Komma fünf«, ergänzte er.

Dafür musste man schon einiges trinken. Aber es gab noch etwas anderes, da war sie inzwischen sicher.

Hartmut setzte zu einem weiteren Satz an, stoppte aber.

Sie schwieg.

Nächster hörbarer Anlauf, noch einmal kurzes Stocken, dann sagte er: »Wie hat dieser Kowalczyk es gesagt: ›Das bei der Untersuchung der Gebärmutter zu erhebende Befundbild spricht für einen kürzlich erfolgten induzierten Abort. Der Abheilungsgrad ist vereinbar mit einem Abortzeitpunkt im Bereich von mehreren Tagen bis wenigen Wochen vor dem Versterben.‹ So hat er sich tatsächlich ausgedrückt. Kannst du das fassen, Frederike? Meine Tochter hatte eine Abtreibung kurz vor ihrem Tod.«

Frederike hörte, wie er mit den Tränen kämpfte.

»Wusstest du, dass sie schwanger war?«

»Woher denn?«

Dann wusste er natürlich auch nicht, von wem Rebecka ein Kind erwartet hatte. Sofort fiel ihr der frühere Freund ein, den sie umgehend finden musste.

Und das Telefonat, das sie vor vierzehn Tagen geführt hatten.

»Wollen wir uns nachher noch treffen?«, fragte sie in die Stille.

»Wenn du nicht zu viele Fragen stellst.«

»Wenn du von dir aus etwas erzählen würdest, müsste ich nicht so viel fragen.«

»Lass uns später telefonieren. Ich muss jetzt mit Adelheid weg. Ich melde mich bei dir.«

»Bis später.« Dass diese Frau jetzt permanent bei Hartmut herumscharwenzelte, drängte fast das Obduktionsergebnis in den Hintergrund. Eine Schwangerschaft und ein Abbruch warfen ein ganz neues Licht auf Rebeckas Tod.

15

Frederike hatte sich so darauf gefreut, auf der Bank im Museum Folkwang zu sitzen und sich von *ihrem* Bild davontreiben zu lassen. Jetzt das. Beim Wechsel der Ausstellung hatte man Munchs »Die Einsamen« durch ein anderes Gemälde ersetzt. Sie weigerte sich, in der App den Namen und den Künstler nachzusehen. Um das Schildchen an der Wand zu lesen, müsste sie aufstehen und hingehen. Ihr Ärger über diese Ungeheuerlichkeit ließ das nicht zu. Also saß sie da und starrte stattdessen auf George Minnes »Brunnen mit knienden Knaben«.

Sie erinnerte sich, wie sie zum ersten Mal auf dieser Bank gesessen hatte. Die Nachforschungen zum Mord an dem Künstler Claude Freistein hatten sie hierhergetrieben, weil sie den Museumsdirektor befragen musste. Kunst und Künstler waren ihr suspekt gewesen. Als optische Umweltverschmutzer hatte sie sie bezeichnet. Doch dann sah sie dieses Gemälde. Eigentlich hatte sie zuerst den Titel des Bildes gelesen. Danach hatte sie es sich genauer angesehen. Es zog zuerst ihren Blick auf sich, um sich danach ihrer Gedanken zu bemächtigen. Am Ende sog es sie mit Haut und Haaren auf. Fast augenblicklich tauchte sie in die Strandatmosphäre ein, die zwei Menschen, die Frau im weißen Kleid, der Mann im schwarzen Anzug, beide dem Betrachter den Rücken zugewandt, den Blick ins Nirgendwo gerichtet. Anfangs hatte sie in dem Mann noch Moritz, ihren Mann, gesehen, der hinter ihr stand und ihr den Rücken freihielt, auf sie aufpasste. Im Laufe der Zeit veränderte sich die Rolle des Mannes, abhängig von ihrer Stimmung. Oder sie interpretierte die Haltung der Frau neu, von entrückt zu zielstrebig nach vorne blickend.

Sie liebte das Bild mittlerweile, da es ihre Gedanken für eine kurze Zeit gefangen nahm und von den momentanen Sorgen ablenkte.

Seither war es ihr zur lieb gewonnenen Gewohnheit geworden hierherzukommen, wenn sie Zeit für sich, Zeit zum Nachdenken brauchte.

Als ihr klar wurde, dass sie die ganze Zeit auf nackte Jungen starrte, die im Kreis auf einem Brunnen knieten, stand sie auf. Niemand beobachtete sie. So ein Glück. Eigentlich wollte sie über den Hinweis nachdenken, den sie erhalten hatte und wofür sie dankbar sein sollte. Stellte er doch ein mögliches Motiv dar, dem sie nachgehen konnte.

Sie musste den Mann finden, der für Rebeckas Schwangerschaft verantwortlich war. Sie überschlug die Einwohnerzahl Essens, reduzierte sie auf Männer, konzentrierte sich auf die im geeigneten Alter und stellte fest, dass ihre beiden Hände für das Ergebnis nicht ausreichten.

Sven. Die Schnittmenge aus dem gerade errechneten Ergebnis und Essens Sven-Population würde ihr auch nicht weiterhelfen.

Sie holte ihre Sachen an der Garderobe und ging ins Café des Museums. Dort kramte sie ihr Notizbuch und das Smartphone aus dem Rucksack und öffnete die Suchmaschine. Als Erstes stellte sie fest, dass es hundertsiebenundvierzig Einträge im Telefonbuch zum Namen »Sven« in Essen gab. Vielleicht wohnte er aber gar nicht in Essen.

Als Zweites ließ sie einen Sturm durch ihr Gehirn fegen, um Ideen zu sammeln, wer ihr vielleicht etwas zu Rebeckas Ex-Freund sagen konnte. Sie schrieb untereinander: »Rebeckas Smartphone, Stephanie Grubinek, eine mögliche andere Freundin, Kollegen, ehemalige Kollegen, jemand im Fitnessstudio«. Während sie auf die Liste starrte, kaute sie auf dem Ende des Kugelschreibers herum. Frühere Nachbarn, fielen ihr noch ein. Gab es Onkel oder Tanten, Verwandte, die vielleicht etwas wussten?

Sie rief Hartmut an. »Gibt es Familie, zu der Rebecka Kontakt hatte? Cousinen, Patenonkel oder Patentante?«

»Warum willst du –« *Hartmut wieder.*

»Weil ich Rebeckas Mörder finden will. Hör doch bitte auf,

ständig meine Fragen zu hinterfragen. Ich habe einen Grund, wenn ich etwas wissen will, und will mich nicht jedes Mal dafür rechtfertigen. Können wir uns darauf einigen?«

»Ich will doch nur wissen, in welche Richtung du gerade nachforschst. Das hat doch nichts mit dir zu tun.« Er war sauer.

»Ich will ... Nein, es gibt hier in Essen keine Verwandten. Die sind über ganz Deutschland verstreut. Ich glaube nicht, dass Rebecka zu einem von ihnen Kontakt hatte.«

»Gibst du mir die Telefonnummern, dann rufe ich an und frage persönlich.«

»Ich suche sie dir heraus und melde mich.« Nach einer Pause fuhr er fort: »Frederike, das ist sehr schwer für mich. Ich erfahre Dinge über meine Tochter, die ich nie für möglich gehalten habe. Das schockiert mich.«

Das verstand sie ja. »Sie hat ihr eigenes Leben gelebt.«

»Sie war meine Tochter.«

»Ich glaube dir, dass es schwer ist. Willst du darüber sprechen?«

Er schien zu überlegen. »Schon gut. Ein anderes Mal.«

Sie akzeptierte es. Er hatte ja jemanden gefunden, mit dem er seine Sorgen teilen konnte. »Es wäre schön, wenn du mir die Telefonnummern schicken könntest.«

Hartmut versprach es.

Als sie gerade aufgelegt hatte, wurde ihr Cappuccino gebracht.

Sie rief den alten Kowalczyk an. Er war im Stress – er musste sich um die Einsatzkoordination bei einem größeren Unfall auf der A 40 kümmern –, trotzdem fragte er, womit er ihr helfen könne.

»Ich bräuchte die vorletzte Adresse von Rebecka Lautenschläger. Bevor sie ins Eltingviertel gezogen ist. Weißt du, wer mir weiterhelfen könnte?«

»Ich nicht«, sagte er.

»Das weiß ich doch. Ich dachte nur, du kannst mich zu jemandem durchstellen.«

Frederike wusste, dass sie um jede Information kämpfen musste. Was ihr wieder mal vor Augen führte, dass sie einen Kontakt ins Präsidium brauchte.

»Hat sie in Essen gewohnt?«, fragte er endlich.

Verflucht. Sie war fest davon ausgegangen. Dabei hatte Rebeccas letzter Arbeitgeber sein Büro in Mülheim. Womöglich hatte sie dort gewohnt. Oder in Oberhausen. Kettwig? »Ja«, antwortete sie selbstsicher, denn sonst würde er wahrscheinlich gar nicht suchen. »Danke.«

Ihr war klar, dass sie den alten Kowalczyk nicht ständig mit ihren Fragen nerven konnte. Wer blieb ihr sonst als Kontakt ins Präsidium? Patrick. Irgendwie musste sie es schaffen, wieder eine Verbindung herzustellen. Darüber musste sie weiter nachdenken.

Jetzt holte sie die Visitenkarte von Herrn Kommer aus dem Rucksack. Sie wollte dem ehemaligen Chef noch einmal auf den Zahn fühlen. Sie rief an.

»Frau Stier, das tut mir leid. Heute Nachmittag passt es gar nicht. Ich habe einen Termin.«

Frederike wusste, was als Nächstes kommen würde. »Es war auch nur eine Idee. Wenn es nicht geht, dann –«

»Wo sind Sie gerade?«

»Warum?«

»Mein Termin findet gleich in Essen statt. Vielleicht können wir uns auf meinem Weg dorthin treffen.«

»Kommen Sie am Museum Folkwang vorbei?«

Sie konnte es sich tatsächlich auf ihrem Platz im Museumscafé gemütlich machen. Herr Kommer hatte versprochen, dorthin zu kommen. Wenn er das von sich aus anbot, musste er etwas auf dem Herzen haben, was er ihr erzählen wollte.

Kommer kam eine Dreiviertelstunde später ins Café. Wie er es angekündigt hatte. Seine Haare standen etwas wirr vom Kopf ab, und die Schweißperlen auf seiner Stirn deuteten auf große Eile hin. Doch er strahlte und begrüßte Frederike so herzlich, dass sie misstrauisch wurde.

»Ich hatte Angst, Sie gestern verschreckt zu haben. Ich war noch sehr in Rage.«

Frederike lachte laut. »Der Mann muss erst noch erfunden werden, der mich verschrecken kann. Da müssen Sie sich keine Sorgen machen.«

Kommer sah als Erstes in die Speisekarte, nachdem er sich gesetzt hatte. »Ich nehme eine Currywurst«, meinte er und klappte die Karte zu. Er zog sein Jackett aus und krempelte wieder die Ärmel hoch. »Ist es nur mir so warm?«

Frederike suchte in der Karte nach einem geeigneten Gericht für sich. »Ich nehme den Salat. Mit Pilzen«, entschied sie schließlich.

»Seien Sie nicht so langweilig. Dieses Grünzeug ist doch kein ordentliches Essen.« Er schlug die Speisekarte noch einmal auf. »Hier, das Wiener Schnitzel, das ist doch richtig.«

Eigentlich mochte sie solche Typen, die geradeheraus waren und Initiative zeigten. Doch dieser hier an ihrem Tisch war ein wenig zu forsch.

Die Bedienung kam. Kommer bestellte die Wurst und ein Pils, und als er für sie das Schnitzel orderte, korrigierte sie ihn. »Ich nehme den Salat mit den Pilzen und ein Wasser.«

Kommers Reaktion war ihr vertraut. Sie sah sie regelmäßig, wenn Alphamännchen Granit zwischen ihren Zähnen knirschen hörten. Mittlerweile konnte sie es ohne Regung zur Kenntnis nehmen.

»Ich will direkt zur Sache kommen«, begann sie, als sie wieder alleine waren. »Ich habe gelesen, dass es im letzten Frühjahr zu internen Unstimmigkeiten bei Ihnen gekommen ist. Ich vermute, dass Frau Lautenschläger involviert war. Liege ich damit richtig?«

Kommer sah Frederike an. Dann drehte er den Kopf weg und starrte die Wand an. Schließlich sagte er: »Das ist abgehakt. Wir haben das intern geklärt. Hören Sie auf mit diesen alten Geschichten.«

»Frau Lautenschläger war Teil dieser Differenzen. Und die

›personellen Konsequenzen‹, die in der Presse erwähnt wurden, bedeuteten ihre Kündigung.«

»Wir mussten uns von ihr trennen. Sie hat unseren Ruf ruiniert.«

»Sie war nicht die Einzige, die gehen musste.« Keine Frage. »Achebe mussten wir auch freistellen.«

»Sven«, schob sie auf gut Glück nach.

»Ja. Er war ein wirklich sehr guter Mann. Fachlich hervorragend, konnte mit den Kunden umgehen, koordinierte perfekt seine Projekte. Er hatte Potenzial. Aber die Konstellation ließ uns keine Wahl.«

»Sie meinen, die private Verbindung zwischen Frau Lautenschläger und Herrn Achebe?«

»Ich habe es nicht verstanden. Was sollte das? Wie kann man eine Idee öffentlich präsentieren, die politisch noch nicht zu Ende diskutiert ist? Das ist Harakiri.« Kommer war noch immer fassungslos. »Sie wollten Fakten schaffen, um die Entscheidung zu beschleunigen. Was haben sie erreicht? Sie haben die Verantwortlichen verprellt, und wir standen da wie die Deppen. Beinahe hätten wir den Laden dichtmachen können. Nur wegen dieser …« Er winkte ab.

»Das verstehe ich nicht.« Frederike lehnte sich zurück, was Kommer wohl so interpretierte, dass er den Hintergrund für eine begriffsstutzige ältere Frau jetzt ausführlich erklären musste.

»Wir leben davon, einen guten, einen sehr guten Draht zur Politik zu haben. Wir arbeiten quasi Hand in Hand. Wenn die Verbindung gekappt ist, sind wir am Ende. Wissen Sie, wie schwierig es ist, in der heutigen Zeit eine vertrauensvolle Atmosphäre zu schaffen? Das mach ich doch nicht kaputt, nur weil ich …« Zum Glück kam sein Bier, und er konnte seine Rage abkühlen.

»Worum ging es damals?« Das interessierte sie viel mehr.

»Es ging um ein Standortkonzept für die stillzulegenden Steinkohlebergwerke. Grob gesagt: um einen Energiespeicher für regenerative Energie. Neuland für alle Beteiligten.«

Frederike hatte keine Idee, wovon Kommer gerade sprach. Das stand ihr sicher auch ins Gesicht geschrieben, da Kommer fortfuhr.

»Das Problem vieler regenerativer Energien ist, dass sie unregelmäßig anfallen, nur bei Sonnenschein, nur wenn der Wind weht, und nur schwer zu speichern sind. Das widerspricht dem Verbrauchsbedarf, der kontinuierlich ist. Folglich muss die Energieversorgung auf den Verbrauch ausgerichtet sein, was ein Problem für die regenerativen Energien ist. Eine Idee ist, die regenerativen Energien in Seen oder Wasserreservoiren zu speichern.«

Er wartete auf ihr Nicken. Sie tat ihm den Gefallen, wobei sie sich fragte, wie man Energie in Wasser speichern konnte und sie von dort wieder herausbekam.

»Unser Kunde hat nun etwas entwickelt, das dieses Problem löst. Jetzt nicht für einen großen Bedarf, aber für kleinere Kommunen, wie Bottrop zum Beispiel. Wenn also mehr regenerative Energie anfällt, als man braucht, nutzt man sie, um Wasser in einen hoch gelegenen Speicher zu pumpen, um später, wenn Energie gebraucht wird, das Wasser aus großer Höhe auf eine Turbine fallen zu lassen, die Energie erzeugt.«

»Was hat das Ruhrgebiet damit zu tun?«, platzte Frederike heraus. Weil ihr gerade kein Berg im Ruhrgebiet einfiel, den man dafür nutzen konnte.

»Das war die Überlegung. Was man normalerweise über Stauseen oder hoch gelegene Bergseen gewährleistet, kann man im Ruhrgebiet mit ausgedienten Bergwerksschächten machen. Nur dass man hier das Wasser nicht vom Berg ins Tal schießen lässt, sondern vom *Tal* in die Tiefe, unter die Erde. Die Schächte sind richtig tief, teilweise über tausend Meter. Unten in den Schächten ist viel Platz, um das Wasser aufzunehmen, das von oben auf die Turbinen fällt. Für die Speicher oben bieten die alten Zechengelände ausreichend Platz. Also gab es Studien, die die Effizienz dieser Technologie überprüft haben.«

Kommer sprühte vor Begeisterung für diese Erfindung. Daher verkniff sie sich eine weitere Anmerkung.

»Wir waren federführend mit dabei. Am Ende ging es darum, ob das Ruhrgebiet weltweit die erste Region sein würde, die dieses Verfahren in einem Bergwerk anwendet oder nicht.«

»War es eine politische oder eine ökonomische Entscheidung?«

Er schmunzelte. »Die ökonomischen Aspekte wurden am Ende in den Vordergrund geschoben.« Er packte sich mit beiden Händen an den Kopf. »Aber das Projekt wäre sinnvoll gewesen. Ach was. Der Imagegewinn für die Region wäre unbezahlbar gewesen. Das Ruhrgebiet wäre Vorreiter geworden. Die ganze Welt hätte hierhergeschaut. Auf uns. Unsere Region! So weit ist es aber nicht gekommen. Weil diese, diese … Die haben es kaputtgemacht mit ihrer Schnapsidee, Politiker unter Druck setzen zu wollen.«

»Wie genau haben sie das getan?«

»Frau Lautenschläger hat in einem öffentlichen Statement bereits über Interna des Projekts geredet. Sie hat die positive Entscheidung für die Umsetzung des Projekts als gegeben postuliert und damit alle Entscheidungsträger vor den Kopf gestoßen.«

»Was hatte Frau Lautenschlägers Partner – Herr Achebe? – damit zu tun.«

»Ja, Sven. Die zwei begleiteten von unserer Seite die Studie. Sie lieferten die Ideen, wie die gewonnene Energie in Bottrop und den angrenzenden Kommunen eingesetzt, die Energie ins öffentliche Netz integriert werden kann und die Haushalte versorgt werden können. Aber auch, wie man das werblich nutzen kann. Welchen Mehrwert es letztlich für die Region bringt. Also die technische und die werbliche Nutzung des Projekts.«

»Und jetzt?«

»Wir hätten es auf Prosper-Haniel einsetzen können, weil die Zeche damals stillgelegt worden war und noch alle Schächte offen waren. Aber jetzt ist dort der Deckel drauf, und das Areal wird anders genutzt. Logistiker wollen die brachen Flächen wahrscheinlich nutzen. Was weiß ich? Vielleicht auch neue Unternehmen, Wohnungen, Freizeitangebote. Wir waren jedenfalls für die weitere Entwicklung der riesigen Gelände aus dem Rennen, obwohl wir die Expertise für solche Maßnahmen haben.«

»Sie waren wahrscheinlich ziemlich sauer auf die zwei.«

»Sauer?« Kommer lockerte seine Krawatte und öffnete den obersten Knopf seines Hemdes. »Wenn ich die noch einmal gesehen hätte.«

»Haben Sie?«

Er sah Frederike an. Lachte. Nahm einen weiteren Schluck von seinem Pils. »Der war wirklich gut. Sehr gut.« Er leerte sein Glas. »Ich mag Sie. Das sag ich beim ersten Treffen nicht vielen Frauen. Aber Sie …« Er deutete mit dem Finger auf sie. Danach winkte er der Bedienung und bestellte noch zwei weitere Pils. »Rufen Sie mich an, wenn ich noch etwas für Sie tun kann.«

Frederike überlegte, ob sie fragen sollte, welchen Kunden Rebecka für die Agentur der Bredemanns abgeworben hatte. Sie ließ es, weil es wahrscheinlich dieser Erfinder war. Was sie wissen wollte, hatte sie erfahren, und außerdem qualmte ihr Kopf. »Eine letzte Frage habe ich doch noch. Wie genau heißt die Technologie, von der Sie gesprochen haben?«

»Die Technik heißt Unterflurpump-Speicherwerk. Kurz: UPSW.«

Ihr Essen wurde gebracht. Frederike bereute es nun doch, nicht das Schnitzel genommen zu haben.

»Okay, ich habe die Technik einigermaßen verstanden«, log sie, während sie im Salat stocherte, »aber wie genau kann eine Werbeagentur Ihren Kunden betreuen? Das ist doch ein ganz anderes Thema?«

Kommer wischte sich über den Mund. »Diese Schlange«, er hob entschuldigend die Hände, »Frau Lautenschläger, Gott sei ihrer Seele gnädig, hat dem Professor klargemacht, dass sie dafür sorgen wird, dass seine Technologie weltweit bekannt wird und dass sie die Richtige wäre, um für ihn Kontakte herzustellen, die ihm unendliche Aufträge und unermesslichen Ruhm bringen würden. Die und diese Bredemann müssen ihm den Rest gegeben haben. Hormonell vermutlich. Das war ein knochentrockener Professor, der sein Institut und seine Forschung kannte. Die Vermarktung seiner Idee hat ihn nicht interessiert. Anfangs. Weil wir in dem Markt aktiv sind, habe ich ihm vorgeschlagen, aus seiner Idee Kapital zu schlagen. Aufgetaut ist er, als ich ihm gesagt habe, dass ich sogar einen Standort für seine Erfindung hätte, wo er sie zum ersten Mal einsetzen kann. Dass das in seiner Heimat war, wo er lehrt, wo er wohnt und wo er als Erfinder hilft, die Erde zu retten, das hat ihn mehr als interessiert.«

»So etwas sagen Sie Ihren Kunden?«

Er lachte. »Klappern gehört zum Handwerk.«

»Aber denken Sie daran: Wir retten nicht die Erde. Wir kämpfen für das Überleben von uns Menschen.«

»Richtig. Aber der schlaue Herr Professor hätte den ersten Schritt seriös gehen sollen. Klein im Ruhrgebiet anfangen und mit der Erfahrung dieses Projekts die Welt erobern. Die zwei Frauen haben ihn mit unseriösen Versprechen gelockt.«

»Haben Sie mit dem Professor noch zusammengearbeitet nach dem Skandal?«

»Es hat mich viel, wirklich sehr viel gekostet, um ihn zu halten. Ich habe Zeit und Geld investiert, weil ich an diese Technologie glaube.«

»Das tut mir leid, dass das jetzt so ausgeht.« Frederike sah ihn gespannt an.

»So ist das Leben. Mal verliert man, mal gewinnen die anderen.«

Diese Philosophie war ihr schon gestern, als er sie zum Besten gegeben hatte, unehrlich vorgekommen. Kommer akzeptierte eine Niederlage nicht so ohne Weiteres.

»Jetzt ist Ihre Wurst kalt geworden«, schloss sie das Thema ab und zeigte auf Kommers Teller.

Es interessierte ihn nicht, denn im Handumdrehen war der Teller leer, und sie stießen mit den zwei frisch servierten Pils an.

Sie redeten noch über das Sanierungskonzept des Eltingviertels, das er auch konzeptionell begleitet hatte. Zum Abschluss tranken sie einen Espresso, während er ihr einen Ansprechpartner nannte, falls sie dort eine Wohnung suchte.

Herr Kommer bezahlte, sie verabschiedeten sich, und Frederike wusste, in welche Richtung sie weiter ermitteln musste.

16

Ihre Suchmaschine fand nur einen »Sven Achebe« in Essen. Sie fuhr sofort zu seiner Adresse und klingelte. Einmal. Zweimal. Nachdem sich nach dem dritten Mal nichts rührte, klingelte sie bei der Nachbarin.

»Frederike Stier. Ich habe im Rahmen einer Ermittlung einige Fragen an Herrn Achebe. Wissen Sie, wo ich ihn finden kann?« Sie kramte den dienstlichsten Ton hervor, den sie noch draufhatte. Sie hoffte, dass sich die Rentnerin, die vor ihr stand, damit erschrecken ließ.

Tat sie.

»Herr Achebe ist verreist.«

»Seit wann ist er verreist?«

»Jetzt erst. Vorgestern, glaube ich. Welcher Tag ist heute?«

»Donnerstag.«

»Ja. Am Dienstagvormittag hat er sich noch verabschiedet. Er hat mir Gebäck und seinen Briefkastenschlüssel gebracht.«

»Wissen Sie, wann er zurückkommt?«

»Heute. Er wollte heute wiederkommen. Aber wann genau, das hat er nicht gesagt.«

»Meinen Sie, Sie könnten mich anrufen, wenn er wieder da ist? Dann komm ich schnell vorbei und kläre das mit ihm. Damit es aus der Welt ist.«

»Natürlich. Es ist doch nichts Ernstes?«

»Nein, nein. Eine reine Formalität.«

»Das ist so ein netter Nachbar.«

Wenn die Dame reden wollte, schenkte Frederike ihr gerne ein offenes Ohr. Sie zeigte sich interessiert, fragte nach und landete schließlich im Wohnzimmer. Sie setzten sich in zwei Sessel von der Art, die es bereits in Frederikes Jugend gegeben hatte. Die nette Frau Damaske kochte Kaffee, den sie aus Tassen tranken, die bestimmt Frederikes Alter hatten, und bot dazu Achebes Gebäck an, das glücklicherweise ganz frisch war. Sie plauderten über das Wetter, kamen auf das Rentnerleben, wechselten zur Wohnsituation und landeten schließlich bei den Nachbarn. Frederike erzählte von dem Ehepaar, das unter ihr wohnte und auf deren Töchterchen, Svetlana, sie gelegentlich aufpassen durfte. »Dieser kleine Wildfang bringt mich jedes Mal außer Atem. Aber schön ist es, mit diesem Zwerg auf dem Boden zu sitzen und Bauklötze aufeinanderzutürmen und sie dann einstürzen zu lassen.«

Sie lachten.

»Haben Sie Kinder?«, fragte Frederike.

»Zwei. Aber die wohnen weit weg. An Weihnachten kommen sie mit ihrer Familie.« Die Augen von Frau Damaske leuchteten.

»Kennen Sie Herrn Achebe näher?« Frederike wollte noch mehr über den Nachbarn erfahren.

»Er wohnt schon länger hier. Ja, wir kennen uns seit bestimmt fünf oder sechs Jahren.«

»Er wohnt alleine in der Wohnung?«

»Leider. Dabei ist das ein wirklich sehr zuvorkommender und höflicher junger Mann. Aber die Frau, mit der er zusammengewohnt hat, diese Rebecka, ist im Frühjahr ausgezogen. Er war am Boden zerstört.«

»Was ist passiert?«

»Irgendein Streit. Im Geschäft. Er hat es mir erzählt, aber …« Die Dame hob die Schultern.

»Verstehe.« Zum Glück kannte Frederike die Hintergründe.

»Wissen Sie, warum Herr Achebe verreist ist?«

»Er hat ein Vorstellungsgespräch. Irgendwo in Süddeutschland. Glaube ich. Ich drücke ihm die Daumen. Er sucht schon so lange.«

»Hat er im Moment keine Anstellung?«

Die Rentnerin schüttelte den Kopf. »Das belastet ihn sehr. Wirklich sehr. Er schwärmt immer noch von seinem letzten Job in Mülheim. Er sagt immer, dass das sein Traumjob gewesen sei.«

»Hat er erzählt, warum er den Job verloren hat?«

»Es muss mit der Frau zusammenhängen. Sie habe ihn hintergangen. Ich weiß nicht genau.« Sie trank den Rest des Kaffees. »Ich erzähle wieder viel zu viel.«

»Nein, überhaupt nicht. Es ist interessant.« Frederike biss in eine Baumkuchenecke. »Achebe, das ist kein deutscher Name«, wechselte sie das Thema.

»Gewiss nicht. Seine Eltern kommen aus Afrika. Gambia, wenn ich mich richtig erinnere.«

»Oh«, entfuhr es Frederike.

»Er ist in Essen aufgewachsen und zur Schule gegangen.« Als müsste sie ihn entschuldigen. »Das ist ein stattlicher Mann.«

Diese Informationen erhöhten die Spannung auf das erste Treffen mit ihm.

Frederike gab Frau Damaske ihre Telefonnummer. »Es wäre wirklich sehr nett, wenn Sie mich anrufen könnten. Es dauert auch nicht lang mit Herrn Achebe.« Sie verabschiedete sich und verließ das Haus.

Sie war zufrieden mit dem bisherigen Tag. Erst ein Kompliment – »Ich mag Sie«, wann hatte sie das zum letzten Mal gehört? – und nun wertvolle Informationen zu Rebecka und ihrer Vergangenheit.

Sie ging zur nächsten Haltestelle, um mit der Straßenbahn nach Hause zu fahren.

An der Haltestelle stand ein Kasten mit Zeitungen. Sie warf Geld in den Schlitz und zog eine Zeitung heraus, bevor sie in die soeben eingetroffene Bahn stieg. Was sie geritten hatte, wusste sie hinterher nicht mehr. War es das Verlangen gewesen, einmal wieder die Druckerschwärze zu riechen? Wieder die schwarz verschmierten Finger zu haben, wenn man mit Lesen durch war? Sie wusste es einfach nicht.

Jedenfalls fiel ihr die Zeitung beinahe aus den Händen, als sie die Überschrift im Lokalteil las: »Neue Erkenntnisse im Fall Bettina Schmatke. Hat damalige Ermittlerin geschlampt?« Sie hatte es ja gestern gelesen, dass der Fall wieder bearbeitet

wurde. Außerdem hatte Kowalczyk es ihr unter die Nase ge-
rieben. Doch in der Überschrift standen Details. Wer hatte der
Presse erzählt, dass es damals eine Ermittlerin gewesen war, die
an dem Fall gearbeitet hatte? Ihr Name stand nicht im Artikel,
aber es gab Hinweise. Dass die damalige Ermittlerin heute im
Ruhestand sei, sich zwar einen guten Ruf erarbeitet habe, ein
schlampig ermittelter Fall jedoch ein ganz neues Licht auf eine
Karriere werfen könne.

Sie hatte nicht schlampig ermittelt! Wer warf hier mit Dreck?
Erzählte der Presse Lügen? Es konnte nur einen geben.

Sie kochte innerlich. Ihr Herz überschlug sich. Ihre Gedanken auch. Erst als die Bahn an der Haltestelle Röntgenstraße
hielt, merkte sie, dass sie ihre Station verpasst hatte.

17

Frederike stieg die Treppen zu ihrer Wohnung hinauf und ärgerte sich weiter über diesen Artikel. Natürlich war es nicht schön, wenn man ihr öffentlich einen Fehler nachsagte – wenn es denn einer gewesen wäre. Es war auch keine Nachlässigkeit gewesen, schon gar keine Schlampigkeit. Die Ermittlung hatte einfach zu keinem Ergebnis geführt, das eine Anklage gerechtfertigt hätte. Als sie schnaufend vor ihrer Tür stand, mit zittrigen Fingern versuchte, den Schlüssel ins Schloss zu kriegen, war sie felsenfest davon überzeugt, dass dieser Journalist gezielt mit Informationen versorgt wurde, um ihr zu schaden. Bei der Frage, wer dahinterstecken konnte, mündeten ihre Überlegungen immer in einen Namen. Würde Kowalczyk wirklich so weit gehen? Wenn es herauskäme, würde er einen schlimmeren Spießrutenlauf erleiden als sie damals.

Damals, als ihr Chef ihr unter den Rock gegriffen hatte und er danach gehen musste. Ihre Kollegen, allen voran Patrick, der Leiter der Spurensicherung, hatten ihr das nie verziehen, dass der beste Chef von allen ihretwegen hatte gehen müssen. Bis zu ihrem letzten Arbeitstag hatte er sie seine Verachtung dafür spüren lassen. Weil man intern immer zusammenhielt und Probleme untereinander klärte. Für sie folgten harte Zeiten und sehr schwere Jahre.

Sie sollte mit Potthoff reden, ihrem letzten Vorgesetzten. Er war dafür der richtige Ansprechpartner, der Kowalczyk in die Schranken weisen konnte.

Endlich rutschte der Schlüssel ins Schloss, und sie öffnete die Tür. Dass sie dieser Artikel wirklich traf, ärgerte sie am meisten. Warum konnte sie nicht einfach darüber hinweggehen?

Sie schleuderte die Schuhe in eine Ecke, warf ihre Jacke unter den Garderobenständer und drehte das Wasser der Badewanne auf. Heiß und schaumig musste es werden.

Sie steuerte aufs Wohnzimmer zu, wo sie sich in den Sessel sinken ließ. Sie lehnte den Kopf an die Rückenlehne und schloss die Augen.

Die Antwort war einfach: Der Artikel ärgerte sie, weil er auf genau die Frage abzielte, die sie sich immer gestellt hatte, wenn ein Fall nicht gelöst werden konnte. *Habe ich genug getan? Bin ich bis zum Äußersten gegangen? Habe ich mir etwas vorzuwerfen?* Diese Fragen hatten sie damals gequält und quälten sie auch heute. Warum ausgerechnet dieser Fall? Der sie wirklich verfolgte und immer noch beschäftigte.

Weil sie nie mehr Menschen zurücklassen wollte, ohne ihnen zu beantworten, warum ihre Frau, ihr Mann, ihr Kind hatte sterben müssen, deshalb hörte sie nicht auf halbem Weg auf. Genau deshalb würde sie auch jetzt weitermachen und erst aufhören, wenn alle wichtigen Fragen zu Rebeckas Tod beantwortet waren.

Sie atmete wieder ruhiger, ihr Herz schlug nicht mehr bis zum Hals. Sie sah die Wand wieder klar. Die schlanke Frau im weißen Kleid am Sandstrand auf dem Bild. Das durchgesessene Sofa, das darunterstand. Der Ficus mit den wenigen grünen Blättern in der Ecke neben dem Fernseher.

Sie ging ins Badezimmer und kontrollierte die Wassertemperatur, bevor sie sich in der Küche schnell noch einen Tee kochte. Anschließend holte sie die Nachttischlampe und stellte sie auf das Waschbecken. Das Kabel reichte bis zur nächsten Steckdose. Sie schaltete sie ein und das Deckenlicht aus. Zufrieden holte sie den Tee und ihr Buch.

Dann ließ sie sich ins Wasser gleiten. Sie schloss die Augen und legte den Kopf in den Nacken. Die Stille sog ihre Gedanken auf.

Das Martinshorn, der Klingelton ihres Smartphones, platzte in diesen Augenblick, wie … Adelheid in Hartmuts Leben. Sie hatte es im Flur gelassen, weil sie nicht damit gerechnet hatte, dass sie jemand anrief. Sie war zu neugierig, um liegen zu bleiben. Also stieg sie aus dem Wasser.

Bis sie im Flur war, war das Gespräch schon weg. Sie kannte die Nummer nicht, drückte aber sofort die Rückruftaste.

»Hallo.« Eine Männerstimme.

»Mit wem spreche ich?« Frederike konnte das auch.

Schweigen. Dann: »Ich habe Ihre Nummer von Frau Damaske.«

»Herr Achebe«, rief Frederike. »Danke, dass Sie sich melden.« Dafür hatte sich das Aus-der-Wanne-Steigen doch gelohnt.

»Worum geht es?« Er klang vorsichtig. Wahrscheinlich hatte Frau Damaske gesagt, dass sie von der Polizei käme.

Sie stand hier im Flur, barfuß bis zum Hals, und sollte einen wildfremden Mann zu seiner früheren Freundin befragen? »Wann können wir uns treffen?«

Er schien zu überlegen. »Geben Sie mir ein Stichwort.«

Womit könnte sie sein Interesse wecken, ohne zu lügen? »Im Rahmen eines Falls sind Fragen aufgetaucht, die ich mit Ihnen klären möchte. Das will ich nicht am Telefon, wie Sie sicherlich verstehen.«

»Was für ein Fall?«

»Lassen Sie uns das persönlich besprechen. Was halten Sie davon, wenn wir uns morgen um zehn im Café Kötter in der Rüttenscheider Straße treffen?«

»Wie erkenne ich Sie?«

Zum Glück wunderte er sich nicht, dass die Polizei Befragungen in einem Café durchführte. »Ich denke, ich werde Sie erkennen.« Frederike hatte ihn in den sozialen Medien gefunden und wusste nun, was sie erwartete.

Achebe zögerte noch einen Augenblick, bevor er zustimmte.

Zufrieden ging sie zurück in die Badewanne und stieg erst wieder heraus, als das Wasser kalt war.

18

Frederike wartete an einem kleinen Tisch in der Ecke des Cafés. Inzwischen fühlte sie sich auf Schritt und Tritt mit dem anstehenden Weihnachtsfest konfrontiert. Auch hier im Café. Auf den Tischen stand ein kleiner Weihnachtsstern mit einer roten Kugel. Eine Kerze ergänzte das adventliche Klischee. Zum Glück dudelte kein »White Christmas«.

Bei den lästerlichen Gedanken fiel ihr ein, dass sie dieses Jahr zum ersten Mal seit Urzeiten Weihnachten bei sich zu Hause verbringen würde. Alleine, so wie es aussah. In den letzten Jahrzehnten hatte sie stets die Feiertagsdienste übernommen. Freiwillig. Die pure Flucht. Alleine der Gedanke, in ihrer leeren Wohnung Weihnachten zu feiern, hatte sie auf die Straße getrieben. Doch gerade blieb die gewohnte Panik aus. Keine feuchten Hände, kein rasender Puls, kein flackernder Blick. Der Gedanke, das Fest der Liebe mutterseelenalleine in ihrer Wohnung zu verbringen, ließ sie unbeeindruckt. Sie wollte es nicht auf ihr Alter schieben und nicht auf den Rentnerstatus. Außerdem waren Kartoffelsalat und Würstchen nicht das schlechteste Essen. Bis dahin konnte sie noch nachdenken und würde rechtzeitig entscheiden, wie sie die Festtage verbringen wollte.

Jetzt war sie auf Sven Achebe gespannt. Zwar wusste sie, wie er aussah, doch was sagte ein Bild schon? Im Gegensatz zu vielen anderen schüttete er in den sozialen Medien nicht sein Herz aus oder berichtete über alles und jedes, was in seinem Leben passierte.

Ein Schatten fiel auf ihren Tisch. Vor ihr stand ein Schwarzafrikaner, der sie breit angrinste. »Ich dachte schon, Sie bemerken mich gar nicht mehr«, sagte er und lachte schallend. »Guten Morgen, Frau …«

Frederike schob schleunigst ihre Facebook-und-Instagram-Gedanken beiseite und wollte aufstehen.

»Bleiben Sie sitzen. Ich bin Sven Achebe. Das haben Sie sich bestimmt gedacht.« Wieder lachte er. »Aber jetzt verraten Sie mir bitte, mit wem ich das Vergnügen habe, hier einen Kaffee zu trinken.« Er streifte seine Jacke ab, hängte sie über die Stuhllehne und setzte sich.

»Frederike Stier. Es freut mich sehr, dass Sie gekommen sind.« Sie bemühte sich, den jungen Mann nicht zu offensichtlich anzustarren. Doch seine strahlenden Augen zogen ihren Blick an. Die Fältchen um die Augen, dieses Unvermögen, den Mund geschlossen zu halten, um nicht ständig lachen zu müssen. Seine Haare waren fast vollkommen abrasiert. Nur ein schwarzer Schimmer deutete darauf hin, dass er welche hatte. Die Brille mit dem dicken schwarzen Rahmen verlieh ihm etwas Intellektuelles. Einzig der kleine Brillant in seinem Ohr passte nicht in ihr Bild.

»Damit muss ich mich zufriedengeben?«

»Natürlich nicht. Entschuldigen Sie. Ich war mit meinen Gedanken gerade ganz woanders.« Sie holte ihr Notizbuch aus dem Rucksack. Die Unterbrechung nutzte sie, um sich zu sammeln.

»Sie haben mich sehr neugierig gemacht, Frau Stier«, nahm Achebe wieder den Faden auf. »Es geht um einen Fall und eine Befragung, die nicht bei der Polizei stattfinden soll? Ich war drauf und dran, zuerst zur Polizei zu fahren und nachzufragen. Aber Frau Damaske hat Sie als so nett beschrieben, was auch mein Eindruck war, als wir telefoniert haben, dass meine Neugier stärker war.«

Frederike sah ihn überrascht an. »Sie haben mich halb ertappt«, sagte sie halb aufrichtig. »Es geht um einen Fall, und ich war bei der Kripo und habe dort Befragungen durchgeführt.«

»Okay«, war sein einziger Kommentar, wobei er auf dem Stuhl nach vorne rutschte.

»Keine Angst. Ich will wirklich nur einige Informationen, die mir helfen sollen. Nichts, was Sie in Bedrängnis bringt.«

»Puh«, meinte er und fuhr sich mit der Hand über die Stirn. Trotzdem fühlte er sich offensichtlich nicht wohl. Er blickte sich besorgt um, packte sich an die Nase, drehte den Kopf über die Schulter, als suche er jemanden, und wandte sich dann wieder zu Frederike. »Sagen Sie mir konkret, worum es geht?« Er wich auf dem Stuhl zurück. »Im Moment bin ich gar nicht in der Stimmung für das Geplänkel.« Er beugte sich zu ihr. »Was wollen Sie von mir?« Jetzt klang er sehr fordernd.

Er kann auch anders, dachte Frederike und sah ihm in die Augen. Müde Augen, wie sie jetzt erkannte, mit einem Hauch Blut darunter.

»Es tut mir leid, dass ich nicht ganz offen war. Ich will es wiedergutmachen. Im ersten Schritt, indem ich Ihnen einen Kaffee spendiere. Möchten Sie sonst noch etwas? Ein Brötchen? Kuchen?«

»Was genau wollen Sie? Eine Chance haben Sie noch, bevor ich gehe.«

»Ich bin Frederike Stier, eine Freundin von Hartmut Lautenschläger.«

Es dauerte nur den Bruchteil einer Sekunde, bis Achebe schaltete. Er hob die Augenbrauen. »Das brauche ich nicht.« Er stand auf, um seine Jacke anzuziehen.

»Warten Sie. Bitte. Nur einen Moment.«

Er sah sie an, stützte sich danach auf die Stuhllehne und beugte sich zu ihr. »Was wollen Sie? Hat meine Ex wieder ein Problem, und ich muss es für sie lösen?« Seine Stimme klang resigniert, aber auch wütend.

»Frau Lautenschläger ist tot.«

Er riss die Augen auf, und seine Hand legte sich auf seinen Mund. Die Reaktion kam sehr spontan und schien ehrlich zu sein.

»Man hat sie am Dienstag gefunden. Im Werksschwimmbad auf der Kokerei auf der Zeche Zollverein.«

Er sah nach unten. »Das tut mir leid. Wie …« Jetzt setzte er sich wieder.

»Man weiß es nicht. Die Polizei ermittelt noch. Im Moment geht sie von einem Suizid aus.«

Achebe lachte kurz auf. »Niemals! Rebecka war nicht suizidgefährdet. Die ist eine Katze. Landet immer auf den Füßen.« Er überlegte. »Gerade liegt sie neben dir und schnurrt wie eine Katze, im nächsten Augenblick fährt sie die Krallen aus und kratzt dir über das Gesicht.« Wieder hielt er inne, erkannte wohl, dass seine Worte nicht angebracht waren. »Das ist schlimm. Sagen Sie Herrn Lautenschläger, dass es mir leidtut und er mein Mitgefühl hat.«

Nun war es an Frederike, überrascht zu gucken. »Kannten Sie Rebeckas Vater?«

»Nur von respektlosen Bemerkungen. Aber er ist der Vater. Es muss grausam sein, wenn das eigene Kind stirbt.«

Mit jedem Wort entwaffnete er Frederike mehr. Nicht das kleinste Zeichen von Ironie, auch keine Genugtuung. Obwohl Rebecka ihm anscheinend mehrfach »ins Gesicht gekratzt« hatte.

»Können Sie mir etwas zu Rebecka erzählen? Herr Lautenschläger ist vollkommen fassungslos. Er kann sich ebenfalls nicht vorstellen, dass sich seine Tochter selbst etwas angetan hat. Er hat mich gebeten, mehr über ihr Leben in letzter Zeit in Erfahrung zu bringen, damit er sich ein Bild machen kann, was passiert sein könnte.«

Achebes Blick drückte Überraschung aus. Sein Mund antwortete: »Was genau möchte er wissen? Und warum schickt er Sie?«

»Ich bin eine Freundin, wir haben uns in der Reha kennengelernt. Da er noch sehr durcheinander ist und sich nicht stabil genug fühlt, hat er mich gebeten.«

Sven Achebe schien einen wachen Verstand zu haben. Er wusste, dass dies nur die halbe Wahrheit war. Sie konnte es an seinen hochgezogenen Augenbrauen ablesen. Er war allerdings höflich genug, um nicht direkt nachzufragen. Frederike bewunderte diese Eigenschaft.

Sein Telefon klingelte. Er sah auf das Display. »Entschuldigen Sie bitte, aber das ist wichtig. Mein Vorstellungsgespräch gestern.« Er hob dabei den Zeigefinger, um die Wichtigkeit zu betonen.

Er meldete sich. »Guten Morgen, Frau Liebermann. – Danke, gut. Alle Anschlüsse waren pünktlich. Kurz vor der Tagesschau war ich zu Hause. – Wenn ich Sie kurz unterbrechen darf? Ich bin im Moment unterwegs. Darf ich Sie in zehn Minuten zurückrufen? Dann bin ich zurück und habe mehr Ruhe.« Er beendete das Gespräch.

»Ich muss leider los.« Er zog seine Jacke an. »Das tut mir jetzt leid, aber das ist wirklich sehr wichtig. Drücken Sie mir die Daumen, dass ich den Job bekomme.« Er zeigte mit seiner rechten Hand, wie genau sie drücken sollte. »Aber ich lade Sie zum Kaffee morgen Nachmittag ein.« Als hätte er gerade eine grandiose Idee, klatschte er in die Hände. »Genau. Kommen Sie um drei zu mir. Seien Sie bitte pünktlich, ich habe danach noch eine Verabredung.«

Er streckte ihr die Hand entgegen, und sie nahm sie dankbar an.

»Nicht die Daumen vergessen. Drücken Sie fest!«

19

Wie immer, wenn Frederike jemanden sympathisch fand, trat sie einen Schritt zurück. Skeptisch zu sein konnte nicht schaden. Die Ermittlungen zu Alexander Röttgens Ermordung hatten ihr das deutlich gezeigt.

Frederike beschloss, weil sie Zeit und dafür keinen Plan hatte, zur Zeche Zollverein zu fahren, um sich auf der Kokerei noch einmal umzusehen. Noch einmal die Atmosphäre dort zu erleben. Es ergab sich immer etwas an einem Ort, wo jemand zu Tode gekommen war.

Dort konnte sie auch die Einschätzung von Sven Achebe überdenken.

Auf dem Weg wurde ihr wieder bewusst, dass ihre beiden letzten Fälle einen Bezug zur Zeche Zollverein gehabt hatten. Freistein hatte man am Aufgang zur Kohlenwäsche gefunden, ihren Freund Alexander Röttgen zwischen den Quadern vom Castell im Skulpturenpark. Beide Fälle waren mit der Zeche verwoben gewesen.

War es hier genauso? Was könnte der Mord an einer jungen Frau mit der Kokerei zu tun haben?

In der Bahn suchte sie nach Informationen zur Kokerei. Dort wurde aus Steinkohle Koks hergestellt. Der Koks war für die Massenproduktion von Eisen und Stahl grundlegend. Ohne den Koks wäre das Wirtschaftswunder ausgeblieben. Sie las etwas über die zwei Seiten einer Kokerei, die schwarze und die weiße Seite. Auf der schwarzen Seite wurde der Koks hergestellt, auf der weißen wurden die Abfallprodukte, überwiegend Koksgas, aufgearbeitet. Daneben fielen Kohlenwertstoffe an. *Verrückt.* Sie musste zweimal lesen. Auf diese Stoffe war beispielsweise die Farbenindustrie angewiesen. Und ohne eine Kokerei wäre das Aspirin oder Saccharin als Bestandteil von Süßungsmitteln nicht erfunden worden. Wer hätte das gedacht? Spannend, so eine Kokerei. Nur hatte das nichts mit Rebecka zu tun, da war sie sicher.

Sie rief Hartmut an. Kurz berichtete sie von dem Gespräch mit Sven Achebe und dem Mittagessen mit Herrn Kommer von »Zukunft Ruhrgebiet«.

»Von dem Ärger bei ihrer Arbeit wusste ich nichts. Herrn Achebe habe ich auch nicht kennengelernt.«

»Rebecka hat ihn bei eurem Treffen auch nicht erwähnt?« Frederike fragte sich, wie Hartmut reagiert hätte, wäre Rebecka mit einem Schwarzafrikaner zu ihm gekommen.

»Mit keinem Wort.« Er klang, als wäre er immer noch enttäuscht, dass seine Tochter ihm so wenig von sich erzählt hatte. Dabei hatte er selbst das Gespräch im Juni abgebrochen.

Hartmut schien etwas zu beschäftigen. Er räusperte sich immer wieder, setzte an, etwas zu sagen, und dann schwieg er doch. Sie war gespannt, was folgen würde. Schließlich meinte er: »Ich habe die Artikel in der Zeitung gelesen. Über die vermisste Frau und darüber, dass man die Ermittlungen erneut aufnimmt. Hast du damals die Ermittlungen geleitet? Es klang für mich so.«

Natürlich las Hartmut die Zeitung und, seit sie sich kannten, mit einem besonderen Augenmerk für die Polizeimeldungen.

»Ja, das habe ich. Es war schwierig damals.«

»Erzählst du mir davon?«

So, wie du mir über dein Gespräch mit Rebecka erzählst?

Sie verkniff sich die Bemerkung und sagte stattdessen: »Das ist ein dunkles Kapitel in meiner Laufbahn. Weil ich mich wirklich bemüht habe, den Eltern ein Ergebnis zu liefern. Aber wir fanden nichts. Weder haben wir die Tochter noch einen Hinweis auf ein Verbrechen gefunden. Glaub mir, es vergeht kaum ein Tag, an dem ich nicht an den Fall denke. Dass es jetzt so dargestellt wird, als wäre ich alleine für das Einstellen der Ermittlung verantwortlich gewesen, ist nicht nur sehr einseitig, sondern auch falsch. Außerdem ist es verletzend. Wir waren ein Team, und der Staatsanwalt hat am Ende beschlossen, dass wir aufhören.«

»Der Bericht belastet dich sehr?«

»Nein. Wirklich vorzuwerfen habe ich mir nichts. Die Faktenlage damals war klar.« Innerlich erschrak sie vor ihren Worten. Denn der Artikel belastete sie sehr wohl. Nur Hartmut gegenüber wollte sie es nicht sagen.

Frederike sah über ihre Schulter zu den anderen Fahrgästen. »Können wir das ein anderes Mal besprechen? Ich sitze in der Straßenbahn und rede nicht gerne über dieses Thema, wenn es Zuhörer gibt.« Dabei sah sie einem jungen Mann ins Gesicht, der neben ihr stand und interessiert den Kopf in ihre Richtung hielt.

»Wenn dich die Nachforschungen zu Rebecka deshalb zu sehr belasten, dann ist es für mich in Ordnung, wenn du aufhörst. Ich finde bestimmt jemanden –«

»Hartmut!« Jetzt drehten sich doch einige Köpfe zu ihr. »Wir reden später. Es ist gerade schlecht.«

Bei der nächsten Haltestelle sprang Frederike aus der Bahn. Die kalte Luft legte sich wohltuend auf ihr Gesicht. Sie riss ihre Jacke auf, damit auch der Rest von ihr abgekühlt werden konnte. Hätten nicht so viele Schülerinnen und Schüler auf dem Bahnsteig gestanden, sie hätte ihren Frust laut herausgeschrien.

Was ging in Hartmuts Kopf vor? Glaubte er ernsthaft, sie könnte ihm nicht wegen seiner Tochter helfen, weil so ein Journalist kritisch über einen ihrer alten Fälle schrieb? Weil ein Kowalczyk sie mit Dreck bewarf? Damals hatte sie ihren Mann beerdigen müssen und war kurz danach von ihrem Chef belästigt worden. Sie war durch den Wind gewesen. Trotzdem: Wenn sie durch den Wind war, herrschte immer noch mehr Sturm als bei anderen, die unter Volldampf ermittelten. Auch damals.

Um ihre Wut und Enttäuschung über das mangelnde Zutrauen – *Kennt der mich denn gar nicht?* – loszuwerden, beschloss sie, die letzten Meter zur Zeche zu Fuß zu gehen.

Es war weiter, als sie gedacht hatte, half ihr aber tatsächlich, sich zu beruhigen. Als sie am Zugang zum Skulpturenpark vorbeikam, ging ihr wieder Alexander durch den Kopf. Der unermüdliche Mahner, der einem Skandal auf die Schliche gekommen war und dafür mit seinem Leben hatte bezahlen müssen. Zwischen den Steinblöcken des Castells, dieser Installation des Künstlers Rückriem auf der Halde Zollverein, hatte sie seine Leiche gefunden. Die Bilder von damals tauchten auf und nahmen sie kurz gefangen.

Sie ging weiter. An der ehemaligen Kohlenwäsche vorbei, zwischen diesen roten Sitzmöbeln hindurch, die verstreut auf dem Platz standen, am Doppelbock.

Die Gebäude, das Areal, das gesamte Welterbe kam ihr mittlerweile so vertraut vor. Sie wusste, wo sich welches Museum befand, wo die Cafés waren, Sehenswürdigkeiten warteten. Es fiel ihr beinahe jede Veränderung auf.

Sie erinnerte sich zum wiederholten Mal an ihre Einstellung, die sie noch Anfang des Jahres vertreten hatte. Es wäre ein »Tanzen auf Gräbern«, wenn diese alten Kulturdenkmäler in dieser Form ausgeschlachtet und zu kommerziellen Zwecken missbraucht würden. Es wäre ein Frevel, die Kehrseiten zu ignorieren, die heute immer deutlicher zutage traten: die zurückgelassenen Schadstoffe in den Stollen, das abgesenkte Ruhrgebiet, die Folgen der fossilen Brennstoffe und vieles mehr. Damals war sie als ahnungslose Hauptkommissarin hierhergekommen, die ihre Vorurteile pflegte und dafür sorgte, dass sie nicht ins Wanken gerieten. Seit sie sich mehr mit der Zeche beschäftigt hatte, wusste sie, dass man gerade das mit dem Welterbe Zollverein nicht tat. Die Verantwortlichen setzten sich mit der Geschichte, den Schattenseiten des Bergbaus auseinander. Vieles wurde korrigiert, man erinnerte sich an die dunklen Zeiten und benannte sie. Schäden versuchte man zu beheben, wie gerade mittels der Renaturierung der Emscher, der Kloake des Ruhrgebiets. Jedenfalls übernahm man Verantwortung und ging pfleglich mit dem Kulturgut um.

Hier wurde nicht nur bewahrt. Im Gegenteil. Ständig initiierte jemand ein neues, zukunftsfähiges Projekt. Ein neues

Museum, ein Hotel, eine Universität. Ihr fiel das Unterflur-pump-Dings von Kommer ein. Diese Art der Energiegewinnung konnte sie sich auf dem Gelände von Zeche Zollverein auch sehr gut vorstellen. Sie fragte sich, ob solche Gedanken von den Verantwortlichen diskutiert wurden. So viel passierte hier und war noch lange nicht zu Ende. Die Zeche lebte und atmete den Geist einer kommenden Zeit.

Ihre eigenen Pläne waren kurzfristiger. Gerade stand ganz vorne, den Mörder von Rebecka Lautenschläger zu finden. Dass die sich nicht selbst getötet hatte, stand für sie außer Zweifel. Dass Hartmut den Gedanken, seine Tochter könnte sich das Leben genommen haben, nicht zulassen wollte, war mehr als verständlich und kein Hinweis, dass es anders gewesen sein musste. Aber Achebe, der ehemalige Freund, konnte Rebecka einschätzen. Er hatte sie in den letzten Jahren erlebt, mit ihr zusammengewohnt, seine Zeit mit ihr geteilt. Wenn er einen Selbstmord ausschloss, war das ein Statement. Das noch dadurch untermauert wurde, dass auch Stephanie Grubinek als Rebeckas Mitbewohnerin nicht an einen Suizid glaubte. Hinzu kamen die gebuchte Reise, die bestellten Klamotten dafür, nichts, was jemand macht, der mit seinem Leben abgeschlossen hat.

Sie verließ das eigentliche Zechengelände und folgte dem Ringpfad. Vorbei an PACT, dem kreativen Zentrum auf der Zeche. PACT sah sich als Bühne, Künstlerhaus, Plattform für zeitgenössischen Tanz und Performance, wie auf der Homepage beschrieben wurde. Wo man sich als Initiator und Motor verstand, um regional, national und international die Entwicklung in verschiedenen Bereichen der Kunst zu beeinflussen. Sie sollte eine Veranstaltung besuchen, um sich ein eigenes Bild davon zu machen. Die Mitmachzeche folgte, der große Parkplatz, wo sich früher ein Zwischenlager für Kohle befunden hatte.

Die Architektur der Kokerei zog Frederikes Blick auf sich. Die fünf Schornsteine, die aufgereiht wie die Bäume einer Allee vor der backsteinroten Front der Koksöfen standen.

Links prangten drei Kühltürme. Von zweien standen nur noch die Gerippe, daneben stand ein noch intakt aussehender, mit Holz verkleideter Turm. Dazwischen ein weiterer Schornstein. Wie auf den Zechengeländen verbanden auch auf der Kokerei Rohre alle Gebäude, alle Anlagen miteinander. Ein ausgeklügelter Organismus, der damals perfekt funktioniert hatte.

Frederike überquerte die Straße. Sie stieg die Treppe hinauf zum Ticketshop, einem kleinen Holzhaus mit nach oben geklappten Fensterläden. Die nette Dame dort informierte sie über die Erkundungsmöglichkeiten und drückte ihr eine kleine Broschüre in die Hand. »Bei Peter ist noch ein Platz in seiner Führung frei«, flüsterte sie. »Sie startet in fünf Minuten.«

Frederike gefiel die Vorstellung, sich von einem ehemaligen Arbeiter auf der Kokerei mit Informationen berieseln zu lassen. Außerdem, so hoffte sie, bekam sie vielleicht ein besseres Gefühl für den Tatort. Sie kaufte das Ticket und stellte sich zu der Gruppe, die bereits auf diesen Peter wartete.

Nach einer Stunde Treppen rauf und Leitern runter hätte sie selbst auf einer Kokerei arbeiten können. Die Tour zeigte den kompletten Produktionsprozess von der Kohle bis zum Koks. Hinterher qualmte Frederike der Kopf, wie früher der Koks gequalmt hatte, wenn er aus dem Ofen gekommen war und fünfundvierzig Kubikmeter Wasser ihn gelöscht hatten, das zu zehn Kubikmeter Wasserdampf verpufft war. Es war faszinierend, hinter die Kulissen zu blicken, zu sehen, was auf der schwarzen Seite der Kokerei passierte, wo der Koks aus den Öfen gedrückt wurde, wie vorher die fünf Tonnen schwere Tür geöffnet und die unter Luftabschluss geschmorte Kohle als Koks in den Löschwagen geschoben wurde. Auf dem Dach, wo die Füllwagen die etwa fünfundvierzig Zentimeter breiten Koksöfen mit achtundzwanzig Tonnen Kohle beschickt hatten, aus denen dann einundzwanzig Tonnen Koks gewonnen wurden. Sie wusste Bescheid – über Koksöfen, von denen etwa zwanzig zu einer

Batterie zusammengefasst wurden, über Schieber und Drücker, über zugelehmte Fülllöcher, über Arbeitsplätze, an denen es im Sommer über hundert Grad heiß war, die Öfen vierundzwanzig Stunden am Tag und dreihundertfünfundsechzig Tage im Jahr bei circa tausendzweihundert bis tausenddreihundertfünfzig Grad Celsius arbeiteten, es zwei freie Sonntage und einen freien Samstag im Monat gab, und über eine dahinsiechende Anlage, die unerbittlich der Witterung ausgesetzt war, was niemanden zu stören schien. Es gab so viele Details, dass sie sich nicht alles merken konnte. Jedenfalls sah Frederike hinterher die Arbeit auf einer Kokerei mit anderen Augen. Hier hatten Arbeiter jeden Tag ihre Gesundheit ruiniert, um den Motor der Wirtschaft in Gang zu bringen und zu halten.

Für ihre eigenen Nachforschungen hilfreich war die Information, dass das Werksschwimmbad normalerweise im September, nach den Sommerferien, geleert und für den Winter vorbereitet wurde. Doch in diesem Jahr hatte für Ende November eine Agentur das Schwimmbad für ein Fotoshooting gebucht, sodass in diesem Jahr das Wasser noch nicht abgelassen worden war. Das würde aber jetzt kurzfristig nachgeholt werden.

Sie hätte nie gedacht, dass eine Kokerei mit ihren neun Batterien und zunächst hundertzweiundneunzig, ab 1973 dann dreihundertvier Koksöfen so spannend und interessant sein könnte. Die neun Batterien waren einen Kilometer lang. Am Ende hatte sie Peter versprochen, für seine Führungen Werbung zu machen.

Im Café Kokerei wärmte sie sich anschließend auf. Mit dem Schwimmbecken vor Augen überlegte sie, wie man jemanden ertränken konnte, ohne irgendwelche Spuren zu hinterlassen. Wenn Rebecka sediert und betrunken gemacht worden war, war es zwar einfacher, doch musste man sie dennoch ins Wasser werfen und dafür sorgen, dass sie auskühlte und ertrank.

Da Rebecka wahrscheinlich keine Gegenwehr geleistet hatte, musste der Mörder nur dafür sorgen, dass sie nicht aus dem Wasser kam. Dafür konnte er mit einer Stange gesorgt haben, indem er sie damit immer wieder in die Mitte schob. Oder er hatte sie irgendwie fixiert, dass sie im Wasser trieb und nicht vor oder zurück konnte, im eiskalten Wasser strampeln, bis die Muskeln nicht mehr funktionierten, die Kraft nachließ und sie sich nicht mehr über Wasser halten konnte.

Grausam.

Wer stellte sich an den Beckenrand und sah einer jungen Frau beim Ertrinken zu?

Sie notierte ihre Gedanken trotzdem in ihr Buch und sah versonnen an die Wand. Es war gemütlich hier, rustikal, viel von dem alten Gebäude erhalten und in den Raum integriert. Betonboden, unverputzte rußgeschwärzte Wände, Kabelstränge, eine offene Decke. Massive Tische mit Holzbänken davor. Vor allem aber war es warm.

Auch wenn sie den Zusammenhang zwischen Kokerei und Rebeckas Tod nicht erkannte, war der Gang über die Produktionsanlage informativ und gab ihr ein besseres Gefühl für den Tatort. Konkret benennen konnte sie dieses Gefühl nicht.

Wenn sie schon einmal hier war, konnte sie auch Fragen stellen. Sie suchte in ihrer Smartphonegalerie nach dem Bild von Rebecka, das sie von einem Foto bei Hartmut aufgenommen hatte. Vielleicht gab es eine Verbindung zum Tatort, als den sie den Fundort inzwischen ansah.

»Kennen Sie diese Frau?«, fragte Frederike die junge Bedienung, die ihr ein Wasser brachte.

Die nahm ihr das Telefon aus der Hand und betrachtete es. Rebecka lachte dort unbekümmert und offen in die Kamera. Eine Hand in den langen Locken. Aus ihren Augen leuchtete es übermütig, fast überheblich.

»Ja, die war hier.«

Beinahe fiel Frederike von der Bank. Der Satz klang nach. »Sie war öfter hier?«

»Ich würde sagen, regelmäßig. Ich arbeite an vier Tagen in der Woche hier. Im Sommer habe ich sie meistens einmal pro Woche hier gesehen.«

»War sie alleine?«

Die Frau überlegte. »Selten. Meistens war ein Mann bei ihr.«

»Mehr ein Freund oder ein Liebhaber?« Sie wusste nicht, wie sie es anders formulieren sollte.

»Sie wirkten vertraut. Ich weiß nicht. Ich hatte den Eindruck, dass es keine oberflächliche Bekanntschaft war.«

»Können Sie den Mann beschreiben?«

»Nicht wirklich. Wissen Sie, wie viele Menschen hier in der Saison vorbeikommen? Aber er war älter als sie.«

Es wäre auch zu schön gewesen.

»Aber an seinen Namen erinnere ich mich. Irgendwas mit P? Er hat regelmäßig mit Karte bezahlt, und wir sind angehalten, unsere Gäste dann immer mit Namen anzusprechen. Nein, nicht P, sondern B. Der Mann hieß Bredemann.« Sie lachte kurz. »Ist ja ein bisschen albern, aber er hat mich oft einfach nur stumm angeglotzt, statt mal was Nettes zu erwidern. Und ich dachte dann immer heimlich: ›Bredemann, rede, Mann!‹ Ist mir grad wieder eingefallen.«

Jetzt war Frederike versucht, wie ein Fisch ihren Mund auf- und zuzuklappen. »Danke«, sagte sie stattdessen.

Weil sie doch noch diese überraschende und interessante Information ergattert hatte und es schon später Nachmittag war, bestellte sie noch einen Grappa.

Als die Bedienung ihn brachte, fragte Frederike: »Wann waren die beiden zum letzten Mal hier? Können Sie sich daran erinnern?«

Es dauerte etwas. Frederike nippte derweil an dem golden schimmernden Grappa.

»Das war Anfang November. Ja genau. Draußen wurde für das Fotoshooting gearbeitet. Diese wichtigen Werbemenschen liefen herum und betrachteten alles von allen Seiten. Immer wieder kamen sie rein, um die Toilette zu benutzen. Getrunken haben die nichts.«

»Herr Bredemann gehörte nicht zu den Leuten, die das vorbereitet haben?« Das wäre zumindest eine Verbindung.

»Nein. Der schien nichts damit zu tun zu haben.«

»Da sind sie sicher?«

»Er hat mit niemandem draußen gesprochen und sich nicht für die Arbeiten interessiert. Aber wissen tue ich es natürlich nicht.«

»Ist Ihnen bei dem letzten Treffen etwas aufgefallen? War zwischen den beiden etwas anders?«

»Und wie. Die haben laut diskutiert. Die anderen Gäste haben schon die Köpfe gedreht. Am Ende hat sie geheult und ist gegangen.«

»Konnten Sie verstehen, worum es ging?«

»Beziehungskram, soviel ich verstanden habe. Ich musste arbeiten. Und soll mich auch nicht für die Probleme der Gäste interessieren. Lieber dezent weggucken, wenn es eine Szene gibt.«

Wieder bedankte sich Frederike und trank den Grappa aus. Wer hätte das gedacht?

Draußen war es fast dunkel, als sie das Café verließ. Jedes Jahr das Gleiche: Die Nacht kam immer früher. Sie suchte in der App eine schnelle Verbindung nach Hause. Weil sie gut gelaunt war, beschloss sie, einen Umweg einzubauen. In einem Elektrogeschäft wollte sie sich noch einen Streaminglautsprecher für ihre neue Musik kaufen. Damit Leonard Cohen nicht so aus ihrem Handylautsprecher schepperte, sondern mit der ihr so angenehmen Stimme singen konnte. Aber auch die anderen Sänger und Bands, die sie noch kennenlernen wollte oder endlich wieder hören konnte. Grönemeyer, Janis Joplin und wie sie alle hießen.

Ihr Gehirn ließ sich nicht lange ablenken. Schnell gingen ihr die neuen Informationen wieder durch den Kopf. Sie brachten ihre bisherige Theorie, dass Rebeckas Tod etwas mit »Zukunft Ruhrgebiet«, diesem Skandal und dem Trubel drum herum zu tun hatte, ins Wanken.

Aber hieß das schon, dass sie sich geirrt hatte?

20

»In my secret life. In my secret life.« Frederike saß mit geschlossenen Augen in ihrem Sessel. Jetzt er: *»I saw you this morning.«* Der neue Lautsprecher klang phantastisch. Nicht nur Cohens Stimme, auch die Musik füllte jetzt das Wohnzimmer auf eine Weise, die fast schon spektakulär war. Sie hatte ein späteres Album gewählt, ein Album für die Ewigkeit, wie es bei dem Streamingdienst genannt wurde. Dem Anlass angemessen, um ihre neue Errungenschaft einzuweihen. Sie liebte Cohens melancholische Melodien, diese elektrisierende Stimmung, die er erzeugte. Sie pflegte ihre Schwäche für diesen Mann, wie er seine Schwäche für die Frauen gepflegt hatte.

Abgerundet hatte sie ihre neue Errungenschaft mit einer Portion Pasta und einem Chianti, der jetzt in ihrem Glas funkelte. Die Pasta verströmte ihr Aroma und ließ sie von unbeschwerten Zeiten träumen. Als sie für sich im Stillen ergänzte: *Und ich schnurre,* landeten ihre Gedanken jäh bei Sven Achebes Bemerkung über Rebecka, und die Romantik war dahin. Trotzdem: Diese wenigen Augenblicke, in denen sie ganz bei sich sein durfte und sich die musikalischen und kulinarischen Freuden gönnte, entschädigten für so viel und gaben ihr die nötige Kraft. Gerade deshalb würde sie sich dieses Ritual nicht nehmen lassen. Im Gegenteil: Sie wollte dafür sorgen, dass solche Momente nicht zu kurz kamen.

Mit einem großen Schluck leerte sie das Glas. Danach drückte sie den Korken auf die Flasche. Es war genug für heute.

Sie plante schnell ihren Samstag, einkaufen auf dem Markt, sie brauchte Getränke, ihre Wäsche musste sie noch waschen – sie sollte wieder einmal putzen, auch wenn ihr Hausarbeit so gar nicht lag. In der neuen Wohnung wird das delegiert, beschloss sie und stellte sich eine graue Küche, eine große Badewanne und Parkettboden vor. Es konnte doch kein Problem sein, sich das

Leben etwas bequemer zu organisieren. Ihre Finanzen erlaubten das.

Danach fasste sie die Erkenntnisse des Tages zusammen. Kommer, dessen Unternehmen Rebecka fast ruiniert hätte und der noch immer wütend war. Achebe, smarter Jungmanager, der durch Rebecka noch immer auf Jobsuche war. Die zwei Seiten der Kokerei. Wie so oft vor dem Schlafengehen dachte sie über die Erkenntnisse des Tages nach. Gerade fragte sie sich, ob die unterschiedlichen Informationen etwas miteinander zu tun hatten.

In dieser Nacht schlief Frederike so tief und fest wie schon lange nicht mehr. Sie brauchte den Wecker, um aufzuwachen und sich dem neuen Tag zu stellen.

Nach einer Tasse Kaffee und einem Schälchen Haferflocken mit Milch nahm sie die Straßenbahn, um zum Markt nach Gelsenkirchen-Heßler zu fahren. Diesen samstäglichen Luxus gönnte sie sich, seit sie ihn im Rahmen der Ermittlungen zu Alexander Röttgens Ermordung kennengelernt hatte. Das saisonale Gemüse dort, das Obst, ein kleiner Blumenstrauß und dazu ein Plausch mit den Marktdamen bereicherten mittlerweile ihr Wochenende.

Die Zeit in der Bahn nutzte sie und informierte Hartmut über ihre letzten Erkenntnisse. Im Gegenzug berichtete er, dass er Rebecka aus der Rechtsmedizin abholen lassen könne. Ihre Sachen würde Kowalczyk nachher bringen.

»Würde es dir etwas ausmachen, wenn ich auch einen Blick darauf werfe? Vielleicht finde ich etwas, das mich weiterbringt.«

»Kowalczyk meint, die Obduktion hätte keinerlei Anhaltspunkte ergeben, die auf einen gewaltsamen Tod deuteten. Aus seiner Sicht war es eindeutig ein Suizid. Sie hätten mehrere Gespräche geführt und keinen Hinweis erhalten. Aus Rebeckas Unterlagen ergäben sich ebenfalls keine Hinweise, dass sie in illegale Dinge verwickelt oder sonst einer Gefahr ausgesetzt gewesen wäre. Außerdem meint er, du sollst aufhören, dich in seine Ermittlungen einzumischen. So etwas könne auch schlecht ausgehen.«

Was meinte er damit? Drohte er ihr schon wieder? *Egal, es gibt Wichtigeres.* Hatte ihr Ex-Kollege Angst, den Mord nicht aufklären zu können, und blieb deshalb bei der unsinnigen Selbstmordtheorie?

Zu Hartmut sagte sie: »Weißt du, mit wem er gesprochen hat?«

Hartmut gab zu, nicht nachgefragt zu haben. Manchmal fragte sich Frederike, ob es Hartmut überhaupt noch interessierte, was mit seiner Tochter passiert war. Wenn er davon überzeugt war, dass seine Tochter ermordet worden war, und er ernsthaft wollte, dass dies aufgeklärt wurde, dann musste er dem ermittelnden Kommissar doch Druck machen. Er müsste ihn mit seinen Fragen löchern, dass dem der Kopf explodierte. Oder saß Hartmut so tief in einem Loch, dass er selbst nicht mehr rauskam? Müsste sie nicht befürchten, dass Hartmut seine Adelheid mitbrächte, hätte sie ihn auf einen Kaffee oder zum Abendessen eingeladen, damit er auf andere Gedanken käme.

Um ihm dennoch etwas Mut zuzusprechen, sagte sie: »Ich ermittle trotzdem weiter. Ich finde für dich heraus, was hinter Rebeckas Tod steckt. Aber nur, wenn es dir recht ist.«

Sie hatte mit einem »Natürlich« oder »Keine Frage« gerechnet. Als Hartmut nichts sagte, schwante ihr bereits Übles.

»Wenn ich ehrlich sein darf, weiß ich es nicht mehr so genau.«

»Du warst dir doch so sicher, dass sich Rebecka niemals selbst etwas antun würde. Hat dich Kowalczyk weichgekocht? Oder hat er dir gedroht?« Sie lachte kurz auf, um ihren Ärger zu kaschieren.

»Er hat keine Zweifel. Außerdem habe ich Dinge über Rebecka erfahren, die mich unsicher machen. Ihre Schwangerschaft, die Abtreibung, ihr Ärger bei der Arbeit in Mülheim. Ich habe es im Netz gelesen. Für mich ist es nicht mehr ausgeschlossen, dass sie Schluss machen wollte.«

Sie wusste nicht, was sie sagen sollte.

»Außerdem belasten mich deine Ermittlungen mehr, als ich dachte. Ich weiß nicht, ob es nicht besser für mich ist, Rebecka so in Erinnerung zu behalten, wie ich sie gekannt habe.«

»Wie du sie gerne gehabt hättest.« Frederike musste sich beherrschen, um in der Straßenbahn nicht laut zu werden. »Du meinst, wenn erst der Sand auf Rebeckas Sarg liegt, sind auch die Gedanken an sie begraben? Dann würdest du nicht mehr an sie denken und nicht mehr grübeln, was wirklich passiert ist? Meinst du, du kannst einschlafen, ohne zu überlegen, ob jetzt ihr Mörder frei herumläuft? Derjenige, der deine Tochter auf dem Gewissen hat? Glaubst du wirklich, das geht so einfach?«

»Was Kowalczyk sagt, klingt für mich schlüssig. Sie war offenbar verzweifelt. Hat Beruhigungsmittel genommen, Alkohol getrunken und ist ins Wasser gegangen. Ein Affekt. Der Vater ihres Kindes hat sie verlassen, sie musste es wegmachen lassen und ist in einer Sackgasse gelandet.«

»Hör mir endlich mit Kowalczyk auf! Was glaubst *du*? Du kennst deine Tochter. Zumindest ein wenig. Wie sagte dieser Sven Achebe? ›Sie war eine Katze, die immer auf den Füßen gelandet ist.‹ So was Ähnliches hast du doch auch selbst gesagt. Dass Rebecka immer einen Weg gefunden hat, wie sie weiterkommt. Auch ich glaube mittlerweile, dass sie einen Weg gefunden hat, aus ihrem Dilemma zu kommen. Dabei ist etwas schiefgelaufen. Willst du wirklich nicht wissen, was?«

»Aber Kowalczyk –«

»Verdammt, kein Wort mehr über diesen Sesselfurzer! Der geht immer den einfachen Weg. Der will Akten so schnell wie möglich schließen, damit er fertig ist. So eine schwierige Situation wie bei Rebecka hält ihn zu lange auf. Weil er nicht dumm ist, findet er die richtigen Argumente, um dich ebenfalls von seiner Einschätzung zu überzeugen. Schon ist ein Fall abgeschlossen.«

Sie hörte Hartmut tief schnaufen. »Also gut.« Er kämpfte offenbar mit sich. »Du kannst ihre Sachen abholen. Wenn du dort nichts findest, möchte ich, dass du aufhörst. Versprich mir das.«

Endlich besaß sie konkrete Anhaltspunkte, mit denen sie weiterermitteln konnte, und ausgerechnet jetzt wollte Hartmut aufhören. Weil ihr ehemaliger Kollege glaubwürdiger wirkte als sie.

Was für ein Hohn.

Oder hatte es etwas mit dem Artikel zu tun? Vertraute ihr Hartmut nicht mehr? Oder war er nicht mehr sicher, dass sie die Richtige war, um Rebeckas Mörder zu finden? Zweifelte er an ihrer Kompetenz?

Ihr Körper versteifte sich.

Wenn es nicht in ihren Genen angelegt gewesen wäre, der Welt zu beweisen, dass sie immer, zumindest häufig, richtiglag, wenn sie nicht bei Widerstand einen Gang hochschaltete, bei einer dicken Wand einen Meter mehr Anlauf nahm, sie hätte gesagt: »Ich höre auf.« Aber so war sie nicht. Die eigentliche Ermittlungsarbeit begann jetzt erst richtig.

»Natürlich höre ich auf zu ermitteln, wenn du das willst. Das ist deine Entscheidung.« Das sagte sie, ohne rot zu werden und mit Kreide auf den Stimmbändern. Sie wollte das Gespräch anständig beenden. Dabei würde nichts und niemand sie jetzt noch aufhalten, Rebeckas Mörder zu finden. Aus vielen Gründen. Aber vor allem, um Kowalczyk zu beweisen, dass er wieder danebenlag.

»Danke. Das bedeutet mir viel«, antwortete Hartmut, wahrscheinlich froh, dass sie klein beigab.

Nachdem sie sich verabschiedet hatten, hörte Frederike ein lautes Knacken unter ihrem Sitz. Sie sah nach unten und sah nichts.

Dann war es wohl das dünne Eis, auf dem ich mich bewege und das zu brechen droht.

21

Um vierzehn Uhr neunundfünfzig klingelte Frederike bei Sven Achebe. Es blieb still. Sie drückte noch einmal den Knopf. Sie hörte das blecherne Scheppern der Klingel deutlich. Unruhig verlagerte sie ihr Gewicht vom rechten auf den linken Fuß, hin und her, hin und her. Aller guten Dinge sind drei, dachte sie und hob die Hand. Bevor sie erneut drücken konnte, hörte sie Schritte.

Achebe stand mit einem breiten Lächeln vor ihr. »Herzlich willkommen«, sagte er.

Er sah in seiner Schürze und mit dem Klecks Mehl auf der Wange so süß aus, dass Frederike sich verschämt auf die Füße starrte. Trotzdem hatte sie bei seinem Anblick zuerst an Schokolade gedacht. *Rassistisch, fremdenfeindlich, schäbig*, schimpfte sie sich.

Sie reichte ihm die Hand, und er drückte sie fest und behutsam zugleich.

»Zartbitterschokolade«, sagte Sven Achebe plötzlich und deutete auf seine Hand, die sie schon seit einer Weile gedankenlos anstarrte.

Augenblicklich spürte sie den Vulkanausbruch in ihrem Gesicht. *Versinken will ich, bis ich erst in Australien wieder herauskomme.*

»Ich habe uns einen Kuchen gebacken und wurde gerade mit der Glasur fertig. Ich habe leider meine Hände nicht waschen können. Entschuldigen Sie bitte.«

Was sollte sie dazu sagen? »Das hätten Sie doch nicht tun müssen.« Eine idiotische Antwort, aber ihr fiel gerade nichts Sinnvolleres ein. Immerhin passte sie zu ihrem momentanen Geisteszustand.

»Doch, das war notwendig.« Er lachte erfrischend und trat zur Seite.

Während er ihr aus der Jacke half, erzählte er, dass er die Stelle in Hamburg bekommen würde und das jetzt mit ihr feiern wolle.

Er ging vor ihr den Flur hinunter zum Wohnzimmer. Er zeigte auf den für sie vorgesehenen Sessel, der vor einem gedeckten Tisch stand. Ein Gesteck mit Tannenzweigen und Blumen stand darauf, eine Kerze brannte, während im Hintergrund dezent klassische Weihnachtsmusik spielte.

Die Szene empfand sie als so surreal, dass sie am liebsten geflüchtet wäre. Es waren zu viele Eindrücke, zu viele Klischees auf einmal. Als er sich entschuldigte, um Kaffee und den Kuchen zu holen, wollte sie aufstehen. Doch Achebe war schneller, und mit einem herzlichen Lachen sagte er: »Ich liebe die Adventszeit. Alles ist so warm, so friedlich, dass der Kitsch dazugehört. Sonst ist es nicht wirklich.« Er stellte alles auf den Tisch. »Ich hoffe, es stört Sie nicht. Oder ist das zu viel? Ich übertreibe es manchmal.«

Frederike sah ihn aufrichtig an. »Es ist eine andere Welt für mich. Das gebe ich zu. Ich bin nüchterner, lege auf diese Sachen nicht so viel Wert.« Sie zeigte auf die Kugeln, die Sterne, Räuchermännchen, die verteilt im Zimmer standen oder die Fenster schmückten. »Aber es ist sehr geschmackvoll. Das gefällt mir.«

Wieder dieses Lachen, das sie bisher nur bei People of Colour gehört hatte. Er klatschte dabei in die Hände, legte den Kopf in den Nacken und zeigte dann auf sie: »Sie sind ehrlich und trotzdem höflich. Das gefällt mir.«

Er setzte sich ihr gegenüber auf den zweiten Sessel.

Zuerst aßen sie schweigend. Der Kuchen schmeckte so gut, dass Frederike sich zwei Stücke genehmigte. Der Kaffee enthielt einen Hauch Zimt und wärmte sie auf angenehme Weise.

Nachdem er die Musik gewechselt hatte, sagte er: »Meinen Namen spricht man übrigens ›Atschebi‹ aus. Nicht mit einem harten ›ch‹ wie bei ›Acht‹ und am Ende ein i statt ein e.«

»Oh, das wusste ich nicht.«

»Kein Problem. Ich bin das gewohnt. Woher sollen Sie das auch wissen? Ich hätte es Ihnen gleich sagen sollen.«

Wie selbstverständlich er das sagte.

Sie entspannte sich, und »Atschebi« berichtete von seinem neuen Job. Eine vergleichbare Aufgabe wie die bei »Zukunft Ruhrgebiet«, nur überregional und deutlich größer. Er rutschte in seinem Sessel herum, redete immer mehr und immer schneller, dass sie gar nicht anders konnte, als sich mit ihm zu freuen. Fast hätte sie ihn umarmt wie einen Freund, dem sie schon lange die Daumen drückte. Was strahlte dieser Mann aus, dass er diese Gefühle bei ihr auslöste?

Es stellte sich heraus, dass Achebe bei Alexander Röttgen zur Schule gegangen war. Bei ihm hatte er die Leidenschaft für den Umweltschutz, für das Bewahren der Natur gelernt und die Verantwortung, die dem Menschen zufällt.

Dabei schwang Wehmut mit, weil er viel lieber im Ruhrgebiet bleiben würde. Ihm war es wichtiger, sich für die Belange vor seiner Haustür zu kümmern. »Aber das geht leider nicht. Groß zu denken gehört beim Umweltschutz letztlich auch dazu. Also auf nach Hamburg.« Als müsste er sich selbst Mut zusprechen.

Er schenkte ihr eine weitere Tasse Kaffee ein, setzte sich und sah sie dann aufmunternd an. Sie verstand die Botschaft: *Ich habe so lange geredet, jetzt sind Sie dran.*

Endlich, dachte Frederike und überlegte, mit welcher der vielen Fragen sie beginnen sollte. Sven Achebe beantwortete bereitwillig alle, erzählte vom Alltag mit Rebecka, ihren Plänen und blieb stets neutral bei dem, wie er Rebecka schilderte. Anders als bei ihrer ersten Begegnung.

»Rebecka hatte kurz vor ihrem Tod eine Abtreibung durchführen lassen. Haben Sie eine Ahnung, von wem sie schwanger gewesen sein könnte?«

Hatte er nicht. Auch nicht, ob sie eine neue Beziehung angefangen hatte. Der Kontakt zwischen ihnen war fast vollständig abgebrochen. Einzig ihre Schulden hatten sie noch verbunden.

»Wir haben die Wohnung gemeinsam eingerichtet, ein neues

Bett, eine gute Küche, Fernseher. Sogar ein neues Auto haben wir gekauft. Ein elektrisches. Wir haben alles finanziert«, sagte er und neigte den Kopf. »Auf den Raten bleibe ich sitzen, weil wir alles über mich abgewickelt haben. Es war einfacher so. Wir hatten eine gemeinsame Zukunft geplant! Mit Heiraten und Kindern. Nie hätte ich gedacht, dass sie so einen Mist macht.«

»Sie wussten nichts von ihren Überlegungen? Ich habe davon gehört, was Rebecka bei ›Zukunft Ruhrgebiet‹ getan hat.«

»Haben Sie sich mit Kommer unterhalten?«

Sie schilderte ihr Gespräch in Bruchstücken.

Achebe winkte ab. »Ich wusste gar nichts. Ich war geschockt, als sie vor der Presse stand und von dem Projekt berichtete, als wäre alles beschlossen und abgesegnet. Sie hat mich überfahren und bloßgestellt. Wie konnte sie das tun? Und Kommer hat uns in Sippenhaft genommen, weil er sich nicht vorstellen konnte, dass es ein Alleingang von Rebecka war.«

»Können Sie mir sagen, wer der Kunde war, der diese Anlage vermarkten wollte?«

Frederike notierte sich den Namen. Bernd Hermann, ein Professor an der Uni Duisburg.

»Haben Sie Rebecka wegen der gemeinsamen Schulden unter Druck gesetzt?«

»Natürlich habe ich das. Die Bank saß mir im Nacken. Die hat mir mit dem Gerichtsvollzieher gedroht. Was sollte ich tun? Ich hatte Angst, dass die mir die Wohnung leer räumen und ich Insolvenz anmelden muss.«

»Wie sehr haben Sie Rebecka gedroht?«

Touché, dachte Frederike bei seiner Reaktion.

»Ich war verzweifelt. Sie musste ihren Teil der Raten übernehmen. Aber sie hat gelacht und gemeint, dass es schon irgendwie weiterginge. Weil es immer irgendwie weiterginge. Ich solle nicht so pessimistisch sein.«

»Hatte Rebecka zum damaligen Zeitpunkt schon eine neue Anstellung in Aussicht?«

»Natürlich nicht. Sie lebte von der Hand in den Mund. Hatte

auch nichts, keine Rücklagen. Das war nicht ihr Ding, sich um morgen Gedanken zu machen. Ich meine, sie sei bei einer Freundin in Essen untergekommen, weil sie sich nichts Eigenes leisten konnte.«

»Es wurde aber besser.«

»Im Sommer habe ich einen Job als Kurierfahrer bei einem Paketdienstleister angenommen, nachdem die ganzen Bewerbungen nichts gebracht haben. Dann hat mir auch Rebecka Geld gegeben. Woher es kam, hat sie mir nicht erzählt. Mir war es auch egal. Hauptsache, ich konnte der Bank schon mal was geben. Danach hat sie mir monatlich Geld überwiesen.«

»Wann genau hat Rebecka Ihnen das erste Geld gegeben?«

»Das war im August.«

»Sie erinnern sich genau?«

»Ja, weil eine Deadline bei der Bank bevorstand. Deshalb weiß ich sogar das Datum: Es war der 29. August.«

»Wie viel hat sie Ihnen gegeben?«

»Zehntausend.«

»Sie hat nichts dazu gesagt?«

Er schüttelte den Kopf.

Sie legte Achebe die Hand auf den Arm. »Entschuldigen Sie, dass ich Ihnen mit meinen Fragen Ihre gute Laune vermiese. Aber danke, dass Sie mir so viel erzählt haben. Jetzt frage ich mich natürlich, woher Rebecka plötzlich das Geld hatte. Von ihrem Vater ja sicher nicht.«

»Gefragt hat Rebecka ihn«, meinte Achebe. »Obwohl der Kontakt zwischen den beiden abgebrochen gewesen war. Etwas mit ihrer Mutter. Aber keine Ahnung. Am Ende hat sie sich überwunden und ihn gefragt. Aber er hat ihr eine Absage erteilt. Nach dem Gespräch mit ihm hab ich sie noch nie so wütend gesehen. Sie meinte, dass nun auch er für sie gestorben sei.«

»Wann war das?«

»Irgendwann im Juni.«

Das also war das Geheimnis des damaligen Treffens. Klar, dass sie es herausfinden würde.

»Bei unserem ersten Treffen waren Sie sicher, dass Rebecka keinen Selbstmord begehen würde. Können Sie sich vorstellen, wer ihr etwas angetan haben könnte?«

»Ich nicht!«, wehrte er sofort ab. »Ich weiß, dass Kommer richtig wütend auf sie war. Aber einen Mord begehen …?« Er führte seinen Gedanken nicht weiter aus, und Frederike wollte ihm seine gute Laune nicht weiter trüben.

Sie plauderten noch ein bisschen, tranken sogar noch Weißwein zur Feier der erfolgreichen Bewerbung, bis Achebe auf die Uhr sah und auf seinen Termin verwies, den er noch hatte.

Als Frederike auf der Straße stand, dachte sie, dass es bei diesem Fall fast ein bisschen zu einfach lief. Jeder, den sie fragte, gab ihr fast anstandslos Informationen, die ihr weiterhalfen. Sie wollte nicht ihre Erfahrung bemühen, doch so etwas war in der Vergangenheit nie gut ausgegangen.

22

Frederikes Telefon klingelte. Hartmut. »Kowalczyk hat gerade Rebeckas Sachen gebracht. Kannst du kommen, dann können wir sie uns gemeinsam anschauen?«

Natürlich wollte sie die Sachen holen, sie aber alleine und in Ruhe anschauen. »Wolltest du nicht ins Ballett?«

»Schon. Aber erst in einer Stunde. Bis dahin können wir doch einen ersten Blick drauf werfen.« So ungeduldig hatte sie ihn selten erlebt.

»Hast du schon angefangen?«, fragte sie skeptisch.

»Ich warte lieber auf dich. Was weiß ich, was mich erwartet.«

»Ich komme direkt«, sagte sie und legte auf.

Sie hoffte, dass er wirklich wartete. Sollte nämlich in den Unterlagen etwas enthalten sein, das ihn in Erklärungsnot brachte oder zu persönliche Informationen lieferte, würde er ihr Rebeckas Sachen womöglich nicht geben. Oder gar das Besagte verschwinden lassen. Es versetzte ihr einen kleinen Stich, als ihr klar wurde, dass auch sie Hartmut nicht vollkommen vertraute. Nicht mehr.

Sie wusste, was Rebecka von ihm im Juni gewollt hatte und dass es darüber zu einem Streit gekommen war. Zu einem heftigen Streit, der die beiden noch weiter auseinandergebracht hatte. Sie versuchte sich vorzustellen, was bei diesem Gespräch passiert sein konnte. Nach langer Zeit trafen sich die beiden wieder. Rebecka ging es um Geld, nicht um Wiederannäherung, nicht um Versöhnung. Hartmut hatte auf einen Neuanfang gehofft, darauf, dass er seine Tochter wiederbekam. Doch sie wollte nur sein Geld, nicht ihn. Auf der anderen Seite war Rebecka über ihren Schatten gesprungen, um ihren Vater um Geld zu bitten, nachdem sie ihn mehrere Jahre aus ihrem Leben verbannt hatte. Wie verzweifelt musste ihre Lage gewesen sein, um diesen Schritt zu gehen? Hinzu kam Achebe, der am Rande der Privatinsolvenz stand und offenbar richtig Druck gemacht hatte. Wie enttäuschend musste es für sie gewesen sein, dass das Treffen in einem Streit geendet war und Hartmut sie wieder weggeschickt hatte. Dazu das Gespräch vor zwei Wochen. Hatte er Frederike alles darüber gesagt, oder gab es auch hier mehr, was sie wissen sollte?

Aber was war damals passiert, dass Vater und Tochter schon so lange keinen Kontakt mehr hatten? *Irgendwas mit Rebeckas Mutter.* Das hatte Achebe gesagt.

Was genau?

Sie nahm ein Taxi und brauchte weniger als dreißig Minuten, um bei Hartmut zu sein. Hartmut öffnete die Tür, umarmte sie kurz zur Begrüßung und ging dann voraus. Im Hintergrund stand Adelheid in Hartmuts Morgenmantel und winkte ihr zu.

Frederike winkte zurück und überlegte, sofort wieder zu gehen. Dieses Bild verletzte sie, weil sie sicher war, Adelheid wollte damit eine Botschaft senden.

»Ich habe nicht viel Zeit, weil ich mich noch umziehen muss«, sagte er, ohne sich umzudrehen. »Einen ersten Überblick habe ich.« Sie gingen ins Wohnzimmer, wo Rebeckas Sachen auf dem Tisch lagen. Block und Stift daneben. *Hab ich's doch gewusst!*

»Hast du schon etwas gefunden?«, fragte Frederike in der Hoffnung, dass er mehr mit der Abendvorbereitung beschäftigt gewesen war als mit der Suche nach Hinweisen.

»Ich habe nur ihren Terminplaner durchgeblättert. Habe aber nichts gefunden, was mir auf den ersten Blick verdächtig vorgekommen ist.« Er berichtete, dass in ihrem Planer sehr viele Notizen und Kopien zu ihren Kunden steckten. »Außerdem viel zu dieser Präsentation, von der du ständig sprichst. Sie hat sie akribisch vorbereitet.« Stolz klang aus Hartmuts Stimme. »Viele Meetings hat sie protokolliert, Memos abgelegt und so weiter.«

Typisch, dass ihn die beruflichen Hintergründe zuerst interessierten. Sie blieb ruhig. Ihr war es lieber so.

»Was hat dir Rebecka über ihre Schulden bei Sven Achebe

erzählt?« Diese Frage brannte ihr auf der Seele, seit sie die Wohnung des Ex-Freundes verlassen hatte.

Hartmut sah sie von der Seite an. »Wie kommst du jetzt darauf?«

Die erste Reaktion, wenn man eine Lüge vorbereiten musste: mit einer Gegenfrage Zeit gewinnen.

»Also wusstest du, dass sie von ihm massiv unter Druck gesetzt worden war, weil sie ihre Schulden nicht bezahlt hat.«

»Warum interessierst du dich für Rebeckas Finanzen? Glaubst du, das hat etwas mit ihrem Tod zu tun?«

Sie ärgerte sich darüber, dass Hartmut schon wieder einer Antwort auswich. Jetzt konnte er doch eingestehen, dass das der Grund für ihr Treffen gewesen war. Und für ihren Streit.

»Sag du es mir.« Ihr Ärger übernahm die Oberhand und machte ihre Stimme fordernd. »Weißt du, wie hoch ihre Schulden waren?« Als er schwieg, atmete sie einmal tief durch und schraubte einen Gang herunter. »Hat deine Tochter von Achebe erzählt, davon, wie drohend er Geld von ihr einforderte?«

»Nicht im Detail. Sie sagte nur, dass es gerade schwierig sei und sie Hilfe bräuchte.«

Frederike sah Hartmut skeptisch an. »Was hat sie von dir verlangt?«

»Sitze ich hier auf der Anklagebank? Dein Kollege ist sicher, dass es Selbstmord war, und du stellst mich jetzt wie einen Verdächtigen hin? Frederike, das kann doch nicht dein Ernst sein.«

Wie genau sie das Vorgehen kannte. Sobald er sich in die Ecke gedrängt sah, öffnete er einen anderen Schauplatz. »Er ist nicht mein Kollege«, zischte sie. »Lass es gut sein. Wenn du es mir nicht sagen willst oder kannst, akzeptiere ich das.« Sie wollte noch etwas hinzufügen, dass sie sich mehr Offenheit und Vertrauen wünschte, doch Hartmut fiel ihr ins Wort.

»Du reimst dir etwas zusammen. Es muss nicht immer stimmen, was in deinem Kopf vor sich geht.«

»Oh, das weiß ich. Glaub mir. Ein Leben mit leidvollen Erfahrungen liegt hinter mir.«

Adelheid erschien in der Tür. Das Wortgefecht war lauter geworden und hatte sie wahrscheinlich alarmiert. Hartmut hob die Hand. »Ich weiß, ich muss mich umziehen.«

Frederike atmete auf. Die Zeit war schneller vergangen, als sie zu hoffen gewagt hatte.

»Kein Problem.« Sie stand auf. »Wenn ich die Sachen mitnehmen kann, seh ich sie mir am Wochenende an und bringe sie dir am Montag wieder.« Sie war auf die Antwort gespannt.

Er setzte zweimal an. »Mach das. Ruf vielleicht vorher an.« Es fiel ihm sichtlich schwer, einzulenken und ihren Disput nicht eskalieren zu lassen. Wo er doch sonst Konflikten lieber aus dem Weg ging.

Frederike wünschte beiden einen schönen Abend und fragte mehr um des Friedens willen noch, was es überhaupt im Ballett gab.

»Es ist eine Uraufführung in Düsseldorf. Zu einem Cellokonzert von Schostakowitsch.« Er sagte das in einem Ton, der für sie ausdrückte: Du kennst dich doch sowieso nicht aus damit.

Weil sie zufällig die Vorankündigung in der Onlinezeitung gelesen hatte, sagte sie, um einen beiläufigen Ton bemüht: »Ja, die Abschiedstour von diesem Schweizer Choreografen, Schläpfer. Ich bin gespannt, wie es euch gefällt.«

Sie streifte den Rucksack über, genoss seinen verdutzten Blick und marschierte die Straße hinunter zur Haltestelle. Dabei pfiff sie fröhlich vor sich hin.

Hartmuts Reaktion deutete so eindeutig darauf hin, dass mehr vorgefallen war als nur ein Streit über Geld. Warum sonst hatte er nach Ausflüchten gesucht und sich in eine sinnlose Diskussion verstrickt, statt ihr einfach zu antworten? Da stand noch ein Elefant im Raum, da war sie sicher. Etwas, das nie wirklich aus der Welt geschafft worden war. Wollte er das nicht sehen, weil er zu sehr betroffen war, oder sah er es sehr wohl und wollte es verstecken?

Sie spürte, dass in der Antwort auf die Frage eine Gefahr lauerte. Das musste sie in Kauf nehmen.

Während sie weiter ihren Gedanken nachhing, fiel ihr Kowalczyks Bemerkung ein, die er ihr über Hartmut hatte ausrichten lassen. Dass ihre Einmischung auch schlecht ausgehen konnte. Wenn es nicht so traurig gewesen wäre, hätte sie gelacht. Es blieb die Frage, für wen es dann schlecht ausging.

Ihre Bahn kam, und sie stieg ein.

Sie sah aus dem Fenster. Ein Graffito auf der Scheibe erschwerte die Sicht. Dass es zu schneien begann, konnte sie dennoch erkennen. Die Flocken fielen schnell und dick. Ihre Mütze lag zu Hause. Bis sie aussteigen musste, hatte es hoffentlich wieder aufgehört.

Zwei Fragen musste sie klären. Erstens: Wer war der Vater von Rebeckas Kind? Zweitens: Von wem hatte sie zehntausend Euro bekommen, um ihre Schulden bei Achebe zu bezahlen? Hatte das eine etwas mit dem anderen zu tun? Hatte der zukünftige Vater ihr aus der Klemme geholfen, damit sie ihr letztes Beziehungskapitel schließen konnte? Oder hatte sie ihn mit der Vaterschaft erpresst? Oder hatte beides nichts miteinander zu tun?

Es wäre schön, wenn in den Unterlagen neue Erkenntnisse schlummerten.

Sie näherte sich dem Hauptbahnhof, wo sie umsteigen musste. Je näher sie ihm kam, umso weniger Lust verspürte sie, nach Hause zu fahren. Eine leere Wohnung, alleine mit ihren Gedanken und dem Bild von Adelheid in Hartmuts Morgenmantel, war alles andere als verlockend. Daran änderten auch Rebeckas Unterlagen nichts. Sie brauchte Ablenkung, auch wenn ihr das eigentlich nicht ähnlich sah.

So beschloss sie, ins Eltingviertel zu fahren, ins Zwingli. Sie konnte in der 107 sitzen bleiben und Am Freistein aussteigen.

Der Schnee rieselte noch leise, als sie die Eltingstraße entlangstapfte. Dann vorbei an dem kleinen Park, dem Spielplatz links, dem Kiosk auf der Ecke, an dem wieder derselbe Mann lehnte wie beim letzten Mal. Sie erreichte den Zwingliplatz. Das Café Zwingli befand sich gleich rechts. Auf dem Platz davor standen noch die Blumentöpfe mit den Überresten von Sommer und Herbst. Verwelkte und vertrocknete Pflanzen und nur vereinzelt ein grüner Ast oder sogar eine Blüte.

Sie trat ein. An den meisten Tischen saßen Leute. Es ging lebhaft zu, ein Geschnatter wie auf einem Basar. Die Besitzerin, Sakrine, stand hinter dem Tresen und hob die Hand, um sie zu begrüßen. Sakrines Gesicht glänzte, eine Strähne ihrer schwarzen Haare hing ihr in die Stirn. Ein Lächeln zeigte, dass sie sich in dem Trubel wohlfühlte.

Mit einem vollen Tablett kam sie zu Frederike. »Setz dich irgendwo dazu. Ich komme gleich.« Weg war sie.

Frederike zog ihre Jacke aus, und ehe sie sich versah, war ein älterer Herr aufgestanden und nahm sie ihr ab. »Setzen Sie sich zu uns«, sagte er und zeigte auf die andere Seite des Tisches. »Meine Frau Klara.« Die Dame hob die Hand. »Ich bin Friedrich«, stellte der Gentleman sich dann selbst vor.

Frederike stellte sich ebenfalls vor und setzte sich.

Kurz danach war sie bereits in ein Fachgespräch über das Wetter, die öffentlichen Verkehrsmittel und Schalke 04 verwickelt. Ihr Gesicht begann zu glühen, Sakrine brachte ihr einen Tee vom Samowar. In einer Gesprächspause studierte Frederike die Speisekarte, die auf Tafeln über dem Tresen geschrieben stand.

Nachdem sie bestellt hatte, nahm das Gespräch wieder Fahrt auf. »Eine Wohnung suchen Sie?« Es wurde vertraulicher. Der Mann drehte den Kopf. »Alfred, kommst du mal?« Er winkte einem drahtigen Mann zwei Tische weiter zu, der auch sofort aufstand und zu ihnen kam. »Alfred, das ist Frederike Stier.« Sie nickten sich zu. »Sie sucht eine Wohnung bei uns im Quartier. Du weißt doch immer, wo was frei wird. Besorg ihr doch eine.«

Alfred lachte. »Wenn das so einfach wäre.«

»Mach es einfach«, sagte ihr Tischnachbar, lachte und stand auf. »Ich lass euch mal allein.«

Frederike erzählte von ihren Vorstellungen, sagte freiheraus, was sein musste und was schön wäre, und Alfred versprach, sich umzuhören. Er wollte sich melden, um ihr einen Termin bei der Wohnungsverwaltung zu organisieren. »Ich habe meine Kontakte. Das kriegen wir hin.« Dazu sah er sie so überzeugt an, dass Frederike sich vorstellte, mit der Rechnung nachher gleich den Mietvertrag überreicht zu bekommen.

Es wäre so schön, wenn in ihrem Leben einmal etwas einfach liefe.

Sie tauschten noch die Telefonnummern aus, und Frederike bestellte zwei Bier, eins für sich und eins für Alfred. Kurz danach kam Friedrich, der Kontakthersteller, zurück, der auch noch eins als Dank bekam. Seine Frau hatte sich zwischenzeitlich verabschiedet, weil sie das Abendessen vorbereiten wollte. So saß sie mit den zwei Männern am Tisch, erfuhr den Klatsch aus dem Viertel, die Sorgen aus der Nachbarschaft, die Themen, die gerade in Essen für Aufregung sorgten. Das Verhältnis innerhalb der Gemeinschaft schien eng zu sein. Man half sich, wusste vieles über den Nachbarn, fragte nach, wenn man jemanden länger nicht gesehen hatte.

Die Tür ging auf. »Guten Abend, Stephanie. Du bist spät.« Frederike drehte den Kopf zur Tür. Wer gerade Stephanie Grubinek begrüßt hatte, konnte sie nicht erkennen.

»Ich hab dich auch vermisst«, lachte Rebeckas Mitbewohnerin und grüßte in die Runde.

»Wo ist deine Freundin?«, fragte ein junger Mann rechts neben der Tür.

Stephanie senkte den Kopf. »Sie ist ertrunken«, flüsterte sie. Von einem Moment auf den anderen herrschte betretenes Schweigen.

»Das tut mir leid zu hören«, sagte der Mann. Mehrere Kommentare in die gleiche Richtung folgten. »Das ist ja schlimm«, »Stand das gestern in der Zeitung?«, »Wie konnte das passieren?« Stephanie stand kopfschüttelnd da, ohne etwas zu sagen. Der junge Mann stand auf, ging zu ihr und nahm sie in den Arm.

»Komm her. Das wird schon wieder.« Dabei strich er ihr über den Rücken.

»Ist okay.« Sie befreite sich aus der Umarmung. Trotzdem waren ihre Augen feucht geworden.

»Setz dich zu uns«, meinte der Tröster und schob Stephanie an seinen Tisch. Sie setzte sich auf seinen Stuhl.

Als sie den Kopf hob, winkte Frederike ihr zu und erhielt ein Nicken als Antwort. Dann sah sie, wie Stephanie den Kopf zu ihrem Sitznachbarn drehte und ihn etwas fragte. Der blickte zu Frederike und hob die Schultern.

So viel wie in den folgenden zwei Stunden hatte Frederike schon lange nicht mehr geredet. Als sie sich kurz nach zwanzig Uhr verabschiedete, fühlte sie sich bereits als Teil dieses Quartiers.

Auf dem Weg zur Tür stand Stephanie auf und kam zu ihr. »Können wir draußen kurz reden?«

Gemeinsam verließen sie das Café. »Es geht um Rebecka«, sagte Stephanie und sah Frederike erwartungsvoll an.

»Ja?«, antwortete sie nur.

»Haben Sie Rebeckas Ex gefunden?«

Frederike schaltete ihre Vorsicht ein. Wann immer sie nicht wusste, in welche Richtung eine Frage abzielte, zögerte sie eine Antwort hinaus. »Warum fragen Sie?«

»Ich hab so ein komisches Gefühl. Mir sind noch einige Aussagen von Rebecka eingefallen. Zum Beispiel, dass es einen massiven Streit zwischen ihnen gegeben hätte und der noch nicht vollständig ausgeräumt wäre.«

»Wissen Sie, worum es konkret dabei ging?«

»Um ihre Arbeit bei CB. Frau Bredemann.«

Achebe hatte ihr gegenüber nichts davon gesagt, dass sie sich auch wegen ihrer neuen Stelle gestritten hätten. Nicht mal, dass sie sich kürzlich noch mal begegnet wären.

»Was hat ihr Ex-Freund mit der Werbeagentur zu tun?«

»Keine Ahnung. Aber er muss ziemlich geschrien haben.«

Das konnte sich Frederike gar nicht vorstellen. »Wann hat sie den Streit erwähnt?«

»Genau weiß ich es nicht mehr. Sie hat es auch nur beiläufig erzählt, beim Sport. Lange ist es aber nicht her.«

»Eher acht Wochen oder eher zwei?«, fragte Frederike.

»Höchstens zwei. Ich weiß nicht, warum mir das nicht früher eingefallen ist.«

Das fand auch Frederike merkwürdig. Und es passte überhaupt nicht zu Achebes Aussagen. »Hat sie sonst noch etwas dazu gesagt?« Frederikes Gedanken rasten davon.

»Nur, dass es beängstigend war und sie dieses Mal wirklich Angst vor ihm hatte.«

Frederike versuchte, den Hinweis in ihr Bild von Achebe einzusortieren. Vergeblich, obwohl sie sich bemühte.

Stephanie Grubinek räusperte sich, weil Frederike schweigend dastand und sie offenbar auf eine weitere Frage oder Anmerkung wartete.

»Schön ist es hier. Sie kommen öfter hierher?«, fragte Frederike, um das Schweigen nicht noch länger auszudehnen.

»Hier trifft man sich im Quartier. Wenn mir die Decke auf den Kopf fällt, finde ich hier immer Ablenkung. Aber Sie sind ja auch schon mittendrin.« Die junge Frau lachte. *Vielleicht etwas künstlich.*

»Ich hatte keine Wahl.« Sie zog den Reißverschluss der Jacke hoch. »Dem hier«, mit einer Armbewegung zeigte sie auf das ganze Café und seine Umgebung, »kann man sich wohl nicht entziehen.«

»Man kann es wirklich nicht. Aber das macht es aus.«

Sie verabschiedeten sich, und Frederike versprach, sich bald wieder zu melden.

Auf dem Weg zur Straßenbahn stellte sie fest, dass sie lächelte. *Der Beginn einer langen Freundschaft?*

23

Während der Rückfahrt ließ Frederike diesen spontanen Abend noch nachwirken. Es war so herzlich gewesen. So unaufgeregt. Niemand hatte sie ausgefragt, alle schienen nur daran interessiert, was sie zu sagen hatte. Als würde sie längst dort wohnen und alle würden sie kennen. Vermutlich war die vertrauliche Begrüßung seitens der Inhaberin ausschlaggebend gewesen. Sakrine hatte sie als »Freundin« vorgestellt. Wann hatte sie zum letzten Mal jemand als Freundin bezeichnet? Sie sollte erschrocken sein, dass ihr so etwas passierte. Stattdessen freute sie sich aufrichtig. Vielleicht fand dieser Alfred tatsächlich eine Wohnung für sie. Oder vermittelte zumindest einen Kontakt.

Zu Hause machte Frederike es sich in ihrem Sessel gemütlich. Sie schenkte sich ein Glas vom gestern übrig gebliebenen Wein ein. Nach einem Moment der Ruhe und einer kleinen Zwiesprache mit Moritz über den bisherigen Abend – er freute sich für sie – nahm sie ihren Rucksack, zog den Reißverschluss auf und nahm Rebeckas Smartphone und den Planer heraus.

Hartmut hatte ihr noch den Zugangscode fürs Smartphone genannt – der Geburtstag seiner Frau, Rebeckas Mutter. Als Erstes öffnete sie WhatsApp und scrollte durch die ewig lange Chatliste. Sie überflog jeweils die zwei Zeilen unter dem Namen. Erst wenn sie auf ein vielversprechendes Stichwort traf, wollte sie den dazugehörigen Chatverlauf öffnen.

Nach einer halben Stunde hatte sie noch nichts Interessantes gefunden. Die Batterie meldete einen niedrigen Status. Ein Ladekabel hatte Hartmut natürlich nicht beigelegt, und ihres war nicht kompatibel. Jetzt am Wochenende würde es auch schwer sein, eins zu kaufen. Sie kannte jedenfalls keinen Laden, der noch offen hatte und gut genug sortiert war. Dabei hatte sie sich so viel vom Inhalt des Telefons versprochen, und jetzt das.

Sie knallte das Smartphone auf den Tisch.

Dann eben der Planer. Es war ein schickes DIN-A5-Ringbuch in braunem Crocolook. Ganz vorne befanden sich ein Jahres- und ein Monatsplaner. Dahinter kam das Register mit der Tagesplanung, danach der dickste Teil mit Unterlagen, Kopien, Notizen. Auf Frederike wirkte es wie ein kleiner Aktenordner mit einem Kalender als Vorspann. Natürlich interessierte sie sich zuerst für die Termine. Der November und Dezember waren ausgefüllt mit Einträgen. Auch wenn sie es ungewöhnlich fand, dass eine junge Frau noch einen nicht digitalen Terminkalender führte, war sie dankbar dafür.

Sie nahm sich die Tage um Rebeckas Tod vor. Ein Meeting folgte auf das andere. Mit der Creation, den Layoutern, Frau Bredemann. Training für die Präsentation, Mittagessen, Sport. Jeden Termin hatte sie eingetragen und die geplanten Zeiten dafür mit einem senkrechten Strich oder, wenn sie länger dauerten, mit Strichen in Form eines »Z« gekennzeichnet. Am Abend ihres Todes gab es keinen konkreten Eintrag. Ab neunzehn Uhr war der Abend mit einem solchen roten Z markiert, das um vierundzwanzig Uhr endete. Es fehlte der Eintrag, der erklärte, was in der Zeit stattfand. Kein Name, kein Anlass, kein Ort.

Frederike merkte auf. Und suchte nach anderen rot markierten Stellen. Fast an jedem Tag gab es einen Eintrag für ein Meeting. Selbst die Zeit, in der sie ihr Postfach bearbeiten oder private Telefonate erledigen wollte, war detailliert angegeben. Auch die Wochenenden waren verplant.

Sie suchte nach einem Arzttermin. Sie fand keinen Eintrag und auch keinen Namen, der in die Richtung deutete. Im Oktober gab es ebenfalls mehrere blockierte Zeiten, auch ohne Namen und Ort. Sie notierte sich die Daten. Verbargen sich dahinter die Arzttermine? Oder waren es andere Treffen, die geheim bleiben sollten?

Dann fiel ihr etwas ganz anderes auf: Ab Anfang November gab es keine Abendtermine mehr. Der letzte Eintrag endete fast an jedem Tag um achtzehn Uhr, spätestens achtzehn Uhr dreißig.

Hatte Frau Bredemann nicht gesagt, dass beinahe rund um die Uhr für diese Präsentation gearbeitet worden war? Rebecka war die Verantwortliche für diese Präsentation, sollte folglich die Arbeiten dafür koordiniert haben und dabei gewesen sein. Das war ein Grund, noch einmal mit der Agenturchefin zu sprechen. Da passte was nicht zusammen.

Frederike verschnaufte kurz und stöberte anschließend im Archiv des Planers. Hier fand sie etliche Unterlagen zum »Unterflurpump-Speicherwerk« und zu seiner Arbeitsweise. Es gab Gesprächsprotokolle, Skizzen für die Präsentation, für eine Kampagne, wie man mit dieser Technik im Ruhrgebiet weiter arbeiten konnte.

Privates enthielt das Buch nicht.

Das Telefonregister war leer. Das hatte Rebecka wahrscheinlich über ihr Smartphone geführt.

Frederike fielen immer wieder die Augen zu. Ein Tag mit vielen neuen Erkenntnissen lag hinter ihr. Sie sollte ins Bett gehen.

Auf dem Weg ins Badezimmer dachte sie an Stephanie Grubinek. Warum hatte die sie so unvermittelt gefragt, ob sie mit Rebeckas Ex-Freund gesprochen habe? War es glaubwürdig, dass sie sich erst jetzt an den Streit erinnert hatte, wo er doch angeblich so kurz her war? Wollte sie wirklich nur wissen, ob Frederike ihn gefunden hatte, oder wollte sie ihn beiläufig ins Spiel bringen? Ein Streit, vor allem ein heftiger, konnte das Motiv für einen Mord beinhalten.

Fast schien es ihr, als ob hier jeder auf jeden zeigte, um zu sagen: Der war's.

Jedenfalls musste sie Achebe noch einmal sprechen und ihn nach einer solchen Auseinandersetzung fragen.

24

Den Sonntag nutzte Frederike, um nach einem gemütlichen Frühstück mit Ei und Toast zur Kokerei zu fahren.

Die neun Batterien mit den Koksöfen boten ihr aufs Neue ein imposantes Bild. Sie erinnerte sich an die Führung und daran, was sie über die Kokerei gelernt hatte. Seither wusste sie auch über die zwei Seiten einer Kokerei Bescheid, die weiße und die schwarze Seite. Und darüber, dass anders als beim Menschen die schwarze, also dunkle Seite nicht für das Verschlagene, Böse stand. Dort wurde schlicht der Koks aus dem Ofen gedrückt.

War das die Verbindung zum Tatort – die zwei Seiten, die jeder Sache innewohnten? Ein bisschen weit hergeholt. Andererseits … Man konnte es schon hineininterpretieren in einen solchen Tatort. Was auch immer den Mörder zu seiner Tat bewogen hatte: Lag das Motiv in Rebeckas schwarzer Seite?

Sie ging weiter und dachte an ihre eigene schwarze Seite. Um sich den Tag nicht zu verderben, konzentrierte sie sich auf die berufliche Vergangenheit und landete bei den Artikeln über den Fall Schmatke. Hatte sie sich wirklich etwas vorzuwerfen wegen der Ermittlungen damals? Ihr Ermittlungsteam und sie waren allen Hinweisen nachgegangen. Sie hatten alle Alibis überprüft, alle Beteiligten eingehend befragt. Mehrmals. Sie hatten keine Leiche gefunden. Das war das Problem. Es gab nur eine vermisste Frau. Weil die Angehörigen sicher waren, dass ein Mord dahintersteckte, und auch den Täter benannt hatten, war der Fall auf ihrem Tisch gelandet. Jemanden zu verdächtigen ging oft schnell. Es ihm gerichtsverwertbar nachzuweisen war etwas anderes. Da reichte es eben nicht, zu sagen: Ich bin sicher, dass er oder sie es war.

Möglich, dass sie mit den heutigen Möglichkeiten der Forensik, insbesondere der Spurenanalyse, zu anderen Ergebnissen gekommen wären. Aber damals hatten ihr die nun mal nicht zur Verfügung gestanden.

Sie merkte, dass der Vorwurf doch an ihr nagte. Es war ein Samen, der in ihrem Kopf gepflanzt worden war und nun zu keimen begann. Gewässert durch dieses Nachtreten seitens der Presse. Und natürlich durch Kowalczyks offensichtliches Bestreben, sie schlechtzumachen. Sie hatte bereits überlegt, bei der Zeitung anzurufen, um zu fragen, wer solchen Mist schrieb und woher die sogenannten Informationen stammten. Aber würde sie anfangen, sich zu verteidigen, sie würde in kürzester Zeit bis zum Hals im Dreck stecken. Wer sich verteidigt, klagt sich an, wie man sagte. Und sie hatte keine Lust, auf der Anklagebank zu sitzen.

Solche Gedanken waren Gift für ihre Laune und behinderten nur ihre aktuellen Ermittlungen. *Also Schluss jetzt!*

Das Sonnenrad ragte über die Kokerei in den eisig kalten Novemberhimmel. Es war ein speichenfreies Riesenrad, das früher Besuchern einen Einblick ins Innenleben eines Koksofens gewährt hatte. Die weißen Gondeln hingen dort nutzlos wie Christbaumkugeln an Ostern in der Tanne. Seit Jahren lief es nicht mehr, da es kein originärer Bestandteil der Kokerei war. Daher durfte es nicht mehr betrieben werden, wollte das Welterbe Zollverein nicht riskieren, seinen Status zu verlieren.

Sie ging in Richtung des Werksschwimmbads. Heute ruhten die Arbeiten an der Schlittschuhbahn vor den Koksöfen. Anfang Dezember würde sie eröffnet werden, und dann war hier die Hölle los.

Vor dem Informationsstand warteten Besucher auf die nächste Führung. Sie musste zweimal hinsehen, weil sie ihren Augen nicht traute.

»Ich bin es wirklich«, begrüßte Kommer sie.

Frederike drückte ihm die Hand. »Sie habe ich hier nicht erwartet.«

Er zeigte auf zwei Männer, die bei ihm standen. »Ich habe

Besuch von zwei Rotarier-Freunden. Da dachte ich, ich zeige ihnen, wo hier in Essen etwas wirklich Spannendes passiert.«

»Kehrt der Täter zu seinem Tatort zurück?«, fragte sie lachend. Dabei interessierte sie ausschließlich seine Reaktion.

»Jetzt werden Sie aber sehr persönlich«, schoss er zurück und fiel in ihr Lachen ein.

War es ein ehrliches Lachen oder nur dazu gedacht, einen Disput zu vermeiden?

»Wann hat man schon einmal die Möglichkeit, einen Tatort zu besichtigen?« Die zwei Männer schraubten beide ein Fläschchen Schnaps auf und prosteten Frederike zu.

Sie ignorierte es. Ihrem Eindruck nach war es nicht der erste Schnaps heute. Eine Männerrunde, die mit Hochprozentigem und Krawatte der Welt ihre silbernen Rücken präsentierten. Jedenfalls in ihrer eigenen Wahrnehmung. In Wirklichkeit präsentierten sie nur die grauen Haare. Frederike sah die geplatzten Äderchen auf ihren Wangen. Der Genuss forderte seinen Tribut.

»Kann ich noch etwas für Sie tun?«, fragte Kommer und leerte seinen Doppelkorn.

Frederike hatte genug. »Ich melde mich bei Ihnen, wenn ich noch Fragen habe.«

»Dürfen Sie das eigentlich? Ich meine, einfach so in polizeilichen Ermittlungen herumpfuschen? Sie sind doch im Ruhestand, wenn ich es richtig verstanden habe.«

Versuchte er, sie vor seinen Kumpanen zu provozieren?

»Oh, ich pfusche nicht. Ganz im Gegenteil. Seien Sie gewiss.«

Kommer stellte sich neben sie und legte den Arm um ihre Schulter. »Was ist es dann? Wollen Sie Ihre ehemaligen Kollegen davor bewahren, den gleichen Fehler zu begehen wie Sie damals? Oder ist es das Trauma, das sie verfolgt? Die Furcht, dass in Ihrem Umfeld ein Fall nicht gründlich bearbeitet wird?« Er lachte das Lachen einer Hyäne. »Melden Sie sich trotzdem gerne, wenn Sie glauben, ich kann Ihnen weiterhelfen.«

Kommer hatte sie kalt erwischt. Wusste inzwischen jeder

über den Fall Schmatke Bescheid? »Das tue ich. Vielleicht sehen wir uns schneller wieder, als Sie es für möglich halten«, sagte sie in einem ebenso unbeschwerten wie vage drohenden Ton, den sie für solche Gelegenheiten immer noch in petto hatte.

Während sie weiterging, fragte sie sich dennoch, warum Kommer so gepoltert hatte. Wenn er sich nur vor seinen Kumpels profilieren wollte, hätte es andere Möglichkeiten gegeben. Er hatte eher wie jemand gewirkt, der sich in der Defensive fühlte und deshalb austeilte.

Sie ging gedankenversunken zum Café. Es war kalt, aber immerhin schien die Sonne. Vielleicht konnte sie sich mit einem Kaffee nach draußen setzen und nachdenken. Eine andere Umgebung beflügelte manchmal die Gedanken.

Sie betrat das Café und stellte sich an den Tresen. Heute bediente eine andere Frau als letztes Mal. Frederike bestellte einen Kaffee und fragte auch sie nach Rebecka. Doch die Bedienung war ihr entweder nicht begegnet oder erinnerte sich nur nicht an sie.

»Haben Sie am Montagabend gearbeitet?« Frederike gab nicht so schnell auf.

»Am Montag? Wir haben montags geschlossen«, meinte die Bedienung und ließ sie stehen.

Das machte es dem Täter auch leichter, wenn er nicht befürchten musste, von späten Gästen gestört zu werden.

Sie beschloss, nach Hause zu fahren. Morgen ging es weiter mit hoffentlich mehr Erfolg.

Sie spürte förmlich, dass hinter Rebeckas Tod mehr steckte, als sie bis jetzt begriff. Deshalb kam es überhaupt nicht in Frage, jetzt einen Rückzieher zu machen. Egal, was Hartmut wollte.

25

Anders als die meisten Arbeitnehmer liebte Frederike den Montag, nicht erst seit ihrem Ruhestand. Wenn eine komplette Woche ungebraucht vor ihr lag, jeder Tag neu in Angriff genommen werden konnte. Das hob sofort ihre Laune und ließ ihre Mundwinkel nach oben wandern.

Nach dem Frühstück rief sie in der Werbeagentur von Frau Bredemann an. Mit deren Mann hatte sie noch nicht gesprochen, was sie nun nachholen wollte.

»Guten Morgen, Jenny. Ist Herr Bredemann schon in der Agentur?«

»Ich weiß nicht, ob das gerade so ein guter Zeitpunkt ist.«

»Du bist nicht alleine?«

»Nein, nein. Es ist mehr –«

»Frau Bredemann will nicht, dass ich weiter in der Agentur herumfrage, ich weiß.«

Aber Frederike hielt sich nicht immer an das, was andere wollten oder nicht wollten. »Weißt du, wo ich ihn treffen könnte?«

»Vielleicht. Aber das weißt du dann nicht von mir.«

»Ich verspreche dir, dass ich ihn komplett zufällig dort treffen werde.«

»Er trainiert jeden Montagmorgen in unserem Studio. Wo wir uns getroffen haben.«

Das war nicht die Info, die sie haben wollte. Vor allem nicht an einem Montagmorgen.

»Danke«, sagte sie trotzdem. »Wir sollten einmal wieder einen Kaffee trinken gehen.«

»Gerade ist es nicht so gut. Aber wir sehen uns bestimmt wieder im Studio.«

Wenn sie jetzt ins Fitnessstudio fuhr, war der Wochenstart versaut. Weil sie nicht dorthin fahren konnte, nur um einen

Kaffee zu trinken. Bei dem Gedanken zogen sich ihre Mundwinkel weit nach unten.

Was tat sie nicht alles für die Klärung eines Mordfalls?

Sie packte ihre Sportsachen, verließ ihre Wohnung und setzte sich wenig später in die Bahn nach Gelsenkirchen.

Die Tür zum Studio hatte sich noch nicht hinter Frederike geschlossen, da kam schon die Trainerin auf sie zu und begrüßte sie überschwänglich. »Du hast es dir überlegt und willst starten«, meinte sie und strahlte über das ganze Gesicht.

Frederike wollte ihr nicht die Laune verderben, weshalb sie sich ein Nein verkniff. Sie füllte das Anmeldeformular für die Mitgliedschaft im Fitnessstudio aus. Währenddessen fürchtete sie, dass ihre rechte Hand abfallen könnte oder sich zu einer Klaue versteifte. Nichts passierte. Anschließend schossen sie ein Foto von ihr, sagten ihr, wann ihr Ausweis fertig sein würde, und begrüßten sie mit einem »Herzlich willkommen« als neues Mitglied. »Bis bald in meinem Kurs«, sagte die Trainerin noch und zwinkerte ihr zu.

Darauf würde ich nicht wetten, dachte Frederike und ging zur Umkleide. Nachdem sie umgezogen war, schlenderte sie durchs Studio, als würde sie überlegen, mit welchem Gerät sie sich zuerst anlegen wollte. Dabei suchte sie Herrn Bredemann, den Agenturchef. Sie konnte ja schlecht nach ihm fragen, wenn es eine Zufallsbegegnung sein sollte.

Sie fand ihn nicht. Deshalb setzte sie sich auf eins von den Cardiorädern. Das Display erinnerte sie mehr an ein Cockpit im Flugzeug denn an ein Fitnessgerät. Dennoch begann sie zu treten. Sie versuchte sich zu erinnern, was die Trainerin erklärt hatte, aber es fiel ihr nicht ein. Also drückte sie wahllos auf Tasten, doch ständig ging dieses blöde Ding aus. Sie begann erneut, erfolglos, wie sich jedes Mal herausstellte. »Jetzt bist du schon zu doof, um ein Fahrrad zum Laufen zu bekommen.«

»Das hat nichts mit doof zu tun«, hörte sie eine Stimme neben sich. Eine sympathische Stimme, wie sie fand. Auf das Gesicht gespannt drehte sie sich um.

»Robert«, sagte der Trainer und stellte sich neben sie. »Auch ein Ergometer muss man erst zu bedienen lernen. Ist aber ganz einfach.« Er drückte und erklärte und verwickelte sie ganz schnell in ein Gespräch über Trainingspläne und zielgerichtete Bewegung.

»Ist eigentlich Volkmar, Herr Bredemann, hier? Er trainiert doch montags immer«, fragte sie unvermittelt, als ihr die Erklärungen zu fachlich wurden.

»Den habe ich vorhin gesehen. Ich glaube, er ist schon fertig und in der Sauna.«

»Danke.« Frederike war bedient. Für eine Ermittlung brachte sie viele Opfer, wenn es sein musste, auch sehr viele. Aber Montagmorgen mit einem unbekannten Mann nackt in der Sauna eine Befragung durchzuführen, überstieg ihre Toleranz.

»Ist er schon lange dort?«

»Soll ich für dich nachsehen?« Robert lachte und verabschiedete sich mit einem »Bis gleich«.

Sie trat noch fünfzehn Minuten in die Pedale, bis sie dachte, dass die genug unter ihr gelitten hatten. Auf den Matten versuchte sie sich an Sit-ups. Nach der fünften hatte sie das Gefühl, mehr ihre Gesichtsmuskeln als ihren Bauch zu trainieren. Also beendete sie auch diese Übungen.

Sie nahm ihr Handtuch und ging in Richtung der Umkleidekabinen. Es war wenig los. Sie zählte vier Leute, die an verschiedenen Geräten trainierten. Im Hintergrund wummerte ein Bass. Wahrscheinlich lief ein Kurs. Sie ging zu der Glastür, um hineinzusehen. Vielleicht fünfzehn Schwitzende rannten ein Brett rauf und runter und drehten sich zu der Musik. Nicht auszudenken, was los wäre, wenn Menschen so etwas machen müssten und es nicht freiwillig täten.

Robert kam zu ihr. »Hast du an so einem Kurs auch Spaß?«

Frederike verkniff sich die passende Antwort. »Ich glaube, mein Trainingszustand erlaubt mir noch nicht, an so etwas teilzunehmen.«

»Wenn du Zeit hast, können wir einen Trainingsplan für

dich zusammenstellen. Lass uns dorthin setzen.« Er sagte das so zwanglos, dass ihr kein Gegenargument einfiel. Sie setzten sich, wohl mehr, weil sie dadurch die Entscheidung, in die Sauna zu gehen, hinauszögerte. Sie berichtete von ihren Vorerkrankungen und dem, was sie sich als Ziel vorstellen konnte, und wie oft, wie lang, wie intensiv sie trainieren wollte. Er notierte sich alles und versprach, ihr einen individuellen Plan zu erstellen, um ihre Fitness zu verbessern. »Frag spätestens übermorgen an der Rezeption nach. Der Plan wartet dort auf dich.«

Sie bedankte sich und stand auf, weiterhin hoffend, dass Herr Bredemann aus der Umkleide kam.

Tat er nicht.

Was blieb ihr also übrig, wollte sie in ihrer Ermittlung weiterkommen?

Sie zog sich aus, wickelte sich in ein Handtuch ein, verknotete es sorgfältig, zupfte, um zu kontrollieren, ob es hielt, und öffnete die Tür zum Wellnessbereich, wie sie es nannten. Zuerst nur einen Spalt. Sie spähte um die Ecke. Es war der Vorraum zur Dusche. Fünf Meter weiter sah sie auf einer weiteren Tür das Schild »Sauna«.

Es war kindisch, sich so zu verhalten. Sie war, wie sie war, eine Frederike Stier, die sich vor nichts und niemand verstecken musste. Spiegel in jedweder Form ausgenommen. Sie drückte den Rücken durch und schritt auf die Tür zu, öffnete sie und stand in einem riesigen Raum mit einem Schwimmbecken. Drum herum standen Liegen, von denen eine besetzt war.

»Ist die noch frei?«, fragte sie scheinheilig Herrn Bredemann und zeigte auf die Liege neben ihm. Ohne die Antwort abzuwarten, legte sie ihr Zweithandtuch darauf. »Guten Morgen übrigens«, sagte sie. »Schön ist es hier. Man erwartet das gar nicht.«

Herr Bredemann sah sie von unten an. Sie schätzte ihn auf Mitte vierzig, seine kurzen Locken klebten zurückgekämmt am Kopf. Er lächelte mit dem ganzen Gesicht. »Bis gerade war es herrlich. Ich genieße die Stille am Morgen. Gerade an einem Montag.«

»Sie sind ein richtiger Charmeur«, entgegnete Frederike und lachte.

»Volkmar«, korrigierte Bredemann und richtete sich auf.

»Frederike.« Sie setzte sich. »Ich bin neu hier und muss mich noch orientieren. Aber es gefällt mir.« Dabei sah sie den Mann der Agenturchefin an, gespannt, ob er sie erkennen würde.

»Ich erzähle dir gerne mehr von diesem Studio. Meine Frau und ich sind sehr regelmäßig hier und fördern das Studio auch. Unsere Mitarbeiter trainieren hier: *Mens sana in corpore sano.*«

»Also ist ein Hintergedanke dabei.«

»Nein«, entgegnete er entrüstet. »Was ist schlecht an einer Win-win-Situation? Unsere Mitarbeiter toben sich hier aus und kommen gut gelaunt wieder ins Office.« Bredemann strahlte übers ganze Gesicht. »Jetzt kennen wir uns kaum und diskutieren schon unsere Firmenpolitik.«

»Wir sind uns schon mal begegnet«, sagte sie schließlich, da er sie offenbar nicht erkannte.

»Ach ja? Wo?«

»Vor der Werbeagentur. Ich war mit deiner Frau im Gespräch.«

»Ach, daher kam mir dein Gesicht bekannt vor.« Er strich sich über die Haare.

Sie legte sich auf die Liege. »Ich habe mit deiner Frau über den Tod von Rebecka Lautenschläger gesprochen, weil ich mit deren Vater befreundet bin.«

Frederike war gespannt, ob er argwöhnisch werden würde. Wurde er nicht. Stattdessen erzählte er von Rebecka, welcher Gewinn sie für die Agentur gewesen war und wie grenzenlos die Möglichkeiten für sie dort waren. »Richte Herrn Lautenschläger bitte mein zutiefst empfundenes Beileid aus. Nicht vorzustellen, wie es ist, seine Tochter zu verlieren.«

»Habt ihr auch Kinder?«

»Leider nicht. Aber vielleicht wird es ja noch etwas.«

Frederike sah ihn an. »Du und deine Frau seid ja noch jung. Ich drücke euch die Daumen.«

Ein verlegenes Schweigen entstand. Frederike sah sich um. Verteilt standen Plastikpalmen herum, darunter einige Liegen. Die linke Wand schmückte ein Relief mit springenden Delphinen. Auf der gegenüberliegenden Seite führte eine Glastür in einen Innenhof mit Bambus und anderen für den Winter eingepackten Pflanzen. Hinter den zwei Türen rechts schienen sich unterschiedliche Saunen zu befinden.

Sie fragte: »Betreut ihr große Kunden in eurer Werbeagentur?«

Stolz zählte Volkmar einige kleinere Mittelständler auf, die ihr nichts sagten. »Für RWE machen wir kleinere Sachen. Auch für die Zeche Zollverein haben wir verschieden Broschüren gestaltet. Unser Schwerpunkt sind allerdings die lokalen Unternehmen.«

»Kommen auch neue dazu?« Sie versuchte, sich vorsichtig ihrem Thema zu nähern.

»Wir hatten jetzt die Chance, einen neuen Kunden zu gewinnen. Aber wir haben es dann doch nicht gemacht.«

Fast wäre sie aufgesprungen. »Auf einen neuen Kunden verzichtet man doch nicht«, meinte sie und strich sich das Handtuch zurecht, um ihre Aufregung zu verbergen.

»Es gab Missverständnisse im Vorfeld. Außerdem dachten wir, dass es nach Rebeckas Tod unangebracht wäre. Sie hatte den Kunden akquiriert, sie sollte ihn betreuen, da haben wir Abstand davon genommen.« Volkmar setzte sich auf die Liege. »Kommst du mit in die Sauna? Einen Gang mache ich noch, bevor ich mich in die Arbeit stürze.«

Sie hatte es befürchtet. Sollte sie sich jetzt ausziehen und mit diesem Mann in einem kleinen Zimmer vor sich hin schwitzen, um noch etwas mehr zu erfahren? »*Close your eyes and think of England.*« Der Spruch, den man in Großbritannien manchem jungen Mädchen vor der Hochzeitsnacht mitgegeben hatte, schien ihr passend. Mit durchgedrücktem Rücken stand sie auf: *Augen zu und durch.*

Auf dem Weg zur Sauna überlegte sie, auszurutschen und einen verstauchten Fuß vorzutäuschen. Auch eine Blasenentzündung könnte ein Hinderungsgrund sein. Ein Schlaganfall.

Volkmar öffnete die Saunatür und zeigte an, dass er ihr den Vortritt ließ.

Ein Königreich für eine Idee.

Sie trat ein und setzte sich. Das Handtuch ließ sie fest um den Körper geschlungen, die Knie gegeneinandergepresst.

Volkmars skeptischen Blick ließ sie an sich abprallen.

Er breitete sein Handtuch aus und legte sich in seiner gesamten Männlichkeit darauf. »Ich liebe das«, meinte er und verschränkte die Arme unter dem Kopf.

Frederike lief der Schweiß über den Rücken. Unter dem Handtuch wurde es unerträglich heiß. Sie dachte an England. Schließlich brach sie das Schweigen. »Hast du eine Ahnung, was Rebecka in den Tod getrieben haben könnte?«

Er setzte sich auf. Der Schweiß lief auch über seinen Körper. »Das hier ist eine Zeit, in der ich entspanne und Abstand habe von allem. Da will ich nicht über eine verstorbene Mitarbeiterin sprechen. Ich hoffe, du verstehst das.« Sein Ton war bestimmt.

Auch wenn die Stimmung gekippt war, wusste sie jetzt: Rebeckas Tod ging ihm nah. Das merkte sie an seiner Stimme. Und den geschlossenen Augen.

Fürs Erste sollte es genug sein. Beim nächsten Gespräch wäre sie nicht so nachsichtig.

26

Als Frederike das Fitnessstudio verließ, konnte sie noch immer nicht fassen, dass sie gerade einen Vertrag unterschrieben hatte. Zwar konnte sie innerhalb der ersten vier Wochen kündigen, ein Probemonat, doch war sie ab sofort offizielles Mitglied eines Fitnessstudios. Es fühlte sich wie Verrat am eigenen Körper an. Über viele Jahre hatte sie jegliche Form von körperlicher Anstrengung von ihm ferngehalten. Und jetzt das. Sie fragte sich, wie lange sie brauchen würde, um das zu verarbeiten.

In der Fußgängerzone fand sie ein Elektronikgeschäft. Sie legte Rebeckas Telefon auf den Tresen, gab es für ihr eigenes aus und kaufte das passende Ladekabel. Anschließend fuhr sie nach Hause, um sich den Nachrichten auf dem Telefon zu widmen.

Rebecka hatte sich mit mehreren Arbeitskollegen ausgetauscht. Beim Überfliegen der Nachrichten erkannte Frederike, dass es überwiegend um berufliche Dinge ging: wie der Stand von Arbeiten war, die Buchung von Werbespots, Drucktermine von Werbematerialien, wer die Abnahme machte.

Mit Stephanie hatte sie viel gechattet. Sie hatten die Einkaufsliste besprochen und sich manchmal fürs Kino oder im Zwingli verabredet. Dabei hatte ihre ehemalige Mitbewohnerin doch gesagt, sie hätten kaum etwas zusammen unternommen.

Frederike fand auch alte Chats mit Sven Achebe. Die waren weniger erfreulich, vor allem seine letzten Botschaften klangen sehr aggressiv. Sie kannte den Grund.

So war die Ermittlungsarbeit – ein mühsames Suchen nach dem einen Hinweis in tausend belanglosen Wörtern oder Taten. Beim Blick auf die Uhr fühlte sie sich bestätigt. Es war schon nach sechzehn Uhr. Bei der Suche hatte sie komplett die Zeit vergessen.

Sie rief Hartmut an, um ihn über ihre Ergebnisse zu informieren, genau genommen über den Mangel an Ergebnissen.

»Bleib bitte trotzdem dran, Frederike«, bat er sie.

Jetzt plötzlich. Mit etwas Abstand beurteilte er die Situation wieder anders. Aber Abstand wozu? Zu seinem Vater-Tochter-Thema oder zu Kowalczyks manipulativen Verlautbarungen?

Sie bestellte sich Pasta bei ihrem Italiener, kochte sich einen Tee, den sie dazu trinken wollte, und bereitete den Küchentisch für das Essen vor. Nachdem es geliefert worden war und sie den ersten Schluck Tee zu den Nudeln trank, stellte sie fest, dass es eine gruselige Kombination war. *Dann doch lieber Wasser, um das leckere Essen nicht zu ruinieren.*

Nach dem Abräumen setzte sie sich wieder in ihren Sessel und suchte weiter.

Hier! Im Juni schrieb Rebecka bei WhatsApp an jemanden namens »Bobo«, dass sie ihren Vater treffen würde. »Wenn er mir kein Geld gibt, mach ich ihn fertig.« Bobos Antwort: »Du machst das richtig!« Dazu Emojis mit Daumen hoch und ein Herzchen. Danach nichts mehr von Bobo.

Unter »Kontakt ansehen« gab es keine weiteren Angaben. Wer war Bobo? Wie kam sie jetzt an den echten Namen oder gar an die Kontaktdaten? Bobo schien enger eingeweiht gewesen zu sein. Deshalb musste Frederike die Person finden. Wie? Darüber würde sie später nachdenken. Jedenfalls zeigte der kurze Austausch auf Hartmut, der sich nun endlich äußern musste.

»Ich mache ihn fertig«, hatte Rebecka geschrieben. Womit? Hartmut hatte gesagt, dass sich Rebecka kurz vor ihrem Tod noch einmal bei ihm gemeldet hatte. Hatte sie ihn dann tatsächlich unter Druck gesetzt, anstatt sich zu entschuldigen, wie Hartmut es erwartet hatte? War sie so in Schwierigkeiten, dass sie ihn nun wirklich »fertigmachen« wollte?

Das musste sie klären. Sofort. Und wehe, er wagte es wieder, einer klaren Antwort auszuweichen

Um nicht in dieser aufgeladenen Stimmung bei Hartmut anzurufen, verordnete sie sich einen Kaffee und das Studium der Zeitung.

Ihr Telefon klingelte. Es war eine Kölner Nummer, die sie nicht kannte. Mit einem kurzen »Ja« meldete sie sich.

»Frau Stier, entschuldigen Sie die Störung. Sie haben doch damals den Fall von Bettina Schmatke bearbeitet. Ich habe dazu einige Fragen.«

»Mit wem spreche ich?«, unterbrach sie den Anrufer. Ihr Puls hämmerte augenblicklich in ihrer Brust.

»Entschuldigen Sie. Ich bin Reporter von TV NRW und berichte über die Neuaufnahme des Falls. Ich hoffe –«

Frederike drückte das Gespräch weg. Wer hetzte ihr jetzt schon das Fernsehen auf den Hals? Von wem hatte dieser Blutsauger ihre Mobilnummer? Sie ging ins Bad, um sich das Gesicht abzukühlen. *Das kann nicht wahr sein!* Sie sah in den Spiegel. Warum quälte man sie gerade jetzt mit diesem alten Fall? Sie verbarg das Gesicht hinter ihren Händen.

Zurück in der Küche trank sie Wasser gegen die trockene Kehle. Sie ging ins Wohnzimmer. Setzte sich und stand direkt wieder auf. *Was ging hier vor?* Wollte Kowalczyk tatsächlich ihr die Presse auf den Hals hetzen und sie öffentlich fertigmachen? Das konnte doch nicht sein. Morgen musste sie mit Potthoff sprechen. Er konnte doch nicht zusehen, wie sein Mitarbeiter Alleingänge startete und die Kripo in Verruf brachte.

Wenn sie sich täuschte? Sie täuschte sich nicht. Sie war absolut sicher. Egal was sie von Potthoff dachte, er selbst würde zu solchen Mitteln nicht greifen. Potthoff war clever. So clever, dass er Kowalczyk vorschickte, um selbst im Hintergrund zu bleiben? Nein, das riskierte er nicht.

Das Zimmer drehte sich. Spielte gerade ihr Herz verrückt? Sie hatte doch noch diese Herztabletten. Die sie damals in Notsituationen genommen hatte. Wenn der Druck zu groß geworden war und sie trotzdem hatte weitermachen müssen.

Im Spiegelschrank im Badezimmer fand sie noch einen Blister. Sie drückte sich eine Tablette in die Hand, warf sie sich in den Mund und spülte sie mit großen Schlucken hinunter.

Sie zitterte. Erst jetzt begann sie, sich vorzustellen, wie in einem Fernsehbericht ihre Reaktion ausgeschlachtet werden konnte. Vielleicht fanden sie auch noch ein Foto von ihr, das sie einblenden würden. Überall wäre sie plötzlich zu sehen. Im Zusammenhang mit dem nicht gelösten Fall von damals.

Gierig leerte sie ein weiteres Glas Wasser. Sie ging zurück ins Wohnzimmer, setzte sich in ihren Sessel und tauchte in ihr Bild, »Die Einsamen«, ein. Ihre Gedanken darüber wanderten über den Strand davon, flogen über die Wellen bis zum Horizont. Da die Erde eine Kugel war, kehrten sie schließlich zu ihrem letzten Gedanken zurück.

Sie gelangte zu dem Ergebnis, dass ihr nichts anderes übrig bleiben würde, als sich kurzfristig erneut mit dem Fall Schmatke auseinanderzusetzen. Wenn sie ihn löste, wären alle Diskussionen überflüssig. Nur wie sollte sie heute neue Erkenntnisse gewinnen? Ohne polizeiliche Unterstützung. Eins nach dem anderen, entschied sie und schloss die Augen.

Deshalb war es wichtig, schnellstens Rebeckas Mörder zu finden. Als hätte sie diese Motivation gebraucht, setzte sie sich aufrecht in den Sessel und widmete sich wieder den vorrangigen Fragen.

Wer war der Vater von Rebeckas Kind?

Woher kamen die zehntausend Euro?

Mit wem hatte sie sich am Abend ihres Todes verabredet?

Wer war Bobo?

Sie nahm das Notizbuch und ihr Telefon und rief Hartmut an. »Hast du kurz Zeit? Ich brauche jetzt die Telefonnummern der Verwandten, die du mir geben wolltest. Ich habe etwas zu schreiben.«

Hartmut protestierte.

Sie ließ ihn protestieren, aber nicht locker. »Es ist nicht schlimm, wenn es schnell geht«, drängte sie.

Er kramte herum und mopperte die ganze Zeit. Oder grummelte vor sich hin. Bis er sagte: »Ich bin so weit.«

Sie bekam eine Liste mit fünf Telefonnummern. Sie bedankte

sich artig und wünschte ihm eine gute Nacht. »Wenn es etwas gibt, melde ich mich.«

Sie hatte entschieden, ihn vorerst nicht auf Rebeckas Drohung, ihn fertigmachen zu wollen, anzusprechen. Das konnte warten, bis sie mal wieder bei ihm war und ihm dabei in die Augen sehen konnte.

Sie telefonierte die Familienangehörigen ab, erklärte, worum es ging, und fragte jeden Einzelnen: »Hatten Sie in letzter Zeit Kontakt zu Rebecka?« Von vieren bekam sie die Antwort, dass sie schon seit Jahren nichts mehr von ihr gehört hätten. Der Fünfte drückte sie weg.

Auch das war Teil der Ermittlungsarbeit. Ausschlussverfahren.

Frederike ging ihre Notizen und die offenen Fragen durch, die sie in ihrem Buch aufgelistet hatte. Kommer hatte sich richtig aufgeregt. Beim Mittagessen war er noch ein Charmeur vor dem Herrn gewesen, um sie wenig später auf der Kokerei anzublaffen.

Und Achebe? Ein abservierter Liebhaber, der wegen Rebecka seinen Job verloren hatte. Ein guter Kerl, den Kommer ungern hatte gehen lassen. Und der ihretwegen am Rand der Insolvenz gestanden hatte. Inzwischen hatte er zwar eine Jobzusage, aber soweit sie wusste, war der Vertrag noch nicht unterschrieben. Ein Mann, der zuvorkommend und höflich, gleichzeitig drohend und aggressiv war.

Die Bredemanns? Konnten sie etwas mit Rebeckas Tod zu tun haben? Oder einer von beiden? Rebecka hatte einen neuen Kunden gebracht, war beliebt gewesen, engagiert. Hatte sie in Zusammenhang mit der Akquise auch bei den Bredemanns einen Fehler gemacht, der die Agentur gefährdete? Frau Bredemann führte die Agentur konsequent, kontrollierte anscheinend alles und wollte über jedes Detail informiert sein. Ihr Mann schien eher der Lockere zu sein. Aber würde sie gewalttätig werden, wenn etwas nicht nach ihrem Plan lief?

Und was war mit Stephanie Grubinek? Konnte die ehemalige Mitbewohnerin – und offenbar sehr wohl auch Freundin – ein Mordmotiv gehabt haben? Womöglich in Zusammenhang mit der Agentur? Oder Eifersucht, weil eine Neue plötzlich höher in der Gunst stand? Eine, die sie selbst ins Unternehmen gebracht hatte? Oder weil Rebecka sich in eine Partnerbeziehung hineingedrängt hatte?

Hartmut schloss sie aus, obwohl er sich sehr verdächtig verhielt. Wäre sie noch bei der Kripo, würde sie ihn verhören, bis er ihr alles erzählt hatte.

Sie holte sich Rebeckas Smartphone und öffnete erneut den Chatverlauf. Es war seltsam, dass Rebecka nach dem Juni keinen Kontakt mehr zu dieser oder diesem Bobo gehabt hatte. Die Nachrichten bis dahin klangen alle sehr vertraut, wie zwischen Freundinnen. Sie mussten sich also gut gekannt haben. Woher?

Wo hatte Rebecka gewohnt, bevor sie zu Stephanie gezogen war? Achebe hatte behauptet, es nicht zu wissen. Nur, dass sie bei einer Freundin untergekommen sei. Sie könnte zehn Euro investieren und beim Einwohnermeldeamt eine Suche in Auftrag geben. Sie könnte aber auch bei der Kripo anrufen.

Sie sprang über ihren Schatten und wählte die Nummer des Spusileiters. »Patrick, eine Bitte.«

»Nur, wenn es nichts mit dieser Lautenschläger zu tun hat.« Frederike hörte Stimmen im Hintergrund.

»Und wenn ich dir ihren Mörder serviere?«

Jetzt lachte er. »Weißt du wieder mehr als die Kripo?«

Sie wollte antworten »Als wäre das schwer«, hatte aber keine Lust auf diese Diskussion. »Kannst oder willst du für mich eine Adresse herausfinden? Ich müsste wissen, wo Rebecka zuletzt gemeldet war. Glaubst du, das geht?«

Patrick schwieg.

»Patrick?«

»Ich suche gerade.«

»Danke.«

»Schreib mit: Es ist eine Adresse in Essen.« Er diktierte sie, anschließend gab er ihr auch eine Telefonnummer.

Frederike freute sich. »Du hast etwas gut bei mir. Danke.« Im Hintergrund hörte sie jemanden klatschen, bevor Patrick das Gespräch beendete.

Kaum hatte sie aufgelegt, gab sie die Nummer ein, die Patrick ihr genannt hatte, und hörte tatsächlich ein Freizeichen. Es meldete sich eine Pfarrerin von der katholischen Seelsorge.

»Entschuldigung. Ich habe mich verwählt«, sagte Frederike und beendete das Gespräch.

Herrschten wieder die alten Zeiten, in denen der Spurensicherer keine Gelegenheit ausgelassen hatte, einen Witz auf ihre Kosten zu machen? Um darüber enttäuscht zu sein, fehlte es an Überraschung.

Sie rief den alten Kowalczyk an.

»Frederike, wie geht es dir?« Es schien gerade ruhig zu sein. »Das ist traurig mit dem Selbstmord dieser Rebecka. Kannst du deinem Freund ein wenig zur Seite stehen?«

Es tat gut, mit einem vernünftigen Menschen zu sprechen.

»Ich will ehrlich sein. Ihr Vater glaubt nicht an Selbstmord. Er hat mich gebeten, mich umzuhören, ob ich etwas finde. Gerade hänge ich fest, weil mir eine Adresse fehlt. Ich hab deshalb schon einmal angerufen. Erinnerst du dich? Es wäre wirklich hilfreich, wenn ich eine Meldeadresse von Rebecka Lautenschläger bekommen könnte. Sie hat in der Florastraße gewohnt, dann ist sie umgezogen und war danach in der Beisingstraße gemeldet. Ich gehe davon aus, dass es in Essen war.«

»Du immer mit deinen verbotenen Fragen.«

»Es wäre trotzdem hilfreich, wenn du etwas machen könntest.«

»Warte kurz«, sagte er und stellte das Gespräch auf stumm.

Der alte Kowalczyk, Kevin Kowalczyks Vater, der die Einsatzleitung führte, war immer ein treuer Kollege gewesen. Sie waren auf einer Wellenlänge.

»Schreibst du mit?«, fragte er und diktierte die Adresse.

Sie notierte »Cranachstraße 66«. »Danke. Und sag Kevin bitte nichts davon.«

»Keine Sorge.«

Sie wusste, dass sie sich auf ihn verlassen konnte. Anders als auf seinen Sohn.

Weil ihr gerade die Decke auf den Kopf fiel und sie frische Luft brauchte, beschloss sie, jetzt gleich zu der Adresse zu fahren. Wenn sie Glück hatte, traf sie dort jemanden an. Wenn nicht, war sie wenigstens vor die Tür gekommen und konnte anschließend besser schlafen.

Sie fuhr mit der Bahn zur Helenenstraße und stieg dort in die 106. Die Adresse befand sich in der Nähe der Universitätsklinik. Sie musste suchen, bis sie die Cranachstraße gefunden hatte. Aber schließlich stand sie vor dem Haus und suchte die Klingelschilder ab. Keiner der Namen ließ sich mit »Bobo« in Verbindung bringen.

Ein mühsamer Weg lag vor ihr. Unten rechts war »Bobo« unbekannt, unten links wurde sie beschimpft, darüber war niemand zu Hause. Erst beim fünften Versuch, bei Höfler, kam die Frage: »Ja?«

Eine verschlafen klingende Frauenstimme. »Frau Höfler, entschuldigen Sie, hab ich Sie geweckt?«

»Was gibt es?«

»Hätten Sie kurz Zeit? Ich müsste mit Ihnen reden.«

»Worüber … Na gut, aber nur kurz.«

Die Frau schlief wahrscheinlich schon halb und hatte keine Lust, über die Sprechanlage zu diskutieren. Die Tür wurde geöffnet, und Frederike trat ein. Es war ein typisches altes Treppenhaus mit Linoleum auf den Stufen, schwarzen Stoßkanten, die nicht mehr richtig fest angeschraubt waren, und einer Schmutzleiste, ungefähr einen Meter hoch und braun gestrichen. Baumarktlampen an der Decke. Dazu der Geruch von alten Häusern. Sie fühlte sich wie zu Hause.

»Danke, dass Sie mich reingelassen haben.« Frederike setzte

ihr freundlichstes Gesicht auf und hielt der jungen Frau die Hand hin. »Frederike Stier, guten Abend.«

Die Frau war barfuß, trug ein ausgeleiertes T-Shirt, das ihr bis zu den nackten Oberschenkeln reichte, und lehnte an der Türzarge.

»Darf ich kurz reinkommen?«

Die Frau rieb sich über die Augen. »Aber machen Sie schnell. Ich habe mich gerade hingelegt. Es war ein langer Tag.«

»Wo arbeiten Sie?«, fragte Frederike, dankbar für ein neutrales Thema zum Einstieg.

»In der Uniklinik. Ich bin Krankenschwester.«

Überall lagen Sachen herum, Kleider, Schuhe, Taschen. Es roch nach ungespültem Geschirr, kaltem Rauch und verschwitzter Kleidung. Was für ein Gegensatz zu Stephanies Wohnung.

Die Frau ging ins Wohnzimmer vor. Sie nahm die zusammengeknautschte Decke vom Sessel und zeigte darauf. Sie selbst setzte sich aufs Sofa und zog die Knie an.

»Was gibt es so Dringendes?« Die Frau klang wirklich genervt.

»Es geht um Rebecka Lautenschläger.«

Ein Ruck ging durch die Frau. Sie richtete sich auf und legte sich ein Kissen auf den Schoß. »Damit habe ich nichts zu tun«, sagte sie und verschränkte die Arme.

»Womit haben Sie nichts zu tun?« Frederike spielte die Ahnungslose.

»Mit ihrem Tod. Sind Sie von der Polizei?«

»Wie kommen Sie darauf, dass ich von der Polizei bin? Und wieso sollten Sie etwas mit Rebeckas Tod zu tun haben?«

»Was wollen Sie?«

»In welchem Bereich arbeiten Sie im Krankenhaus?« Frederike wollte zuerst wieder ein neutrales Thema besprechen.

»In der Frauenklinik.«

»Haben Sie Rebecka dort kennengelernt?«

»Sie sind doch von der Polizei.« Die Frau stand auf.

»Setzen Sie sich bitte wieder. Ich bin wirklich nicht von der Polizei.«

Widerwillig nahm die junge Frau wieder Platz und wickelte sich in die Decke ein.

»Rebeckas Vater glaubt nicht, dass sich Rebecka selbst etwas angetan hat. Er würde gerne etwas mehr vom Leben seiner Tochter wissen. Deshalb hat er mich gebeten, mit Menschen zu sprechen, die in den letzten ein, zwei Jahren in Kontakt mit ihr standen. Weil er selbst sie so gut wie nie gesehen hat.«

»Und dafür holen Sie mich aus dem Bett?« Sie schob das Kinn vor. »Das fällt ihm früh ein, sich um seine Tochter zu sorgen.«

Frederike konnte Frau Höfler verstehen. Sie wusste offenbar über das Verhältnis zwischen Rebecka und Hartmut Bescheid. Warum sollte sie also Fragen beantworten, um ihm zu helfen? »Glauben Sie denn, dass sich Rebecka das Leben genommen hat? Sie waren befreundet und können sie ein wenig einschätzen.« Da Frau Höfler offenbar diese Bobo war, unterstellte Frederike sowohl eine Freundschaft zwischen Rebecka und ihr als auch, dass Rebecka hier einige Zeit gewohnt hatte. Sollte sie falschliegen, würde Frau Höfler es ihr sicher sagen.

Tränen traten Frau Höfler in die Augen. Sie holte sich Taschentücher. »Nein, ich kann mir nicht vorstellen, dass sie sich etwas angetan hat. Schon gar nicht, dass sie ins Wasser gegangen ist. Wie bescheuert ist das denn?«

»Das versuche ich herauszufinden. Wie lange kannten Sie sich?«

»Wir kennen uns von der Schule. In der Oberstufe hatten wir einige gemeinsame Kurse.«

»Rebecka hat eine Zeit im Sommer bei Ihnen gewohnt. Können Sie mir etwas zu der Zeit sagen?«

Die Frau legte den Kopf auf die Knie. Sie zog die Nase hoch. »Nachdem sie bei ihrem Ex rausgeflogen ist, hat sie mich gefragt, ob sie für eine kurze Zeit hier unterkommen kann. Klar konnte sie. Sie stand auf der Straße. Es war zwar nicht einfach,

aber es ging.« Höfler sah sich in ihrem Chaos um. »Dann hat
sie einen neuen Job gefunden, eine Wohnung und ist wieder die
Treppe raufgefallen. Sie findet immer einen Weg.«

»Wann ist sie ausgezogen?«

»Im August war das, glaube ich. Ich bin kurz danach ein paar
Tage weggefahren. Ja, Mitte August.«

»Waren Sie traurig?«

»Ganz ehrlich? Nein. Ich habe mich hier eingerichtet und
komme gut zurecht. Dieses Rücksichtnehmen ist nicht meins.
Wenn ich abends oder morgens heimkomme, will ich meine
Ruhe.«

Für Frederike klang dies nach der halben Wahrheit.

»Haben Sie sich danach weiter getroffen oder Kontakt gehabt?«

»Nein. Ich brauchte eine Pause. Es war anstrengend mit ihr.
Deshalb war es ganz gut, dass wir auf Abstand gingen.«

»Gar keinen Kontakt mehr?«

»Null.«

Frederike musste ja nicht alles glauben, was man ihr auftischte. Zumal eine Beziehung nicht einfach so von dicker
Freundschaft zu null Kontakt wechselte.

»Ist etwas vorgefallen?«, hakte sie deshalb nach.

»Wir haben vereinbart, dass uns etwas Abstand guttut.« Die
Frau wich einer echten Antwort aus. Darum musste Frederike
sich später kümmern.

»Kannten Sie Rebeckas Ex, Herrn Achebe?«

»Ja, den kenne ich. Widerlich. Wie er Rebecka aufgelauert hat
und sie fertigmachen wollte, weil sie das Geld nicht aufbrachte,
um irgendwelche Schulden zu bezahlen.«

»Hat er sie bedroht?«

»Bedroht? Ich bin dazwischengegangen, damit ihr nichts
passiert. Der war echt handgreiflich.«

»Kam es öfter vor?«

»Ich habe ihn ja hier nur zwei- oder dreimal gesehen.« Die
junge Frau sah Frederike an. »Warum genau wollen Sie das

wissen? Wenn Sie nicht von der Polizei sind, warum fragen Sie das alles?«

»Wie gesagt, wir glauben nicht an einen Selbstmord. Da die Polizei den Fall aber zu den Akten gelegt hat, will Herr Lautenschläger, dass ich mich privat umhöre.«

»Jetzt plötzlich interessiert er sich für seine Tochter? Das hätte er besser vorher getan, der feine Herr Kinderarzt.«

»Sie kennen ihn?«

»Früher, während der Schulzeit, habe ich ihn manchmal gesehen. Bei einem Geburtstag oder wenn ich Rebecka abgeholt habe. Ich kenne ihn mehr aus Rebeckas Erzählungen.«

»Das Verhältnis zwischen den beiden war nicht gut.«

»Nicht gut? Rebecka musste weg von ihm. Sie hat es nicht mehr ausgehalten.«

»So schlimm?«

»Schlimmer. Würden Sie mit einem Mörder unter einem Dach wohnen wollen?«

»Mörder?«

»Das hat er Ihnen nicht erzählt? Dann fragen Sie ihn danach.« Sie stockte. »Aber das haben Sie nicht von mir.«

Frederike hob beschwichtigend die Hände. »Nein, nein.« Ihre Gedanken rasten. War es das, was Rebecka im Sommer mit ihm besprechen wollte? »Rebecka hat sich im Juni mit ihrem Vater getroffen. Wissen Sie, ob sie über dieses Thema mit ihm sprechen wollte?«

Die Frau blickte zur Seite. »Davon hat sie mir nichts gesagt.«

»Rebecka brauchte dringend Geld. Können Sie sich vorstellen, dass sie ihren Vater damit unter Druck setzen wollte, dass sie ihn für einen Mörder hält?«

Die Frau schnellte hoch. »Woher soll ich das wissen? Ich war nicht dabei. Wobei Rebecka damals ziemlich verzweifelt war wegen des Geldes, das sie diesem Achebe schuldete.« Nun sah sie Frederike von oben an und schüttelte den Kopf. »Aber jetzt müssen Sie mich entschuldigen. Ich bin müde und ausgelaugt und fühle mich gerade von Ihnen überfahren. Würden Sie bitte gehen?«

Frederike stand auch auf. »Vielen Dank, dass Sie sich die Zeit genommen haben. Das hilft mir sehr weiter.«

Sie gingen gemeinsam zur Haustür. »Dürfte ich Sie noch einmal anrufen, wenn ich noch Fragen habe? Zu einem günstigeren Zeitpunkt. Manchmal fallen mir hinterher noch Sachen ein. Das wäre wirklich sehr freundlich.« Sie hatte wieder diese Kreide auf der Stimme, was sie so gar nicht an sich leiden konnte, bei anderen Menschen aber gut ankam.

Frederike holte ihr Smartphone aus dem Rucksack und öffnete die Kontakte. »Können Sie mir Ihren Namen und Ihre Nummer bitte diktieren?«

Sie tippte »Laura Höfler« ein, dann die Telefonnummer, bedankte sich und ging.

Sie wusste ganz genau, welchen Punkt sie noch einmal aufgreifen musste.

27

Frederike saß aufgewühlt in der Bahn. Konnte es sein, dass Hartmut tatsächlich beim Tod seiner Frau nachgeholfen hatte? Und seine Tochter später an Hinweise gelangt war? Oder es von Anfang an wusste?

Unmöglich. Sie erinnerte sich doch, wie zärtlich er von seiner Sophie gesprochen hatte. Noch immer, wenn ein Gespräch in diese Richtung ging, wurde sein Tonfall weicher.

Trotzdem nagte es in ihr. Sie spürte, wie der Gedanke sich fest einnistete und zu wuchern begann. Kurz vor einundzwanzig Uhr war es zu spät, um Hartmut auf den unerhörten Verdacht anzusprechen. Auch wenn sie befürchtete, dass eine schlaflose Nacht vor ihr lag, weil sie ihren Kopf nicht ausschalten konnte.

Sie kochte einen Tee, als sie zurück war. Auf der Packung stand »zur Beruhigung«. Sie wollte fest daran glauben.

Kaum saß sie in ihrem Sessel, drehten sich ihre Gedanken wieder um den Mordvorwurf. Wenn am Tod von Hartmuts Frau etwas auffällig gewesen wäre, hätte es im Totenschein einen Hinweis gegeben. Andererseits war Hartmut Arzt gewesen, zwar Kinderarzt, aber mit Zugang zu Medikamenten. Er könnte ein Mittel verwendet haben, das unauffällig wirkte und zum Krankheitsbild seiner Frau gepasst hatte. Außerdem hätte er den Kollegen, der den Totenschein ausgestellt hatte, beeinflussen können. Hartmut verstand sich auf geschicktes Reden.

Es half nichts. Sie musste mit ihm sprechen, und zwar schnellstens.

Sie schrieb ihm eine Textnachricht: »Können wir uns morgen früh alleine bei dir unterhalten? Wichtig! Schlaf gut, Frederike.«

Es kam keine Antwort.

Ihr Tee war ausgetrunken und sie in keiner Weise beruhigt. In der Rotweinflasche befand sich noch ein Rest, den sie sich holte. Sie genehmigte sich einen großen Schluck und saß dann eine Weile mit dem Notizbuch auf dem Schoß da und grübelte vor sich hin.

Laura Höfler hatte gesagt, dass sie in der Frauenklinik arbeitete. Die Verbindung zu Rebeckas induziertem Abort war augenfällig. Bestimmt hatten die zwei sich über das Thema ausgetauscht. Oder fiel das in die Zeit, als sie sich die Auszeit voneinander genommen hatten? Sie musste sehr bald noch einmal mit ihr reden.

Ein weiterer Tagesordnungspunkt für morgen.

Auch Sven Achebe sollte sie noch einmal besuchen. Aus dem Mund Dritter klangen seine Forderungen Rebecka gegenüber nach Begleichen der Schulden deutlich anders. Waren seine Grübchen geschickt eingesetzte Tarnung? Seine zuvorkommende Art nur Ablenkung?

Sie legte den Kopf in den Nacken. Wenigstens Kowalczyk war berechenbar und heuchelte nicht. Er mochte sie nicht und brachte das klar zum Ausdruck. Auch seine Drohung war unmissverständlich.

Wie oft hatte sie schon in diesem Sessel gesessen und über den Sinn und Unsinn des Ermittelns gegrübelt. Als Rentnerin zu ermitteln war genauso mühsam wie als Hauptkommissarin. Mühsamer, weil sie auf das Wohlwollen der Befragten angewiesen war. Angelogen zu werden und ein Schauspiel präsentiert zu bekommen war allerdings auch jetzt noch Teil der Ermittlung. Das änderte sich wohl nicht. Menschen waren unehrlich, wenn es um schwierige Themen ging oder sie in die Enge getrieben wurden.

Die Kokerei fiel ihr wieder ein. Mit ihrer schwarzen und der weißen Seite. Dort war das Produktionsergebnis von beiden Seiten nützlich und stellte die Basis für viele neue Produkte dar. Gab die dunkle Seite eines Menschen nicht genauso viel Aufschluss über ihn wie die helle Seite? Das hatte sie doch gelernt. Es galt, die dunkle Seite so lange zu provozieren, bis die- oder derjenige sie nicht mehr verstecken konnte. Dann wurde klar, wozu sie oder er fähig war.

Das half ihr jetzt aber auch nicht weiter. Lieber sollte sie sich noch einmal Rebeckas Timer vornehmen. Sie suchte den 18. November.

Sie hatte sich den Tag schon einmal angesehen. Die rot markierte Zeit nach neunzehn Uhr. Was dahintersteckte, wusste sie immer noch nicht. Das Treffen mit ihrem Mörder?

Sie blätterte jede Seite im Bereich der Ablage um. Vielleicht hatte sie beim letzten Mal etwas übersehen. Vielleicht eine Rubrik zu der Schwangerschaft? Notizen zu einem Mann, einem Treffen, etwas Verbotenem? Sie hatte keine Ahnung, wonach sie suchen sollte. Dennoch war sie sicher, es zu erkennen, wenn sie darauf stoßen sollte.

Frederike sah sich die vorherigen Tage an. Wenn Rebecka zum Sport gehen wollte, hatte sie den Termin konkret eingetragen. Auch private Termine standen als solche drin, »Stephanie Kino« zum Beispiel oder ein Zahnarzttermin bei »Dr. Kayser«.

Es gab aber auch wieder diese mit rotem Textmarker gekennzeichneten Zeiten, ohne weitere Angaben. Es waren Zeiten an Nachmittagen, alle an Wochentagen.

Frederike notierte sie. Als sie aufgelistet in ihrem Buch standen, fiel ihr auf, dass sie Anfang November aufhörten. Das deckte sich mit der Aussage der Bedienung im Kokerei-Café, dass Rebecka und Herr Bredemann in letzter Zeit nicht mehr da gewesen seien.

Über das Grübeln fielen Frederike die Augen zu. Ein großer Tag lag vor ihr. Wichtige Gespräche. Überraschungen?

28

Was für ein Tag sollte es werden, wenn schon morgens der Regen so donnernd gegen das Schlafzimmerfenster klatschte, dass Frederike kaum den Wecker hörte?

Sie zog die Decke über den Kopf. Die Erinnerung an die vielen Punkte, die es heute zu erledigen galt, trieb sie schließlich aus den Federn.

Sie saß am Frühstückstisch, als sie Hartmuts Antwort las. Adelheid gehe um elf weg, um sich mit einer Freundin zu treffen, sie also kommen könne. »Worum geht es?«, fragte er.

Wenn er das in dieser Form schrieb, klang es, als wäre Adelheid über Nacht bei ihm gewesen. War das möglich? Ihr Gesicht glühte. Sie schrieb nur zurück, dass sie dann um elf Uhr bei ihm sei. Ihre Hände wurden schon bei dem Gedanken daran feucht.

Sie marschierte zuerst einige Male durch die Wohnung, bevor sie Fabienne Bredemann anrief. Die hatte heute keine Zeit für sie. »Morgen Vormittag geht. Am besten wieder früh. Können Sie um halb neun hier sein?« Zähneknirschend stimmte Frederike zu.

Sven Achebe und Rebeckas Uniklinik-Freundin erreichte sie nicht, hinterließ aber Nachrichten.

Sie stocherte in ihrem Müsli herum, trank lustlos ihren Tee und hätte beinahe vergessen, ihre Zähne zu putzen, bevor sie die Wohnung verließ. Während sie auf die Straßenbahn wartete, stellte sie fest, dass sie besser ihre Mütze mitgenommen hätte. Auch ein Schirm wäre angemessen gewesen. So verwandelte sie sich zusehends in einen begossenen Pudel.

Am Rathaus musste sie umsteigen, doch die Bahn fiel heute wegen einer Betriebsstörung aus. Sie musste den Bus nehmen, was fünfzehn Minuten länger dauerte.

Nach einer gefühlten Ewigkeit drückte sie bei Hartmut auf den Klingelknopf. Sie stand vor der Tür, der Landregen war in einen Nieselregen übergegangen, ihre Haare klebten mittlerweile auf dem Kopf, ihre Füße fühlten sich wie Eisklötze an, und außerdem war sie genervt und würde sich am liebsten wieder ins Bett verkriechen – und Hartmut ließ sich Zeit.

Endlich öffnete er die Tür.

Wenn er jetzt lacht, haue ich ihn, war der erste Gedanke, als sie das Zucken in seinem Gesicht sah.

Sie holte aus.

Dann lachten sie beide, und er ließ sie herein.

Er holte ihr ein Handtuch, kochte Tee und fragte, ob sie eine Decke wolle.

»Mach dir keine Umstände. Es ist gut.«

Sie setzten sich. Frederike in einen Sessel vor dem bodentiefen Wohnzimmerfenster, er aufs Sofa, das im rechten Winkel dazu stand.

»Hartmut, wir müssen ein sehr ernstes Gespräch führen. Ehrlich. Es kam, wie ich es befürchtet hatte.«

Er lachte wieder. Doch sie verzog keine Miene, was er zu verstehen schien. »Du hast erfahren, was Rebecka mir unterstellt.« Er schüttelte den Kopf. »Diese verdammte Geschichte.«

Er stand auf, stellte sich vor das Fenster, seine Hände tief in die Hosentaschen vergraben.

Musste er sich jetzt eine Geschichte überlegen oder warum diese kleine Flucht?

»Sie hat dir vorgeworfen, du hättest deine Frau, ihre Mutter, ermordet.«

Er antwortete nicht sofort, sagte dann aber: »Ich weiß.« Er kam wieder zu ihr. »Sophie hat sehr gelitten. Der Krebs hat sie zerfressen, sie wollte, dass ich ihr helfe.«

Frederike sah auf ihre gefalteten Hände.

»Wir haben es zusammen besprochen. Sophie, Rebecka und ich. Rebecka war strikt dagegen, dass ich ein Mittel besorge. Ich könne doch nicht ihre Mutter töten. Vielleicht würde es irgendwann ein Mittel geben, eine Therapie, etwas, das sie retten würde. Wir haben immer und immer wieder darüber geredet.

Ich kannte die Diagnosen und den Krankheitsverlauf. Wir haben gekämpft und uns gewehrt. Aber irgendwann mussten wir einsehen, dass der Kampf verloren war. Uns ging die Kraft aus. Sophie ging die Kraft aus. Die Schmerzen, die Chemo haben sie ausgelaugt. Du brauchst einen Funken Hoffnung, wenn du kämpfst. Ohne Aussicht auf ein gutes Ende ...«

Es belastete ihn noch immer. *Kein Wunder!*

»Ja, ich habe ihr etwas besorgt, damit sie einschlafen kann. Ich konnte sie nicht mehr leiden sehen. Wenn ich in ihre Augen sah, das Flehen darin erkannte, Frederike, ich konnte ihr diesen Wunsch nicht abschlagen. Ich war Arzt, ich hatte die Möglichkeiten, ihr zu helfen. Wir konnten uns voneinander verabschieden, haben zusammen davon geträumt, uns an einem besseren Ort wiederzusehen.«

Hartmut ging in die Küche, um Wasser zu holen. Er kam mit einer Flasche und zwei Gläsern zurück. Bevor er weiterredete, schenkte er ein. »Daran ist das Verhältnis zwischen Rebecka und mir zerbrochen.«

Aus seiner Stimme hörte sie heraus, dass er es immer noch nicht verstehen konnte. »Wenigstens hat sie damals nichts der Polizei oder sonst jemandem gesagt. Aber als sie ging, sagte sie: ›Das vergesse ich dir nie.‹«

»Sie hat es nicht vergessen.«

»Wie sollte sie? Im Sommer hat sie angerufen, um sich mit mir zu treffen. Du kennst die Geschichte. Sie wollte Geld von mir, weil sie in irgendwelchen Schwierigkeiten steckte. Sie erzählte etwas von einem Freund, mit dem es auseinandergegangen war und dem sie noch Geld schuldete. Viel Geld. Sie hat nicht gefragt, ob ich ihr helfe. Sie hat mir gedroht. Wenn ich ihr nicht helfe, geht sie zur Polizei oder zur Presse mit ihren Informationen.«

»Ihr habt euch gestritten, und du bist gegangen.«

»Wenn sie mich normal um das Geld gebeten hätte, hätte ich ihr wahrscheinlich geholfen, wenn nicht alles bezahlt. Aber mir gleich mit dem ersten Satz zu drohen – das ist doch absurd.« Er sah aus dem Fenster. »Ich habe noch versucht, mit ihr vernünftig zu reden. Ich wollte wieder ein normales, ein gutes Verhältnis zu ihr. Ich habe es mir wirklich gewünscht.« Seine Stimme wurde mit jedem Wort leiser.

»Rebecka wollte aber nur das Geld. Und dir deine Schuld unter die Nase reiben.«

»Genau.« Er trank einen Schluck Wasser. »Frederike, ich lass mich doch nicht von meiner Tochter erpressen. Hätte sie mir erklärt, worum es geht, was ihr Problem ist, wir hätten eine Lösung gefunden. Aber mir zu drohen?« Er schloss die Augen.

»Als sie vor einigen Tagen angerufen hat, wollte sie auch wieder Geld?«

»Es schien um etwas anderes zu gehen.«

»Worum?«

»Ich weiß es nicht. So weit kamen wir nicht.«

Mittlerweile verlor sie fast die Geduld, wenn Hartmut nur in Bruchstücken erzählte. »Erzählst du es mir?«, blieb sie dennoch zurückhaltend.

»Ich war zu stur. Ich wollte zuerst eine Entschuldigung von ihr. Sie sollte sich für ihr Verhalten im Juni entschuldigen.«

»Was sie nicht getan hat.«

»Ich war zu stur.«

Hinterher weiß man es immer besser. Oft ist es dann zu spät.

»Ich wollte, dass sie einsieht, dass ihr Verhalten im Juni falsch war«, fing er noch einmal an. »Aber davon wollte sie nichts mehr wissen.«

»Jetzt fragst du dich, ob du ihr hättest helfen können. Was gewesen wäre, wenn du mit ihr geredet hättest.«

»Natürlich frage ich mich das. Was denkst du denn? Ich zermartere mir den Kopf, ob das, weswegen sie mich anrief, etwas mit ihrem Tod zu tun hat. Ob meine Weigerung, ihr zu-zuhören, dafür verantwortlich war, dass … Ich frage mich, ob ich inzwischen zweifacher Mörder bin.«

»Quatsch!« Das kam von Herzen. Auch wenn Frederike seine Gedanken – und Gefühle – nachvollziehen konnte.

Sie rutschte in ihrem Sessel nach vorne und legte Hartmut die Hand auf die Wange. »Ich hoffe, ich kriege heraus, was und wer für ihren Tod verantwortlich ist. Aber selbst wenn nicht: Rebecka war für ihr Handeln und für ihr Leben verantwortlich und nicht du.«

Dass sie Hartmut zu trösten versuchte, lag hauptsächlich daran, dass sie solche unsinnigen Schuldzuweisungen nicht ertrug. Niemand durfte die Verantwortung für das eigene Verhalten auf andere abwälzen.

Gleichzeitig fand sie es gut, jetzt für Hartmut da zu sein, ihn trösten zu können, obwohl sie stinksauer auf ihn war, dass er ihr nicht früher und aus freien Stücken von alldem erzählt hatte. Und enttäuscht.

»Du machst trotzdem weiter? Du findest heraus, warum Rebecka sterben musste?«, fragte er kleinlaut.

»Sophies Tod hat damit nichts zu tun?« Der Satz war ihr herausgerutscht, ohne vorher darüber nachzudenken. Sie sah sofort in Hartmuts Gesicht, was sie angerichtet hatte. Die KHK fragte eben immer noch einmal abschließend nach, nur um sicher zu sein. »Entschuldige. Das war nicht so –«

»Wie sollte …« Er sprang auf. »Glaubst du allen Ernstes, ich hätte Rebecka umgebracht? Glaubst du wirklich, ich wäre zu so etwas in der Lage? Meine eigene Tochter!«

»Nein, das glaube ich nicht. Wirklich nicht. Das war blöd von mir. Es tut mir leid.«

Er ging zum Esstisch, blieb kurz stehen und kam zurück. »Das verletzt mich. Wirklich. Ich weiß nicht, was ich sagen soll.«

»Hartmut.« Was sollte *sie* noch sagen? Das Kind lag im Brunnen. Worte, wenn sie den Mund verlassen hatten, konnte man nicht zurücknehmen. Auch wenn sie gestehen musste, dass eine solche Erpressung ein Mordmotiv sein könnte, war sie sicher, dass Hartmut nie so weit gegangen wäre.

Sie hätte sich ohrfeigen können.

»Wenn du mich so wenig kennst, dass du mir einen Mord zutraust, dann …«

»Sei doch bitte nicht eingeschnappt. Natürlich dachte ich nicht, dass du Rebecka ermordet hast. Aber du hast dich bis eben geweigert, mir überhaupt von der Sache mit Sophie und von der Erpressung zu erzählen. Und erzählt hast du es nur, weil ich sowieso Bescheid weiß. Ich hätte mir die Frage trotzdem verkneifen müssen. Entschuldige.«

»Was sagt deine polizeiliche Erfahrung, was du jetzt sinnvollerweise tun sollst?«

Mit chirurgischer Präzision zerschnitt Hartmut gerade den letzten Rest des Bandes, das sie noch verbunden hatte.

»Ich hatte vergessen, dass du nicht zwischen Freund und Feind unterscheidest, wenn du ermittelst. Das war mein Fehler. Danke, dass du dennoch versucht hast, etwas herauszufinden. Aber du musst dich nicht weiter bemühen.«

Frederike erhob sich. Dem gab es nichts mehr hinzuzufügen. Sie schluckte die Tränen hinunter, die ihr fast die Kehle verstopften. »Danke für den Tee und das Handtuch. Ich melde mich.«

Sie gingen zur Haustür. Hartmut half ihr in die Jacke.

»Tu das«, sagte er zum Abschied. Kein weiteres Wort. Keine Umarmung.

Draußen wehte ein eisiger Wind, der ihr im Vergleich zu dem Gegenwind von gerade fast warm erschien.

Sie spürte, wie ihre Augen nass wurden. Sie hatte kaum die erste Treppenstufe erreicht, als schon die Tür ins Schloss fiel.

29

Frederike fuhr zum Museum Folkwang. Vor ihrem Bild, das wieder an der Wand hing, setzte sie sich auf die Bank. Munchs »Die Einsamen« erschienen ihr das passende Motiv. Der Welt den Rücken zukehren. Nichts sehen und nichts hören.

Es beschäftigte sie sehr, dass Hartmut aktive Sterbehilfe geleistet hatte. Sie wusste, wie schwer es war, einem geliebten Menschen beim Sterben zusehen zu müssen. Tatenlos am Bett zu sitzen und zuzusehen, wie langsam das Leben in dem Menschen, den man liebte, erlosch.

Moritz hatte im Koma gelegen und nichts von seiner zerfetzten Brust mitbekommen. Sie war damals sicher gewesen, dass er keine Schmerzen hatte. Sophie aber hatte ihre Krankheit, ihr Dahinsiechen bei vollem Bewusstsein erlebt. Ihren Schmerzen konnte sie nicht mehr entfliehen und musste sie ertragen. Dass es in Deutschland noch unter Strafe stand, einem Menschen einen selbstbestimmten, menschenwürdigen Tod zu erlauben, war schlimm. Aber es war eben verboten.

Frederike konnte sich lebhaft vorstellen, was in Hartmut abgelaufen war, als Rebecka ihm damit gedroht hatte, ihn bei der Polizei anzuzeigen oder mit einem Journalisten zu sprechen. Für Hartmut, der auf seinen Ruf, auf sein Bild in der Öffentlichkeit peinlich achtete, wäre das eine Katastrophe gewesen. Er, der stets seinen Wagen auf den dafür vorgesehenen Plätzen parkte, die Geschwindigkeitsbegrenzung exakt einhielt und pünktlichst seine Rechnungen bezahlte, wäre auf einmal Grundlage einer Ermittlung geworden. Oder die Vorstellung, in der Zeitung wegen Tötung auf Verlangen an den Pranger gestellt zu werden, musste das schlimmstmögliche Szenario gewesen sein.

Seine Prinzipientreue war oft Auslöser für Diskussionen zwischen ihnen. Für sie, Frederike, war alles erlaubt, was nicht verboten war. Für Hartmut galt, was nicht ausdrücklich erlaubt war, war verboten. Sie ging sogar noch ein bisschen weiter. Was für sie ein bisschen verboten war, war gleichzeitig auch ein bisschen erlaubt.

Dass Rebecka eine Grenze überschritten hatte, stand außer Frage.

Frederike hatte sie nicht genug kennengelernt, um beurteilen zu können, ob sie so skrupellos gehandelt hätte und mit ihrem Wissen zur Polizei oder zur Presse gegangen wäre. Womöglich war es nur der verzweifelte Versuch, sich aus ihrer Notlage zu befreien.

Frederike kannte Hartmut mittlerweile ein wenig und wusste, dass er seine Emotionen nur selten zeigte. Er zog sich eher zurück, als dass er erkennbar reagierte. Das hieß aber nicht, dass es nicht in ihm arbeitete. Folglich konnte sie auch nicht einschätzen, wie er reagieren würde, wenn seine Grenze überschritten wurde. Wenn er im wahrsten Sinne des Wortes explodierte.

Zu oft hatte sie in ihrem Job erleben müssen, wie gerade diese nach außen ruhigen und ausgeglichenen Menschen an einem Punkt zu den unglaublichsten Taten fähig waren, weil der eine Tropfen zu viel in ihr Fass gefallen war. Oftmals war es nach ihrer Tat, als sich alles wieder gut, für sie harmonisch anfühlte, eine Erleichterung, wenn sie überführt wurden und das Versteckspiel vorbei war.

Bei Hartmut war sie trotz allem sicher, dass er nichts mit Rebeckas Tod zu tun hatte. Konnte sie das sein?

Wie sie auf der Bank saß, ihr Blick auf das Gemälde gerichtet, erreichte sie den Punkt, an dem sie überlegte, ob sie die Ermittlungen nicht besser beenden sollte. Wenn Hartmut nicht mehr an einer Aufklärung interessiert war, konnte es ihr im Grunde auch gleich sein.

Ja, das konnte es.

Sie atmete tief ein und aus. Sie verlor sich im Gemälde, wälzte den Gedanken weiter. Was wäre, wenn sie aufhören würde?

Ein Mörder würde frei herumlaufen. Das Schlimmste, was man einem anderen Menschen zufügen konnte, ihm das Leben nehmen, würde ungesühnt bleiben.

Also: Nein, es war ihr nicht gleich.

Wenn eine junge Frau sich eine luxuriöse Urlaubsreise gönnte, sich dafür noch neu einkleidete und dann tot aufgefunden wurde, konnte sie die Sache nicht als Suizid abhaken. Auch wenn ihr Ex-Kollege das tat. Wenn es in deren Umfeld darüber hinaus so viele Ungereimtheiten gab, so viele Menschen, die etwas verbargen, dann musste sie weiterfragen. Wenn ihr der Wind entgegenblies, zog sie den Kopf ein und marschierte umso entschlossener weiter.

Frederike verließ das Museum, um bei Rebeckas Freundin, Laura Höfler, anzurufen. Sie hinterließ eine Nachricht auf der Mailbox. Auch wenn sie ihre Zweifel hatte, dass die Krankenschwester zurückrief.

Danach ging sie in ihren Kontakten zu Sven Achebe und rief ihn an. Rebeckas Ex-Freund nahm auch gleich ab.

»Frau Stier, was kann ich für Sie tun?« Sie hörte schon an seinem nüchternen, fast deprimierten Ton, dass etwas nicht stimmte.

»Ich würde mich gerne noch einmal mit Ihnen treffen. Es war noch so viel Kuchen übrig, dass ich dachte, ich helfe Ihnen beim Aufessen.« Sie versuchte es mit ein wenig Humor, doch das war nicht ihre Stärke.

»Das passt gerade nicht. Ein anderes Mal vielleicht.«

Sie merkte, dass er das Gespräch beenden wollte, deshalb fragte sie: »Geht es Ihnen nicht gut? Sie hören sich an, als wäre etwas passiert.«

»Dieser hinterhältige Bastard. Er versaut mir schon wieder mein Leben.«

Frederike hatte keine Ahnung, von wem der Mann sprach, deshalb fragte sie nach.

»Kommer! Der Hund hat offenbar erfahren, dass ich mich

in Hamburg beworben habe, und dort schlecht über mich geredet«, platzte es aus Achebe heraus. »Sie haben angerufen und gesagt, dass es eine kurzfristige Neuplanung bei der Stellenbesetzung gab und sie deshalb von ihrem Angebot zurücktreten müssten. Als ich nachgefragt habe, beteuerten sie, dass es nichts mit mir zu tun hätte. Das wären ›rein interne Überlegungen‹. Aber das passt nicht zu unserem Gespräch und zu den Telefonaten hinterher.«

»Das tut mir sehr leid. Sind Sie sicher, dass Ihr ehemaliger Chef dahintersteckt?«

»Natürlich bin ich sicher. Ich habe denen in Hamburg auf den Kopf zugesagt, dass ich weiß, dass er dahintersteckt. Ihre Reaktion war eindeutig. Außerdem ist er nachtragend und rachsüchtig. Ich habe ihn erlebt. Wenn er sich jemanden ausgeguckt hat, dann wird es gefährlich. Da nutzt er jeden seiner Kontakte.«

»Und Sie glauben, dass er sich jetzt Sie ›ausgeguckt‹ hat?« Frederike war sich da nicht sicher, so wenig sie diesen Kommer auch mochte.

»Ich glaube es nicht, ich *weiß* es. Der hat immer noch nicht verwunden, dass Rebecka damals den Mist gemacht hat. Mich wirft er in einen Topf mit ihr.«

»Aber er hat sehr positiv von Ihnen gesprochen.« Sie musste die Erwiderung nicht abwarten, um zu wissen, dass dies nichts zu bedeuten hatte. Kommer war ein aalglatter Geschäftsmann, für den Lügen zum Standardrepertoire gehörte.

»Wie überraschend, dass er das Ihnen gegenüber getan hat. Wahrscheinlich macht er gerade Bredemann die Hölle heiß, weil sie ihm den Kunden abwerben wollen. Wenn sie es wirklich tun, will ich nicht in deren Haut stecken.«

»Wie meinen Sie das?«

»Warten Sie es ab. Wenn sie den Kunden tatsächlich für sich gewinnen, heckt er etwas aus, da bin ich sicher.«

»Wollen wir uns nicht doch treffen? Sie könnten mir bei einigen Fragen noch weiterhelfen.«

Sein Kampf dauerte zum Glück nicht lange. »Kurz. Kommen Sie wieder vorbei?«

In die Florastraße war es vom Museum ja nicht weit.

Nachdem er sie hereingebeten hatte und sie beide saßen, fragte sie als Erstes: »Kennen Sie Laura Höfler?«

»Von ihr hat Rebecka gesprochen, ja. Eine Zicke aus der Schule, wenn ich mich richtig erinnere. Selbst habe ich sie nicht kennengelernt.«

»Rebecka hat sich regelmäßiger mit ihr getroffen?«

»Ein- oder zweimal im Jahr. Es war keine enge Freundschaft.«

»Können Sie sich vorstellen, dass sich das geändert hat?«

»Vorstellen kann ich mir viel.«

»Herr Achebe, ich habe verschiedene Hinweise, dass Sie sehr heftig mit Rebecka aneinandergeraten sind. Es soll fast zu tätlichen Auseinandersetzungen gekommen sein. Stimmt das?«

»Mea culpa.« Er hob die Hände. »Manchmal, wenn ich sehr unter Druck stehe, neige ich zu heftigen Reaktionen. Aber ich würde niemals jemanden schlagen oder verletzen. Schon gar nicht eine Frau. Wo denken Sie hin? Toben ist das eine. Aber ich bin doch kein Unmensch.«

Sollte sie das wirklich glauben? »Wenn ich nachfrage, ob Sie schon einmal erkennungsdienstlich behandelt worden sind, würde ich etwas erfahren?«

»Sie meinen, ob mich die Polizei mal festgenommen hat? Nie. Ich tue niemandem etwas. Auch wenn es für andere so aussieht.« Er versank förmlich in seinem Stuhl.

Frederike merkte, dass sie wieder an eine Grenze gegangen war, wo das Verhältnis zu kippen drohte. Deshalb sagte sie: »Ich glaube Ihnen. Danke für Ihre Offenheit.«

Sven Achebe entspannte sich.

Wenigstens hatte sie das abgeklärt. »Hatten Sie nach dem Krach bei ›Zukunft Ruhrgebiet‹ noch Kontakt zu Herrn Kommer?« Frederike beschäftigten noch immer seine Aussagen, wie nachtragend und rachsüchtig der Mann sei.

»Ich habe mit seinem Partner, Herrn Lange, gesprochen. Er leitet die Geschäfte mit seinem Verstand und nicht mit seinen Emotionen.«

»Aber er konnte nichts für Sie tun?«

»Ihr Vorgehen sei abgestimmt gewesen, und ihm seien die Hände gebunden. Er versprach zwar, sich zu melden, sollte er von einer Vakanz hören, die für mich interessant sein könnte, doch auf den Anruf warte ich bis heute.«

»Wie geht es jetzt mit Ihnen weiter? Nachdem Sie die Anstellung in Hamburg nicht bekommen?«

Achebes Kopf kippte nach vorne. Er sah auf den Boden. »Ich weiß es nicht. Im Moment habe ich keine Bewerbungen draußen. Das war mein Strohhalm. Gleich gehe ich zur Arbeitsagentur. Ich muss Geld verdienen. Egal was, aber es muss kurzfristig etwas reinkommen.«

»Sonst?«

Er beantwortete die Frage mit einem Schulterzucken.

Frederikes Telefon klingelte. Sie sah auf das Display und war überrascht. »Ich muss da rangehen.« Sie stand auf und ging in den Flur, wo sie einigermaßen ungestört war.

»Frau Höfler, es freut mich, dass Sie zurückrufen. Können wir uns in Ihrer Mittagspause treffen? Es gibt noch etwas, was ich Sie fragen muss.«

»Das geht nicht am Telefon?«

»Nein«, antwortete sie knapp. »Das würde ich gerne von Angesicht zu Angesicht besprechen.«

In der Mittagspause ging es nicht, aber gleich nach Feierabend. Sie verabredeten sich in der Cafeteria des Krankenhauses. Nachdem Frederike das Gespräch beendet hatte, dachte sie, dass Laura Höfler fast dankbar geklungen hatte. Als wäre sie erleichtert, sich noch einmal mit ihr treffen zu können.

Frederike verabschiedete sich von Sven Achebe. Sie überlegte, ob eine Durchhalteparole angemessen war, und entschied sich dagegen. »Es ist eine schwere Zeit für Sie. Ich wünsche Ihnen, dass sie bald mehr Glück haben.«

Sie gaben sich die Hand. »Wenn Sie von einem Job für mich hören, melden Sie sich. Ich mache alles.«

Wie passte es zusammen, dass dieser Mann, so verletzlich, so herzlich, sich hinreißen ließ, Rebecka seine körperliche Überlegenheit spüren zu lassen? War Rebecka in der Lage gewesen, Menschen so sehr reizen, dass man ihr etwas antat?

Kurz überlegte sie, Hartmut anzurufen, um danach zu fragen. Sofort blitzte der Abschied von heute Morgen auf, und sie verzichtete.

Frederike hoffte sehr, dass Frau Höfler ihr bei der Frage helfen konnte, von wem Rebecka schwanger gewesen war. Vielleicht hatte sie ihr ja hinsichtlich der Abtreibung geholfen. Wenn Frederike den Vater des ungeborenen Kindes kannte, käme sie womöglich einen gewaltigen Schritt weiter. Jedenfalls mit ein bisschen Glück.

Sie fand, das stand ihr zu.

30

»Hallo, Jenny. Frederike Stier hier.« Sie wartete, bis die Empfangsdame bei Frau Bredemanns Werbeagentur ihren Namen einsortiert hatte.

»Frederike, wie geht es dir? Wann kommst du mal wieder ins Studio?«

»Mal sehen. Mir tut jetzt noch alles vom Probetraining weh.« Jenny lachte. »Am Anfang geht das vielen so. Am besten ist es, wenn du dich bewegst. Dann geht der Muskelkater am schnellsten wieder weg.«

Frederike hatte so viele Fragen, dass sie überlegt hatte, direkt nach Gelsenkirchen zu fahren, um sich noch einmal mit Herrn oder Frau Bredemann zu unterhalten. Deshalb fragte sie: »Sind Frau oder Herr Bredemann im Büro? Ich bin zufällig in der Nähe und könnte jetzt schon kommen und nicht erst morgen früh.«

»Spontan ist immer schlecht bei Fabienne. Aber lass mich nachsehen.« In der Leitung wurde es still. »Fabienne, Frau Bredemann, hat den ganzen Nachmittag Termine. Herr Bredemann ist heute gar nicht in der Agentur. Er kommt aber morgen rein.«

»Hat er einen Kundentermin?«, fragte Frederike mehr beiläufig.

»Nein. Er muss mit dem Hund zum Arzt. Wohl etwas Dringendes.«

Ein Anruf, der sich gelohnt hatte. Die Privatadresse der Bredemanns würde sie herausfinden.

»Warte kurz.«

Was kam jetzt?

»Frederike, Fabienne geht gleich ins Studio, um dort einen Salat zu essen. Wenn du es schaffst, kannst du sie dort ›zufällig‹ treffen.«

»Wann geht sie dorthin?«

»In einer halben Stunde, hat sie gesagt.«

»Ich beeil mich. Danke. Du hast etwas gut bei mir.«

»Lass uns zusammen trainieren, dann kannst du einen Drink ausgeben.«

»Der ist gut«, sagte Frederike und verabschiedete sich, wobei Jenny versicherte, dass sie es ernst meinte.

Frederike nahm die Straßenbahn zum Hauptbahnhof und stieg dort in den Regionalzug. Nach dreißig Minuten war sie in Gelsenkirchen. Als sie das Fitnessstudio betrat, sah sie Frau Bredemann bereits ihren Salat essen.

Die winkte ihr zu. »Frau Stier, schön, dass es geklappt hat. Setzen Sie sich. Essen Sie auch etwas? Ich bin etwas in Eile.« Sie schob sich eine weitere Gabel mit Grünzeug in den Mund.

»Deshalb habe ich schon einmal angefangen.«

Wieso war diese Fabienne nicht überrascht, sie hier zu treffen? Hatte sie gewusst, dass Frederike auf dem Weg war?

Frederike zog ihre Jacke aus und setzte sich. »Hat Jenny gesagt, dass ich kommen will?« Sie musste das klären.

»Ich war auf der Toilette und habe gehört, wie Sie mit Jenny telefoniert haben. Alles gut.«

Etwas viel Zufall, dachte Frederike. »Lassen Sie es sich schmecken«, meinte sie und bestellte bei einer jungen Frau ein Mineralwasser.

»Untersuchen Sie immer noch den Tod von Rebecka?«, fragte Frau Bredemann dann. »Ich weiß ja nicht, ob der junge Kommissar richtigliegt mit seiner Überzeugung, dass es Selbstmord war.« Bredemann ließ keinen Zweifel, dass sie selbst nicht daran glaubte. »Rebecka hatte noch so viele Pläne. Gerade auch mit dem neuen Kunden. Das war eine große Aufgabe für sie, auf die sie sich gefreut hat«, redete die Agenturchefin weiter.

»Aber Sie betreuen den Kunden jetzt doch nicht?«

»Ich fand, dass es keine gute Idee wäre. Rebecka hat ihn akquiriert und alle Gespräche mit ihm geführt. Die Zusammenarbeit hätte unter einem schlechten Stern gestanden. Das wurde mir erst bewusst, als ich auf dem Weg zu ihm war. Vorher dachte ich wirklich, wenn ich die Arbeit zu Ende bringe, tue ich das für Rebecka, für ihr Andenken. Ohne Rebecka besitzen wir die Expertise nicht mehr, die notwendig ist, um den Kunden adäquat zu betreuen. Na ja, es geht weiter«, schloss sie ihren Gedanken ab.

»Herr Kommer hat damit nichts zu tun?« Achebes Worte klangen noch in ihren Ohren, dass er nicht in Bredemanns Haut stecken wollte, falls sie den Kunden für sich gewinnen sollten.

»Glauben Sie, wir haben Angst vor diesem Menschen? Nein. Ich dachte wirklich, dass es nicht gut wäre.«

Genug Geplänkel, dachte Frederike und kam zum eigentlichen Thema. »Hat Rebecka Ihnen gegenüber von einer Schwangerschaft gesprochen?«

Frau Bredemann legte das Besteck zur Seite. »Wie kommen Sie auf die Idee? Rebecka war nicht schwanger. Nicht in ihrer Situation. Das kann ich mir nicht vorstellen.«

»Sie war auch nicht mehr schwanger. Sie hat es wegmachen lassen. Vor etwa vierzehn Tagen.«

»Sind Sie sicher? Davon hätten wir in der Agentur doch bestimmt etwas mitbekommen.«

»Sie hatten also nicht die leiseste Ahnung?«

»Nein! Das ist das erste Wort.«

Es überraschte Frederike nicht. In einem frühen Stadium der Schwangerschaft musste Rebecka ihren Arbeitgeber nicht informiert haben.

»Ich habe Rebeckas Unterlagen, ihren Terminplaner, bekommen. Dabei ist mir aufgefallen, dass sie ab November keine Termine nach neunzehn Uhr eingetragen hat. Da Sie gesagt hatten, dass Sie die letzten Tage vor der Präsentation fast rund um die Uhr gearbeitet haben, habe ich mich darüber gewundert. Rebecka hat jeden Termin, selbst einen Zahnarzt- oder Kinobesuch, eingetragen.«

»Im November hat sie viel zu Hause gearbeitet oder irgendwo, wo sie ungestört war. Sie brauchte eine andere Umgebung, um den Termin vorzubereiten. Manchmal ist ein anderes Umfeld nötig, um neue Inspirationen zu bekommen.«

Das stimmte zwar, aber doch nicht an jedem geschlagenen Abend, wenn bei der Arbeit die Hütte brannte.

Frau Bredemann winkte der Bedienung, dass sie bezahlen wollte.

»Haben Sie eine Idee, wer der Vater sein könnte? Niemand weiß von einem Mann in Rebeckas Umfeld.« Diese Frage musste sie noch stellen. »Ich habe überhaupt keinen Anhaltspunkt. Mit wem ich bisher auch immer gesprochen habe, jeder ist davon überzeugt, dass Rebecka keinen Freund hatte«, fügte Frederike an.

Frau Bredemann lachte. »Sie verdächtigen jetzt hoffentlich nicht meinen Mann. Er hat in der Agentur einen zweifelhaften Ruf, der allerdings nicht gerechtfertigt ist. Außerdem hat er sich in letzter Zeit öfter mit Rebecka auf der Kokerei getroffen.« Sie beugte sich zu Frederike. »Ich weiß doch, dass Sie das sowieso herausfinden werden. Ihr Ruf in der Beziehung ist beeindruckend.« Sie legte Frederike ihre Hand auf dem Arm. »Aber ich kann Ihnen versichern, dass es ausschließlich um den neuen Kunden ging. Wir wollten zum damaligen Zeitpunkt die vorbereitenden Gespräche nicht in der Agentur führen. Das Thema war doch heikel. Wegen Herrn Kommer. Und die Kokerei liegt super, um mit den öffentlichen Verkehrsmitteln schnell hinzufahren. Die haben dort ein ganz nettes Café.«

Frederike fühlte sich von Bredemanns »Einlassung« überrumpelt. So viele Zugeständnisse, und das ungefragt. Bevor sie darauf eingehen wollte, fragte sie: »Warum haben das nicht Sie gemacht? Wenn ich es richtig verstehe, verantworten Sie die Kundenseite der Agentur. Das wäre doch naheliegender gewesen.«

»Ich gebe Ihnen recht. Aber genau deshalb hat es Volkmar übernommen, weil es nicht naheliegend war. Wir haben uns vorher eng abgestimmt.«

»Wie oft haben sich Rebecka und Ihr Mann in dem Kokerei-Café getroffen?«

»Als wir konkret überlegt haben, den Kunden auf unsere Akquiseliste zu nehmen, wöchentlich, manchmal auch zwei- oder dreimal. Wir wollten es so lange wie möglich geheim halten.« Frau Bredemann wartete, bis Frederikes Wasser serviert worden war. »Wir wollten vermeiden, dass es im Vorfeld bekannt wird, aber irgendwann ist es passiert.«

»Wer wusste von den Treffen?«

»Ich hoffe, niemand.« Sie lachte wieder. »Das war der Sinn der Aktion, dass niemand in der Agentur etwas davon mitbekommt, bis wir sicher waren, eine Präsentation vorbereiten zu können.«

»Wann starteten Sie mit der Vorbereitung für diesen Pitch?«

»Das war Anfang November. Ich weiß das deshalb so genau, weil wir es in unserer Montagsrunde präsentiert haben. Der 1. November war ein Freitag, was mein Mann und ich zu einem verlängerten Wochenende genutzt haben. Während dieses Wochenendes haben wir das Konzept diskutiert.«

»Wohin ging die Reise?« Frederike waren diese Rückfragen in Fleisch und Blut übergegangen, sodass sie gar nicht mehr darüber nachdenken musste.

»Wir waren im Sauerland. Spießig und langweilig, aber vor der Haustür und wunderbar erholsam.«

Frau Bredemann sah auf die Uhr. »Es tut mir leid, aber ich muss wieder los. Sie glauben also auch nicht an einen Selbstmord?«

Frederike antwortete nicht sofort. »Rebecka hatte einen Urlaub gebucht, das passt nicht.«

»Ja, das hatten wir abgesprochen, dass sie nach dem Pitch und der ganzen Aufregung einige Tage freinimmt. Es war sehr anstrengend in den letzten Wochen.« Frau Bredemann stand auf. »Es hat mich gefreut. Sehen wir uns bald regelmäßig hier im Studio?«, fragte sie lachend und legte Frederike die Hand auf den Arm.

»Ich bin noch dabei, mich davon zu überzeugen, dass es gut für mich ist. Mein Probemonat hat begonnen.«

»Das ist doch großartig. Geben Sie sich einen Ruck. Es ist ein tolles Gefühl, wenn man ein oder zwei Stunden geschwitzt hat. Sie schlafen danach wie ein Baby und fühlen sich viel aktiver.«

»Wenn ich es nur glauben könnte.« Frederike erhob sich nun auch, um Frau Bredemann zu verabschieden. »Danke, dass ich Ihnen Gesellschaft leisten durfte.« Sie reichte der Agenturchefin die Hand. Nur schwer ließ sie die Frau gehen, denn zu gern hätte sie sie gefragt, warum sie ihr die ganzen Informationen gegeben hatte.

»Ab jetzt Du. – Bleib dran«, sagte Fabienne, und ihr Tonfall machte deutlich, dass sie nicht den Sport meinte.

Kaum war die Agenturchefin weg, kam schon die Trainerin vom Probetraining zu Frederike.

Frederike musste sich richtig beeilen, um pünktlich in der Uniklinik bei Frau Höfler zu sein. Der Trip nach Gelsenkirchen hatte sich dennoch gelohnt. Jetzt wusste sie, was hinter Rebeckas Treffen mit dem Agenturchef steckte. In der Vaterschaftsfrage stocherte sie allerdings noch immer im Nebel. Das änderte sich hoffentlich gleich.

Frau Höfler sah bereits ungeduldig auf ihre Uhr, als Frederike die Cafeteria in der Uniklinik durch die Glastür betrat.

»Danke, dass Sie gewartet haben«, entschuldigte sie sich sofort.

Frau Höfler gähnte. Nachdem sie sich eine rote Locke hinter das Ohr gesteckt hatte, meinte sie: »Ich habe nicht viel Zeit. Außerdem ist mir die ganze Sache mit Rebecka suspekt. Ich will da nicht hineingezogen werden. Ihnen zuliebe sitze ich hier. Finden Sie den Mörder, aber lassen Sie mich bitte zukünftig außen vor.«

»Ich verstehe«, antwortete Frederike, fragte sich aber gleichzeitig, was die junge Frau befürchtete, wenn sie mit ihr sprach.

»Es ist nicht viel, was ich fragen will. Ich beeile mich.«

Frau Höfler fuhr mit dem Kopf herum, als die Tür zur Toilette scheppernd ins Schloss fiel.

»Rebecka hat circa zwei Wochen vor ihrem Tod einen Schwangerschaftsabbruch durchführen lassen. Hat sie darüber mit Ihnen gesprochen?«

Frau Höfler atmete hörbar aus und lächelte. »Hören Sie, das war ein Gespräch unter Freundinnen. Das geht niemanden etwas an.«

Eine interessante Antwort, dachte Frederike. »Wurde der Abbruch bei Ihnen in der Klinik durchgeführt?«

»Das glauben Sie doch nicht. Oder?«

»Aber Sie wissen, wo es Rebecka durchführen ließ?«

»Wir waren einmal Freundinnen.«

Frederike hob den Kopf. Bekam sie gerade versteckte Hinweise? Sie suchte im Gesicht der Krankenschwester nach einer stummen Bestätigung für ihre Vermutung. Doch die sah nur auf ihre Hände.

Warum würde sie sonst so kompliziert antworten?

»Gab es Komplikationen bei der Schwangerschaft, oder hatte es andere Gründe, warum Rebecka den Abbruch wollte?«

»Hören Sie, ich kann Ihnen dazu nichts sagen. Als wir uns getroffen haben, war sie gesund, und es ging ihr gut.«

Also keinen medizinischen Grund.

»Den Vater kennen Sie nicht?«

»Ich habe mit Rebecka in letzter Zeit nur über ihre Arbeit, die Agentur, geredet. Ich kann Ihnen wirklich nicht helfen.«

War auch das ein versteckter Hinweis? Musste sie im Umfeld der Agentur suchen? Frederike sah die Frau mit wachsender Begeisterung an. Das waren gezielt verabreichte Informationen, die sie bekam. Oder waren es nur Nebelkerzen? Frau Höfler legte eine Packung Zigaretten auf den Tisch.

»Noch eine letzte Frage: Wollen Sie mir sagen, warum Sie sich mit Rebecka zerstritten haben? Gab es einen konkreten Anlass?«

»Etwas Belangloses.« Frau Höfler nahm ihre Brille ab und schob einen Bügel in den Mund. »Sie war in die Klinik gekommen, um mich abzuholen. Wir wollten ins Kino. Bei einer

Patientin hat es etwas länger gedauert. Sie musste warten, die Tür stand offen, und dann haben wir den Film verpasst.«

»Ich hoffe, Sie konnten es nachholen.«

»Leider nicht. Es war ein Film in einem Programmkino. ›Tödliches Verlangen‹ mit Nicolas Cage und Faye Dunaway. Rebecka liebte Nicolas Cage. Der Film lief nur in dieser Woche, und es war die letzte Vorstellung. Sie war echt stinkig, aber es ließ sich nicht ändern.«

Frederike hatte noch nie etwas von diesem Film gehört. Sie würde es später recherchieren. »Danach haben Sie sich nicht mehr annähern können?«

Frau Höfler hob die Schultern.

»Wegen so etwas zerbricht doch keine Freundschaft.«

»Es war der Anfang.« Frau Höfler zog eine Zigarette aus der Packung und klopfte sie auf den Tisch. »Sie hat kurz danach einen neuen Job gefunden, ist irgendwo in eine WG gezogen, das war's dann. Wir wollten einfach Abstand voneinander; ich wollte vor allem einen Abstand nach der intensiven Zeit zusammen. Ich dachte, dass sich unser Verhältnis nach einer Pause wieder einrenkt.«

»Inwiefern war die Zeit intensiv?«, wollte Frederike doch noch wissen.

Laura Höfler zögerte einen Moment. »Rebecka war nicht immer einfach. Sie hat manchmal – wie soll ich sagen? – sehr stark ihre Sicht, ihre Meinung in den Vordergrund gerückt.«

»Sie war manchmal stur und wollte mit dem Kopf durch die Wand?«

Frau Höfler lachte. »Oder so.«

»Eine letzte Frage. In welchem Bereich arbeiten Sie hier? Sind Sie auf einer Station?«

»Nein. Zumindest nicht regelmäßig. Ich arbeite bei meiner Chefin in der Praxis hier im Krankenhaus. Helfe bei den Behandlungen und betreue ihre Patienten, wenn sie auf Station liegen.«

»Was ist der Schwerpunkt Ihrer Chefin?«

»Kinderwunschbehandlung. Sie berät und behandelt Paare, die einen unerfüllten Kinderwunsch haben.« Frau Höfler stand auf. »Ich muss jetzt wirklich gehen.«

»Wann haben Sie sich zuletzt mit Rebecka getroffen, dass Sie von der Abtreibung wissen?«

Laura Höfler lief rot an. Ihr Kopf drehte sich in alle Richtungen, bevor sie sich zu Frederike herunterbeugte. »Ende Oktober. Aber jetzt lassen Sie mich in Ruhe.«

»Ich denke, Sie haben mir sehr geholfen. Vielen Dank dafür.«

»Was genau meinen Sie? Ich habe Ihnen doch gar nichts Neues gesagt.«

Frederike war versucht, laut zu lachen.

»Trotzdem«, ergänzte Frau Höfler und klang wieder versöhnlicher, »es würde mich freuen, wenn Sie Licht in die Umstände von Rebeckas Tod bringen würden. Wie gesagt, ich glaube auch nicht, dass sie sich selbst etwas angetan hat. Finden Sie heraus, wer dahintersteckt.«

»Ich denke, dass ich ein Stück weitergekommen bin.«

Frederike hatte den Satz noch nicht ausgesprochen, als Frau Höfler bereits die Cafeteria verlassen hatte. Sie schlug sich an die Stirn. Wie hatte sie vergessen können, nach dem Namen der Patientin zu fragen?

Draußen war es bereits dunkel geworden. Für heute Abend hatte sie genügend Hausaufgaben. Sie spürte, dass es ein erfolgreicher Tag gewesen war. Mit den Informationen, etwas Ruhe und vielleicht einem Glas Rotwein würde sie klarer sehen.

31

Wie vertraut Frederike ihr Sessel immer noch war. Heute mehr denn je. In ihrer neuen Wohnung würde er einen Ehrenplatz bekommen, auch im Wohnzimmer, aber am Fenster. Mit Aussicht ins Grüne. Hoffentlich. Vielleicht ließ sie ihn aufarbeiten und neu beziehen. Vielleicht ließ sie ihn auch in Würde altern.

Wie viele Mordfälle sie hier schon gelöst hat. Sie dachte an Freistein, an Alexander Röttgen, aber auch an ältere Fälle. Im fortgeschrittenen Alter gab es viele Geschichten, an die sie denken konnte.

Sie hoffte, dass ihr neuer Bekannter aus dem Café Zwingli bald anrief. Sie spürte, dass es Zeit für etwas Neues wurde. Den Fall noch abschließen, es allen zeigen, was sie noch draufhatte, und dann umziehen. Mit dem Frühling in einen neuen Lebensabschnitt starten.

Aber zunächst musste sie das Gespräch mit Frau Höfler noch einmal aufarbeiten. Ihr Gefühl hatte sich während der Heimfahrt verstärkt, dass hinter Laura Höflers Antworten mehr steckte. Dass ihre Antworten versteckte Hinweise enthielten, die Krankenschwester ihr indirekt die Informationen geliefert hatte, die sie bei der Lösung weiterbringen sollten. Je mehr sie darüber nachdachte, umso sicherer wurde sie. Ihre Antworten waren so präzise gewesen, als hätte die junge Frau genau gewusst, welche Fragen Frederike stellen würde. Als wäre sie darauf vorbereitet gewesen. Kein Zögern, kein Nachdenken, paff, paff, paff, waren die Antworten gekommen. Um scheinbar spontan zweideutige Antworten zu liefern, musste sich Höfler im Vorfeld über die Fragen Gedanken gemacht haben.

Glaubte Frederike.

Oder war hier der Wunsch Vater ihrer Gedanken? Weil sie so schön in ihre Überlegungen passten?

Als Erstes suchte sie nach dem Film, von dem Frau Höfler

gesprochen hatte. Sie las in einem Onlinelexikon die Zusammenfassung des Inhalts. »Während sie ein weinendes Baby in der Hand hält, kämpft eine Frau mit einem Mann, vermutlich ihrem Ehemann, und tötet ihn.« Sie las noch einige Sätze weiter. Sollte das etwas mit Rebeckas Tod zu tun haben? Sie wüsste nicht, wie.

Ihre Euphorie bekam einen Dämpfer. Lag es wohl doch eher an Nicolas Cage, dass Rebecka den Film unbedingt hatte sehen wollen. Er war ein guter Schauspieler, was ausreichend sein konnte, um sich den Film anzusehen. Die Kritiken waren nicht überschwänglich, wobei der deutsche Titel »Tödliches Verlangen« spannend klang.

Laura Höfler hatte erzählt, dass Rebecka ein Gespräch zwischen der Ärztin und einer Patientin mitgehört hatte. »Die Tür stand offen«, hatte sie zusammenhanglos eingeflochten, was sie nicht getan hätte, wäre es nicht wichtig. War es wichtig, mit wem die Ärztin gesprochen hatte oder worüber? Von wem bekam sie die Antwort? Sie notierte den Punkt und schob ihn in ihrem Kopf nach hinten.

Vielleicht hatte das Gespräch auch etwas mit dem Film zu tun gehabt. Sie las noch einmal in der Inhaltsangabe, fand aber keinen Haken.

Auf die Frage, wer der Vater sein könnte, hatte Frau Höfler erklärt, sie hätten sich nur über die Arbeit und die Agentur unterhalten. Frederike fragte sich, ob damit auf eine Vaterschaft in der Agentur gedeutet werden sollte.

Sie nahm das Telefon, um diesem Hinweis nachzugehen. »Guten Abend, Frau Grubinek. Ich hab nur eine Frage. Haben die Bredemanns Kinder?«

»Nein, die haben keine Kinder.«

»Wissen Sie, ob sie welche wollen?«

»So eng bin ich nicht mit ihnen. Keinen Schimmer.«

»Wer könnte das wissen?«

»Außer ihr selbst und Volkmar? Ich habe keine Idee. Aus der Agentur sicherlich niemand.«

Jetzt musste sie noch den nächsten Punkt abklären. »Rebecka hatte keine Beziehung mit einem Kollegen?«, fragte sie abschließend.

Die Antwort kam nicht sofort, als müsste Stephanie Grubinek darüber nachdenken. »Soviel ich weiß, war da nichts. Aber vielleicht habe ich auch nicht alles mitbekommen.«

»Gibt es jemanden, bei dem sie es sich vorstellen können?«, fragte Frederike nach, weil ihr die Antwort ausweichend erschien.

»Nicht wirklich. Nein.«

Auch diese Antwort überzeugte sie nicht vollends. »Noch eine Sache. Hat Rebecka viel von zu Hause aus gearbeitet? Abends oder am Wochenende?« Ihr ging noch die Bemerkung von der Agenturchefin durch den Kopf.

»Nein. Manchmal hat sie ihre E-Mails abgerufen oder noch etwas gelesen. Aber richtig gearbeitet hat sie meines Wissens nicht in ihrem Zimmer.«

Wieder diese unterschiedlichen Aussagen. Log jemand sie an, oder wusste es jemand nicht besser? Oder hatte Rebecka dem einen das und dem anderen etwas anderes gesagt? Sollte Frederike keine nachweisbaren Aussagen bekommen, musste sie am Ende ihren Instinkt entscheiden lassen, wem sie mehr glaubte. »Danke«, sagte sie. »Sehen wir uns morgen im Studio?« Mit der Frage wollte sie sich selbst unter Druck setzen, um ihre guten Vorsätze in die Tat umzusetzen.

»Mal sehen. Ich habe viel auf dem Schreibtisch.«

Frederike bedankte sich noch einmal und wünschte Stephanie eine gute Nacht.

Frederike überlegte, ob Frau Bredemann ein Muttertyp war. Sie schien sich sehr mit ihrer Agentur und der Arbeit zu identifizieren. Passte ein Kind dazu? Frederike kannte sie zu wenig, um das beurteilen zu können. Auch kannte sie niemanden, der ihr die Frage beantworten konnte.

Ihr blieb wohl nichts anderes übrig, als ihre Sporttasche zu packen und ins Fitnessstudio zu gehen. Sich neben die Agenturleute auf einen Crosstrainer stellen oder sie in der Sauna befragen? Bei der Vorstellung lief es ihr kalt über den Rücken. Das Gespräch mit Herrn Bredemann hatte ihr gereicht. Vielleicht traf sie auch seine Frau beim Frühsport.

Er wäre ihr lieber. Schließlich würde sie gerne seine Version der Kokereitreffen mit Rebecka erfahren.

Ein Agenturchef, der nie in der Agentur war, erschien ihr merkwürdig. Seine Frau organisierte den Laden perfekt, wie es schien. War er der Frühstücksdirektor, der kleine Aufgaben erledigte, ansonsten aber nichts zu melden hatte?

Frederike trank von ihrem Wasser.

Sie kam zurück zum Gespräch mit Frau Höfler. Mit etwas Abstand ließ ihre Begeisterung nach, und Zweifel trübten die anfängliche Euphorie. Was, wenn Frau Höfler gar keine versteckten Hinweise in ihre Antworten eingebaut hatte?

Frederike schloss die Augen und horchte in sich hinein. Was sprach für ihre Überlegung, dass sie wichtige Informationen bekommen hatte, und was dagegen? Am Ende war es, dass Laura Höfler ständig über ihre Schulter geschaut hatte. Sie hatte den Eindruck, die junge Frau hatte sich verfolgt gefühlt und befürchtet, dass man sie zusammen mit Frederike sah. Deshalb hatte Laura Höfler ihr versteckte Hinweise geliefert und nicht offen gesprochen. Sie hatte sie so formuliert, dass sie alles abstreiten konnte, falls es einmal notwendig werden würde. Warum auch immer sie das glaubte.

Mit Höflers Geschichte über das mitgehörte Ärztin-Patientin-Gespräch hielt sie einen neuen Hinweis in der Hand, dem sie morgen nachgehen konnte. Was wollte sie mehr am Ende eines Ermittlungstags?

32

Frederike schlief viel zu lange. Ihr Wecker hatte den Dienst verweigert. Es war bereits acht Uhr, als sie unter die Dusche stieg. Wahrscheinlich hatte ihr Körper die Erholung gebraucht. Schließlich war sie nicht mehr im aktiven Dienst und die Belastung nicht mehr gewohnt.

Bevor sie frühstückte, rief sie in der Agentur Bredemann an. »Jenny, ich habe verschlafen und schaffe es nicht. Ich habe deine Chefin ja gestern beim Mittagessen getroffen.«

Jenny wollte es ausrichten.

Frederike fragte, ob Herr Bredemann demnächst in die Agentur komme, und erhielt ein Nein als Antwort. Er müsse kurzfristig zu einem anderen Termin und werde erst im Laufe des Nachmittags zurückerwartet.

»Kannst du mir vielleicht die Telefonnummer von ihm geben? Ich rufe ihn einfach an und frage ihn, ob er für mich Zeit hat.«

»Das darf ich nicht. Aber schau doch im Telefonbuch. Wenn es herauskommt, dass ich am Telefon die Privatsphäre missachte, dann gibt es Ärger.«

Obwohl Frederike keine Fragen stellen wollte, wenn die Gefahr bestand, dass ihr die Antwort nicht gefiel, fragte sie: »Im Fitnessstudio ist er heute nicht?«

»Nein. Ich glaub, es ist wieder was mit dem Hund.«

Frederike atmete erleichtert auf und bedankte sich.

Sie suchte sofort Volkmar Bredemann im Internet. Einen Eintrag mit seiner Telefonnummer fand sie nicht, auch keine private Adresse.

Es passte gerade, also nahm sie sich die Zeit, um diesen Professor, einen Bernd Hermann, zu suchen, der die Erfindung mit der Energie gemacht hatte. Sie gab »Unterflurpump-Speicherwerk« in die Suchmaschine ein und bekam einen Link zu seinem Unternehmen. Sie rief die Seite auf. Auf den ersten Blick wirkte der Auftritt sehr professionell, so ganz anders, als sie es sich vorgestellt hatte. Kurz entschlossen rief sie in seinem Büro an.

Auch das Gespräch verlief ganz anders als erwartet. Er ging selbst ans Telefon. Eine junge Stimme, selbstbewusst, offenbar nicht der vergeistigte Professor, dessen Bild sie vor Augen gehabt hatte.

»Wissen Sie, diese Technik ist ja nicht neu. Aber es hätte in die Zeit gepasst. Der Strukturwandel, die Klimakrise, die Möglichkeit, sie hier vor der Haustür einzusetzen.« Er stoppte, als würde er der vergebenen Chance nachtrauern. »Aber diese Werbeleute wollten gleich ein ganz großes Ding draus machen. Vermarkten, weltweit, Roadshows und der ganze Zirkus.«

»Das wollten Sie nicht.«

»Ich bin Wissenschaftler und keine Kirmesattraktion.«

»Das war geplant?«

»Diese Bredemann zusammen mit der Lautenschläger fing damit an. Haben mit PowerPoint und Beamer losgelegt, um mir die Welt zu erklären. Malten Umsatzkurven und präsentierten ihre Ideen zur Vermarktung. Verrückt war das.«

»Aber –«

»Eine Frage.« Herr Hermann unterbrach sie. »Warum stellen Sie mir diese Fragen?« Erst jetzt schien er misstrauisch zu werden.

»Ich habe im Internet von Ihrer Technologie gelesen und finde sie faszinierend. Wie Sie vorhin gesagt haben, wäre es toll, wenn vor unserer Haustür so ein Stück Klimaschutz betrieben werden könnte. Wenn die Verbindung hergestellt würde von der Energie aus Kohle zur Nutzung der Infrastruktur des Bergbaus zur modernen regenerativen Energiegewinnung. Das ist so bedauerlich, dass das nicht umgesetzt wird.«

Der Professor antwortete nicht sofort. Frederike hätte einen Euro für seine Gedanken bezahlt. Dann fragte sie: »Waren Sie sehr enttäuscht oder wütend, als Frau Lautenschläger ihre

Chance auf eine Umsetzung der Erfindung in den Sand gesetzt hat?« Frederike wollte das Gespräch in eine neue Richtung lenken.

»Wie kommen Sie darauf, dass es Frau Lautenschläger war? Sie hat mir erklärt, dass Herr Achebe hinter dieser unsäglichen Blamage stehe und dafür verantwortlich sei. Er habe sie vorgeschickt, sie ins offene Messer laufen lassen, ohne ihr zu sagen, dass alles nur Fake war.«

Frederike hatte sich gewundert, warum der Professor überhaupt noch mit Rebecka geredet hatte. »Das alles hat Ihnen Frau Lautenschläger erklärt?«

»Die und diese Bredemann.«

»Mit Herrn Kommer haben Sie darüber nicht gesprochen?«

»Der hat doch gar nicht mehr mit mir geredet, nachdem er spitzgekriegt hat, dass ich mich mit den zwei Frauen getroffen habe. Als hätte er ein Exklusivrecht auf meine Erfindung.« Nach einer kurzen Pause fragte er: »Warum rufen Sie wirklich an?« Herr Hermann klang weder skeptisch noch wütend, mehr überrascht, dass ihn jemand anrief, um mehr über diese Technologie zu erfahren.

»Ich bin eine Freundin von Frau Lautenschlägers Vater. Sie haben sicherlich gelesen, was mit Frau Lautenschläger passiert ist.«

Er hatte keine Ahnung, reagierte bestürzt, äußerte sein Mitgefühl.

»Seit wann stand es für Sie fest, dass Sie das Vermarktungskonzept von Frau Bredemann nicht umsetzen wollen?« Frederike merkte, dass der Professor zum Ende kommen wollte.

»Es wurde erst in den letzten Tagen klar. Als sie sich immer aufdringlicher und fordernder benahm. Ich wollte das nicht mehr. Diese Luftschlösser, die sie mir verkaufen wollte, sind nicht meine Welt.«

Wieder diese Lügen, die man ihr aufgetischt hatte. »Haben Sie Frau Bredemann oder Frau Lautenschläger darüber informiert?«

»Mit Frau Bredemann hatte ich einen Termin. Dabei habe ich es ihr gesagt.«

Frederike bedankte sich und wünschte dem Erfinder, dass es doch noch eine Möglichkeit für ihn geben möge, im Ruhrgebiet sein Unterflurpump-Speicherwerk einzusetzen.

Wie sich Geschichten aus einer anderen Perspektive anhörten. Sie hatte wirklich gedacht, Fabienne Bredemann habe aus eigener Überzeugung den neuen Kunden aufgegeben. Jetzt stellte sich heraus, dass er ihr abgesagt hatte.

Hatte Rebecka schon vor ihrem Tod gewusst, dass der Professor kein Kunde werden würde? Wenn ja, würde das die Selbstmordtheorie stützen.

Sie schloss die Augen und überlegte. In diesem Fall war es besser, niemandem zu trauen. Jeder erzählte nur die halbe Wahrheit oder gar keine.

Jetzt brauchte sie einen Kaffee. Mit dem Becher in der Hand rief sie Stephanie Grubinek an.

»Das ist im Moment ganz schlecht«, meldete die sich. Offenbar hatte sie ihre Nummer mit Namen abgespeichert.

»Ich hab nur eine kurze Frage. Wo wohnen Bredemanns?«

»Zur Marienkapelle in Gelsenkirchen. Eine hohe Hausnummer. Welche genau, weiß ich nicht.« Frederike musste genau hinhören, um Stephanie zu verstehen. Und kaum hatte die zu Ende gesprochen, drückte sie das Gespräch weg. Mehr brauchte Frederike aber auch nicht.

Die Straße befand sich in Buer, im Norden Gelsenkirchens. Sofort suchte Frederike nach einer Verbindung mit öffentlichen Verkehrsmitteln und stellte fest, dass das Neubaugebiet dort noch nicht ans öffentliche Verkehrsnetz angebunden war. Um einigermaßen schnell dort zu sein, musste sie auch noch eine Viertelstunde zu Fuß zur S-Bahn-Station gehen. Von Buer-Nord war es ebenfalls eine ordentliche Strecke bis zur genannten Straße.

Kaum hatte sie die Bahn dort verlassen, begrüßte sie ein Regenschauer. Sie suchte ein Taxi, um nicht ganz durchnässt anzukommen. Der Fahrer öffnete ihr die Wagentür und sagte: »Kommen Sie schnell herein. Hier ist es trocken und warm.« Dann schob er den Beifahrersitz noch etwas nach vorne und fragte nach der Adresse.

Da Frederike die Hausnummer nicht wusste, sagte sie: »Kreuzung Zur Marienkapelle und Im Waldquartier.«

»Ah, das ist nicht weit«, meinte er und fuhr los.

Bevor sie ausstieg, ließ sie sich die Telefonnummer geben, um den Taxifahrer gleich wieder anrufen zu können, wenn sie fertig war.

Frederike stand im Schlamm. Hier waren die Bauarbeiten noch im Gang und eine befestigte Straße noch nicht einmal angefangen. Es war ein heilloses Durcheinander. Überall lag Bauschutt, stapelten sich Steine, Dachziegel, Gipsplatten. Handwerker, Architekten und wahrscheinlich die Hausbesitzer liefen umher, zeigten hierhin und dorthin. Überlagert wurde das alles von dem entsetzlichen Lärm von Schlagbohrmaschinen, Betonmischern und Kreissägen. Fehlte nur noch, dass jemand käme, um ihr einen Helm aufzusetzen.

Etwas weiter entfernt standen fertige und bereits bezogene Häuser. Noch nicht verputzt, doch Gardinen und brennende Lampen im Innern deuteten darauf hin. Alle Häuser waren im gleichen Stil gebaut: viereckig, gerade, keine Extravaganzen. Wie Häuser eben heutzutage gebaut wurden.

Sie suchte die höchste Hausnummer und begann ihre Suche. Am Briefkasten des dritten Hauses stand der gesuchte Name: »Bredemann«. Über einen grünen Plastik-Grasimitat-Teppich gelangte sie einigermaßen sauber zum Haus. Sie klingelte. Dann noch einmal. Nichts rührte sich. Drinnen war es dunkel. Sie ging an Mülltonnen vorbei – schön aufgereiht die graue, blaue, braune und gelbe –, um neben dem Haus nachzusehen, ob dort ein Wagen stand. Den Spuren nach zu urteilen wurde hier geparkt, gerade aber nicht. Dann war Bredemann wohl unterwegs.

Auf dem Rückweg öffnete sie den Deckel einer jeden einzelnen Tonne. Leere Reinigungsflaschen, verwelkte Blumen,

Zeitschriften, Restmüll. Alles sauber getrennt, dass die Stadt ihre Freude haben würde.

Sie ging zur Straße. Der Garten vor dem Haus war noch von Baufahrzeugen zerfurcht. Metallstäbe, mit gelben Plastikbändern verbunden, bildeten den Zaun. Unkraut wucherte auf Sandhaufen. Wie ein Grundstück kurz nach dem Bezug aussah.

Überall im Schlamm sah sie Hundespuren. War Herr Bredemann wohl noch beim Tierarzt? Oder mit dem Hund auf dem Feld?

Frederike sah sich um und ließ das Chaos auf sich wirken. Für sie wäre das hier nichts. Bis alle Häuser gebaut, die Gärten angelegt waren und die Straße fertiggestellt, vergingen bestimmt noch Jahre. Irgendwann fuhren vielleicht auch Busse hier durch. Sie dachte automatisch an ihre potenzielle neue Wohnung und ihre Anforderungen daran. Wichtig war, dass sie in der Stadt lag, wo Geschäfte, Ärzte, Friseur gut zu erreichen waren, sie mit den öffentlichen Verkehrsmitteln schnell überallhin konnte.

Eine Frau schob einen Kinderwagen an ihr vorbei. Ein Neubaugebiet war natürlich etwas für junge Familien, die sich hier eine Zukunft aufbauen und sich mit Gleichgesinnten austauschen konnten.

Dieser Trubel, der Dreck überall, kein Ort, um sich länger als notwendig aufzuhalten. Als sie die Nässe spürte, die sich in die Schuhe saugte, beschloss sie, nicht länger auf Herrn Bredemann zu warten. Sie überlegte, zu Fuß zur S-Bahn-Station zu gehen und den Taxifahrer nicht noch einmal zu rufen.

Sie stand noch auf dem grünen Teppich und überlegte, ob es rechts- oder linksrum kürzer wäre, als der schwarze SUV auf sie zurollte. Sie erkannte den Wagen wieder. Herr Bredemann hatte seine Frau damit von der Agentur abgeholt.

Er parkte neben dem Haus. Dann holte er einen Hund aus dem Kofferraum. Ein hellbrauner lockiger Hund, eine Rasse, die sie noch nie gesehen hatte. Mit dem Hund auf dem Arm ging er zur Haustür. Dort stellte er wohl fest, dass er besser zuerst die Tür aufgeschlossen und dann den Hund geholt hätte, denn sein Blick schweifte hilfesuchend über die Umgebung.

»Kann ich dir helfen?«, fragte Frederike und trat zu ihm.

Volkmar sah sie an, zum Hund, zu ihr. »Kennen wir uns?«

Frederike lachte. »Dieser Anmachspruch hat sich seit meiner Pubertät auch nicht geändert.«

Die Farbe in seinem Gesicht änderte sich schlagartig von Aschfahl zu Purpurrot.

»Wir haben uns im ›Körpermitte‹ unterhalten. Und sind uns vorher kurz begegnet, als ich mit deiner Frau aus der Werbeagentur kam. Frederike.«

»In Jacke und Mütze sehen Sie so anders aus.«

»Das Handtuch hat mich schlanker gemacht. Wir können beim Du bleiben.«

»Natürlich.« Bredemann ging nicht weiter auf ihre Bemerkung ein. »Kannst du kurz den Hund halten?«, fragte er stattdessen.

Frederike kam nicht zum Antworten, so schnell lag das Tier in ihren Armen.

Volkmar schloss auf und bat sie herein. Dann nahm er ihr den Hund ab und legte ihn im Flur in einen Korb.

»Ist sie krank?« Frederike kniete sich neben die Hündin, die sich willig den Kopf kraulen ließ.

»Sie ist eine alte Dame«, sagte er und bemerkte zu spät, dass er zielsicher das nächste Fettnäpfchen getroffen hatte.

»Da kommen wir alle einmal hin.« Sie sah zu ihm hoch. »Die eine früher, der andere später.«

»So war das nicht gemeint«, wollte er sich retten.

Frederike ließ ihn davonkommen und fragte nicht, wie es denn gemeint war.

Bredemann bat sie, die Schuhe auszuziehen, dann würde er ihr auch einen Kaffee anbieten. Sie tat es und betrat ein Wohnzimmer, das so gar nicht ihren Geschmack traf. Der Boden war mit weißem Marmor belegt. Die Wände waren ebenfalls weiß, alte Möbel standen an der Wand, das Holz sah edel aus, eine Vitrine mit Gläsern und Schnapsflaschen, ein Sideboard, auf dem eine weiße Skulptur stand, daneben ein Strauß mit weißen Rosen, ein geschlossener Schrank mit floralen Intarsien, Bilder mit Naturmotiven, Blumen, Kräuter, Vögel, als hätte man sie zu Dokumentationszwecken so realistisch wie möglich gemalt. An der Stirnwand hing ein so großer Flachbildfernseher, wie sie ihn noch nie gesehen hatte. Wieder fiel ihr das Stichwort »Schönheitsklinik« ein, wie bei der Werbeagentur.

»Schön habt ihr es hier«, sagte sie pflichtbewusst. »Und eine tolle Aussicht.« Die war in der Tat beeindruckend, ging sie doch auf ein gepflügtes Feld, das auch kurzfristig nicht bebaut werden würde und dem Auge einen Auslauf gönnte, dass es außer Atem kam.

»Wir sind froh, hier einen Bauplatz bekommen zu haben. Fabienne, meine Frau, hat Kontakte, so haben wir sehr früh von der Erschließung des Quartiers erfahren. Hier stand früher eine Kinderklinik.«

Frederike hatte noch nie davon gehört oder gelesen.

Die Kaffeemaschine mahlte mit einem ordentlichen Krach die Bohnen, bevor sie mit ebenso viel Lärm Wasser durch das Mehl presste.

»Ist es Zufall, dass Sie, dass *du* hier bist?« Er kam mit dem Kaffee an den Küchentisch, der in der Verbindung von Küche und Wohnzimmer stand.

Sie setzten sich.

»Kommt man zufällig hierher?« Frederike musste sich zügeln, wollte sie die unbeholfenen Bemerkungen von Bredemann nicht ständig ins Lächerliche ziehen. »Ich wollte dich treffen. Nicht in der Agentur und nicht im Studio.«

Sie spürte, wie ein Ruck durch seinen Körper ging. Seine Anspannung war deutlich zu spüren. Er verschränkte die Füße hinter den Stuhlbeinen und wischte sich durchs Gesicht. »Warum willst du mich alleine treffen? Ich …« Er sah sie an.

»Wie ich in der Sauna schon kurz erzählt habe, bin ich mit

Hartmut Lautenschläger befreundet, weshalb er mich gebeten hat, mich ein wenig in Rebeckas Umfeld umzuhören, wie ihr Leben zuletzt aussah. Er weiß einfach nicht, wie es dazu kommen konnte.«

»Ich kannte Rebecka kaum«, sagte er sofort. »Meine Frau hat eng mit ihr zusammengearbeitet. Ich habe sie nur gelegentlich in der Agentur gesehen. Da ich für die Personalfragen und Buchhaltung verantwortlich bin, habe wir uns manchmal unterhalten, aber die werblichen Themen, Kundenbetreuung und Kampagnen, hat sie mit meiner Frau bearbeitet.« Er trank einen Schluck Kaffee. »Sage Herrn Lautenschläger bitte, wie unendlich leid uns das mit seiner Tochter tut. Wir sind immer noch sehr betroffen von Rebeckas Tod. Hat die Polizei schon nähere Informationen, was passiert ist?«

Es klang wie einstudiert, wie schon beim ersten Mal. Hat sich Fabienne noch nicht mit ihrem Mann abgestimmt, dachte Frederike. »Die Polizei geht von Selbstmord aus. Deshalb bin ich hier. Herr Lautenschläger möchte verstehen, warum Rebecka sich möglicherweise das Leben genommen hat.« Frederike glaubte, eine gewisse Erleichterung in seinem Gesicht zu erkennen. »Gab es in letzter Zeit Hinweise, dass sie bedrückt war oder ein großes Problem mit sich herumgetragen hat, mit dem sie nicht fertigwurde?«

»Wie gesagt, ich habe nicht eng mit ihr zusammengearbeitet. Daher kann ich nichts dazu sagen. Wenn ich sie gesehen habe, war sie unverändert. Wie immer.«

Wenn er nicht freiwillig erzählte, dann musste sie direkter werden und seine Erleichterung wegblasen. »Ich bin verwirrt. Deine Frau hat mir erzählt, dass du dich regelmäßig mit Rebecka auf der Kokerei getroffen hast, um die Strategie für den neuen Kunden zu besprechen. Das stimmt doch?«

»Natürlich. Ja.« Bredemann kratzte sich an der Wange. »Es ging dabei ausschließlich um das Angebot. Was können und wollen wir ihm berechnen, wie können wir die Kosten kalkulieren? Aufwand und Ertrag. Du verstehst?«

Sie nickte, weil es nicht das Thema war, auf das sie hinauswollte. Um ihn nicht noch weiter in die Defensive zu drängen, verkniff sie sich die Frage, warum er sie angelogen und behauptet hatte, ihr nur manchmal in der Agentur begegnet zu sein. »Hat sie bei diesen Gesprächen einen ungewöhnlichen Eindruck auf dich gemacht? Ich möchte nur wissen, was der Auslöser für ihren Tod gewesen sein könnte.« Sie gab ihm noch eine Chance, bevor sie ihn mit der Aussage der Kellnerin konfrontieren würde, dass ihre Treffen sehr vertraut ausgesehen hätten.

Volkmar fuhr sich durch die Haare, sagte aber nichts.

»Rebecka muss zu der Zeit schwanger gewesen sein. Ist dir das aufgefallen? War sie häufiger auf der Toilette? War ihr übel?« Sie legte nach, um zu zeigen, dass es kein Geplänkel mehr war.

Sie sah seinem Gesicht an, wie es in ihm arbeitete. Je mehr ihm bewusst wurde, wie genau sie Bescheid wusste, umso mehr sank er im Stuhl zusammen.

»Wenn du schon so genau informiert bist, warum bist du dann hier?«

Sie hatte mit einem aggressiven Ton gerechnet und nicht mit einem beinahe ängstlichen. »Ich möchte wissen, wie du den Tod von Rebecka siehst. Du hast sie anders kennengelernt, weil du dich auch außerhalb der Agentur mit ihr getroffen hast. Wenn ihr im Café wart, dann habt ihr doch nicht nur über die Agentur und diesen Pitch gesprochen.«

Volkmar sah auf den Boden. »Doch. Es ging wirklich nur darum. Worüber sollen wir sonst gesprochen haben? Rebecka war unsere Angestellte. Wir wollten das neue Projekt vertraulich angehen, ohne dass es intern bekannt wird. Das war der Sinn der Treffen.«

»Da war nicht mehr?«

Er riss die Augen auf. »Was soll gewesen sein? Sie war unsere Angestellte.« Als müsste er das noch einmal betonen. Um dann zu ergänzen: »Wir haben uns gut verstanden und haben viel gelacht. Aber alles im Rahmen.«

Welchen »Rahmen« er meinte, wollte sie nicht erfragen. Stattdessen wechselte sie das Thema. »Hast du ihren früheren Chef, diesen Kommer, kennengelernt?«

»Wir haben uns einmal mit ihm getroffen, ja. Er hat über Umwege erfahren, dass wir an seinem Kunden dran sind. Wahrscheinlich von dem Kunden selbst. In seiner jovialen Art wollte er uns davon überzeugen, dass es besser wäre, seinen Kunden in Ruhe zu lassen. Als wir ihm signalisierten, dass der Kunde und wir das anders sehen, wurde er unverschämt.« Volkmar schien zu überlegen, ob er es weiter ausführen sollte.

»Inwiefern?«, erleichterte ihm Frederike die Entscheidung.

»Er hat uns gedroht. Er hätte Mittel und Wege, unsere Agentur zu schädigen. Gewisse Mitarbeiterinnen würden dabei nicht unberührt bleiben. In den sozialen Medien gebe es mittlerweile so viele Möglichkeiten. Wenn man darüber hinaus noch etwas Geld investiere, könne man ganze Kampagnen kaufen mit dem Ziel, einen Ruf zu zerstören.«

»Das hat er so explizit gesagt?« Das war alles andere als subtil. Aber Kommer war ja auch nicht der subtile Typ.

»Er hat Rebeckas Namen nicht erwähnt, aber die Drohung war trotzdem eindeutig.«

»Wie habt ihr reagiert?«

»Wir haben ihm klargemacht, dass wir uns allein um die Interessen der Kunden kümmern, auch der potenziellen. Wenn ein Kunde von uns betreut werden möchte und die Konditionen stimmen, übernehmen wir das. Wir lassen uns nicht erpressen.«

»Hat Kommer etwas unternommen?«

»Es gab einen Hashtag: #Inkompetenz by Bredemann. Dort ließ er verschiedene Kunden zu Wort kommen, die sich schlecht betreut gefühlt hatten und uns vorwarfen, durch unsere Werbemaßnahmen Kunden und Umsatz verloren zu haben. Alles erstunken und erlogen. Aber er hat es verbreitet, denn wir wurden darauf angesprochen.«

»Wie kann er so etwas machen?«

»Wahrscheinlich hat er Trolle gekauft, die das initiiert haben, um uns zu diffamieren.«

»Trotzdem habt ihr die Akquise weitergeführt?«

»Danach erst recht.«

»Und Rebecka? Wie stand die dazu?«

»Anfangs war sie besorgt. Doch wir meinten, dass wir das als Team durchziehen und gegebenenfalls auch gerichtlich vorgehen würden.«

»Könnte Kommer etwas mit Rebeckas Tod zu tun haben?« Volkmar zögerte. »Ihm traue ich alles zu. Selbst würde er das natürlich nicht machen. Aber er weiß mit Sicherheit, wo er auch dafür jemanden kaufen kann, der das für ihn erledigt.«

Frederike ließ es sacken, fragte nach einem Wasser, weil sie Durst hatte und Bedenkzeit brauchen konnte. Volkmar ging zum Kühlschrank.

Sie sah ihm hinterher. Das war eine voll gestylte Küche. Edles Weiß, ein doppeltüriger Kühlschrank, Leuchtschienen überall, eine Arbeitsplatte aus schwarzem Marmor. Darauf ein Halter für das Kochbuch, ein Messerblock, aus dem silberne Griffe ragten, eine Schale mit Obst. Viele Grüße von Schöner Wohnen.

»Ihr seid Hobbyköche?«

»Wir lieben es, ja. Für uns ist es Entspannung. Wobei wir es auch lieben, Freunde zu bewirten, mit einem guten Essen, gutem Wein.«

»Ich kann nicht kochen«, meinte sie.

»Das hat oft mit Interesse zu tun. Wie bei vielen Dingen. Ohne echtes Interesse wird es schwer, es zu lernen. Und wozu sollte man es auch? Wer nicht kochen mag, findet andere Wege, sich zu ernähren.«

Ein bisschen Geplänkel half manchmal, die Zunge zu lösen. Den Druck herauszunehmen. Damit es besser wirkte, wenn er dann wieder erhöht wurde. Sie schaltete in einen schärferen Modus, um Volkmar aus der Reserve zu locken.

»Jetzt, wo der neue Kunde sich zurückzieht und nicht betreut werden will, hat sich das Problem mit Kommer wohl von selbst gelöst, oder?«, nahm Frederike den Faden erneut auf.

»Scheint so. Wobei es ein hoher Preis ist.« Volkmar kam zurück und setzte sich wieder.

»Hat Rebecka es vermasselt? Hat sie bei dem Kunden zum zweiten Mal einen Fehler gemacht und kam damit nicht klar?«

»Nein!«

Endlich eine heftige Reaktion von ihm. »Wäre der neue Kunde wichtig für euch gewesen? Hat die Absage wirtschaftliche Folgen für euch? Müsst ihr Leute entlassen?«

Er sah sie an. »Was sollen die Fragen?«

»Ich frage mich, ob Rebecka den Kunden vergrault hat und ihr jetzt einen wirtschaftlichen Schaden habt. Ob ihr auf ein Neugeschäft angewiesen seid, um zu überleben. Um euch das hier leisten zu können.« Sie zeigte auf die Küche, die glänzenden Schränke, den Kaffeeautomaten, die Küchengeräte.

»Der Kunde wäre eine sinnvolle und interessante Erweiterung unseres Kundenportfolios gewesen. Wir hätten für die Betreuung neue Leute einstellen müssen. Wirtschaftlich geht es uns sehr gut. Die Absage können wir verkraften.«

Geschickt, wie er ihre Angriffe parierte. Trotzdem schienen die Fragen ihn zu beunruhigen, so, wie er auf dem Stuhl herumhampelte.

Sie war nicht von der Polizei. Sobald ihm klar wurde, dass er ihr keine Antworten schuldig war, wäre das Gespräch beendet. Also wagte sie einen Schuss ins Blaue. Mehr als rauswerfen konnte er sie nicht. »Was lief zwischen dir und Rebecka?«

Er holte tief Luft. Als müsste er verhindern, die Fassung zu verlieren. »Nichts. Nichts ist zwischen uns gelaufen. Gar nichts. Wir hatten ein vertrauliches Verhältnis. In geschäftlichem Sinne. Nichts Intimes. Oder was meinst du?«

»Rebecka war schwanger. Warst du der Vater?«

»Was? Spinnst du? Wie kommst du auf die Idee? Wir haben uns gut verstanden, und das war's.«

»Wolltet Fabienne und du keine Kinder? Oder hat es nicht geklappt?« Sie ging zu weit, aber sie musste es riskieren. »Wolltest du Fabienne verlassen und mit Rebecka neu anfangen?«

»Das wird mir jetzt zu dumm. Würdest du jetzt bitte gehen?«
Sie bekam ihn nicht zu fassen. Aber sie spürte, dass sie ihn bekommen würde. Er war ihr nicht gewachsen.

»Die Bedienung im Kokerei-Café hat gesagt, ihr hättet euch bei eurem letzten Treffen heftig gestritten. Worum ging es? Hast du ihr gesagt, dass es zwischen euch aus ist? Oder wollte sie mehr, als du bereit warst zu tun?«

»Was schnüffelst du in meinem Leben herum? Geh jetzt.« Er zeigte zur Tür.

Die Hündin kam mit eingezogenem Schwanz zu ihnen, stellte sich neben Frederike und sah sie aus traurigen Augen an. Frederike kraulte ihr den Kopf, worauf die Hündin die Schnauze auf ihr Knie legte. »Was hat sie denn, außer dass sie alt ist?«

»Krebs. Die Lunge ist befallen und hat bereits gestreut. Der Arzt meint, es ist zu spät, um noch zu operieren.«

»Das tut mir leid«, sagte sie und meinte es aufrichtig. »Müsst ihr sie einschläfern lassen?«

»Der Arzt hat uns etwas gegeben, um sie zu sedieren, wenn die Schmerzen zu groß werden oder sie zu sehr leidet. Wir werden sehen.«

Sie sahen beide zu der Hündin, die den Kopf hob und von einem zum anderen drehte, weil sie genau wusste, dass es gerade um sie ging.

»Volkmar, ich fände es schön, wenn wir uns noch einmal unterhalten könnten.« Sie schlug einen sanfteren Ton an. »Ich gebe dir doch keine Schuld. Ich verstehe es nur einfach nicht. Und hab mich etwas weit vorgewagt, das tut mir leid. Hartmut, also Herr Lautenschläger, leidet wie ein Hund – entschuldige, falsche Metapher –, und deshalb bin ich auch durcheinander. Zumal du mir erst mal was anders erzählt hast als deine Frau. Es ist einfach so: Mir ist Rebeckas Tod immer noch schleierhaft. Niemand hatte die geringste Ahnung, dass sie Probleme hatte. Sie muss doch verzweifelt gewesen sein, bevor sie ins Wasser ging. Aber ich habe niemanden gefunden, dem etwas aufgefallen wäre. Auch, dass ihre Schwangerschaft unbemerkt geblieben sein soll. Niemand weiß etwas von einem Freund oder Bekannten. Das sind zu viele offene Fragen. Denk noch einmal darüber nach.«

»Willst du damit sagen, dass jemand Rebecka ermordet hat?«

»Ich weiß es nicht. Wenn ich etwas finden würde, was mich überzeugt, dass es Selbstmord war –«

»Was denn zum Beispiel? Die Polizei hat nichts gefunden, das auf Mord hindeutet. Dann wird es wohl ein Suizid gewesen sein.«

»Vielleicht. Gäbe es einen Abschiedsbrief, eine Veränderung in ihrem Leben, einen konkreten Grund. Aber es gibt nichts.«

»Was, wenn sie einen Brief vorbereitet hat, aber nicht mehr dazu kam, ihn hinzulegen? Wenn an diesem Abend etwas vorgefallen ist, das sie veranlasst hat, schneller zu handeln. Weil sie so verzweifelt war, dass –«

»Was könnte das gewesen sein?« Sie schwieg und wartete gespannt auf seine Antwort.

Volkmar überlegte, doch ihm fiel offenbar nichts ein.

Ein Täter fand meistens eine Theorie, warum sein Opfer etwas tat oder nicht tat. Sie gab ihm noch etwas Zeit dafür. Es war ein Versuch.

»Rebecka hatte an dem Abend einen Termin. Hast du eine Idee, mit wem und wo das gewesen sein kann?«

Wieder überlegte er, doch dieses Mal nur kurz. »Nein. Das ist in der Tat seltsam. Das war doch gerade mal zwei Tage vor der Präsentation.«

Frederike blieb noch einen Moment sitzen, gespannt, ob ihm noch etwas einfiel. Als nichts mehr kam, stand sie auf. »Danke, dass du dir die Zeit genommen hast. Und sei mir nicht böse, dass ich manchmal so penetrant bin, bitte.«

Sie verließen die Küche. »Wie nah geht dir Rebeckas Tod?«, fragte sie auf dem Weg zur Haustür. »Ich denke, er geht dir näher, als du es dir eingestehst. Sie war eine attraktive Frau, lebenslustig, spontan, wenn ich es richtig verstanden habe.«

»Warum fängst du wieder damit an? Da war nichts.«

Wie er den Blick wegdrehte und sich an die Nase fasste, zeigte ihr, dass er log. Sie würde es herausbekommen.

»Überleg es dir. Lass uns morgen auf der Kokerei einen Kaffee trinken gehen. Im Café dort. Du kennst es ja. Ich bin um fünfzehn Uhr da. Es wäre schön, wenn du kommst.«

Er sah sie überrascht an.

Damit hatte er nicht gerechnet, dass sie auf diese Weise die »Freundin« herauskehrte. Sie war gespannt, ob es hilfreich sein würde, den armen Mann zu verunsichern. Er wusste offenbar nicht, woran er bei ihr war.

Vor der kleinen Kommode im Flur, auf der eine Schale für die Schlüssel und das Telefon standen, blieb sie stehen. Etwas hatte ihre Aufmerksamkeit erregt. Bei genauem Hinsehen erkannte sie, dass es ein Ultraschallbild war, wie es bei Schwangerschaften gemacht wird. Darunter ein Briefumschlag. »Ist Fabienne schwanger?«, fragte sie ganz direkt und zeigte auf das Foto. Frederike nahm das Bild und betrachtete es. Die Überraschung ließ sie sich nicht anmerken.

»Ach das, nein.« Volkmar nahm ihr das Bild aus der Hand und steckte es in seine Hosentasche. »Das hat eine Freundin hier vergessen. Sie war gestern bei uns und hat uns informiert. Fabiennes Trauzeugin. Wir freuen uns sehr für sie.«

»Hat es einen Grund, warum ihr keine Kinder habt?«, nutzte sie das Stichwort, um noch einmal nachzubohren.

»Es hat nicht geklappt. Fabienne … Die Natur hat einen anderen Plan mit uns.«

»Wie geht es euch damit?«

Sie sah ihm an, dass er nicht darüber reden wollte. Aber er gab sich einen Ruck. »Anfangs haben wir uns beraten lassen und einiges ausprobiert.« Er stoppte.

Wurde es ihm jetzt doch zu persönlich? Es war kein Thema für ein Flurgespräch. Trotzdem fragte sie noch einmal: »Tut es nicht weh, wenn ihr so ein Ultraschallbild seht?« Sie deutete auf die Kommode, wo das Bild gelegen hatte und jetzt nur noch der Umschlag lag.

»Was sollen wir machen?«

»Heute gibt es doch viele Möglichkeiten. Ich kenne mich nicht aus, kann mir aber vorstellen, dass es Lösungen gibt.«

»Lass es gut sein.«

Das Thema ging ihm nahe.

»Du hast recht. Und entschuldige bitte, wenn ich zwischendurch zu grob war. Wie gesagt, es wäre schön, wenn wir uns morgen mit ein bisschen Abstand noch einmal unterhalten könnten.«

Volkmar sagte weder zu noch ab. Er blieb am Eingang stehen, während sie das Grundstück verließ. Sie spürte beinahe seinen Blick im Rücken. Erst als sie in der Seitenstraße hinter einem Baucontainer aus seinem Sichtfeld verschwand, ballte sie die Faust.

Was für ein schlechter Lügner, dachte sie. *Welche werdende Mutter lässt das Ultraschallbild ihres zukünftigen Kindes irgendwo liegen?* Außerdem hatte sie den Namen auf dem Foto gesehen. Und dem Briefumschlag.

Thema für ein Gespräch mit Stephanie Grubinek.

33

Frederike rief jetzt doch ihren Taxifahrer an und ließ sich von ihm zur Haltestelle Buer Rathaus bringen. Sie fuhr über den Hauptbahnhof Gelsenkirchen zur Kokerei. An dem Ort, wo alles passiert war, wollte sie ihre Gedanken sortieren.

Sie ging zum Werksschwimmbad. Die Gedenktafel, die an die Tausenden Zwangsarbeiter und Zwangsarbeiterinnen erinnerte, die während der NS-Diktaturzeit auf der Zeche Zollverein und der Kokerei hatten arbeiten müssen, war ihr bisher nicht aufgefallen. »In ehrendem Gedenken«, las sie. Ein Viertel der Zwangsarbeiter hatten ihr Leben dabei verloren. Sie las die Inschrift bis zum Ende.

Eine dunkle Seite der Kokerei.

Was hatte Rebeckas Ultraschallbild bei den Bredemanns verloren? »Lautenschläger« stand oben links auf dem Ausdruck. Sie hatte zweimal hingesehen. Hatten sie nicht glauben wollen, dass Rebecka schwanger gewesen war, und einen Beweis verlangt? Unwahrscheinlich, dass ein Arbeitgeber das tat. Oder wollte Rebecka etwas damit beweisen? Was? Die nächste Frage war, ob der Briefumschlag mit dem Absender »Grubinek«, der unter dem Bild gelegen hatte, etwas damit zu tun hatte. Wenn ja, wie war sie an das Foto gelangt? Die Mitbewohnerin, die angeblich nichts von einer Schwangerschaft wusste und auch keinen Mann kannte, der für die Vaterschaft in Frage kam. Und warum würde sie das Bild den Bredemanns schicken?

Sie ging am Café vorbei. Bei dem Wetter war nichts los.

Gegenüber, unterhalb des Schwimmbads, befanden sich Stehtische und Buden. Bald würde die Eisbahn geöffnet werden, die vor den Koksöfen aufgebaut worden war. Arbeiter rutschten über die Eisfläche und hatten ihren Spaß. Ihre Kollegen standen am Rand und feuerten sie an. Einer nahm Anlauf und ließ sich auf dem Hosenboden über die Fläche schlittern. Andere legten gerade noch letzte Hand an, testeten die Beleuchtung und drehten die Musik schrecklich laut auf.

Es wehte ein nasskalter Wind über das Kokereigelände. Er traf Frederike, als sie aus dem Schutz der Gebäude trat. Sie beschloss, der Ringpromenade, dem Rundweg über die Zeche Zollverein und die Kokerei, bis aufs Zechengelände zu folgen. Dort gab es Cafés, wo sie sich aufwärmen konnte.

Sie kam am Gebäude der Universität der Künste vorbei, dem neuen hotel friends. Daneben erhob sich der Förderturm vom Schacht 1/2, wo die Zeche Zollverein und die Kohleförderung ihren Ursprung hatten. Sie bog nicht rechts auf den Weg zum Schacht XII ab, sondern ging geradeaus weiter, erreichte zunächst die Mitmachzeche, danach PACT, wo damals die Waschkaue beherbergt war, und kam schließlich zur Fördermaschinenhalle.

Ihr ging das Ultraschallfoto nicht aus dem Kopf. Warum sollte Stephanie Grubinek den Bredemanns das Bild von Rebeckas ungeborenem Kind schicken? Wie es manchmal mit den Gedanken so ist, so war es auch dieses Mal. Sie kamen vom Hölzchen aufs Stöckchen, auf ein anderes Hölzchen, bis sie schließlich einen Haken bei dem Gesehenen fanden. Frederikes Gedanken schickten sie zurück.

Als sie auf das hotel friends zuging, wusste sie, warum. Der nette Mann hinter dem Tresen gab keine Auskunft zu den Gästen seines Hauses. Doch seine Reaktion auf die beiden Fotos von Rebecka und Volkmar Bredemann waren ihr Hilfe genug. Wie er sich den Nacken massierte, weil er zu überlegen vorgab. Wie er sich ans Ohr fasste, nach oben links sah. Die klassischen Signale, die jemand aussendete, der in Verlegenheit war, die Unwahrheit sagte oder nach Ausflüchten suchte.

Es war schade, dass sie nicht weiter nachfragen konnte, da der Mann konsequent jede Auskunft verweigerte. Selbst ihre Schmeicheleien, wie schön das neue Hotel geworden sei, wie einladend, wohnlich, durchdacht, sie kramte in ihrem gesamten Repertoire, doch es half nichts. Zumindest hatte sie die Gewissheit, dass die zwei hier im Hotel gewesen waren.

Ein Hinweis, dass es zwischen Herrn Bredemann und Rebecka mehr gegeben haben könnte als nur ein konspiratives Kaffeetrinken, um die Kalkulation für einen neuen Kunden zu besprechen.

Sie verließ die Ringpromenade und ging auf direktem Weg zur Kohlenwäsche. Der Himmel zog sich weiter zu. Sie sah nach oben, ob sie sich beeilen musste. Der Regen würde nicht in den nächsten fünf Minuten beginnen.

Frederike fuhr die orangefarbene Rolltreppe hinauf zur Kohlenwäsche. Diese ewig lange Treppe, die einen immer besser werdenden Blick über das Zechengelände, Essen und schließlich das südliche Ruhrgebiet freigab. Vor allem in diesem dämmrigen Licht machte es etwas her.

Gleich links hinter der Glasschiebetür oben zeigte ein gewaltiger Block, was damals aus der Erde geholt worden war. So sah Kohle aus. Gegenüber dem Eingang befand sich der Infotresen, rechts vom Eingang das Café Kohlenwäsche.

Originalmaschinen, die rußschwarzen Decken, der abgeschliffene Boden. Dazu der Geruch nach Öl, Staub und, wenn sie die Augen schloss, nach Schweiß, Entbehrung und Kameradschaft, wie es sie wahrscheinlich nur unter Tage gab. Fast hatte sie das Gefühl, die alten Zeiten einzuatmen.

Sie holte sich einen Kaffee und Wasser. Gerade noch rechtzeitig, denn in zehn Minuten würden sie schließen. Sie setzte sich in einen Plastikstuhl und schlug ihr Notizbuch auf. Als Erstes notierte sie ihre Gedanken und die Hinweise und Spuren, die sie heute gesammelt hatte. Früher hätte sie diese Spuren zum Nachverfolgen ans Team geben können. Heute war sie ihr Team.

Wenigstens musste sie keine gerichtsverwertbaren Beweise liefern, um einen Täter zu überführen. Ihr reichte es, wenn sie ihn dingfest machen konnte und den Rest der Kripo überließ.

Frederike legte den Kopf in den Nacken und sah in die offene Decke mit den Kabelsträngen und Lüftungsschächten. Etwas sagte ihr, dass sich das Szenario um Rebeckas Tod geändert hatte. Das Motiv für den Mord schien eher in ihrem privaten Umfeld zu liegen als in ihrem beruflichen. Dass Kommer und die verpatzte Präsentation hinter Rebeckas Tod steckten, schien ihr weniger wahrscheinlich. Kommer war zwar ein aufgeblasener Gockel, aber kaum derart nachtragend, einen Killer auf Rebecka anzusetzen. Schließlich hatte sein Unternehmen überlebt und schien wieder erfolgreich am Markt zu agieren. Sie fragte sich, ob Kommer wusste, dass Herr Hermann nicht mehr mit einer Agentur zusammenarbeiten wollte. Oder steckte Kommer auch hinter dem Entschluss des Professors?

Als Nächstes sollte sie mit Stephanie Grubinek sprechen und dann noch einmal mit Achebe. Sie hatte ihm geglaubt, dass es Rebeckas Idee gewesen war, bei der Pressekonferenz damals falsche Informationen zu streuen. Vielleicht hatte der Professor recht, und es war doch Achebes Plan gewesen.

Danach konnte sie sich Frau Bredemann, Fabienne, wie sie sie jetzt nennen durfte, noch einmal vornehmen.

Frederike spürte, wie die ganzen Lügen begannen zu wirken. Sie fing an, keinem mehr zu glauben. Selbst ihren eigenen Gefühlen gegenüber hegte sie eine gewisse Skepsis. Da sie schon immer misstrauisch gewesen war, war es ein vertrautes Gefühl, das sie nicht weiter beunruhigte.

Mittlerweile prasselte ein Platzregen aus einem tiefschwarzen Himmel auf Essen herunter. Sie sah auf die Uhr. Halb vier und schon war der Tag zur Nacht geworden.

Sie schickte Frau Grubinek eine Textnachricht, um zu fragen, ob sie sich gleich treffen könnten. Die Antwort kam postwendend: »Bin nachher beim Sport. Leider nein.«

Warum bot sie keine Alternative an? Frederike überlegte, ob sie Hartmut anrufen sollte. Sie könnte ihm helfen, Rebeckas Zimmer auszuräumen, und so möglicherweise weitere Hinweise finden. Tagebücher vielleicht oder doch noch einen Abschiedsbrief, der alles beenden würde. Auch wenn ihr letztes Treffen sehr schmerzlich geendet hatte, wollte sie den Kontakt zu ihm nicht ganz abreißen lassen.

Sie rief ihn an. Hartmut war mit Adelheid in Essen unterwegs und konnte oder wollte nicht telefonieren. Widerwillig stimmte er einem Telefonat am morgigen Vormittag zu.

Danach rief sie Sven Achebe an. Auch er wollte sie nicht treffen. Rückten jetzt alle von ihr ab, weil sie spürten, dass sie die Lügen und Ausflüchte, die man ihr auftischte, offenlegte? Weil sie fürchteten, dass sie nun Antworten fordern würde, die stimmten? Die Erde war nicht groß genug, um sich vor ihr zu verstecken.

Als in diesem Moment ihr Telefon klingelte, wäre es ihr beinahe aus der Hand gefallen. Die Nummer war ihr unbekannt. Weil sie noch diesen Fernsehreporter im Kopf hatte, der sie gestern überfallen hatte, meldete sie sich mit einem vorsichtigen »Hallo«.

»Hier ist Alfred. Vom Zwingli. Frederike?«

Frederike wusste zuerst nicht, wo sie ihn hintun sollte. Dann dämmerte es ihr. »Das ist schön, dass du anrufst«, sagte sie erleichtert und schob ein »Wann kann ich umziehen?« hinterher.

Alfred lachte, dass Frederike sich sofort wohlfühlte. »Es gibt in der Tat eine Wohnung, die Ende Dezember frei wird. Wenn du Zeit hast, kannst du sie dir ansehen.«

»Die Zeit nehme ich mir. Um nicht mehr täglich meine vier Stockwerke hinaufgehen zu müssen, mache ich einiges möglich.«

»Morgen früh? Um halb zehn könntest du sie besichtigen.«

Alfred sagte ihr, wo genau sie hingehen sollte und wer der Ansprechpartner war, und wünschte ihr einen schönen Abend und viel Erfolg. Sie versprach, ihm bei nächster Gelegenheit ein Bier auszugeben, und bedankte sich noch einmal. Was wäre das schön, dachte sie danach. Im Januar zum Start ins neue Jahr in eine neue Wohnung ziehen.

Von der guten Nachricht getrieben fuhr Frederike nach Hause, packte ihre Sporttasche und fuhr ins Fitnessstudio. Sie hoffte, dort jemanden zu treffen, der ihr etwas Neues erzählte. Etwas, das auch der Wahrheit entsprach.

Kaum hatte sie begonnen, auf dem Crosstrainer Arme und Beine zu bewegen, stellte sich Fabienne neben sie.

»Mit dir habe ich nicht gerechnet«, meinte die und legte ihr Handbuch auf das Display ihres Gerätes.

»Ich habe mich selbst überrumpelt.« Frederike bewegte die Pedale im Schneckentempo nach vorne.

»Dann lass uns loslegen. Wie viele Kilometer machst du?«

»Nur zehn Minuten, um den Kreislauf in Schwung zu bringen. Ich lasse es lieber ruhig angehen. Mein Herz.« Frederike spürte keine Lust, sich mit der Agenturchefin beim Sport zu messen.

Fabienne programmierte ihre Maschine und begann zu erzählen, dass ein Termin abgesagt worden sei und sie für solche Fälle immer eine gepackte Sporttasche im Kofferraum habe.

Nach diesem Geplänkel sagte sie: »Dann los. Du bist hier, um zu trainieren. Dazu gehört, dass du dich auch einmal forderst.« Fabienne drückte eine Taste und beschleunigte. Nach wenigen Minuten forderte sie Frederike auf, einen Zahn zuzulegen. »Auf! Du bist doch keine alte Frau.«

Das war sie wirklich nicht. Also beschleunigte auch sie. Kaum erreichte sie Fabiennes Geschwindigkeit, erhöhte die erneut. »Willst du dich von mir abhängen lassen?«, fragte die Agenturchefin und lachte.

Frederike wollte nicht. Doch dieses überhebliche Lächeln und der Blick, der zu sagen schien »Du kommst sowieso nicht hinterher«, provozierten sie. Also beschleunigte sie abermals und trat schneller. Nach jeder zweiten oder dritten Minute erhöhte Bredemann mit der Aufforderung »Komm jetzt!« den Widerstand oder trat schneller. Frederike spürte die Blicke einiger Umstehender auf sich und wollte sich keine Blöße geben. Schließlich war sie auch nicht mehr in der Lage zu widersprechen. Ihr wurde die Luft knapp. Die Umgebung verschwand im Nebel. Ihre Brust schnürte sich zu. Sie spürte, wie die Knie nachgaben, konnte aber nichts dagegen tun.

»Frederike, was machst du!« Fabienne griff ihr unter den Arm.

Augenblicklich stand auch ein Trainer neben ihr und half ihr von dem Gerät. Gemeinsam führten die beiden sie zum Tresen.

Frederike sah, wie sich einige Köpfe zu ihr drehten. Es war ihr absolut peinlich. »Alles gut. Ich hab nur zu wenig getrunken.« Die Frau hinter dem Tresen stellte ihr einen Mineraldrink hin.

»Du machst Sachen.« Fabienne legte ihr das Handtuch über die Schulter. »Geht es wieder?«

Frederike nickte und nippte an ihrem Drink. Dabei sah sie Fabiennes Blick. Als wollte die genau wissen, wie sie reagierte, was mit ihr passierte. Als wollte Fabienne ihr Herz, ihre Belastbarkeit testen. Der Verdacht beschlich sie, dass das gerade gezielt inszeniert worden war. Denn sie konnte keine Herausforderung für diese trainierte Frau darstellen.

»Ich wusste doch nicht, dass du noch nicht belastbar bist. Ich dachte, wir können uns ein wenig austoben.«

»Alles gut. Ist ja nichts passiert. Ich hätte auch aufhören können.« Frederike hatte nicht damit gerechnet, hier so auf die Probe gestellt zu werden.

»Nein. Das war meine Schuld. Ich übertreibe es gerne, und dann kenne ich kein Maß mehr.« Sie sah Frederike an. »Ich entschuldige mich.« Sie setzte sich nun doch neben Frederike auf einen Barhocker.

»Volkmar hat mir vorhin am Telefon gesagt, dass du ihn besucht hast«, fing sie unvermittelt an. »Ich bin überrascht, dass du immer noch Fragen zu Rebeckas Tod stellst. Ich dachte, das Thema wäre abgehakt.«

Frederike nahm einen Schluck von ihrem Drink. »Herr Lautenschläger bezweifelt jetzt, dass sich seine Tochter das Leben genommen haben soll. Er findet, dass es einige Ungereimtheiten gibt. Da die Polizei die Ermittlung wohl einstellt, bat er mich, mich noch weiter umzuhören.«

»Welche Ungereimtheiten sind das?«

»Zum Beispiel ihre Schwangerschaft. Das lässt ihm keine Ruhe. Dass niemand etwas von einem Freund weiß. Ich finde das auch seltsam.«

»Sei doch nicht so prüde. Hast du noch nie etwas von einem One-Night-Stand gehört? Wenn man nicht aufpasst, kann er auch Folgen haben.«

»Natürlich hab ich das. Aber es passt nicht in das Bild, das Herr Lautenschläger und ich von Rebecka haben. Sie hatte doch bei euch eine strahlende Zukunft. Warum sollte sie eine Schwangerschaft riskieren?«

»Kannst du dir nicht vorstellen, dass es Situationen gibt, wo der Verstand aussetzt? Wo eine junge Frau hofft, dass es schon gut gehen wird, und etwas riskiert?« Fabienne bestellte einen Eiweißshake. »Außerdem: Warum sollte es für Rebecka nicht wichtigere Dinge gegeben haben als den Beruf?«

Genau das wollte Frederike ja herausfinden. »Hattest du diesen Eindruck von Rebecka?«

»Ich habe aufgehört, mir zu überlegen, was im Kopf anderer Menschen vorgeht. Ich hatte das Gefühl, sie hat sehr unter der Trennung von diesem früheren Kollegen gelitten.«

»Hast du ihn mal kennengelernt?«

»Rebecka hat manchmal eine Bemerkung in seine Richtung gemacht. Er scheint ein ziemlich aggressiver, nachtragender Mensch zu sein. Dazu fragst du vielleicht besser Stephanie. Ich glaube, sie kann dir dazu eher Auskunft geben. Sie müsste auch hier sein.«

Frederike war genervt. Fabienne gab ihr entweder Informationen, nach denen sie nicht gefragt hatte, oder sie gab sie ihr nur, wenn sie keine andere Möglichkeit mehr hatte, als etwas einzuräumen.

»Mir geht es wieder gut. Danke, dass du dich um mich gekümmert hast. Ich lass dich jetzt in Ruhe trainieren. Vielleicht finde ich Frau Grubinek.« Frederike stand auf. »Eine Frage noch: Wann hast du Rebecka an diesem Montag zum letzten Mal gesehen?«

Fabienne schien zu überlegen. »Das muss nachmittags gegen vier gewesen sein. Sie wollte etwas früher gehen, weil sie eine Verabredung am Abend hätte. Wir haben noch die Präsentation geübt, danach wollte sie gleich los. Warum?«

»Ich frage mich nur.«

»Ich fand es gut, dass sie vor der Präsentation noch einmal abschalten wollte. Ich wollte, ich könnte das.« Fabienne rutschte vom Hocker. »Ich geh noch auf die Matte. Du kommst wahrscheinlich nicht mit?«

Frederike schüttelte stumm den Kopf.

Das Studio war mittlerweile gut gefüllt. Sie erkannte einige Gesichter aus der Agentur, aber auch jede Menge anderer Mitglieder. Die meisten quälten sich an den Geräten, gingen zu den Kursräumen oder verließen sie. Einige saßen am Tresen und redeten. Ein Taubenschlag. Was ihr positiv auffiel, war, dass es heute nicht nur die Zeitschriftenmenschen waren, die hier trainierten. Es waren überwiegend normale, teils auch übergewichtige Menschen jeden Alters in üblichen Sportklamotten und nicht gestylt wie Models. Menschen wie sie selbst. Sie fragte sich, ob die erkannt hatten, dass Bewegung gut für sie war, oder doch von ihrem Arzt oder Partner hierhergeschickt wurden.

Nachdem Frederike die Mitbewohnerin nirgends entdeckt hatte, fragte sie am Tresen nach ihr.

»Die ist schon vor einer halben Stunde gegangen. Sie kam, hat sich umgesehen und ist wieder weg. Dabei läuft gerade ihr Lieblingskurs. Seltsam.«

Frederike bedankte sich und ging in die Umkleide. Unter der Dusche brachte sie eine Reihenfolge in ihre nächsten Maßnahmen. Zuerst Stephanie Grubinek anrufen. Oder, weil ihre Intuition es ihr sagte, ins Zwingli gehen. Sehr gut möglich, dass sie die dort traf. Auf dem Weg konnte sie mit Sven Achebe telefonieren, um mit ihm etwas auszumachen.

Jedenfalls war sie gespannt, wie Frau Grubinek es erklärte, dass sie den Bredemanns Rebeckas Ultraschallbild geschickt hatte. Denn es wäre schon ein großer Zufall, wenn unter Rebeckas Ultraschallbild ein Umschlag mit ihrem Absender liegen würde und beides nicht zusammenhing.

34

Frederike betrat das Zwingli um zwanzig Uhr einunddreißig. Der Gesprächslärm ebbte nicht ab, als die Tür hinter ihr zufiel. Einige Köpfe drehten sich zwar zu ihr, kümmerten sich aber direkt wieder um das eigentliche Gespräch.

Sakrine winkte vom Tresen.

Frederike suchte Stephanie Grubinek. Sie saß tatsächlich geradeaus an einem kleinen Tisch. Der schlaksige Kerl, der sie am Samstag schon getröstet hatte, saß bei ihr. Sie hielten die Köpfe eng beieinander, wie bei einem sehr vertraulichen Gespräch.

Frederike ging trotzdem hin. Sie stellte sich vor den Tisch. »Frau Grubinek, können wir kurz reden?«

Die Angesprochene sah zu ihr auf und tat so, als müsste sie sie erst einordnen. »Ich unterhalte mich gerade«, sagte sie pampig und mit glasigen Augen.

»Hab ich gesehen. Aber es ist wichtig.«

»Kann das nicht warten?« Stephanie Grubinek leerte ihr Bierglas.

»Leider nicht. Ich mache es auch kurz.« Wenn Sie mir die richtigen Antworten geben, führte Frederike ihren Satz im Geist weiter. »Es wäre wirklich nett.«

»Ich muss sowieso aufs Klo«, sagte der Mann und stand auf.

»Bring mir noch ein Bier mit.« Grubinek hielt ihr leeres Glas hoch.

Frederike warf dem Schlaks einen dankbaren Blick zu. »Hol dir auch ein Bier auf meine Rechnung. Falls es doch länger dauert.« Sie setzte sich.

»Du hast gesagt, dass es nicht lange dauert«, protestierte Stephanie Grubinek. Frederike registrierte das vertrauliche Du, das wahrscheinlich dem Alkohol geschuldet war, und beschloss, es fürs Erste zu übernehmen. Vielleicht half es.

»Letzte Woche Montag hatten Rebecka und Sven einen Streit. Worum ging es?«

Die Frage schleuderte Stephanies Körper nach hinten. »Woher …? Wer …?«

»Ich weiß es. Worum ging es?«

Stephanie scannte mit ihren Augen das Lokal. Ließ ihren Blick über jeden Tisch streifen, sah dabei immer wieder zum Eingang. Dann beugte sie sich zu Frederike. »Du bist eine, eine –«

»Ich weiß, erfahrene Kommissarin. Worum ging es?«

»Das meine ich nicht.« Dann richtete sie den Zeigefinger auf Frederike und knickte ihn mehrmals hintereinander ab.

Frederike beugte sich vor.

»Sven Achebe hat Rebecka gedroht. Er würde sie endgültig fertigmachen, wenn sie die Präsentation durchziehen und den Kunden betreuen würde.«

»Aber es war doch gar nicht sicher, dass sie den Kunden gewinnen.«

»Er hat ihr quasi verboten, den Termin wahrzunehmen. ›Das wirst du bereuen‹, hat er gesagt. Er hat wirklich sehr laut geschrien. Ich war drauf und dran, reinzugehen und nachzusehen, ob ich Rebecka helfen muss.«

»Warum hat er das getan? Er hatte doch nichts davon. Im Gegenteil. Er müsste doch froh sein, wenn Rebecka ihrem ehemaligen Arbeitgeber schadet.«

»Das hab ich nicht genau mitgekriegt. Aber es schien für ihn wohl eine Aussicht zu geben, dass er seinen alten Job wiederbekommt.« Stephanie beugte sich noch ein Stück näher. »Und jetzt hör mir genau zu. Das hast du nicht von mir. Auf gar keinen Fall. Der macht mich auch fertig, wenn er erfährt, dass ich dir das erzählt habe.«

»Hat er dir auch schon gedroht?«

Stephanie nickte.

»Womit?«

Der jungen Frau liefen Tränen über die Wangen. Dazu schüttelte sie den Kopf, sagte aber nichts.

»Hattest du in den letzten Tagen noch einmal Kontakt zu ihm?«

Ein Nicken, dann: »Er hat mir eine SMS geschickt.«

»Mit einer Drohung?«

Wieder nickte Stephanie.

War Sven Achebe so verzweifelt oder so bösartig? Sie konnte sich nicht vorstellen, sich so in ihm getäuscht zu haben. Sie musste ihn fragen, um es zu erfahren.

Frederike wollte das Thema jetzt nicht vertiefen, sie brauchte noch eine andere Information. »Danke. Ich sorge dafür, dass er dir nichts tut und dich nicht mehr belästigt. Ich habe noch Kontakte.« Sie ließ offen, was genau sie damit meinte, aber es klang gut.

Mit dem zweiten Thema wollte Frederike nicht so direkt loslegen wie mit dem ersten. »Darfst du wieder in Rebeckas Zimmer?«

»Ja, der Kommissar meinte, dass er keinen Bedarf mehr hat. Meinst du, du kannst mit dem alten Lautenschläger wegen Rebeckas Sachen sprechen? Ich habe jemanden, der einziehen will.«

So schnell? Sie versprach, gleich morgen das Thema anzusprechen. »Warst du in Rebeckas Zimmer? Ist dir dort etwas aufgefallen? Hast du etwas gesehen, was mich weiterbringen könnte?«

Da Stephanie nicht gleich antwortete, schien sie auf der richtigen Spur zu sein. »Nein«, kam die einsilbige Antwort.

»Nein, du warst nicht im Zimmer, oder nein, du hast nichts gefunden?«

»Ich habe nichts gefunden.«

»Auch keinen Hinweis auf ihre Schwangerschaft? Ein Rezept, eine Terminvereinbarung? Irgendetwas, was darauf hindeutet, dass Rebecka zur Schwangerschaftsvorsorge ging?«

Stephanie stellte sich ahnungslos.

Eine letzte vorsichtige Frage wollte sie noch stellen, bevor ihre Geduld erschöpft war. »Weißt du, ob sie bereits eine Ultraschalluntersuchung hatte durchführen lassen?«

Wieder die aufgeschreckte Reaktion.

Bevor Stephanie antworten konnte, legte ihr Frederike die Hand auf den Unterarm. »Du hast das Bild gesehen und an dich genommen. Stand dabei, wer der Vater ist?«

»Nein«, flüsterte sie.

»Aber du weißt es.«

Stephanie sah auf ihre Hände.

»Woher weißt du, dass es Volkmar Bredemann ist?«

Stephanie ließ den Kopf gesenkt und zuckte mit den Schultern.

»Seid ihr endlich fertig mit eurem Frauengespräch?«, fragte der Typ von vorhin und stand mit zwei Bier neben dem Tisch.

Frederike schoss hoch. »Du lässt uns bitte noch einen Moment allein. Ich sag dir dann Bescheid, wenn wir alles besprochen haben.« Dabei hielt sie ihm den Zeigefinger vors Gesicht.

Der Kerl ging einen Schritt nach hinten. Die Biere in seinen Händen schwappten hektisch. »Okay, okay, ich wollte nur fragen.«

»Danke«, sagte Frederike und setzte sich wieder.

Sie nahm Stephanies Hand. »Es kommt doch heraus. Hat Rebecka es dir erzählt, oder hat sie es notiert? In einem Tagebuch oder sonst wo?«

»Ich hab sie gesehen.«

Frederike verstand Stephanie kaum, so leise redete die. »Wann? Wo?«

»Vor vierzehn Tagen vor der Agentur. Ich hatte mir beim Bäcker etwas geholt, da ist sie bei ihm aus dem Auto gestiegen. Sie ging zur Fahrertür und hat sich hineingebeugt.« Jetzt sprühten Stephanies Augen Funken. »Dabei hat er es auch bei mir versucht. Der Arsch!« Sie schlug mit der Hand auf den Tisch.

»Was hat er versucht?« Frederike wollte es genau wissen.

»Das weißt du nicht?« Ein kurzes Lachen folgte. »Dann frag doch den charmanten Agenturchef, was er so alles unternimmt.«

»Was meinst du genau?« Frederike drückte Stephanies Arm, um sie auf das Gespräch zu konzentrieren.

»Frag ihn, wem er noch alles Geld geboten hat.«

»Warum sollte er das tun?« Frederike verstand es nicht. »Rede Klartext mit mir. Wofür soll Volkmar Geld bezahlen?«

»Ah, ihr seid schon beim Duzen.« Stephanie sah Frederike an. Dann schüttelte sie den Kopf. »Mach dir keine Hoffnungen. Das ist zu spät für dich.« Stephanie lachte und trank ihr Bier leer. »Jetzt muss ich heim. Ich bin ganz schön …« Sie drückte Frederike einen Kuss auf die Wange. »Mach dir nichts draus. Es gibt noch andere.«

Stephanie wollte aufstehen, doch Frederike hielt sie zurück. »Du sagst mir zuerst noch, was es mit dem Ultraschallbild auf sich hat.«

»Ach das. Ich wollte Fabienne ärgern.«

»Weil du das Ultraschallbild gesehen hast, dir die Szene zwischen Rebecka und Volkmar am Auto einfiel, du dann eins und eins zusammengezählt hast und Bescheid wusstest?« Und weil Frederike manchmal auch einen Geistesblitz hatte, fragte sie weiter: »Wolltest du sie damit ärgern oder erpressen?«

Stephanies Hand schoss hoch und legte sich auf ihren Mund. Ihr Blick sagte: *Erwischt.*

Ging es also nicht darum, Fabienne zu ärgern. Frederike strich ihr über den Rücken.

»Fabienne hat es gewusst«, flüsterte Stephanie.

»Was gewusst?« Frederike konnte es nicht glauben.

»Dass Rebecka von Volkmar schwanger war. Was glaubst du?«

»Woher weißt du das?«

»Sie hat mich in ihr Büro geholt und es mir gesagt. Dass es ein Ausrutscher war, sich die zwei bei einem Meeting nähergekommen waren und es passiert ist. Volkmar hätte es ihr gestanden, und sie sähe darüber hinweg.«

»Das hat sie dir erzählt?«

Stephanie nickte. »Ich muss jetzt gehen. Ich bin blau.« Sie stand auf, wobei sie sich an der Stuhllehne festhalten musste, um nicht das Gleichgewicht zu verlieren. »Morgen ist ein harter Tag.«

Frederike war drauf und dran, sie aufzuhalten. Sie hatte noch so viele Fragen. So viele scheinbare Ungereimtheiten musste sie einordnen, wofür sie weitere Informationen brauchte. Aber sie erkannte, dass Stephanie zu betrunken war.

Sie standen auf und verabschiedeten sich. Frederike blickte ihr nach, wie sie sich von Stuhllehne zu Stuhllehne hangelte, um das Café zu verlassen. *Wie kann sie jetzt noch in der Agentur arbeiten?*

Frederike ging zum Tresen. Stephanies Begleiter stand dort mit einem Bier in der Hand. Bevor er reagieren konnte, war Stephanie schon aus der Tür. Gemeinsam sahen sie ihr durchs Fenster nach. Draußen stand Stephanie neben einem Auto, in das sie nach einem Moment einstieg. Gleich darauf verschwand es um die Ecke. Frederike konnte weder Marke noch Nummernschild erkennen. Nur, dass es groß und schwarz war.

35

Frederike drehte den Teebecher in ihren Händen. In ihrem Wohnzimmer, in ihrem Sessel. Neil Young quäkte aus dem neuen Lautsprecher.

Was für ein Tag. Zu viele Fragen drehten sich in Frederikes Kopf. Fragen, auf die sie keine Antworten fand. Fragen zu Informationen, die nicht zusammenpassten. Die keinen Sinn ergaben.

Sie holte ihr Notizbuch, damit sie wenigstens alles notieren konnte, um eine Struktur in das Durcheinander zu bekommen. Sie fing mit den harmlosen Fragen an. Warum hatte Rebeckas Ultraschallbild offen bei Bredemanns im Flur auf der kleinen Kommode gelegen? Auch wenn Fabienne davon wusste, musste es ein Stich sein, mit dem Bild konfrontiert zu werden.

Steckte doch mehr hinter der Affäre zwischen Rebecka und Volkmar, was Fabienne erst erkannt hatte, nachdem ihr das Bild zu Gesicht gekommen war? Aber dann würde es nicht so offen herumliegen. Warum wollte Stephanie die Bredemanns erpressen? Was ihr vollkommen verrückt erschien, war die Vorstellung, dass Volkmar für seine Eskapaden bezahlte. Vor allem, wenn er in der Agentur nach einem Abenteuer suchte.

Frederike wurde nicht schlau aus dem Gespräch mit Stephanie. War sie doch zu betrunken gewesen, um logisch zu erzählen?

Oder hatte Fabienne das Problem gelöst, indem sie ihren Mann aufforderte, das Thema aus der Welt zu schaffen, wenn er noch eine Chance bei ihr haben wollte? Was er dann getan hatte.

Ging es mehr um Rebecka oder eher um das Kind? Oder um etwas ganz anderes?

Wenn Rebecka sich noch vor zwei Wochen bei Volkmar »ins Auto gebeugt«, also vertraulich verabschiedet hatte, dann gab es da noch eine Beziehung zwischen den beiden. Während Fabienne an »eine einmalige Sache« geglaubt hatte. Oder es war keine »vertrauliche Verabschiedung« gewesen, sondern – ihr fiel nichts ein – etwas anderes. Rebecka hatte eine Sache im Auto vergessen, hatte Volkmar gedroht, hatte ihn mit einem Kuss davon überzeugen wollen, sie doch nicht zu verlassen, was auch immer. Stephanie hatte es aus der Entfernung gesehen. Möglicherweise waren ihr die Feinheiten der Geste gar nicht deutlich geworden.

Was Frederike zudem noch beschäftigte, war, warum Fabienne so beständig log. Sie konnte doch nicht wirklich glauben, dass das unentdeckt blieb. Als intelligente Agenturchefin, die alles im Griff hatte, überließ sie nichts dem Zufall, ihre Augen und Ohren waren überall. Warum dann dieses Schauspiel?

Deshalb wollte Frederike nicht aufhören zu ermitteln. Und weil sie nicht aufhören würde, war sie zuversichtlich, es zu erfahren.

Und Volkmar. Wusste er, dass Rebecka von ihm schwanger gewesen war und dass sie das Kind abgetrieben hatte? Beziehungsweise, wann hatte er davon erfahren?

Eine Menge weiterer Fragen schossen Frederike durch den Kopf, für die sie keine Antwort fand.

Was sie jetzt wusste, war, dass hinter der Beziehung zwischen Rebecka und den Bredemanns mehr steckte, als sie zunächst vermutet hatte.

Ein Bild vom Nachmittag schlich sich in ihr Bewusstsein, das sie beim ersten Anblick für unwichtig abgelegt hatte. Als sie die Mülltonnen vor Bredemanns Haus inspiziert hatte. In der Papiertonne hatten Zeitschriften gelegen. Sie erinnerte sich, dass auf einem Cover eine Frau einen Säugling stillte. Natürlich war ihr die Zeitschrift aufgefallen. Nur hatte sie sich nichts dabei gedacht. *Warum kauft Fabienne diese Zeitschrift, wenn sie keine Kinder bekommen kann? Und wirft sie dann weg?*

Frederike überlegte, wer ihr etwas über die Familienplanung

der Bredemanns sagen konnte, doch ihr fiel niemand ein. Also schob sie die Frage beiseite.

Rebeckas Streit mit Sven Achebe am Abend des Mordes war der nächste Punkt. Warum war er zu Rebecka gefahren und hatte sie zwingen wollen, den Pitch abzusagen? Er hatte doch genug mit sich selbst zu tun. Er musste seine Zukunft in den Griff kriegen. Und hatte längst ein Bewerbungsgespräch in Hamburg in Aussicht, was sicher seine volle Aufmerksamkeit erfordert hatte. Da hätte er nicht in der Nacht davor seine Ex ermordet. Oder war das Angebot, das Kommer ihm gemacht hatte, so attraktiv? Um einen Plan B zu haben, sollte es in Hamburg nicht klappen, hatte er versucht, Rebecka umzustimmen? Sollte Frederike doch sein Alibi überprüfen? Es wäre professioneller. Sven Achebe war ihr so sympathisch erschienen, dass sie ihm seine Geschichte mit dem Termin in Hamburg geglaubt hatte. Was, wenn er die ganze Zeit in Essen gewesen war? Sein Traum war es, im Ruhrgebiet zu bleiben. Würde er dafür einen Mord begehen? Weil Kommer, der ihn entlassen hatte und der angeblich noch nachtragender war als Achebe selbst, ihm seinen alten Job versprochen hatte? Das wäre absurd.

Warum aber spielten Achebe und Kommer dieses Theater mit ihr, wenn sie hinter ihrem Rücken eine ganz andere Vereinbarung getroffen hatten? Oder hatte Kommer Achebe nur benutzt, um Rebecka Angst einzujagen? Weil Kommer wusste, wie dringend Achebe einen Job brauchte und wie emotional er reagieren konnte. Einfach nur, weil es Kommer Spaß machte, Menschen zu manipulieren, und ohne überhaupt in Betracht zu ziehen, Achebe hinterher tatsächlich einzustellen.

Frederike sah auf Munchs Bild an ihrer Wand und war sicher, es würde sich drehen wie die Fragen in ihrem Kopf. Es drehte sich tatsächlich. Zog sich in der Mitte zusammen wie Wasser, das durch einen Abfluss in eine Leitung floss. Sie schloss die Augen.

Die Fragen waren immer noch da.

Das Bild hing gerade.

Schön wäre es, wenn sie heute noch einige Antworten bekäme, damit sie ruhiger schlafen konnte.

Bevor sie ins Bett ging, rief sie doch noch einmal Achebe an. »Ich muss Sie wirklich noch einmal dringend sprechen. Können wir uns morgen sehen?«, fragte Frederike nach einer kurzen Begrüßung.

»Wissen Sie, wie spät es ist?«

»Weiß ich, und ich entschuldige mich für die Störung. Passt es Ihnen am Vormittag oder Nachmittag besser?« Sie packte wieder den Vertretertrick aus.

»Gar nicht passt es mir.« Achebe kannte ihn auch.

»Herr Achebe, geben Sie mir bitte fünf Minuten. Danach sehen Sie mich nie wieder.«

»Worum geht es?«

Sie hatte ihn. »Lassen Sie es uns morgen besprechen, wenn wir ausgeschlafen sind. Jetzt ist es etwas spät.«

Sie hörte ihn atmen.

»Um elf Uhr bei Ihnen?«

»Kommen Sie um neun. Gute Nacht.«

Pünktlich um neun stand sie vor Sven Achebes Tür. Er ließ sie warten, sie ihm die Zeit, die er brauchte. Kleine Machtspiele, die dazugehörten.

Dass sie den Besichtigungstermin für die Wohnung nicht einfach verlegen konnte, ärgerte sie. Der Mann vom Vermittlungsbüro war so eng getaktet, dass er erst übermorgen wieder Zeit für sie hatte. Auch die Empfehlung von Alfred, ihrem neuen Bekannten vom Zwingli, ließ sie auf der Liste nicht weiter nach oben rutschen. Wenigstens hatte der Mann versprochen, die Wohnung nicht zu vergeben, solange sie sie nicht gesehen hatte. Diese Zusage konnte sie ihm abringen. Er wollte ihr auch die Unterlagen schicken, mit dem Grundriss und einem Standardmietvertrag.

Sie hörte Schritte.

»Entschuldigen Sie, aber ich war noch am Telefon.«

Achebe war höflich, half ihr wieder aus der Jacke und bat sie ins Wohnzimmer. Dort wartete der Kaffee bereits auf einem Rechaud, Tassen und Plätzchen standen daneben.

»Das ist wirklich bemerkenswert, dass Sie mir noch einmal die Möglichkeit geben, Ihnen Fragen zu stellen. Das rechne ich Ihnen hoch an.« Dabei war Frederike nicht sicher gewesen, ob er die Tür öffnen würde. Sie war gespannt, welcher seiner Charakterzüge heute der dominante war. »Ich habe gehört, Sie können wieder bei ›Zukunft Ruhrgebiet‹ anfangen. Herzlichen Glückwunsch.«

Dem armen Kerl wäre beinahe die Tasse aus der Hand gerutscht. »Wer erzählt denn diese Märchen?« Er lachte und stellte die Tasse ab.

»Stimmt das nicht? Ich hab gehört, Herr Kommer hätte Ihnen ein gutes Angebot gemacht.«

»Sie waren doch bei der Polizei und sind dort auch nicht jedem Gerücht nachgelaufen, das sie gehört haben.«

»Nicht jedem Gerücht. Aber wir haben jede Spur, die wir gefunden oder bekommen haben, konsequent verfolgt und geprüft. Manchmal führte sie ins Leere, und manchmal war sie ein Treffer. Es kam aber auch vor, dass sie der Hauptgewinn war. Aber das weiß man immer erst hinterher.«

»Und Sie meinen, wenn ich Ihnen jetzt bestätige, dass ich wieder bei ›Zukunft Ruhrgebiet‹ einen Job habe, dass das ein Hauptgewinn ist?«

»Worüber reden wir hier?«

Er antwortete nicht.

»Hat er Ihnen eine Anstellung in Aussicht gestellt? Für eine Gegenleistung?«

»Jetzt weiß ich, woher der Wind weht. Hat Stephanie Ihnen von meinem Disput mit Rebecka erzählt?«

»In deren Zimmer scheint es sich nach mehr als einem Disput angehört zu haben.«

»Ich weiß nicht, was sie gehört hat. Aber ich glaube, sie macht aus einer Mücke einen Elefanten.«

»Es scheint doch so laut gewesen zu sein, dass sie überlegt hat, Rebecka zu Hilfe zu kommen.«

»Das ist wirklich Blödsinn.« Er beließ es bei der Antwort.

»Fahren Sie morgens wieder nach Mülheim?«, bohrte sie noch einmal nach.

»Nein. Ich werde umziehen.«

»Herr Achebe, ist es richtig, dass Herr Kommer Ihnen ein Angebot gemacht hat, wenn Sie Rebecka von ihrem Vorhaben abbringen, diesen Wissenschaftler abzuwerben?«

»Ich werde mich dazu nicht äußern. Aber ich sage Ihnen erneut und schwöre es, auch wenn es im Grunde nichts bedeutet: Ich habe mit Rebeckas Tod nichts, aber auch gar nichts zu tun. Ich habe mich möglicherweise nicht immer korrekt verhalten. Auch gegenüber Stephanie nicht. Das tut mir leid. Aber ich bin nicht das Monster, als das ich offenbar dargestellt werde.«

»Für Herrn Kommer würden Sie das auch so annehmen, dass er mit Rebeckas Tod nichts zu tun hat?«

»Für den?« Pures Entsetzen überzog sein Gesicht. »Bei dem zähle ich meine Finger nach, nachdem ich ihm die Hand gegeben habe.«

»Erklären Sie mir, warum Sie sich mit Rebecka gestritten haben. Ich will es nur verstehen.«

Sven Achebe fuhr sich über seinen kahl rasierten Schädel. »Kommer hat mich tatsächlich gebeten, mit Rebecka zu reden. Ich bin auf sein Angebot reingefallen. Er ist ein Idiot. Ich bin ein Idiot.«

Wenigstens war das geklärt. »Wie würden Sie Stephanie einschätzen?«

»Wollen Sie jetzt von mir wissen, ob ich denke, dass sie Rebecka ermordet hat?«

Frederike überlegte einen Augenblick. »Das war nicht meine Frage. Würden Sie es Stephanie denn zutrauen?«

»Ich glaube, sie ist eine verletzte junge Frau. Ob sie zu einem Mord fähig ist, muss die Polizei entscheiden.«

»Danke für Ihre Geduld mit mir. Manchmal frage ich penetrant, ich weiß. Aber ich muss die Wahrheit wissen.«

Sie stand auf und verließ das Wohnzimmer. Bis Achebe nachgekommen war, hatte sie bereits die Jacke angezogen.

»Vielen Dank nochmals«, sagte sie und drückte ihm die Hand. »Für Ihre Zukunft wünsche ich Ihnen alles Gute und dass Sie ab jetzt mehr Glück haben.«

»Ich wünsche Ihnen auch alles Gute, Frau Stier. Und hüten Sie sich vor Herrn Kommer. Gehen Sie ihm aus dem Weg, wenn Sie können. Unbedingt.«

36

Hartmut war kurz angebunden. Er bedankte sich für die Information, dass er Rebeckas Zimmer ausräumen könne, und wollte das für das Wochenende einplanen.

»Ich mache das lieber mit Adelheid. Dann können wir gleich das aussortieren, was wegkann. Danke für dein Angebot.«

Frederike überlegte nur kurz, ob sie das ausdiskutieren sollte. Ihre Einsicht siegte. Der Graben war mittlerweile zu tief.

»Ich bringe dir bei Gelegenheit Rebeckas Telefon und den Timer vorbei. Ich habe es vergessen.« Das Letzte, was sie noch verband, die Unterlagen der verstorbenen Tochter.

»Das eilt nicht. Ich kann sowieso nichts damit anfangen. Aber danke.«

Frederike stand im Schutz eines Hauseingangs in der Florastraße. Trotzdem zerrte der Wind an ihrer Jacke, und der feine Regen legte sich auf ihr Gesicht. Nicht nur deshalb fühlte sie sich gerade wie ausgespuckt.

Sie rief Stephanie an, weil ihr die Szene, wie sie vor dem Zwingli in das schwarze Auto gestiegen war, nicht aus dem Kopf ging. »Der Teilnehmer ist momentan nicht zu erreichen«, sagte ihr die Computerstimme. Stephanie schaltete ihr Telefon nie aus. Bisher war es jedenfalls noch nicht vorgekommen.

Jenny von der Agenturrezeption sagte ihr, dass Stephanie nicht ins Büro gekommen sei. Krank habe sie sich auch nicht gemeldet. Ihre Anrufversuche seien ebenfalls auf der Mailbox gelandet.

»Hat sie einen Festnetzanschluss?«, fragte Frederike.

»Nicht dass ich wüsste.« Jennifer wollte noch etwas sagen, das merkte Frederike. Deshalb fragte sie: »Wollen wir uns zum Mittagessen treffen. Nicht im Studio. Kennst du etwas?«

»Gerne«, antworte Jenny, noch bevor sie zu Ende gesprochen

hatte. »Lass uns im Bahnhof treffen. Dort geht keiner aus der Agentur hin.«

Eine interessante Begründung, fand Frederike, das erhöhte die Spannung. Sie vereinbarten halb eins.

Frederike kannte niemanden aus dem Haus, in dem Stephanie wohnte, um sie oder ihn mal an ihrer Tür klingeln zu lassen. Vielleicht war sie krank und hatte nur versäumt, in der Agentur Bescheid zu sagen.

Sie rief Alfred an. »Ich erreiche Stephanie Grubinek nicht und mache mir Sorgen. Kennst du jemanden, der zu ihr gehen kann, um zu sehen, ob es ihr gut geht?«

Frederike dachte an den schlaksigen Mann, der einen engeren Draht zu ihr zu haben schien.

Alfred überlegte. »Spontan fällt mir niemand ein.«

In Frederike breitete sich Unruhe aus. Sie erinnerte sich, wie Stephanie am Vorabend in den dunklen Wagen gestiegen war. Als hätte der vor dem Zwingli gewartet. Sie konnte sich nicht vorstellen, dass Stephanie in ein Auto einstieg, ohne den Fahrer zu kennen. Ihre Wohnung lag nur wenige Gehminuten vom Café entfernt, sodass niemand sie dorthin fahren musste. Auch nicht, wenn sie etwas getrunken hatte. *Ob sie eine Verabredung mit dem Fahrer hatte?* Dann hätte sie nicht gesagt, dass sie gehen muss, weil morgen ein harter Tag auf sie wartete.

Was, wenn Stephanie noch mehr wusste, als sie ihr gesagt hatte? Denn jeder wusste offenbar mehr, als er preisgab. Wenn Rebeckas Mörder fürchtete, sie würde die Informationen, die sie besaß, weitergeben, dann konnte er nervös werden. Vor allem, wenn es Informationen waren, die den Mörder belasteten.

»Weißt du, ob jemand einen Schlüssel zu ihrer Wohnung hat? Für den Notfall. Es muss jemand nachsehen.«

»Frederike, du machst mir Angst. Was soll mit Stephanie sein?«

»Ich weiß es nicht. Im Moment erreiche ich sie nicht, in der Agentur ist sie nicht. Krankgemeldet hat sie sich auch nicht. Deshalb mache ich mir Sorgen.«

Alfred sagte nichts.

»Gestern Abend habe ich sie in ein Auto steigen sehen. Hast du das auch beobachtet?«

»Ich habe nicht darauf geachtet. Nein.«

»Hast du Zeit und kannst zu ihr gehen? Vielleicht ist sie ja zu Hause.«

»Tut mir leid, ich bin auf Arbeit.«

Frederike musste es selbst machen. Sie nahm die Bahn und fuhr hin. Sie klingelte Sturm, aber nichts tat sich. Dann klingelte sie bei den Nachbarwohnungen. Endlich wurde die Tür geöffnet. Eine junge Frau in der Erdgeschosswohnung stand an der Tür.

Frederike stellte sich vor und erklärte, worum es ging.

»Ich habe Stephanie heute nicht gesehen. Gehört habe ich sie auch nicht. Normalerweise höre ich es, wenn sie morgens duscht. Stimmt. Heute habe ich das nicht gehört.«

Einen Schlüssel hatte die Frau nicht.

»Wissen Sie, ob jemand hier im Haus einen Schlüssel zu ihrer Wohnung hat?«

Sie wusste es nicht, konnte sich aber den Nachbarn direkt gegenüber Stephanies Wohnung vorstellen. »Die helfen sich gelegentlich. Wenn ein Paket für sie kommt oder Stephanie in Urlaub ist, hab ich ihn auch schon den Briefkasten leeren sehen.«

Frederike bedankte sich und ging nach oben. Niemand schien da zu sein.

Verdammt.

Wen könnte sie noch fragen? Sie ging ins Zwingli. Sakrine konnte ihr vielleicht weiterhelfen.

Sie saßen bei einem Tee zusammen und beratschlagten gemeinsam, was sie tun könnten. Sakrine wusste, dass der schlaksige Mann Stephanies Bruder war. Sie hatte aber keine Idee, wo er wohnte oder wie sie ihn erreichte. Er war nicht regelmäßig hier. Ihres Wissens hatte Stephanie auch nicht geplant wegzufahren. Das hätte sie gestern Abend bestimmt erwähnt.

Das mulmige Gefühl wurde stärker.

Sakrine kannte auch niemanden, der einen Schlüssel von Stephanies Wohnung verwahrte. »Du machst mich ganz nervös, Frederike. Meinst du, es ist etwas passiert?«

»Wenn ich das wüsste. Ich hoffe, nicht.«

Frederike hatte auch keine Idee, wo sie suchen sollte.

Sie fuhr zur Kokerei, weil manchmal Fäden an einer Stelle zusammenliefen. Es war ihr Ermittlerinnengefühl, das ihr sagte, dass sie dorthin fahren sollte. Hier hatte man Rebecka gefunden, hier hatte sich Rebecka mit Volkmar Bredemann getroffen, hier hatte Frederike Kommer getroffen und Informationen im Café bekommen. Hier passierte etwas.

Als sie die Blaulichter sah, wurde ihr einen Moment schwarz vor Augen. Waren ihre schlimmsten Befürchtungen wahr geworden? Etliche Einsatzfahrzeuge der Polizei standen an der gleichen Stelle wie vor gut einer Woche. Absperrbänder überall, das ganz große Besteck, wie sie schnell feststellte. Der Gesamtbereich um das Werksschwimmbad war abgesperrt, sodass sie weder zum Schwimmbad noch zum Café kam.

Frederike zog ihre Mütze tief in die Stirn und schlug den Kragen der Jacke hoch. Auch wenn es um diese Zeit keine Führungen gab, war der Ticketshop geöffnet. Sie ging hin. Die nette Frau erkannte Frederike.

»Was ist passiert?«, fragte Frederike und stellte sich neben die Frau.

»Schon wieder eine Tote. Stellen Sie sich das vor. Bei uns auf der Kokerei. Zwei Tote innerhalb einer Woche. Was ist denn in die Welt gefahren?« Die Empörung war echt und verständlich.

Frederike sah die Einsatzfahrzeuge der Spurensicherung, Kowalczyk stand auf dem Liegedeck. Frederike drehte ihm den Rücken zu. Sie war nicht scharf darauf, von ihm gesehen zu werden. Auch wenn sie sonst keiner Auseinandersetzung aus dem Weg ging, war ihr gerade nicht danach. Der Zorn wegen der Berichterstattung über Frau Schmatke gärte in ihr. Weil sie sich kannte, wusste sie, dass das bei der nächstbesten Gelegenheit rausmusste, ob es sinnvoll war oder nicht. Sie musste also einen anderen finden, der sie informierte.

Wie um einen Pferdeapfel Fliegen schwirrten, schwirrten um einen Tatort Reporter. Die Blitzlichter, die Smartphones, in die hektisch Nachrichten gesprochen wurden, die nach Zeugen suchenden Blicke, es war wie immer. Sie sollte besser verschwinden, wollte sie nicht wieder Teil der Berichterstattung werden.

»Können Sie mir sagen, was genau passiert ist? Haben Sie etwas mitbekommen oder gehört?«

»Eine junge Frau lag wohl im Schwimmbecken. Man weiß nicht, ob sie hineingefallen ist oder hineingeworfen wurde.«

»Wie ist sie gestorben?«

»Unterkühlt, soviel ich verstanden habe.«

Also auch hier keine offensichtliche Fremdeinwirkung. Wenn die Frau recht hatte.

»Haben Sie einen Namen gehört?«

»Gar nichts.«

Frederike stieg die Treppe neben dem Häuschen hinunter, um zum Zechengelände zu gehen. Sie wollte hier nicht noch einmal erkannt werden.

»Ich hätte es mir denken können.«

Diese Stimme erkannte sie unter Tausenden heraus. Sie drehte sich um und fragte sich, wo der so schnell hergekommen war. Oben am Geländer stand Kowalczyk und sah zu ihr herunter. Sie musste den Kopf in den Nacken legen, um ihn zu sehen.

»Du musst auf mich verzichten. Das kriegst du bestimmt auch alleine hin.« Sie sah, wie er nach der passenden Antwort suchte. Als nichts kam, folgte sie ihrem Impuls und fragte, wie sie oft fragte, einfach ins Blaue: »Habt ihr schon die Angehörigen von Frau Grubinek verständigt?«

»Höfler, Frederike. Höfler heißt die …«

Er wird es nicht weit bringen, dachte Frederike und drehte sich weg, um ihren Schock zu verbergen. Was hatte Laura Höfler mit der Geschichte zu tun?

37

Nach dieser schockierenden Nachricht brauchte Frederike etwas zu trinken. Sie ging ins Restaurant gegenüber der Kohlenwäsche, unterhalb des Doppelbocks.

Es wehte immer noch ein eisiger Wind, der durch jede Pore in ihren Körper drang. Sie schlug die Hände aneinander, als sie eintrat. Den Weg hierher hatte sie kaum wahrgenommen. Sie verstand es nicht. Warum hatte Laura Höfler sterben müssen? Das passte doch nicht in die ganze Geschichte. Sie erinnerte sich an das letzte Gespräch mit ihr, Höflers Blick über die Schulter und ihren eigenen Verdacht, dass die junge Frau ihr verschlüsselte Botschaften zukommen ließ, deren fluchtartiges Verlassen der Cafeteria. Die nächste Frage drängte sich Frederike zwangsläufig auf: *Habe ich Laura Höfler in Gefahr gebracht?* Hatte ihr Kontakt zu der jungen Frau den Mörder befürchten lassen, dass Informationen flossen, die unter Verschluss bleiben sollten?

Frederike bestellte einen Grappa und einen doppelten Espresso. Als beides vor ihr stand, merkte sie, dass sie besser den Grappa doppelt und den Espresso einfach bestellt hätte. Musste der Kellner eben zweimal gehen.

Der Gedanke beschäftigte sie. Nie hätte sie gedacht, dass Laura Höfler in Gefahr schweben könnte. Was hatte die Frau gewusst? Was hatte sie selbst übersehen?

Frederike versuchte, sich an weitere Details des Gesprächs zu erinnern. Die Cafeteria im Krankenhaus mit der von Desinfektionsmitteln und den Resten des Mittagessens geschwängerten Luft war leer gewesen. Trotzdem hatte Frau Höfler mehrmals den Kopf gedreht. Als würde sie befürchten, dass jeden Augenblick jemand hereinkam und sie zusammen sah.

Das war wahrscheinlich auch der Grund, warum sie in Andeutungen geredet hatte. Weil sie immer fürchtete, gesehen oder belauscht zu werden. Deshalb auch am Ende die Aufforderung, keinen Kontakt mehr aufzunehmen.

Hatte sie gewusst oder geahnt, dass sie in Gefahr schwebte? Die Toilettentür war zugefallen. War jemand von ihnen unbemerkt hereingekommen und hatte ihr Gespräch mitgehört? Die Tür hatte sich am anderen Ende des Raums befunden. Aber sie waren alleine gewesen und alles still. Sie konnte schlecht in die Cafeteria gehen und fragen, ob jemand etwas gesehen hatte. Wie sollte der Mörder davon erfahren haben, dass Frederike sich mit Laura Höfler treffen wollte?

Vielleicht würde sie es erfahren, wenn sie den Mörder überführt hatte.

Die Gedanken ließen sie nicht los. War es ihre Sturheit, ihr Drang, alles zu Ende bringen zu müssen, die verantwortlich waren?

Sie bestellte den zweiten Grappa.

Als der Kellner fragte: »Ist alles gut bei Ihnen?«, merkte sie, wie abwesend sie auf der vorderen Kante des Stuhls saß, die Wand anstarrte und noch immer ihre Mütze auf dem Kopf und den Rucksack auf dem Rücken hatte.

»Danke. Ja«, sagte sie nur und streifte die Mütze ab. Aber nichts war gut. Ganz im Gegenteil. Der Mörder wusste sehr genau über ihre Handlungen Bescheid, wie auch immer er das anstellte. Er war außerdem skrupellos genug, um eine zweite junge Frau zu ermorden, nur aus Angst, dass diese Informationen weitergeben könnte, die auf ihn, den Mörder, deuteten.

Zeig dich, dachte Frederike. Im nächsten Augenblick fiel ihr Stephanie Grubinek ein. Schwebte auch sie jetzt in Lebensgefahr? Wieder sah sie die Frau in den schwarzen Wagen einsteigen. Außerdem gab es keinen Kontakt mehr zu ihr.

Frederike nahm ihr Smartphone. Frau Grubineks Nummer befand sich noch in der Anrufliste, sie drückte auf die Wählen-Taste, doch sie erreichte sie nicht. Auch Alfred wusste immer noch nichts.

War ihre Sorge berechtigt? Stephanie hatte jedes Recht der

Welt, einfach mal eine Auszeit zu nehmen. Nur hatte sie nicht den Eindruck gemacht, als wollte sie eine Auszeit nehmen.

Frederike holte ihr Notizbuch aus dem Rucksack und las sich noch einmal ihre Notizen zum Gespräch mit Frau Höfler durch. Dann nahm sie ihr Smartphone, öffnete die Suchmaschine und gab »Laura Höfler« ein. Bei Facebook fand sie einen Account unter diesem Namen, den sie überflog, nachdem sie anhand der Fotos festgestellt hatte, dass er nicht einer Namensvetterin gehörte. Bilder von Urlauben, ein spannendes Buch, das sie gelesen hatte, ein Abend mit Freunden. Posts, die Frederike keinen Hinweis lieferten. Das Interessante stand wahrscheinlich im privaten Bereich, an den sie nicht kam.

Danach rief sie die Frauenklinik auf, bei der Frau Höfler gearbeitet hatte. Sie fand Frau Höflers Chefin unter der Rubrik »Team« und suchte nach ihr im Netz. Sie hatte einige Auszeichnungen erhalten, Frederike fand Kommentare von Frauen, denen sie geholfen hatte, ihren Kinderwunsch zu erfüllen, und von Frauen, die sie während der Schwangerschaft und Geburt begleitet hatte. Sie fand Links zu ihrem Spezialgebiet, der Kinderwunschberatung, und ihrem Promotionsthema, etwas mit Fertilität und Endokrinologie und anderen Begriffen, die sie nicht kannte.

Frederike lehnte sich in ihrem Stuhl zurück und sah an die Decke. Was ging hier vor? Ihr war bewusst, dass sie den Kern des Problems noch nicht erfasst hatte. Die Geschichte mit dem Unterflurpump-Speicherwerk war Ablenkung. Ein Randproblem, zwar mit aggressiven Protagonisten, aber nicht das, worum es hier ging.

Kokerei. Wieder fielen ihr die zwei Seiten dieser Anlage ein: die weiße und die schwarze Seite.

Wie es so war, wenn die Gedanken wild hin und her schossen. Sie fegten über allerlei Unnützes hinweg, das plötzlich nicht mehr unnütz war, wenn man nur den entscheidenden Zugang dazu fand. Dann konnte eine Belanglosigkeit in einem strahlenden Licht erscheinen.

Frederike rief noch einmal die Kommentare zu der Ärztin auf. »Vielen Dank für Ihre Unterstützung …«, »Wir haben uns rundum wohlgefühlt …«, »Trotz der Komplikationen haben Sie …«, »Leider konntest du uns unseren Kinderwunsch nicht erfüllen. Aber du hast aufopferungsvoll gekämpft und alles versucht. Dafür danken wir dir herzlichst. VFB-GEL«.

Es war der Absender, den sie als unnütz übergangen hatte, der aber unterbewusst etwas ausgelöst zu haben schien: VFB-GEL. Wo hatte sie diese Abkürzung schon einmal gesehen? Es war nicht »VFB-GEL«, das sie vor Augen hatte. Es war nur das Kürzel »VFB«. Sie war sicher, es zu kennen. Mit geschlossenen Augen versuchte sie, unterschiedlichste Situationen und Gelegenheiten durchzugehen. An einem Briefkasten? Auf einem Umschlag? Eine Textnachricht? Ein Nachrichtendienst? Sie lenkte sich ab, weil das oftmals die beste Möglichkeit war, die Erinnerungslücke zu füllen.

An eine neue Wohnung konnte sie gerade gar nicht denken. An Hartmut wollte sie nicht denken. Das Fitnessstudio war ihr zu anstrengend, die Zeche Zollverein zu morbid.

Ihr Smartphone sendete den Signalton, dass eine Textnachricht eingegangen war. »Wollte das Treffen bestätigen. Bis gleich.«

Das hätte sie fast vergessen. Gleich traf sie sich mit Jenny aus der Werbeagentur in Gelsenkirchen. Sie sah auf die Uhr. Ihr blieben noch dreißig Minuten. Sie winkte dem Ober und suchte in der Zwischenzeit, bis er bei ihr war, die Verbindung mit den Öffentlichen. Zum Glück gab es eine schnelle von der Straßenbahnhaltestelle Zollverein über Zollverein Nord zum Hauptbahnhof Gelsenkirchen.

Jenny wartete bereits, als sie die Bäckerei betrat. Ihre winkenden Arme waren nicht zu übersehen. Als sie die wehenden Haare und das fröhliche Gesicht sah, wusste sie, wo sie die Abkürzung gesehen hatte. Natürlich. VFB: Volkmar und Fabienne Bredemann. Am Empfang in der Agentur stand hinter Jenny eine Batterie mit Postkörben, die mit den Initialen der

Mitarbeiter beschriftet waren. Und das »GEL« konnte nur für Gelsenkirchen stehen.

»Ich habe dir schon einen Kaffee geholt. Du trinkst ihn schwarz. Wolltest du etwas essen?« Jenny kehrte wieder ihre fürsorgliche Ader heraus.

»Ich hole mir gleich ein Brötchen, danke.«

Jenny rutschte vor auf die Kante des Stuhls. »Warum ich dich treffen wollte.« Sie sah über die Schulter. »Ich habe etwas über dich gehört.«

Frederike zwang sich, ruhig zu bleiben. Zur Ablenkung trank sie einen Schluck von ihrem Kaffee und verbrannte sich die Zunge.

»Fabienne hat zu ihrem Mann gesagt: ›Kann die alte Hexe keine Ruhe geben? Ich mach sie fertig, wenn sie weitermacht.‹« Jenny hatte einen Blick, als müsste sie sich für die Worte ihrer Chefin entschuldigen.

»Und was hat Volkmar dazu gesagt?«

Jenny sah erschrocken auf. »Du kennst Volkmar?«

»Ich habe ihn zweimal getroffen. Er machte einen ganz sympathischen Eindruck.«

»Oh, das ist er.« Jennys Augen glänzten.

»Er ist bei den Damen beliebt?«

»Er ist sehr aufmerksam.«

»Im Gegensatz zu seiner Frau.«

»Wir verstehen nicht, was die zwei verbindet«, platzte Jenny heraus und hielt sich sofort die Hand vor den Mund.

»Ist schon gut. Ich verstehe es auch nicht.« Frederike spürte, dass es heute Informationen geben konnte, die sie nur bekam, wenn sie eine vertrauensvolle, verschworene Verbindung zu Jenny herstellte.

»Sie kann so gemein sein.«

»Den Eindruck macht sie. Aber was hat Volkmar Bredemann zu der Hexen-Bemerkung gesagt?«

»Er hat es abgetan. Dass du doch keine Ahnung hättest und eine liebenswerte ältere Frau wärst, die sich Sorgen macht.«

Frederike war verwirrt. »Wie konntest du das mitbekommen?«

»Sie haben sich unterhalten, als sie die Agentur verließen. Ich hatte versehentlich einen Zettel weggeworfen, auf dem eine Telefonnummer stand, die ich brauchte. Den musste ich im Papierkorb suchen. Dafür hatte ich mich nach unten gebeugt, und sie haben mich nicht gesehen.«

»Wann war das?«

»Das war gestern Nachmittag.«

Wahrscheinlich sind sie danach ins Fitnessstudio gegangen, wo Frederike Fabienne getroffen hatte und von ihr fast zu Tode gehetzt worden war.

Frederike lachte auf und tat entrüstet. »Dabei dachte ich, Fabienne mag mich. So kann man sich täuschen.« Jenny gegenüber musste sie nicht zeigen, dass es im Grunde in ihr Bild von der Agenturchefin passte.

»Tut mir leid«, meinte Jenny und strich ihr über den Arm. »Du bist keine Hexe. Und schon gar nicht alt!«

»Ich vertrag das«, versuchte sie die Bemerkung abzutun. »Aber sag, hast du etwas von Stephanie gehört? Ich erreiche sie nicht und mache mir Sorgen.«

»Nein. Sie hat sich immer noch nicht gemeldet. Fabienne hat heute Morgen angerufen und gefragt, ob sie da ist. Die zwei wollten sich zusammensetzen. Da scheint im Moment dicke Luft zu sein.«

»Du weißt nicht, worum es geht?«

»Keine Ahnung.« Jenny hob die Schultern.

»Hat Stephanie einen Ort, wo sie hingeht, wenn sie nachdenken muss oder abschalten will? Fährt sie ins Sauerland oder an die Nordsee? Hat sie einen Freund, Familie, wo sie hingefahren sein könnte?« In Frederike stieg die Ungeduld auf. »Ich mache mir wirklich Sorgen um sie. Hier stimmt etwas nicht, und ich weiß noch nicht, was. Es wäre schlimm, wenn sie da mit hineingezogen würde.«

Frederike hatte gehofft, Jenny würde den Faden aufnehmen

und sagen, wohinein Stephanie gezogen werden könnte. Aber sie sah nur auf ihre Hände.

So saßen sie am Tisch und hingen ihren Gedanken nach. Es war Jenny, die meinte: »Aber Stephanie konnte doch nichts dafür, dass Rebecka und Volkmar ... Auch wenn sie Rebecka ein Zimmer vermietet hat. Das ist doch etwas anderes.«

»Das mit der Affäre war bekannt?«, fragte Frederike.

Jenny nickte.

»Fabienne wusste es auch?«

»Sie hat ganz seltsam reagiert. Die hat weitergemacht, als wäre nichts passiert, als wäre ein Seitensprung ganz normal.«

»Wie kam es raus?«

»Jemand hat die zwei gesehen.«

»Jemand?«

»Es war nicht herauszufinden, wer das war. Im Oktober war das. Plötzlich lief das Gerücht durch die Agentur.«

»Nur weil jemand glaubt, etwas gesehen zu haben?«

»Es gab ein Foto von den beiden.« Jenny fuhr sich durch die Haare. »Wirklich gruselig war Fabiennes Kommentar«, sagte sie schließlich. »Sie meinte in einer Mittagspause in der Küche: ›Der verlässt mich nie. Der kann doch nichts, hat nichts gelernt und hat kein eigenes Geld. Selbst das Hotel dafür muss er mit meiner Kreditkarte bezahlen.‹ Wir haben alle in unsere Tassen geguckt, weil wir sicher waren, auf dem Kaffee hatte sich eine Eisschicht gebildet. Dabei hat sie gelacht, dass ich eine Gänsehaut bekommen habe.«

»Und danach?«

»Hat sie in die Hände geklatscht und weitergemacht. Rebecka war Fabiennes Shootingstar, baggerte mit ihr am neuen Kunden, ging mit ihr zum Sport, wurde entschuldigt, wenn sie einmal wieder zum Arzt musste. Es war spooky. Also wenn mein Freund etwas mit meiner Freundin hätte, dann wär die Hölle los. Keine fünf Minuten wäre der mehr in meiner Nähe. Seine Sachen würde ich auf die Straße schmeißen. So was geht gar nicht.«

Frederike besaß nun weitere Informationen, wusste aber nicht, wie diese einzuordnen waren. In Ruhe darüber nachdenken war ein erster Schritt.

Jenny meinte, dass sie zurück in die Agentur müsse.

»Wie geht es dem Hund von Bredemanns?«, fragte sie beim Gedanken an ihr Treffen mit Volkmar gestern.

»Sie mussten ihn heute Nacht einschläfern. Die Lungen hätten versagt. Deshalb kommt sie heute nicht ins Büro. Und weil Stephanie nicht da ist.«

Es waren manchmal auch die beiläufigen Fragen, die wertvolle Informationen lieferten. »Hat Fabienne das auch genauso gesagt: ›Wir haben ihn eingeschläfert‹?«

»Ja. Warum fragst du?«

»Nur so.« Bevor Jenny weiterfragen konnte, wünschte Frederike ihr noch einen schönen Nachmittag und versprach, bald wieder ins Studio zu kommen.

Für Frederike war es an der Zeit, sich zu Hause hinzusetzen und den Fall zu strukturieren. Sie besaß so viele Informationen, dass ihr der Kopf schwirrte.

Eine Ermittlung war immer ein Hin und Her, eine Irrfahrt, bis man den entscheidenden Ansatz entdeckte. Frederike war sicher, jetzt die richtige Spur gefunden zu haben. Wenn verschiedene Aspekte, verschiedene Stichworte immer wieder auftauchten, dann hieß es, dass es kein Zufall mehr war.

Zu Hause angekommen kochte sie als Erstes eine Kanne Kaffee, der heute sein musste. Während er durchlief, holte sie eine Packung Plätzchen und legte sie auf den Beistelltisch. Dazu noch eine Flasche Wasser, aus dem Flur ihren Rucksack, den Laptop, drapierte alles um den Sessel, und schon war sie bereit loszulegen. Endlich war auch der Kaffee so weit. Sie füllte ihn in eine Thermoskanne, einen Becher noch, und ging zurück ins Wohnzimmer.

Das Brainstorming zur Lösung des Falls Rebecka Lautenschläger konnte beginnen. Die Begleitmusik lieferte heute eine

Band, von der sie bisher noch nie etwas gehört hatte, die ihr aber von dieser Streaming-App vorgeschlagen wurde. Etwas mit »Gardener« und »Tree«. Die ersten Takte klangen melodisch, die Stimme prägnant, rau.

Sie schrieb die Namen, die sie für relevant hielt, auf eine leere Seite in ihrem Buch. Rebecka, Stephanie, die Bredemanns, Frau Höfler sowie die Ärztin, eine Frau Ludwig. Dazu noch Kommer und Achebe, allerdings in Klammern, weil sie sicher war, dass die beiden nichts mit Rebeckas und Laura Höflers Tod zu tun hatten. Professor Hermann setzte sie auch noch auf die Liste, konnte sich aber nicht vorstellen, dass der UPSW-Entwickler in den Fall – die Fälle – verstrickt war.

Frederike war sicher, dass beide Fälle zusammenhingen. Sie kannte zwar keine Details zum Tod von Frau Höfler, doch alleine der Fundort war so außergewöhnlich, dass es kein Zufall sein konnte.

Zuerst überlegte sie, wer sowohl Rebecka als auch Frau Höfler gekannt hatte. Von Sven Achebe wusste sie es, bei den Bredemanns vermutete sie es. Etwas, was sie im nächsten Schritt herausfinden musste. Die anderen auf der Liste schienen ihr unwahrscheinlich. Kommer. Er hätte über Laura Höflers Chefin einen Kontakt bekommen können. Nur, wie bekam ein Mann Kontakt zu einer Frauenärztin? Kommer hatte Zwillinge, also nicht zu weit hergeholt. In der Freizeit, Urlaub, Oper. Sie überlegte, ob es auch einen geschäftlichen Kontakt geben konnte, fand aber keinen Ansatz. Laura Höfler konnte er natürlich auch in der Freizeit irgendwo kennengelernt haben. Kurz spielte sie den Gedanken Partnerbörse durch, verwarf ihn aber, da die Höfler nicht den Eindruck gemacht hatte, als wäre sie auf der Suche nach einem Mann in ihrem Leben. Schon gar nicht einem wie Kommer. Das Stichwort notierte sie dennoch.

Stephanie konnte Frau Höfler natürlich über Rebecka kennen, zumindest von ihr gehört haben. Aber traute sie Stephanie Grubinek wirklich zwei Morde zu? Einen Menschen zu töten war eine Grenzüberschreitung. Dazu musste viel passiert sein.

Beide Morde hatten nicht im Affekt stattgefunden. Im Gegenteil. Zumindest der Mord an Rebecka war geplant gewesen.

Der Professor? Zu unwahrscheinlich. Wenn sie mit ihren Überlegungen nicht weiterkam, konnte sie sich immer noch mit ihm beschäftigen. Im Moment wollte sie ihn entkommen lassen.

Also standen die Bredemanns – konnte sie davon ausgehen, dass sie immer gemeinsam handelten? – und Sven Achebe im Fokus. Warum sollten die Bredemanns gemeinsam die Morde verübt haben? Als Erstes fiel Frederike das Motiv Eifersucht ein. Volkmar hatte eine Beziehung mit Rebecka gehabt. Vielleicht war die auch von ihm schwanger gewesen. Ein sehr starkes Motiv für eine Frau. Wenn Volkmar auch eine Affäre mit Laura Höfler gehabt hatte? Jenny hatte angedeutet, dass Volkmar bei den Frauen ankam. Warum sollte er dann bezahlt haben? Oder hatte sie Stephanie falsch verstanden? Hatte sie etwas anderes damit ausdrücken wollen?

Frederike wählte ihre Nummer und bekam erneut die Ansage, dass sie nicht zu erreichen war.

Sie spielte noch einmal den Gedanken durch, dass Volkmar seine beiden Geliebten ohne Wissen seiner Frau ermordet hatte. Mit einem Kind hätte Rebecka ihn erpressen oder unter Druck setzen können. Aber sie hatte abgetrieben. Ob das der Grund gewesen sein konnte? Der Gedanke erschien ihr am Ende zu konstruiert. Auch, dass Volkmar alleine gehandelt haben sollte. Es fehlte das Motiv für den Mord an Laura Höfler.

Frederike lehnte sich im Sessel zurück und sah zur Decke. *Welches Motiv könnte hinter den Morden stecken?*

Sie war sicher, der Schlüssel lag in den Antworten von Laura Höfler, die sie ihr in der Cafeteria gegeben hatte. »Die Tür stand offen«, las sie in ihren Notizen. War an diesem Abend Frau Bredemann bei der Ärztin, Frau Ludwig, gewesen, und Rebecka hatte etwas gehört, was sie später nutzte? Jetzt wäre ein Kontakt zu Frau Ludwig hilfreich.

Konnte sie Hartmut anrufen und fragen, ob er als ehemaliger

Kinderarzt die Kinderwunsch-Ärztin kannte? Aber was sollte sie ihm sagen?

Zuerst wählte sie Stephanies Nummer. Wieder nichts. Ein guter Grund, um bei Hartmut anzurufen.

»Hallo, Hartmut. Ich rufe wegen Frau Grubinek an. Sie ist seit gestern Abend nicht mehr zu erreichen. Ich weiß nicht, was mit ihr ist. Niemand weiß etwas, weder in der Agentur noch die Nachbarn. Ich wollte es dir nur sagen, weil du doch am Wochenende zu ihr fahren wolltest.«

»Danke.« Ihr Anruf war ihm unangenehm. Mittlerweile kannte sie ihn gut genug, um seine Reaktion beurteilen zu können. Die Pause dauerte ihr zu lange, deshalb fragte sie rundheraus: »Kennst du eine Frau Dr. Ludwig von der Frauenklinik in Essen?«

»Warum fragst du?«

»Ich habe überlegt, jetzt, wo ich in Rente bin und nichts mehr zu tun habe, vielleicht doch noch Kinder zu kriegen. Deshalb dachte ich, dass es eine gute Idee wäre, mich von ihr beraten zu lassen.« Dieses Mal fand sie es großartig, dass er nicht direkt antwortete. »Hartmut, warum, glaubst du, frage ich? Ich will immer noch wissen, was hinter dem Tod deiner Tochter steckt. Dabei bin ich auf ihren Namen gestoßen.« Sie bemühte sich um einen sehr ruhigen Ton. »Ich kann mir vorstellen, dass sie mir helfen könnte.«

»Frederike, ich bin dabei, mit Rebeckas Tod fertigzuwerden. Ich versuche, es zu akzeptieren, dass sie sich das Leben genommen hat.«

»Hast du nicht selbst gesagt, sie wäre strikt dagegen gewesen, dem Tod ins Handwerk zu pfuschen?«

»Vielleicht hat sie ihre Meinung geändert.« Seine Stimme wurde dünn. »Schließlich hatte sie auch einen induzierten Abort.«

»Vielleicht aber auch nicht«, sagte sie mit einer Stimme, die ihn von seinem wehleidigen Trip herunterholen sollte. »Was ist, willst du mir helfen und Kontakt zu ihr aufnehmen? Du musst sie nur fragen, ob Rebecka bei ihr in Behandlung war oder Rat bei ihr gesucht hat. Wenn du findest, dass es passt, frag sie auch, ob sie Frau Bredemann kennt.«

»Erklär mir, was du herausgefunden hast.«

»Lass uns das später in Ruhe machen, nicht am Telefon. Ich erzähle dir alles. Das verspreche ich dir. Im Moment gibt es noch zu viele offene Fragen, über die ich ungern sprechen möchte.«

Hartmut wollte protestieren.

Sie verhinderte es mit einem »Bitte. Ein anderes Mal«. Dann fragte sie abschließend: »Rufst du Frau Ludwig an?«

»Lass mich darüber nachdenken. Ich melde mich.«

Frederike kapitulierte.

Als sie wieder in ihr Notizbuch schaute, las sie den Titel des Films, in den Rebecka und Frau Höfler gehen wollten: »Tödliches Verlangen«.

Hatte Rebecka Volkmar Bredemann zu sehr begehrt, weshalb es seiner Frau zu viel wurde? Ein bisschen durfte er fremdgehen, aber nichts Ernstes? Bei Rebecka war es plötzlich ernst geworden?

Was Jenny vorhin erzählt hatte, wie abfällig die Agenturchefin von ihrem Mann gesprochen hatte, war mehr als respektlos. Wie konnte man so miteinander leben, wenn es keinen Respekt mehr füreinander gab? Wie zerrüttet musste die Beziehung sein, dass man vor den eigenen Mitarbeitern eine solche Bemerkung machte?

Sie suchte im Netz noch einmal nach dem Film. Ihr Bauchgefühl sagte ihr nach wie vor, dass die Erwähnung des Titels eine Botschaft gewesen war. Auch wenn ihr Bauch dies nicht näher erklärte. Aber Laura Höflers Antworten hatten so doppeldeutig geklungen. Hätte sie ein Ermittlungsteam, sie hätte in jedem Essener Programmkino anrufen lassen, um zu fragen, ob der Film im Sommer tatsächlich gelaufen war. Sie ging nicht davon aus.

Es öffnete sich wieder die Seite mit den Suchergebnissen. Sie klickte eine andere Seite als beim ersten Suchen an. Auf dieser stand der Hinweis klar und verständlich: *Ein Paar war glücklich, konnte nur seinen Kinderwunsch nicht erfüllen. Deshalb suchten sie sich eine Leihmutter.* Das war das Grundthema des Thrillers.

Sie setzte sich gerade in den Sessel. Trank einen Schluck Kaffee. Las noch einmal.

Sollte das die Lösung sein? Ging es hier darum? Leihmutterschaft?

Nur, dass es nicht Nicolas Cage, sondern Volkmar Bredemann war, der die Hauptrolle spielte?

Im Geist ging sie die Idee durch. Es knirschte an keiner Stelle. Eine für sie logische Geschichte entstand. Auch beim Überprüfen fühlte sie sich schlüssig an.

Rebecka hatte an dem Abend, als sie ein Gespräch von Laura Höflers Chefin mit einer Patientin belauscht hatte, von der Möglichkeit einer Leihmutterschaft erfahren. Vielleicht in der Situation, vielleicht aber auch später war sie zu dem Entschluss gelangt, dass das für sie eine Option war. Ihre finanziellen Sorgen wäre sie innerhalb eines Jahres los gewesen. Achebe hatte ohne Ende Druck gemacht, sie hatte keinen Job und keine Lösung gehabt, also hatte es sich gelohnt, darüber nachzudenken. Anzunehmen, dass sie an diesem Abend auch den Namen Bredemann gehört hatte.

Frederike rief Fabienne Bredemanns Instagram-Account auf. Tatsächlich machte sie dort Werbung für ihr Fitnessstudio »Körpermitte«. Wenn Rebecka den Namen Bredemann gehört hatte, hatte sie wahrscheinlich auch nach Informationen zu Frau Bredemann gesucht. War es so einfach, Frau Bredemann zu finden? Frederike erinnerte sich an den Post auf der Seite von Dr. Ludwig: »Dafür danken wir dir …« Da sich die Frauen kannten, miteinander vertraut waren, war sicherlich auch ein Vorname gefallen. Damit war es dann einfach gewesen. Rebecka hatte das mit dem Studio gelesen und dort auf Fabienne gewartet. Irgendwann waren sie dann zusammengekommen, *zufällig.*

Stephanie hatte erzählt, dass sie einen Aushang im Studio ans Schwarze Brett gepinnt hatte, auf dem sie eine Mitbewohnerin suchte. Für Rebecka war es sicherlich eine positive Fügung gewesen, dass die bei der Agentur Bredemann arbeitete. Mit zusätzlichen Informationen von ihrer neuen Mitbewohnerin zur neuen Arbeitgeberin war es möglicherweise einfacher, die Anstellung zu bekommen. Andererseits hatte Rebecka mit dem neuen Kunden gelockt und sich im zweiten Schritt als Leihmutter angeboten. Weil sie auf einen Schlag viel Geld gebraucht hatte, um Achebe auszahlen zu können, damit er endlich aufhörte, Druck zu machen.

Frederike spann ihre Theorie weiter. Es passte gerade so gut.

Wahrscheinlich hatten sich Rebecka und Volkmar auf der Zeche Zollverein getroffen, um das Vorhaben mit der Leihmutterschaft im hotel friends zu vollziehen, was offenbar zügig klappte. Deshalb wusste Fabienne davon und akzeptierte es.

Dann lief etwas schief, sodass Rebecka das Kind abtreiben ließ.

Wie hat Fabienne Bredemann davon erfahren? Rebecka würde es ihr nicht erzählt haben. Wahrscheinlich bestand ein Vertrag – Frederike ging zumindest davon aus, dass es eine Absprache, ob schriftlich oder mündlich, gegeben hatte. *Vielleicht hat Rebecka auch gesagt, dass sie das Kind verloren hat. Wann also hat Fabienne davon erfahren, dass sie nicht Mutter wird? Vor allem, von wem hat sie erfahren, dass Rebecka nachgeholfen hat?*

Es gab nicht viele, die dafür in Frage kamen. Spontan fielen ihr der Arzt ein, der den Abbruch durchgeführt hatte, und – Stephanie Grubinek.

Frederike stand auf, um in der Küche Mineralwasser zu holen. Sie fragte sich, welchen Grund Stephanie Grubinek gehabt haben könnte, Rebecka zu verraten. Eine Frage, die nur Stephanie beantworten konnte. Ausgerechnet jetzt war die Frau verschwunden.

Frederike konnte nicht abschalten. Ihre Gedanken kreisten

weiter um die Frage, warum die Mitbewohnerin untergetaucht war. Oder war sie entführt worden? Oder schlimmer: Steckte sie mit drin und wusste alles von Rebecka und den Bredemanns? Wusste sie zu viel? Wie Laura Höfler? Oder gab es noch ein weiteres Geheimnis?

Warum war diese Frau nicht zu erreichen? Frederike drückte zum wiederholten Mal auf die Anruftaste, nur um zum wiederholten Mal die Bandansage zu erreichen. Wieder hinterließ Frederike ihre Nachricht mit der Bitte um dringenden Rückruf. Wenn sie auf ihren Bauch hörte, war es mehr die Sorge um Stephanie als die Annahme, dass diese etwas mit Rebeckas Tod zu tun hatte.

Frederike ging zurück ins Wohnzimmer. Für ihre aufgewühlten Gedanken brauchte sie jetzt beruhigende Musik. Bei den ersten Takten – »*Suzanne takes you down to her place near the river ...*« – entspannten sich ihre Nackenmuskeln sofort. Sie setzte sich und nahm ihr Notizbuch.

Traute sie Stephanie Grubinek wirklich zu, in Rebeckas Tod verwickelt zu sein? Besaß sie eine so schwarze Seite? Wäre Frederike keine ehemalige KHK, die Erfahrungen mit den menschlichen Abgründen gemacht hatte, die Antwort wäre eindeutig.

Frederike schob den Gedanken an Rebeckas Mitbewohnerin zur Seite, um sich Fabienne Bredemann zuzuwenden.

Wie könnte diese alles kontrollierende Frau auf die Nachricht reagiert haben, dass Rebecka ihr Kind abgetrieben hatte? Sie stellte sich eine Agenturchefin vor, die außer Rand und Band geriet. Die in ihrer Wut auch ein Menschenleben nicht mehr achtete. Weil es um mehr als einen gebrochenen Vertrag gegangen war. Es war um Bredemanns Lebensplanung gegangen, die Rebecka zerstört hatte.

Wenn ihre Theorie stimmte. Oder verrannte sie sich gerade, weil manche Teile so gut zusammenpassten? Und zusammen einen Sinn ergaben?

Frederike lehnte sich zurück. Ja, für sie klang es plausibel. Auch beim zweiten Durchgang. Wie es eben klang, wenn man sich etwas ausdachte und nichts Kritisches zuließ, was die eigene Theorie gefährdete.

Gerne hätte sie jetzt das alles diskutiert. Manchmal half es, eine andere Meinung zu hören oder auf Ungereimtheiten hingewiesen zu werden. Sie wusste niemanden, mit dem sie das vertrauensvoll besprechen konnte.

Weitere Beweise wären hilfreich, um die Bredemanns mit ihrer Theorie konfrontieren zu können.

Ihr Smartphone klingelte. »Stephanie« stand auf dem Display. »Da bist du ja!«, rief Frederike.

»Hallo, mit wem spreche ich?«

38

Wieso meldete sich eine Männerstimme? Wieso wusste er nicht, wen er gerade anrief?

»Sagen Sie mir Ihren Namen«, forderte sie den Anrufer auf.

»Wie kommen Sie an Stephanies Telefon?«

Vor Frederikes Augen tanzten die Bilder von einer entführten, dem Tode nahen Stephanie Grubinek.

»Sagen Sie etwas!«, schrie sie, während ihre Wut weiter anstieg. Sie sah auf das Display. Die Verbindung war noch nicht unterbrochen worden. »Ich bin Frederike Stier, eine Freundin von Stephanie Grubinek. Sagen Sie mir, mit wem ich spreche und wie Sie an Stephanies Telefon kommen.«

»Frederike? Vom Zwingli?«

Okay, dann war sie die Frederike vom Zwingli. Erleichtert sagte sie: »Ja, die bin ich. Und du bist?«

»Ihr Bruder. Von Stephanie. Ich saß gestern Abend mit ihr am Tisch. Du hast mich weggeschickt.«

Der Schlaks, dachte sie. »Wie kommst du an Stephanies Telefon? Ich suche sie schon den ganzen Tag.«

»Hab ich gesehen. Du hast zwanzig Mal angerufen.«

»Sag endlich, wo ist Stephanie?«

»Sie will mit niemandem sprechen. Ich soll dir nur sagen, dass alles in Ordnung ist.«

Erleichtert sah Frederike zur Decke. Wenigstens schien ihr nichts passiert zu sein. Von ihrem Bruder ging wohl kaum Gefahr für Stephanie aus. »Es geht ihr gut, und sie ist in Sicherheit?«

»Ja.«

Ein Stein fiel ihr vom Herzen. »Weiß jemand außer dir, wo sie ist?«

»Nein.«

»Du bist sicher?«

»Absolut.«

»Das ist gut.« Sie überlegte. »Kannst du mir sagen, wie sie zu dir gekommen ist?«

»Es ist was passiert. Aber es geht ihr gut.«

»Okay. Was ist –«

»Sie meldet sich bei dir. Ruf nicht mehr an.«

Jetzt war die Verbindung weg.

Frederike spürte, wie Tränen über ihre Wangen liefen. Sie war so erleichtert, dass es Stephanie gut ging, dass sie das nicht kontrollieren konnte. Zum Glück war sie alleine.

Jetzt musste sie ihren »Don Camillo« anrufen. Es war wie in alten Tagen. Es gab wieder Spaghetti mit Wildschweinragout, den üblichen Beilagensalat und einen Chianti.

»Makke gut, Fraue Stier. Bisse bald und lasse schmekke.«

Kaum hatte sie die Bestellung abgeschlossen, klingelte ihr Telefon erneut. Was war denn heute los?

Wieder kontrollierte sie auf dem Display, ob sie den Anrufer kannte. »Telefonseelsorge Essen-Nord, wie kann ich Ihnen helfen?«, meldete sie sich, als sie den Namen las.

»Frederike ist nachtragend. Wie in alten Tagen.«

»Patrick, was kann ich gegen dich tun? Kommt ihr in eurem neuen Fall nicht weiter und braucht kompetente Unterstützung?«

»So ähnlich«, räumte der Leiter der Essener Spurensicherung unumwunden ein. Also hieß es, auf Alarmmodus schalten und auf jedes Wort achten.

»Das heißt konkret?«

»Kowalczyk hat erwähnt, dass er dich am Schwimmbad auf der Kokerei gesehen hat. Da war mir klar, dass das nicht zufällig gewesen sein konnte. Du kommst nicht an einen Ort, wo wir gerade einen Fall untersuchen, ohne eine Ahnung zu haben.«

»Wie kann ich dir jetzt helfen?«

»Was hast du mit ihr zu tun?«

»Wenn ich morgen in der Zeitung lese, um wen es sich handelt, dann kann ich deine Frage vielleicht beantworten. Ich weiß noch nicht einmal, wen ihr dort gefunden habt. Wie soll ich dann wissen, was ich mit ihr zu tun habe?«

»Halt uns nicht, halte *mich* nicht für ganz doof. Ich habe in ihrem Smartphone deine Nummer gefunden. Ich habe Textnachrichten von dir gelesen. Also noch einmal: Was hast du mit ihr zu tun? Woher kennst du sie? Worüber habt ihr gesprochen?«

»Es tut mir leid, aber gerade hat es an der Haustür geklingelt. Ich habe mir beim Italiener etwas bestellt. Ein anderes Mal können wir in Ruhe darüber reden.«

»Frederike, entweder redest du jetzt in Ruhe mit mir, oder Kowalczyk lässt dich morgen zum Verhör abholen.«

»Sagst du mir, wann genau er das tun will?«

»Du müsstest schon im Ausland untertauchen, um dem aus dem Weg zu gehen.«

»So ernst?« Frederike spürte, dass das Geplänkel vorbei war.

»Er wird darauf verzichten, wenn du mir am Telefon erzählst, was er wissen will.«

»Was will er wissen?«

Keine Antwort.

»Also gut.« Dann erzählte sie Patrick in knappen Worten, dass sie herausgefunden hatte, dass Rebecka Lautenschläger einige Tage bei Laura Höfler untergekommen war. Mehr nicht. »Ich versichere dir, dass es sonst nichts gibt. Dass ich auf der Kokerei war, war wirklich Zufall. Nein, Zufall stimmt nicht.«

»Wusste ich es doch.«

»Nein, wusstest du nicht. Ich vermisse seit gestern eine Freundin. Stephanie Grubinek, die Mitbewohnerin von Rebecka Lautenschläger. Ich habe sie nicht erreicht. Deshalb bin ich zur Kokerei gefahren, um sie zu suchen.«

»Das soll ich dir glauben? Du kommst ausgerechnet dann dorthin, wenn wir eine Frau aus dem Schwimmbad holen? Das kannst du jemandem erzählen, der –«

»Das ist aber die Wahrheit. Ich hatte keine Ahnung. Ehrenwort. Ich war schockiert, als Kowalczyk den Namen der Toten erwähnt hat. Weil ich sie tatsächlich getroffen habe. Aber nur einmal, nein, zweimal, und beide Male ganz kurz nur. Sie konnte mir nicht weiterhelfen, was den Tod von Rebecka betrifft.« Frederike fand sich überzeugend und war gespannt, was Patrick noch draufhatte.

»Ich weiß, dass du lügst. Du hast noch eine Chance.«

Das war ein mieser Trick. Wüsste er, wobei sie gelogen hatte, hätte er es konkret gesagt. So schoss er ins Blaue – wie sie manchmal. »Sag du doch mal: Geht ihr bei ihrem Tod von Mord oder Unfall aus? Ich vermute, dass es ein Unfall war. Sie war betrunken, hat Beruhigungsmittel genommen und sich ins Schwimmbad gesetzt. Der Nachtfrost hat sie dann zu sich geholt. Wie weit liege ich von Kowalczyks Theorie entfernt?« Sie hörte keinen Mucks. »Die einzige Frage, die euch noch quält, ist: Warum war sie bekleidet?«

»Du bist manchmal widerlich. Hast von nichts eine Ahnung und weißt mehr als dein ehemaliger Kollege. Ich sollte doch besser mit dir zusammenarbeiten als mit ihm.«

»Ich will euch nicht hineinreden. Das macht ihr besser selbst. In der Zeitung kannst du doch die Berichte über meine Qualitäten lesen. Ich bin die, die schlampig ermittelt hat und einen Mörder frei herumlaufen ließ. Hinterher schlägt das auf dich zurück.«

»Du warst die Beste, Frederike. Ehrlich. Mittlerweile sagt das sogar Julian.«

»Potthoff, dieses alte Ekel? Der mich in den Ruhestand geschickt hat, weil ich nicht in sein Team gepasst habe? So etwas kommt über seine Lippen?«

»Er weiß, dass nicht jedes Opfer durch Unfall oder Suizid gestorben sein kann. Wenn er ein Bier oder fünf getrunken hat, erzählt er von deinen Ermittlungen.«

»Und er schließt mit den Worten: ›Schade, dass sie nicht mehr da ist‹? Hör mir auf mit dem Schmus. Ich weiß, dass ich ihm mehr als einmal den Stuhl gerettet habe. Aber deshalb muss er nicht sentimental werden. Hätte er – wie heißt es? – *cojones,* würde er so etwas nicht sagen. Oder er würde es mir persönlich sagen. So sind das nur Phrasen.«

»Er meint es so. Bestimmt.«

Sie ließ es unkommentiert.

»Ich fasse das Gespräch für mich zusammen«, sagte Patrick. »Mit Laura Höfler hattest du keinen näheren Kontakt. Du kannst uns nicht sagen, was sie auf der Kokerei verloren hatte oder was ihr zugestoßen sein könnte; hast über ihr Privatleben keine Informationen. Richtig?«

Sie bestätigte es.

Er fuhr fort. »Das sage ich morgen so Kowalczyk. Was ich ihm nicht sage, ist, dass du von einem Gewaltverbrechen ausgehst. Warum? Das sagst du mir bei nächster Gelegenheit bei ›Casa Nostra‹, beim Mittagessen.«

»Mal sehen. Ich habe deine Telefonnummer. Wenn ich klingle, geh dran.«

Er lachte.

»Sag ihm noch nicht, dass ich von einem Gewaltverbrechen ausgehe. Ich muss eine Nacht drüber schlafen.«

»Das kommentiere ich jetzt nicht«, meinte Patrick.

»Patrick, was ist dran an der Schmatke-Geschichte? Habt ihr wirklich neue Erkenntnisse? Kommt ihr weiter?«

»Lass uns das beim Mittagessen besprechen. Ich muss weiter.«

Sie wünschten sich noch einen schönen Abend.

Was sollte sie davon halten? Der Beginn einer wunderbaren Freundschaft? Nicht in diesem Leben. Ein Friedensangebot? Eher ein Offenbarungseid. Sie kamen nicht weiter, und Kowalczyk fuhr eine Ermittlung nach der anderen an die Wand.

Es klingelte an der Haustür.

Seit ihrem letzten Fall sah sie vorsorglich auf die Uhr. Wenn »Don Camillo« sagte, er brauche fünfundvierzig Minuten, dann brauchte er die. Beim letzten Mal hatte es nach dreißig geklingelt, und sie war überfallen worden.

Es waren vierzig. War das gut oder schlecht?

39

Frederike saß in ihrer Küche, im Rotweinglas brach sich der
Schein der Kerze, während die Spaghetti sie anlachten. *Herrlich!*
Sie musste sich zwingen, am Tisch zu essen, denn die innere Un-
ruhe trieb sie an, intensiver nach Rebeckas Mörder zu suchen.

War es noch eine Suche? Oder ging es nur noch ums Überführen?

Ihre Theorie schien schlüssig, dass die Bredemanns hinter
den Morden standen. Sollte sie sie mit Patrick diskutieren? Er
würde die richtigen Fragen stellen und die wunden Punkte erkennen. Damit lief sie aber auch Gefahr, dass er ihre Erkenntnisse weitergab. Das wollte sie nicht. Nicht, solange sie nicht
sicher war und wasserdichte Beweise besaß.

Frederike schob eine Gabel mit Spaghetti nach der anderen
in den Mund und merkte erst, als der Teller leer war, dass sie
vergessen hatte hinzuschmecken.

Im Sessel schaltete sie direkt auf Ermittlungsmodus. Was
sie herausfinden musste, war, ob es noch andere Verbindungen
zwischen Fabienne Bredemann und der Ärztin Ludwig gab.
Außerdem wollte sie versuchen, den Mordabend zu rekonstru-
ieren. Bisher hatte sie das vernachlässigt.

Die modernen Medien machten es einfacher, die Lebens-
läufe von Menschen nachzuvollziehen. Vorausgesetzt, jemand
hatte sich die Mühe gemacht, die gesuchte Person auf einer
Homepage vorzustellen, oder die gesuchte Person stellte sich
auf einer Plattform oder sonst wo selbst vor. Sie fand die Vita
von Fabienne und Volkmar Bredemann bei XING, die von Dr.
Siegrid Ludwig war auf der Homepage des Krankenhauses hin-
terlegt. Sie druckte sie aus.

Außer dass die Bredemanns und Frau Ludwig fast gleich-
altrig waren, zwei Jahre war die Ärztin älter, hatten sie nichts
gemeinsam. Sie waren in unterschiedlichen Regionen aufge-

wachsen, die Bredemanns in Essen, Frau Ludwig in der Nähe von Freiburg, sie hatten an unterschiedlichen Orten studiert und ihre berufliche Laufbahn an unterschiedlichen Orten begonnen. Während die Bredemanns nicht aus Essen herausgekommen waren, tingelte Frau Ludwig durch Deutschland und die Welt. Sie hatte einige Semester im Ausland studiert, USA, Australien, und an verschiedenen Kliniken im In- und Ausland gearbeitet, bevor sie vor vier Jahren nach Essen gekommen war.

Fitnessstudio. Dort könnten sie sich getroffen haben. Frederike suchte nach Frau Ludwigs privater Adresse. Sie fand sie nicht heraus, notierte sich aber diesen Punkt. Natürlich konnten sie sich auch in einem Urlaub getroffen haben. Oder Frau Bredemann hatte die Ärztin im Internet gefunden.

Es war ein zähes Ringen um Informationen.

War Siegrid Ludwig verheiratet? War sie. Mit Florian Zimmermann, Inhaber und Chefkoch eines Essener Nobelrestaurants. Frederike kannte es nicht, wie auch? Den Namen hatte sie natürlich schon gelesen. Dass man sich in einem Restaurant kennenlernte, war so wahrscheinlich wie im Urlaub oder im Fitnessstudio.

Sie rief die Homepage auf. In dem Restaurant wurden auch Kochkurse angeboten. War das ein Ansatz? Bredemanns kochten gerne, das hatte ihr Volkmar bestätigt, und ihre Kücheneinrichtung schien das zu belegen.

Sie musste ihre Kontakte wieder befragen. Sie schrieb an Jenny und Stephanie dieselbe Textnachricht: »Weißt du, ob Bredemanns gelegentlich ins Restaurant ›Pottgold‹ in Essen gehen? Zu welchem Tierarzt gingen Bredemanns? Danke für eine Antwort. Frederike«.

Den Namen des Tierarztes wollte sie wissen, damit sie gegebenenfalls nachfragen konnte, welches Mittel er den Bredemanns gegeben hatte, um den Hund einschläfern zu können. Vielleicht fand sich dieses Mittel auch in Rebeckas und Frau Höflers Blut.

Sie übte sich in Geduld. Beim ersten Blick auf die Uhr war

bereits eine Minute vergangen. Keine Antwort. Sie ging ins Bad. Als sie zurückkam, war immer noch nichts da.

Um die Zeit zu überbrücken, rief sie Sven Achebe an. »Guten Abend, Herr Achebe, ich habe doch noch eine kurze Frage. Am Montagabend haben Sie Rebecka besucht. Um wie viel Uhr war das? Und wissen Sie, was Sie danach gemacht hat?«

Er wirkte nicht begeistert über die Anfrage, wie an seinem leicht genervten Stöhnen zu hören war, sagte aber schließlich: »Ich war um achtzehn Uhr bei ihr. Sie hatte nur dreißig Minuten Zeit, weil sie zum Abendessen eingeladen war.«

»Wissen Sie, mit wem und wo?«

»Das hat sie nicht gesagt. Sie trug ein Kleid und die Kette mit dem Kreuz. Sogar geschminkt hat sie sich.«

»Und sie hat keine Andeutung gemacht, mit wem sie essen geht?«

»Ich hab gefragt, ob sie einen neuen Freund hätte. Sie hat gesagt, es wäre geschäftlich. Mehr weiß ich nicht.«

»Sind Sie gemeinsam dorthin gegangen, oder haben Sie sie zur Bahn oder zu einem Restaurant gebracht?«

»Ich hab's ihr angeboten, aber sie wollte es absolut nicht. Ich vermutete, dass doch ein neuer Mann dahintersteckte.«

Was ihm ja egal sein konnte. »Ihre Antwort hilft mir sehr. Vielen Dank. Entschuldigung, dass ich Sie so überfallen habe. Alles Gute.«

Mit wem war Rebecka an dem Abend verabredet gewesen? Frederike beschloss, ihr Glück zu versuchen, und rief einfach im »Pottgold« an. »Guten Abend. Ich war letzte Woche Montagabend bei Ihnen. Ich saß am Tisch neben Familie Bredemann.«

»Das kann nicht sein«, erwiderte die Dame sofort. »Montags haben wir Ruhetag.«

»Hab ich mich so vertan? Entschuldigen Sie bitte.«

Das war der einfache Weg.

Frederike schenkte sich ein Glas Wein ein. Eine SMS war angekommen. *Wer hat als Erste geantwortet?*

Es war Stephanies Anschluss. »Keine Ahnung« stand dort. Wenigstens wurde die Nachricht gelesen und beantwortet. Frederike tippte »Danke« in ihr Smartphone.

Dann widmete sie sich wieder der Frage, was an diesem Abend passiert war. Rebecka hatte sich mit Sven Achebe getroffen. Um achtzehn Uhr dreißig hatte er sie angeblich verlassen. Wohin war sie danach gegangen, und mit wem war sie essen gewesen? Diese Fragen wollte sie im nächsten Schritt klären.

Hätte sie das Obduktionsergebnis, hätte sie nachsehen können, ob Rebeckas Mageninhalt analysiert worden war und wie das Ergebnis aussah. So blieb ihr nur die Spekulation.

Wenn sie von der Theorie ausging, dass sich Rebecka mit den Bredemanns oder einem von beiden getroffen hatte, dann war es sehr wahrscheinlich, dass sie in ein gehobenes Lokal gegangen waren. Frederike öffnete den Internetbrowser. Sternerestaurants fand sie zwei in Essen. Sie suchte »gehobene Restaurants«, worauf ihr zahlreiche Einträge entgegenstrahlten, darunter auch weniger gehobene mit guten Bewertungen. Auf jeden Fall zu viele, um bei allen nachzufragen, ob Bredemanns dort gewesen waren. Sie druckte dennoch die Seiten aus.

Frederike überlegte noch einmal, was sie über Rebecka und ihren Tod wusste. Sie war ertrunken und hatte zuvor Beruhigungsmittel geschluckt – garantiert unfreiwillig oder unwissentlich. Außerdem war sie alkoholisiert gewesen, erheblich sogar. Musste also das Restaurant in der Nähe der Kokerei gelegen haben? Sie kannte nur ein besseres Lokal dort.

Morgen würde sie das prüfen.

Sie druckte die Fotos von Herrn und Frau Bredemann aus und das von Rebecka.

Kam noch die tote Frau Höfler. Für Frederike war klar, dass beide Fälle, beide *Morde*, zusammenhingen. Zweimal Werksschwimmbad, zweimal kein Hinweis auf Fremdeinwirkung. Sie war sicher, die Rechtsmedizin würde bei beiden Frauen das gleiche Beruhigungsmittel feststellen.

Welches Geheimnis hatten Rebecka und Laura Höfler mit

sich getragen, das sie schließlich zu Mordopfern hatte werden lassen? Frederike musste nicht lange überlegen, um bei Dr. Ludwig, der Frauenärztin und Frau Höflers Chefin, zu landen. Fragte sich nur, was genau es war, was die zwei Frauen verband. War es nur, dass Rebecka in Frau Ludwigs Praxis die Idee für ihre Leihmutterschaft bekommen hatte? Oder hatten die zwei Freundinnen das weitere Vorgehen zusammen geplant?

Warum hatte Frau Höfler nicht offen mit ihr geredet? Oder war mit ihrem Wissen zur Polizei gegangen? Ihre Freundin war ermordet worden, da musste es auch in ihrem Interesse sein, den Mörder zu überführen.

Laura Höfler musste gespürt oder gewusst haben, dass sie in Gefahr schwebte. Hatte es eine Drohung gegeben, oder war der Mord an Rebecka ausreichend gewesen, um sie zu warnen?

Frederike wollte sich nicht weiter in Spekulationen verlieren. Wo konnte sie die notwendigen Informationen bekommen?

Sie trank ihr Glas Rotwein aus und prüfte noch einmal den Eingang von Textnachrichten. Nichts. Jenny hatte sich noch immer nicht gemeldet. *Ärgerlich.*

Dann konnte sie auch ins Bett gehen.

Nachdem sie das Licht ausgeknipst hatte und während sie an die Decke starrte, wurde ihr bewusst, dass ihr bei den letzten Fällen immer etwas passiert war, kurz bevor sie den Täter überführen konnte.

Sie sollte den Tag nicht vor dem Abend loben.

Frederike brauchte keinen Wecker. Sie lag seit fünf Uhr wach im Bett und wälzte ihre Theorien hin und her.

Nach dem Tod von Frau Höfler schloss sie Kommer und Achebe als Rebeckas Mörder aus. Sie hatten ohnehin nicht mehr vorne auf der Liste gestanden. Sie würde zwar noch prüfen, ob es eine Verbindung zwischen Kommer, Achebe und Höfler gab, meinte das Ergebnis allerdings zu kennen.

Ein weiterer Entschluss ihrer nächtlichen Überlegungen bestand darin, dass sie sich heute noch mit Patrick treffen wollte.

Eine ausgestreckte Hand zurückzuweisen wäre fahrlässig. Wobei sie bei Patrick erst hinterher wissen würde, ob das Angebot ehrlich gemeint war oder ein Trick, um sie auszufragen.

Sie rief Patrick direkt an und sprach ihm auf die Box, dass sie sich um zwölf Uhr dreißig im »Casa Nostra« treffen könnten.

Von Jenny war keine Antwort gekommen.

Frederike bereitete sich auf den Tag vor, auch wenn ihre Energie heute im Bett geblieben war. Sie beschloss, danach nach Gelsenkirchen ins Studio zu fahren. Vielleicht war Fabienne dort. Auf Sit-ups oder Wettrennen hatte sie heute allerdings keine Lust.

Einen Ansatz, wie sie Frau Ludwig treffen konnte, besaß sie noch nicht. Zu gerne hätte sie mehr Klarheit darüber gehabt, was für eine Verbindung Rebecka, Laura Höfler und Fabienne Bredemann zu ihr hatten.

Ihre Hoffnungen, auf Hartmut zu setzen, waren unrealistisch. Deshalb musste sie selbst einen Weg finden. *Also auf ins Fitnessstudio.*

In der Straßenbahn fragte sie sich, was mit ihr falschlief, dass sie sich das antat. Ging es wirklich nur darum, einen Mord aufzuklären, der sonst niemanden mehr zu interessieren schien?

Jedenfalls konnte sie nicht aufhören zu ermitteln. Sie brauchte Selbstbestätigung, wollte allen beweisen, wie gut sie noch war, wollte Hartmut nicht zurücklassen, ohne ihm gesagt zu haben, was hinter dem Tod seiner Tochter steckte.

Der Ursprung lag in Moritz' Unfalltod. Seit Moritz vor ihr hatte sterben müssen und niemand zur Rechenschaft gezogen worden war. Bevölkerungsaufruf, Zettel an Laternenmasten, breit angelegte Fahndung – nichts hatte zu einem Ergebnis geführt. Selbst als der Fall im Fernsehen gebracht wurde, meldete sich niemand. Der Schuldige blieb unerkannt. Damals hatte sie sich geschworen, keinen Täter mehr ungestraft davonkommen zu lassen, wenn sie einen Einfluss darauf hatte. Moritz hatte ihr in einer inneren Zwiesprache gesagt, dass es gut wäre und sie sich keine Vorwürfe machen müsse. Aber das konnte sie nicht.

Den Mörder ihres Mannes nicht gefunden und zur Rechenschaft gezogen zu haben hinterließ eine solche Wut, dass sie nicht dagegen ankam.

Seither jagte sie alle, die sich schuldig gemacht hatten, noch verbissener und unnachgiebiger. Jeder musste für sein Vergehen einstehen. Sie würde sich nicht mehr nachsagen lassen, sie hätte weggeschaut oder nicht alles getan, um für Gerechtigkeit zu sorgen.

Mit den Berufstätigen stieg sie in Gelsenkirchen aus der Regionalbahn, in die sie am Hauptbahnhof gewechselt war. Die Menschen drängten sich die Treppe hinunter, als wäre es ein Wettrennen, wer zuerst am Arbeitsplatz ankam.

Im Gebäude sah sie wieder die blau-weißen Kugeln an der Wand. Schmunzelnd verließ sie den Bahnhof und ging durch die Passage gegenüber zum Studio.

Drinnen herrschte bereits Betrieb, wie sie ihn nur abends erwartet hatte.

»Frederike, das ist ja schön, dass du hier bist.« Dieses Mal war es die Trainerin, die sie begrüßte. Es klang so aufrichtig, dass Frederike beinahe rot wurde.

»Im Bett war mir zu langweilig, und zum Joggen hatte ich noch keine Lust.«

»Du joggst jetzt auch?«, kam postwendend die Nachfrage.

Sie überlegte, das Spiel weiterzutreiben, klärte es aber auf, dass Sport nach wie vor nicht ihre Leidenschaft sei, sie jedoch den Sinn sehen würde.

»Dann werden wir mal schauen, wie wir dich für die Bewegung begeistern können.«

»Du setzt dir besser realistische Ziele«, erwiderte Frederike und ging zur Umkleide.

Sie wusste, wie Siegrid Ludwig aussah. Also musterte sie jede Frau, die irgendwo zu sehen war. Vielleicht konnte sie auch jemanden fragen, ob die Ärztin hier Mitglied war.

Beim Umziehen dachte sie wieder, dass sie verrückt war.

Morgens Sport treiben kam bei ihr direkt hinter morgens kalt duschen. Sie gähnte und schnürte die Sportschuhe. Mit dem Handtuch bewaffnet ging sie in den Trainingsraum. Sie stellte sich aufs Laufband und schaltete es ein. Langsam. Es musste nur der Kreislauf in Schwung kommen und nicht der Schweiß ausbrechen.

»Mit dir habe ich nicht gerechnet.«

Frederike kannte die Stimme und sah nach rechts. Fabienne stand neben ihr. »Danke gleichfalls«, antwortete Frederike und lachte, was ihr um diese Uhrzeit schwerfiel. »Es tut mir leid mit eurem Hund«, sagte sie dann ernst.

»Sie war alt und krank. Wir wussten das ja und waren vorbereitet. Jeder hat seine Zeit.«

Frederike ignorierte den letzten Teil. »Trotzdem. So ein Tier ist ja wie ein Familienmitglied. Wie alt war sie denn?«

»Zehn. Wir haben sie kurz nach unserer Hochzeit gekauft.«

»Der erste Zuwachs der jungen Familie.«

»Lass diese Anspielungen.«

»Was meinst du?«

»Was wohl? Welchen Zuwachs hat eine junge Familie sonst noch nach der Hochzeit?«

»Aber doch nicht zwangsläufig.« Frederike ging das zu schnell und zu aggressiv. »Ich wollte keine –«

»Hör auf. Ich weiß doch, dass du uns hinterherspionierst. Wahrscheinlich denkst du, wir hätten Rebecka ermordet. Ich gebe zu, dass ich nicht immer ehrlich war. Aber ich kenne dich nicht. Deshalb bin ich vorsichtig.«

Frederike hielt das Laufband an. Das Gespräch lief ganz anders als erwartet. »Dann sag mir doch, warum Rebeckas Ultraschallbild bei euch im Flur lag.«

»Stephanie hat es mir geschickt.« Fabienne drehte sich weg.

Frederike wartete einen Moment. »Warum hat sie das getan?«

»Das ist kein Thema für hier. Lass uns an einem anderen Ort darüber sprechen.« Fabienne überlegte. »Wir klären das alles auf. Es ist wirklich nicht so, wie du es dir offenbar zusammenreimst. Volkmar und ich sind tief betroffen von Rebeckas Tod, und wir können immer noch nicht verstehen, was passiert ist. Warum sie uns im Stich gelassen hat.« Fabienne drückte ihr Handtuch auf die Augen. »Es ist unfair, ich weiß. Aber wir müssen nun damit klarkommen.«

Frederike wusste dazu nichts zu sagen.

»Was hältst du davon, wenn du morgen zu uns zum Abendessen kommst?«, schlug Fabienne unvermittelt vor. »Ich habe morgen Nachmittag keine Termine, dann koche ich etwas, und wir reden in Ruhe.«

Frederike wusste nicht, was sie dazu sagen sollte. Konnte sie die Einladung wirklich annehmen? Sie empfand es als Chance, war sich aber auch des Risikos bewusst. Wenn ihre Theorie stimmte, hatte es bei Rebecka auch mit einem Abendessen angefangen. Wenn ihre Theorie stimmte, dann hatten sie sogar zwei Morde auf dem Gewissen. Sollte sie zusagen? Egal. »Wann soll ich da sein?«

»Gegen neunzehn Uhr. Passt das bei dir?«

So nahm der Besuch im Fitnessstudio einen überraschenden Verlauf. Ob es eine gute Entscheidung war, würde sie übermorgen wissen. Vorausgesetzt, sie wachte am Morgen danach auf.

40

Nach dem Training saß Frederike mit einem Mineraldrink am Tresen und checkte ihren Posteingang im Smartphone. Was war denn heute los? Zuerst die Einladung zum Abendessen, und jetzt wollte sich Patrick mit ihr zum Mittagessen treffen. Ihr Misstrauen war geweckt, als er noch nicht einmal die Uhrzeit änderte.

Langsam sollte sie anfangen, einen Terminkalender zu führen.

Als auf der Heimfahrt auch noch eine Nachricht von Hartmut kam, war sie sicher, noch zu schlafen und gleich aus einem Traum zu erwachen.

»Hab mit Siegrid Ludwig gesprochen. Hat keine Zeit für ein Treffen. Gruß – Hartmut«.

Fast war sie beruhigt, dass heute nicht alles glattlief. Sie bedankte sich, dass er es versucht hatte. Nachdem die Nachricht draußen war, rief sie Hartmut doch an. »Vielen Dank, dass du bei Frau Ludwig angerufen hast«, meinte sie, nachdem sie sich über die Qualität des Nachtschlafs und den Start in den Tag ausgetauscht hatten. »Wie hat sie auf deine Frage reagiert?«

»Sie war überrascht. Rebecka kennt sie nicht. Von einer Frau Bredemann hat sie auch noch nie gehört.«

»Du hast gefragt, ob sie Zeit hat, sich mit mir zu treffen?«

»Das habe ich dir geschrieben. Ihr Terminplan ist voll.«

Wenn sie immer aufgehört hätte zu fragen, wenn ihr Gesprächspartner keine Zeit hatte, sie hätte nie einen Fall gelöst.

»Danke noch mal. Es hilft mir weiter.«

»Aber ich habe doch keine brauchbaren Antworten bekommen.«

»Bei Ermittlungen geht es auch darum, etwas auszuschließen. Das ist wie mit euren Arztbefunden. ›Ohne Befund‹ gibt es nicht bei euch Ärzten. Ein Befund ist positiv oder negativ, hat also immer ein Ergebnis.«

»Du wieder«, war sein einziger Kommentar.

Sie spürte, dass er etwas fragen wollte. Deshalb sagte sie von sich aus: »Bei Rebecka bin ich noch nicht weitergekommen. Ein bisschen will ich noch fragen, aber dann höre ich auf. Ich informiere dich, damit wir uns anschließend treffen können.«

»Das ist schlimm, dass eine zweite Tote auf der Kokerei gefunden worden ist.«

Sie wusste, dass Hartmut wissen wollte, ob das mit Rebecka zusammenhing, und wenn ja, wie. Aber sie wollte es nicht diskutieren. »Ja, das ist sehr schlimm. Ausgerechnet am selben Ort.«

Dieses Mal musste sie tatsächlich die Bahn wechseln. Kurz vor Altenessen verabschiedete sie sich und versprach, wieder anzurufen, wenn sie etwas wisse.

Dreißig Minuten später stieg sie die Treppen zu ihrer Wohnung hinauf. Sie wäre nicht traurig, wenn sie eine neue fände und diese Plackerei nicht mehr sein müsste. Jetzt, wo sie im Ruhestand war, stieg sie die Treppen viel häufiger rauf und runter als in ihrem Berufsleben. Damals war sie den ganzen Tag mit Ermittlungen beschäftigt gewesen und war die Treppe nur morgens runtergelaufen und abends emporgestiegen. Jetzt fühlte es sich so an, als würde sie das einmal am Vormittag, einmal am Nachmittag und am Abend auch noch einmal tun.

Sie durfte den Termin für die Wohnungsbesichtigung nicht vergessen. Langsam verstand Frederike, was damit gemeint war, wenn man Rentnern nachsagte, keine Zeit zu haben.

Sie checkte schnell ihre E-Mails. Die Unterlagen der Wohnung waren gekommen. Sie öffnete sie und gleich danach den Anhang. Sie hatte keine Zeit dafür. Wenigstens ausdrucken konnte sie die Seiten, damit sie sie nachher in Ruhe ansehen konnte.

Sie trank noch ein Glas Wasser und machte sich auch schon wieder auf den Weg zu »Casa Nostra«, um Patrick zu treffen.

Er erwartete sie bereits an einem Tisch in der Ecke. Ein Wasser stand vor ihm. »Ich habe wenig Zeit, deshalb habe ich uns schon etwas bestellt.«

Frederike sah ihn überrascht an.

»Ich weiß doch, dass du am liebsten Nudeln isst. Heute gibt es sie mit selbst gemachten Salsiccia. Das hörte sich ordentlich an.«

Eigentlich waren die Würstchen zu fett für sie. »Ich war gerade beim Sport. Das ist in Ordnung. Danke.« Sie setzte sich neben ihn.

Patricks Blick sagte, dass er nicht wusste, ob sie ihn auf den Arm nahm. Sie wollte es auch nicht aufklären.

Es waren nur vier Tische besetzt, die meisten davon wohl Angestellte aus den umliegenden Büros. Sie kannte die Gesichter nicht. Wichtig war, dass keine Kripokollegen hier saßen.

»Jetzt erklär mir, warum du von einem Gewaltverbrechen bei Frau Höfler ausgehst. Wir haben keine Hinweise auf Fremdeinwirkung gefunden. Sie hatte Alkohol getrunken und wahrscheinlich ein Schlafmittel genommen. Das wird noch näher untersucht. Typische Hinweise bei einem Suizid.«

»Deinem Kollegen reicht das?«

»Es gibt keine Spuren, die etwas anderes nahelegen.«

»Habt ihr ihre Wohnung untersucht? Mit ihren Kolleginnen und Kollegen gesprochen? Der Chefin? Habt ihr das ganze Programm schon abgearbeitet, Verbindungsdaten, Kontostand?«

»Lass uns bei der Chefin bleiben. Woher weißt du, dass sie eine Chefin hatte?«

»Geraten.«

»Genau. Also?«

»Habt ihr das Umfeld von Frau Höfler untersucht? Gab es Auffälligkeiten?«

»Kowalczyk wollte die Autopsie abwarten. Er hat aber die Wohnung untersucht. Wir haben ihren Laptop mitgenommen und untersuchen ihr Telefon. Jens ist an der Auswertung der Daten, soziale Netzwerke und so.«

»Er hat noch nichts?«

»Frederike. Warum gehst du von einem Gewaltverbrechen aus?«

Sie wusste, dass sie jetzt liefern musste, denn Patrick hatte bereits mehr erzählt, als er durfte. »Danke für deine Offenheit«, sagte sie und sah ihm in die Augen. »Ich gehe von einem Gewaltverbrechen aus, weil sie eine Freundin von Rebecka war. Rebecka hat im Sommer bei ihr gewohnt. Es gab eine Verbindung. Außerdem arbeitete Frau Höfler in der Frauenklinik im Universitätskrankenhaus. In Verbindung mit Rebeckas Abtreibung scheint mir das ein weiterer Hinweis.«

»Und dass eine Freundin der anderen in den Tod folgen wollte, kannst du dir nicht vorstellen?«

»So dicke waren sie nicht. Es gab einen Krach im Sommer. Danach ist Rebecka ausgezogen und musste alleine klarkommen. Ich weiß nur noch nicht, was hinter diesem Streit steckte, der die beiden getrennt hat. Es muss erheblich gewesen sein, wenn Rebecka ausziehen musste. Außerdem hatten sie danach auch keinen oder nur sporadischen Kontakt.«

»Was würdest du als Nächstes tun?«

Frederike hatte diese Frage befürchtet. Jetzt war der Punkt erreicht, an dem sie sich fragen musste, wie weit sie Patrick trauen konnte. War er hier, um sie auszufragen, oder weil er ihre Hilfe brauchte? Dann wäre besser Kowalczyk selbst gekommen. Was sollte sie mit dem Leiter der Spurensicherung? »Wer hat dich geschickt? Potthoff, der große Leiter der Inspektion?«

»Wir zwei treffen uns privat.«

»Das Treffen ist abgesegnet. Mach mir nichts vor.«

»Dein Nachfolger würde ausrasten, wüsste er davon.«

Zufrieden lehnte sie sich im Stuhl zurück. Wie weit konnte sie der Kripo, Patrick und Potthoff, ihrem ehemaligen Chef, trauen? »Wenn ich ermitteln würde, würde ich mich sehr ernsthaft mit der Chefin unterhalten. Im Vordergrund stünde die Verbindung zu den Bredemanns. Ich vermute, hier gibt es etwas, das Licht in den Fall bringt.« Ein unbehagliches Gefühl beschlich sie. Die Befragung wäre heikel, da es um vertrauliche Informationen, Arzt-Patienten-Daten, ging. Dass Kowalczyk dazu in der Lage war, bezweifelte sie. Sollte sie, Frederike, dabei ins Spiel kommen, in welcher Form auch immer, wäre sie für weitere Ermittlungen verbrannt. Sie war sicher, dass zwischen Dr. Ludwig und Fabienne Bredemann ein enger Draht bestand und die Informationen binnen Minuten ausgetauscht werden würden.

»Lass das nicht Kowalczyk machen. Organisiere etwas, dass er verhindert ist. Sonst geht das in die Hose.« Sie sah Patricks skeptischen Blick. »Glaub mir. Das Gespräch erfordert viel Fingerspitzengefühl. Die Frau ist Ärztin. Wenn du zu forsch vorgehst, macht sie zu und zieht sich auf ihre Schweigepflicht zurück. Sarah, die junge Kollegin, ist doch noch da. Schick sie. Briefe sie, damit sie weiß, was auf sie zukommt.«

»Wie soll ich –«

»Wenn es dir hilft, treff ich mich mit ihr und sag ihr, worauf es ankommt«, improvisierte Frederike. Im Nachhall fand sie ihre Idee gar nicht so schlecht. Gleichzeitig fürchtete sie, dass es eine Schnapsidee war. Trotzdem ergänzte sie: »Mach es bei Potthoff offiziell. Lass es dir absegnen, wenn auch du denkst, dass ich beratend mit dabei sein sollte.«

Frederike war unsicher. War es eine gute Idee, die Kripo einzubeziehen? Aber sie fühlte sich an einem Punkt, wo ihre Ermittlungen an eine Grenze stießen. Würde Potthoff doch mit Kowalczyk sprechen und ihn dazuholen, wäre das Scheitern vorprogrammiert. Denn der machte mehr falsch, als ihr lieb war. Aber auch, weil sie davon ausging, dass er eine Befragung so führte, dass hinterher seine Einschätzung bestätigt würde. Andererseits brauchte sie die Informationen. Wenn sie einen direkten Zugriff besaß, war sie im Vorteil.

Sie hatte den ersten Schritt getan und musste jetzt sehen, wie es weiterging.

Die Spaghetti wurden gebracht, und sie wechselten das Thema. Frederike wechselte es. »Was macht der Fall Bettina Schmatke? Seid ihr dran, oder war das eine Luftnummer von Kowalczyk?«

Patrick ließ sie einen kleinen Blick in die Ermittlungsaktivitäten werfen. Die Kripo rollte den Fall tatsächlich auf und zerpflückte jedes Protokoll und jedes Memo. Aber weitergekommen waren sie nicht.

»Kannst du Kowalczyk davon abhalten, seine neuen Erkenntnisse gleich an die Presse weiterzuleiten?«

»Er beteuert, damit nichts zu tun zu haben. Das wäre von anderer Stelle gestreut worden.«

»Genau. Und die Erde ist eine Scheibe.«

»Er tut es nicht mehr. Garantiert.« Patrick legte seine Hand auf ihre und sah ihr in die Augen.

Wenn Patrick es so formulierte, dann hatte Kowalczyk einen Einlauf bekommen, dass sein Darm sauber war bis zum Zäpfchen. Stand Kowalczyk jetzt vor seiner Versetzung in die Provinz?

41

Der herzhafte Geschmack der Salsiccia lag noch lange auf ihrer Zunge, dem Gaumen, war noch gegenwärtig, als hätte sie gerade eine Gabel voll in den Mund geschoben. Der feine Geschmack nach Fenchel, der Hauch Zitrone, der Koch verstand sein Handwerk. Nur schade, dass es so früh am Tag gewesen war, dass sie auf Rotwein lieber verzichtet hatte.

Sie saß in der Straßenbahn, wenigstens trocken und windstill, doch mit Luft, die sie an einen Ziegenstall erinnerte.

Das Gespräch mit Patrick beschäftigte sie. Mittlerweile war sie sicher, das Richtige getan zu haben, indem sie ihn in ihre Erkenntnisse und Überlegungen einbezogen hatte. Wenn Potthoff tatsächlich darüber nachdachte, Kowalczyk wieder zu ersetzen, öffnete sich für sie möglicherweise eine Tür. Nicht, dass sie zurück in den Polizeidienst wollte. Aber eine Position, in der sie ermitteln und jungen Kolleginnen oder Kollegen zur Seite stehen konnte. Sie wollte darüber nachdenken, ob es eine Option für sie war, den Nachwuchs zu coachen.

Frederike fuhr zur Kokerei. Sie glaubte zwar nicht, dass Volkmar käme, wollte aber dort sein, wenn er sich doch dazu entschloss.

Sie wartete bis Viertel nach drei.

Ihr Smartphone meldete eine eingegangene Nachricht. Sagt er jetzt so ab, dachte sie und las: »Habe großen Fehler gemacht. Hilf mir bitte. Stephanie«.

Sie rief sofort zurück.

»Vielen Dank, dass du anrufst«, begrüßte Stephanie sie.

»Was hast du angestellt?«, fragte Frederike mehr im Scherz.

»Kannst du ins Zwingli kommen? Ich will nicht am Telefon reden.«

Frederike überlegte, wie viele Kilometer sie heute schon in

der Straßenbahn zurückgelegt hatte. »Ich komme. Ich brauche eine gute halbe Stunde.«

Stephanie saß versteckt in der hinteren Ecke, mit dem Rücken zur Tür. Sakrine deutete einen Gruß an, als wollte sie keine Aufmerksamkeit erregen.

»Bringst du mir einen Tee?« Bevor Frederike zum Tisch ging, blieb sie an der Kühlvitrine stehen. »Und ein Stückchen Apfelkuchen bitte.«

Stephanie hatte sich umgedreht und sah mit roten Augen zu ihr hin.

Frederike strich ihr über den Rücken. Sie setzte sich gegenüber auf die Bank. Stephanie sah entsetzlich aus mit den verquollenen Augen und den dunklen Rändern darunter. Die Haare standen wild ab, und es roch, als hätte sie länger nicht geduscht.

»Wir kriegen das hin«, sagte Frederike, ohne zu wissen, worum es ging. Denn Stephanie schien gerade eine Aufmunterung zu brauchen.

»Das sagst du so. Es ist schlimm, was ich gemacht habe.«

Frederike zog ihre Jacke aus, denn ihr wurde alleine von der Ankündigung warm.

»Ich bin an Rebeckas Tod schuld. Ich! Meinetwegen musste sie sterben.«

Ein Paukenschlag als Eröffnung.

»Ganz ruhig«, sagte Frederike und legte die Hand auf Stephanies Arm. »Wieso solltest du schuld daran sein?«

»Ich habe Rebecka bei den Bredemanns verraten.«

Frederikes Mund wurde trocken. »Sagst du mir, was du verraten hast?«

Jetzt begannen die Tränen zu fließen. Frederike tröstete, beruhigte, munterte auf. Weil es für sie sehr ernst klang, bewahrte sie Geduld und gab Stephanie die Zeit, die sie brauchte, um sich zu sammeln.

Endlich begann sie. »Wir waren vorletzten Donnerstagabend

hier. Rebecka und ich. Nachdem sie wochenlang keinen Alkohol angerührt hatte, bestellte sie sich direkt ein großes Bier. Kaum hatte sie es in der Hand, war es schon leer. Und sie bestellte ein zweites und ein drittes.«

»Ich weiß, wie so was ausgeht.«

»Dann hat sie mir alles erzählt. Zum Schluss meinte sie: ›Das muss jetzt gefeiert werden. Ich hab's getan, und jetzt ist es vorbei. Stephanie, es ist vorbei!‹ Kannst du dir das vorstellen?«

»Was hatte sie getan? Was war vorbei?« Frederike verstand gar nichts.

»Sie hat mir alles erzählt, und was mache ich? Ich renne damit zu Fabienne, weil ich es nicht in Ordnung fand. Weil es schäbig war, was sie getan hat. Weil ich … Ich habe nicht nachgedacht.«

»Was, Stephanie, was hat sie dir erzählt?«

»Ich hatte doch keine Ahnung.« Stephanie legte den Kopf in ihre Hände und weinte.

»Wie hat Fabienne reagiert?« Frederike wollte das Gespräch in eine andere Richtung lenken, bevor sie zum Wichtigen zurückkommen würde. Es schien ihr sinnvoller, die Emotionen aus dem Gespräch zu nehmen.

»Fabienne hat die Ahnungslose gespielt. Getan, als wüsste sie nicht, worum es geht. Als ich mit Details kam, gab sie zu, mit Rebecka einmal über das Thema ›Leihmutterschaft‹ gesprochen zu haben. Wie man das so täte. Aber ohne Hintergedanken.« Stephanie spielte mit dem goldenen Kreuz um ihren Hals. Schließlich fuhr sie fort. »Erst als ich ihr gesagt habe, dass Rebecka das Kind wegmachen ließ, wurde sie hellhörig und hat nachgefragt.« Stephanie putzte sich die Nase. »Aber Fabienne hat mir versichert, dass das alles nicht stimmt. Es hätte nie eine Vereinbarung über eine Leihmutterschaft gegeben. Zwar hätte sie immer ein Kind gewollt, aber ein eigenes, das sie austragen und auch selbst zur Welt bringen wollte. Rebecka hätte das alles erfunden, warum auch immer. Ob sie von Volkmar zurückgewiesen wurde und ihm deshalb etwas heimzahlen wollte, konnte

Fabienne nicht beurteilen. Aber sie wollte mit Rebecka reden und das klären.« Stephanie trank von ihrem Tee. »Ich habe ihr geglaubt. Ehrlich.«

»Worüber wollte sie mit Rebecka sprechen?«

»Warum sie mich angelogen hat, wahrscheinlich. Was sie ihr und Volkmar anhängen will. Warum sie sie so anschwärzt. Ich weiß es nicht.«

Frederike musste zuerst einen Überblick über den zeitlichen Ablauf bekommen, das ging ihr gerade zu wild durcheinander. »Wann hast du mit Fabienne gesprochen? Und weißt du, ob Fabienne mit Rebecka gesprochen hat? Oder Rebecka mit Fabienne? Und wann das war?«

Stephanie schluchzte und zog die Nase hoch und sah Frederike mit fragenden Augen an. »Ich habe das Fabienne einen Tag vor Rebeckas Selbstmord gesagt. Rebecka hätte Fabienne an diesem Donnerstag, als wir abends hier waren, gesagt, dass sie das Kind verloren hätte. Deshalb war sie so erleichtert. Weil sie es hinter sich hatte und Fabienne ihr geglaubt hat.«

»Nochmals: Ob Fabienne mit Rebecka deswegen gesprochen hat, weißt du nicht?«

Stephanie schüttelte den Kopf.

War das der Grund für das Abendessen am Montag vor Rebeckas Tod? Wollten Fabienne und Volkmar Rebecka zur Rede stellen? Machte es Sinn, das in einem Restaurant zu tun? Es kam wahrscheinlich auf die weiteren Pläne an.

»Du gehst davon aus, dass sich Rebecka selbst getötet hat?«

»Du nicht? Ich dachte, dass Fabienne Rebecka entlassen hat, nachdem sie diese Lügen erzählt hat.«

»Dass Rebecka nicht gelogen hat, kam dir nicht in den Sinn?«

Ein Weinanfall schüttelte Stephanie. Endlich erzählte sie weiter. »Nach Rebeckas Tod hat mir Fabienne sogar versprochen, dass sie mich als Nachfolgerin für Rebecka berücksichtigen will. Sie hat mir mehr Gehalt und ein eigenes Büro in Aussicht gestellt.«

Frederike fiel Jennys Bemerkung zu Rebecka und Volkmar

wieder ein. »Du hast nicht mitgekriegt, dass es in der Agentur bekannt war, dass Rebecka und Volkmar etwas miteinander hatten?«

Stephanie hob die Schultern. »Ich habe es nicht geglaubt.«

»Und Fabienne hat anschließend ihr Versprechen dir gegenüber nicht gehalten.« Frederike hatte keine Zweifel daran.

»Sie hat mich gestern rausgeschmissen. Fristlos. So eine hinterhältige Schlange.«

Frederike überraschte das gar nicht. »Aber was genau hat dir Rebecka an dem Donnerstagabend erzählt?«, wollte sie nun doch wissen.

Der Schlaks, Frederike sollte nach seinem Namen fragen, stand vor ihrem Tisch. »Stephanie, wir müssen los. Komm.«

Frederike sah zu ihm hoch. Sein Blick deutete an, dass er es ernst meinte. Sie stand auf. »Jetzt nicht. Wir sind im Gespräch, und es dauert noch länger.«

»Halt dich da raus.« Jetzt hielt er ihr den Zeigefinger vors Gesicht.

Sie schlug ihn weg. »Hör mir genau zu. Du setzt dich da vorne hin und hältst die Füße still. Wenn du das nicht kannst, dann hol dir am Kiosk ein Bier. Wenn wir fertig sind, sag ich dir Bescheid. Hast du mich verstanden?«

Er setzte zu einer Antwort an.

»Ob du mich verstanden hast?«

»Stephanie –«

»Jetzt verschwindest du, oder es gibt Ärger.«

»Ist gut. Ich komme dann«, kam es von Stephanie. »Das ist jetzt dringend.«

Er zog ab.

»Stephanie, was hat dir Rebecka erzählt?«

42

»Warum hast du Herrn Lautenschläger und mir nichts gesagt?«
Frederike saß mit offenem Mund neben Stephanie und hörte
sich die Geschichte an.

»Du hast doch Rebeckas Vater gesehen. Außerdem kam es
bei der Obduktion raus. Und ich wusste nicht, was wahr ist
und was nicht. Ich habe Fabienne geglaubt, dass sie nichts von
Rebeckas Schwangerschaft wusste, dass das Kind definitiv nicht
von Volkmar sein kann.«

Frederike sah ihre Überlegungen vom gestrigen Abend bestätigt. Dass sie so nah dran war mit ihren Thesen, überraschte
sie. Rebecka hatte tatsächlich Fabienne Bredemann erzählt, sie
habe das Kind verloren, und wäre damit durchgekommen, wenn
Stephanie sie nicht verraten hätte.

»Aber warum hast du den Bredemanns dann das Ultraschallbild geschickt?« Frederike leuchtete das nicht ein.

»Ich wollte sie an ihr Versprechen erinnern. Nachdem es mit
dem neuen Kunden nichts wurde, wollte Fabienne von ihrer
Zusage nichts mehr wissen.«

»Dass du dich damit in Gefahr bringst, hast du nicht bedacht?«

»Ich ging doch davon aus, dass Rebecka Selbstmord begangen hat.«

Frederike überlegte. »Du hast mir erzählt, dass Volkmar dir
Geld geben wollte. Wofür genau wollte er dir Geld geben?«
Die Frage, die ihr noch auf der Seele brannte.

»Für das Gleiche, wofür sie offenbar auch Rebecka bezahlt
haben«, sagte sie kleinlaut. »Er wollte mir ein Kind machen, das
ich ihnen dann gebe.« Heute klang das nicht mehr so entrüstet
wie letztes Mal.

»Worauf du dich nicht eingelassen hast.«

»Wo denkst du hin? Ich bin doch keine …« Sie erkannte zu

spät, dass das gegen ihre Freundin ging. »Nein, auf so etwas wollte ich mich nicht einlassen, auch wenn sie sehr viel Geld bezahlen wollten.«

Frederike strich ihr über den Arm. »Das war gut von dir. Warst du deshalb so sauer auf Rebecka? Weil sie das gemacht hat, was du abgelehnt hattest?«

»Wer verkauft denn seinen Körper, Frederike? Ein Kind. Das ist doch kein Stück Fleisch, das über den Tresen geht. Wo kommen wir da hin?« Stephanie sprang auf. »Und dann bringt sie es noch um. Wie schäbig ist das denn? Dabei wohnt sie unbekümmert Tür an Tür mit mir und tut so, als wär das das Normalste der Welt.«

»Das konntest du nicht akzeptieren?«

Stephanie schüttelte den Kopf und senkte den Kopf. »Trotzdem hätte ich Rebecka nicht verraten dürfen.«

Das stimmte. Aber für Vorwürfe war es jetzt zu spät. Frederike wusste, was sie wissen musste. »Eine Frage habe ich doch noch. Warum hast du Fabienne mehr geglaubt als Rebecka, nachdem dir selbst Volkmar das Angebot mit der Leihmutterschaft gemacht hat? Bei dir hätten doch die Alarmglocken läuten müssen.«

»Du kennst doch Fabienne. Sie hat gesagt, das sei ein Alleingang von Volkmar gewesen, und so etwas würde für sie nie in Frage kommen. Sie hätten einen heftigen Streit deshalb gehabt, und sie sei froh und dankbar, dass ich nicht auf das Angebot von ihm eingegangen war. Die hat mich sogar in den Arm genommen.«

Frederike hatte genügend Erfahrungen mit Menschen, die so überzeugend lügen konnten, dass man keinerlei Zweifel hegte. Es war schwierig zu erkennen.

Sie standen auf. »Vielen Dank, dass du so offen zu mir warst. Das wird mir sehr helfen.« Sie zogen sich ihre Jacken an. »Du ziehst dich am besten für einige Tage zurück und bist für niemanden erreichbar«, beendete Frederike das Gespräch. »Ich melde mich. Am besten, du schaltest dein Smartphone aus. Gib mir die Nummer von deinem Bruder, dann rufe ich ihn an, wenn etwas ist.«

Nachdem Frederike die Nummer eingespeichert hatte, bedankte sie sich nochmals bei Stephanie. »Das war wirklich sehr wichtig, mir das alles zu sagen. Ich denke, dass die Polizei auch bald auf dich zukommt. Die werden noch einige Fragen an dich haben.«

Frederikes Apfelkuchen stand unangetastet auf dem Tisch. Der Appetit darauf war ihr vergangen.

»Zu wem bist du eigentlich vorgestern Abend ins Auto gestiegen, als du gegangen bist?«, fragte Frederike beiläufig.

»Das hast du gesehen?«

»War es Volkmar?«

»Er wollte mit mir reden.« Stephanie schien entsetzt. »Er hat allen Ernstes gefragt, ob ich es mir nicht doch noch einmal überlegen will, ein Kind für sie auszutragen.«

Frederike konnte es nicht glauben. »Was hast du geantwortet?«

»An der nächsten roten Ampel bin ich aus dem Auto gesprungen und weggerannt. Mein Bruder hat mich dann bei mir abgeholt, und wir sind zu ihm gefahren. Er wohnt in Essen.«

Deshalb die Fürsorge. »Weiß er auch Bescheid?«

»Ich hab ihm nur gesagt, dass es Ärger in der Agentur gibt. Sonst nichts.«

Frederike hatte genügend Stoff, um einen kurzweiligen Abend zu verbringen. Sie verabschiedete sich von Stephanie, bezahlte und fuhr in ihre Wohnung.

Kaum war Frederike zurück, klingelte es an der Haustür. Sie nahm ihr Smartphone und bereitete es so vor, dass sie sofort auf die Notruftaste drücken könnte, sollte es ein ungebetener Gast sein. Das hatte sie schon einmal gerettet.

Da es in ihrer Tür keinen Spion gab, öffnete sie vorsichtig die Wohnungstür. Niemand da. Es klingelte noch einmal. Der überraschende Gast stand also unten auf der Straße.

»Ja?«, fragte sie.

»Patrick. Mach auf, wir müssen mit dir reden.«

Der Leiter der Spurensicherung persönlich und dann »wir«, das versprach, spannend zu werden. Sie drückte den Türöffner. Stimmen drangen zu ihr hoch.

Als Patrick und Sarah eintraten, brachten sie die ganze Kälte von draußen mit. Darüber beschwerten sich die beiden auch lautstark.

»Ich koche einen Kaffee, dann wird euch warm.« Frederike begrüßte sie, als wäre es das Normalste der Welt, dass der Leiter der Spusi und eine Kommissarin einfach so bei ihr klingelten. Sie führte beide ins Wohnzimmer. Als sie zurück in die Küche ging, kam Patrick mit.

»Du musst Sarah auf die Befragung mit Frau Ludwig vorbereiten. Potthoff hat bei der Ärztin angerufen. Nachher können wir kommen. Frag nicht lange, sondern sag Sarah, was wir von dieser Ludwig wissen müssen und wie sie das herausbekommt. Kriegst du das hin?«

Frederike wäre beinah der Löffel aus der Hand gefallen, mit dem sie Pulver in den Kaffeefilter füllte. »Was soll ich?«

»Stell dich nicht so an.«

»Wann ist der Termin?« Sie musste ihre Gedanken ordnen.

»In zwei Stunden.«

»Wie soll das funktionieren?« Patrick hätte wenigstens anrufen können, damit sie eine Chance gehabt hätte, sich darauf einzustellen. Eine junge Kollegin auf ein so wichtiges Gespräch vorzubereiten bedurfte eines Plans. Sie sollten die Fragen besprechen, den Ablauf durchspielen, Einwände überlegen. So war es ein Schuss aus der Hüfte, der nur danebengehen konnte.

»Auf der Fahrt hab ich ihr erklärt, worum es geht. Grob ist sie also informiert.«

Frederike war fassungslos. »Wie offiziell ist die Befragung von Frau Ludwig?«

»Eine Routinebefragung wegen ihrer Mitarbeiterin, Frau Höfler. Weil die Ludwig morgen zu einem Kongress in die USA fliegt, müssen wir heute noch zu ihr.«

Frederike ging das zu schnell und chaotisch. »Ich komme, sobald der Kaffee fertig ist.« Sie wollte sich wenigstens einige Gedanken dazu vorab machen. »Lässt du uns alleine? Das ist effektiver.«

»Natürlich nicht. Was denkst du? Du bist nicht mehr beim Verein, da lasse ich dich doch nicht allein mit ihr.«

Sarah stand vor dem Munch-Bild, als Frederike mit dem Kaffee ins Wohnzimmer kam. »Gefällt es dir?«

Sarah sah sie an. »Ehrlich? Ich würde es mir nicht an die Wand hängen. Keine Farben, zwei Typen, die aufs Meer starren. Ich weiß nicht.«

Frederike mochte die Antwort. Offen und freiheraus, obwohl sie sich kaum kannten und Sarah davon ausgehen konnte, dass es für sie, Frederike, eine Bedeutung hatte, wenn es in ihrem Wohnzimmer hing.

Bevor sie etwas erwidern konnte, mischte sich Patrick ein. »Entschuldigt, wenn ich unterbreche, aber wir haben keine Zeit.« Dabei tippte er auf seine Uhr.

Frederike verteilte den Kaffee und setzte sich anschließend in ihren Sessel. Patrick und Sarah saßen halb rechts von ihr auf dem Sofa.

Frederike hatte Sarah bisher nur als Mitläuferin gesehen. Als Anhängsel von Kowalczyk, die eben mitermittelte. Nun sah sie sie zum ersten Mal genauer an. War sie doch diejenige, die die Chance hatte, Informationen aus erster Hand zu bekommen. Sarah trug Jeans, einen grauen Rollkragenpullover und dicke Schuhe gegen die Winterkälte. Ihr rundes Gesicht mit den gesunden, roten Wangen, unzählige Sommersprossen darauf verteilt, deuteten auf ein unverbrauchtes Leben. Der Mittelscheitel wirkte zu brav, das fehlende Make-up zeigte eine gewisse Natürlichkeit. Da sie neben dem Hünen Patrick nicht klein wirkte, brachte sie offenbar auch das für den Polizeidienst notwendige robuste Naturell mit.

Frederike legte direkt los. »Ich hatte gerade ein Gespräch mit Stephanie Grubinek. Sie hat mir erzählt, wie das alles zusammenhängt. Wahrscheinlich zusammenhängt.« Sie berichtete von Rebeckas möglicher Leihmutterschaft, der Abtreibung, dem Verrat.

»Das ist krass«, entfuhr es Sarah.

»Ja, das ist es. Es passt einfach alles zusammen. Frau Bredemann traue ich das auch zu. Sie wollte offenbar unbedingt ein Kind, was nicht geklappt hat. Dann kommt Rebecka, kassiert viel Geld und will sie aufs Kreuz legen, indem sie das Kind abtreiben lässt.«

Frederike führte noch die Hinweise von Laura Höfler an und kam zum Schluss, dass daraus ein Bild wurde. »Ich gehe davon aus, dass bei Dr. Ludwig die Fäden zusammenlaufen. Dort bekamen die Bredemanns wahrscheinlich die Diagnose, dass es mit eigenen Kindern nichts wird, wurden über Alternativen beraten, um anschließend mit Rebecka wieder zu Dr. Ludwig zu gehen, damit die Schwangerschaft von ihr begleitet wird. Frau Höfler war daher die Einzige, die diese Informationen besaß, die sie hätte mit uns teilen können und die die Eheleute Bredemann in Verdacht gebracht hätten. Doch Bredemanns waren schneller und haben verhindert, dass sie offiziell mit der Polizei spricht.«

Frederike musste etwas trinken. Dann fuhr sie, an Sarah gerichtet, fort: »Das Problem ist, dass Frau Dr. Ludwig mit dir über Dinge sprechen soll, die unter die Schweigepflicht fallen und ihre Freundin betreffen. Du musst also deine Fragen sehr allgemein stellen, aber dennoch die Verbindung zu Fabienne Bredemann herstellen. Lass der Ärztin immer die Hintertür offen, dass sie keinen Namen sagt und es auch schwammig formuliert. Du weißt, was ich meine?«

Sarah wusste es nicht genau.

»Formulierungen wie: ›Angenommen, es käme jemand …‹, ›Wenn eine Frau mit unerfülltem Kinderwunsch kommt, welche Beratungsalternativen gibt es bei Ihnen?‹, ›Beraten Sie auch im Bereich der Leihmutterschaft?‹, ›Arbeiten Sie mit Agenturen zusammen?‹ Frag, ob sie Rebecka, die Freundin von Laura

Höfler, kennt oder sie gar behandelt hat. Frag auch nach dem Thema Abbruch. Ob sie selbst so etwas durchführt oder vermittelt.« Frederike überlegte, ob sie alles angesprochen hatte.

»Frau Höfler ist doch der Grund, warum wir zu der Frau gehen«, merkte Sarah an und sah zu Patrick.

»Genau. Deshalb frag am Anfang nach ihr. Ob die Höfler Zugang zu Patientenunterlagen hatte, bei Gesprächen dabei war, Wissen besaß, das sie missbräuchlich genutzt haben könnte. Frag nach ihrer genauen Arbeit bei ihr. Frag, ob es Patientinnen oder Patienten gab, die Frau Höfler verärgert hat, ob es zu Spannungen zwischen ihr und Patienten gekommen ist. Vielleicht hat sie eine Idee zu dem, was passiert ist.«

Frederike war das immer noch zu theoretisch. Wenn sie selbst in der Situation wäre, würde sie spüren, wie sie weiterkam und wo es sich lohnte einzuhaken. Sie kannte diese Ärztin nicht. Deshalb fiel es ihr so schwer, das Gespräch zu planen.

»Ihr Mann ist Chefkoch im ›Pottgold‹ hier in Essen. Vielleicht findest du darüber einen Anknüpfungspunkt. Das ist privat, und vielleicht gibt sie dir hier eine Auskunft. Frag, ob sie die Bredemanns eventuell von einem Kochkurs bei ihrem Mann kennt.«

Frederike ging Siegrid Ludwigs Lebenslauf holen. »Hier, den hab ich ausgedruckt. Lies ihn durch. Vielleicht kannst du etwas daraus brauchen.«

»Frederike, wie ich sie kenne. Auch im Ruhestand ist sie immer bestens informiert.« Es klang anerkennend und gar nicht sarkastisch, wie sie es von Patrick erwartet hätte.

Eine Stunde war sehr wenig Zeit, um eine junge Kommissarin für so ein Gespräch vorzubereiten. Vor allem ohne vorherige Planung. Es gehörten Erfahrung und Fingerspitzengefühl dazu, eine Ärztin zu befragen. Jetzt hatten sie die Gelegenheit zu dem Termin, also mussten sie ihn nutzen.

»Es wird schwierig werden, die Bredemanns in das Gespräch einzubeziehen. Vielleicht kannst du eine Brücke über Rebecka, die Freundschaft zu Frau Höfler und die Agentur schlagen.

Nutze jedes Stichwort, das sie dir liefert, um das Thema auf Leihmutterschaft zu bringen. Die Bredemanns gehen in ein Fitnessstudio in Gelsenkirchen. Vielleicht ist das noch ein Anknüpfungspunkt.« Frederike würde sich an jeden Strohhalm klammern, um an Informationen zu kommen. Jedes noch so abwegige Thema ansprechen, damit sie am Ende nicht mit leeren Händen dastünde. Doch so was ergab sich leider erst im Gespräch, dessen Verlauf sie so schwer vorhersagen konnte.

Frederike lehnte sich im Sessel zurück und überlegte, was sonst noch ein Gesprächspunkt sein konnte. »Du hast eine gute Ausbildung und weißt, wie du Befragungen durchführst. Sei mitfühlend und fordernd, tritt ihr wenn nötig auf die Füße und zeig dich verständnisvoll, wenn es passt. Sieh dir die Frau an und entscheide, was das richtige Vorgehen ist. Ich kenne sie nicht und kann es daher nicht sagen. Sie ist Ärztin und will helfen. Sieh zu, dass sie auch dir helfen will.«

Je mehr Frederike erzählte, umso größer wurden ihre Bedenken, ob es eine gute Idee war, Sarah dorthin zu schicken. War es wirklich hilfreich, die Ärztin zu befragen? Dass sie im Rahmen der Ermittlungen zu ihrer Mitarbeiterin befragt wurde, lag nahe und war nicht weiter ungewöhnlich. Auch, dass eine Verbindung zu Rebecka Lautenschläger hergestellt wurde, erschien naheliegend, da beide im Werksschwimmbad gefunden worden waren und eine vergleichbare Vorgehensweise zugrunde lag. Nachdem beide Frauen einige Wochen gemeinsam die Wohnung geteilt hatten, musste das die Polizei hellhörig machen.

Problematisch war nur, wenn der Schwerpunkt zu sehr auf die Verbindung zu den Bredemanns gelegt wurde. Wenn die zwei Familien befreundet waren, musste sie davon ausgehen, dass die Ärztin das Ehepaar sofort nach dem Gespräch informierte. Und wenn die Agenturleute tatsächlich in irgendeiner Form involviert waren, hatten sie Zeit, mögliche Spuren und Hinweise zu vernichten.

»Du kannst sagen, dass, nachdem es Gemeinsamkeiten der Tatorte der beiden Frauen gibt, die Polizei die Fälle noch einmal genauer unter die Lupe nimmt. Deshalb auch die Fragen nach Rebecka.«

»Aber –«

Patrick legte ihr die Hand auf den Arm. »Wir müssen jetzt los. Danke, Frederike, du warst eine große Hilfe. Ich hoffe, jetzt kommt auch etwas dabei heraus. Ich melde mich nachher bei dir.«

Sie gingen zur Haustür.

»Mach jetzt Feierabend. Es ist Freitag, und du hast Wochenende.«

Frederike lachte. »Draußen läuft noch ein Mörder herum.«

»Nicht deine Verantwortung.«

»Patrick, du hast gesagt, dass es vielleicht eine Möglichkeit für mich gibt, extern oder beratend wieder einzusteigen. Ist das wirklich so?

»Du solltest dich mit Potthoff treffen, um die Möglichkeiten zu besprechen. Aus meiner Sicht stehen die Chancen fifty-fifty.«

»Dass er mit mir arbeiten will oder dass er es nicht will?«

Wenigstens lachte Patrick zum Abschluss noch einmal.

»Ruf mich an, wenn ihr fertig seid. Ich warte.«

Frederike wünschte Sarah viel Erfolg und versprach, ihr die Daumen zu drücken.

Frederike gönnte sich auch selbst ein bisschen Zuversicht. Sarah war sehr aufgeschlossen, machte sich Notizen, fragte nach. Sie schien sich in die Situation versetzen zu können. Frederike kannte ihren Hintergrund zu wenig, um einschätzen zu können, wie erfahren sie in Befragungen war. Potthoff hätte jedoch nicht zugestimmt, wenn er es ihr nicht zutrauen würde.

43

Frederike setzte sich in ihren Sessel. Die Federn unter dem Polster schienen zu glühen. Sie holte sich ein Wasser aus der Küche. Vor zehn Minuten waren die beiden gegangen. Waren sie ...? Nein, sie konnten noch nicht dort sein. Als sie die Unruhe nicht mehr aushielt, wusste sie, dass sie etwas tun musste.

Sie holte ihr Notizbuch und schlug es auf. Das Abendessen morgen bei den Bredemanns war entscheidend. Sie hatte vor, sie ganz direkt mit ihrer Theorie zu konfrontieren. Sie war sicher, dass sie Rebecka ermordet hatten. Sie hatten sie ruhiggestellt, betrunken gemacht und dann ins Wasser geworfen. Sie hatten ihr beim Ertrinken zugeschaut.

Bei Frau Höfler gingen sie genauso vor. Nur, dass kein Wasser mehr im Becken war und sie daher erfrieren musste.

Wenn sie morgen nach der Wohnungsbesichtigung das Restaurant finden würde, in dem die Bredemanns mit Rebecka essen waren, wäre sie der Lösung noch ein Stück näher. Vor allem, wenn sie auch mit Frau Höfler dort waren. Wenn nicht, musste sie sich etwas Neues ausdenken.

Was sie noch immer nicht genau wusste, war, warum Rebecka sterben musste. Sie vermutete als Motiv, dass Rebecka mit dem induzierten Abort Frau Bredemanns sehnlichsten Wunsch getötet hatte, ein Kind zu haben, Mutter zu sein. Das schien eine fixe Idee bei ihr gewesen zu sein. Dann kam Rebecka und trat den Plan, das Szenario, das sie vorbereitet hatte, in die Tonne, indem sie das Kind abtreiben ließ. Stephanie hatte es verraten. Fabienne, die alles so perfekt organisierte, überwachte, unter Kontrolle hatte, war ausgetrickst worden. Fabienne Bredemann musste handeln – hatte gehandelt.

Frederike sah zu ihrem Munch-Bild. Wieder verlor sich ihr Blick darin. »Moritz, wie komme ich jetzt weiter?« Die Frage war laut über ihre Lippen gekommen. Sie hallte in ihren Ohren. Fast erschrak sie dabei. Aber sie lauschte. Würde er antworten? Sie sah die Frau in ihrem weißen Kleid.

Die Antwort müsste von dem Mann im schwarzen Anzug kommen. Sie lauschte, während ihre Gedanken weiterrasten. Am Ende war genau das der Hinweis, auf den sie gehofft hatte. *Es sind nämlich auch die Dinge wichtig, die nicht gesagt werden.*

Sarah war am Ende des Gesprächs dabei gewesen, etwas zu sagen, was Patrick bisher nicht erwähnt hatte. Deshalb hatte er ihr die Hand auf den Arm gelegt und sie unterbrochen.

Er hat nie, in keiner Situation, gesagt, dass Laura Höfler tot sei. Er hatte es immer geschickt formuliert, dass sie es annehmen konnte, es aber nicht stimmen musste. Sie überlegte noch einmal die Situationen. Nur sie, Frederike, hatte von »Mord« und »Opfer« gesprochen.

Wie hatte es einmal in einem Seminar gelautet: Jemand ist nicht tot, solange er nicht warm und tot ist.

Da sie Laura Höfler nicht gesehen hatte, hatte sie sich auf das verlassen, was man ihr gesagt oder sie in der Zeitung gelesen hatte. Das konnte stimmen, musste aber nicht.

Um achtzehn Uhr zwanzig klingelte ihr Telefon. Endlich, dachte sie, als sie Patricks Namen las.

»Wie ist es gelaufen?«

»Teils, teils. Sie hat eingeräumt, die Bredemanns zu kennen. Von einem Kochkurs bei ihrem Mann. Dort hätten sie sich kennengelernt und gelegentlich auch im ›Pottgold‹ zusammen gegessen.«

Frederike dachte: Strike!

»Bei den anderen Fragen hat sie sich auf ihre Schweigepflicht zurückgezogen. Aus ihren Antworten können wir zwar vermuten, dass sie sowohl Frau Bredemann als auch Frau Lautenschläger als Patientinnen behandelt hat, aber weshalb und mit welchem Ergebnis, da hat sie dichtgemacht. Als Frau Ludwig meinte, sie würde Frau Bredemann anrufen, um sie zu fragen, ob sie damit einverstanden wäre, dass sie uns Details aus der Patientenakte gibt, hat Sarah abgebrochen.«

»Wie wirkte sie? Was hat sie zum Tod ihrer Mitarbeiterin gesagt?«

»Sie war schockiert und konnte sich angeblich nicht vorstellen, was passiert sein konnte. Für sie ist ein Unfall am wahrscheinlichsten. Aber das können wir ausschließen.«

»Wann wird die Obduktion durchgeführt?« Frederike war auf die Antwort gespannt.

»Ich hab noch keine Information von Kowalczyk bekommen. Ich vermute, dass sie es morgen oder am Montag machen. Du weißt, wie das ist.«

»Sagst du mir Bescheid?«

»Willst du noch einmal mit Sarah sprechen?« Er schien das Telefon weiterzugeben.

»Hallo, Frederike. Ich habe im Grunde nichts mehr hinzuzufügen. Frau Ludwig war sehr reserviert. Ich kam nicht an sie ran. Sie hat grundsätzlich alles abgelehnt, was in die Nähe von Patienteninformationen ging. Hat dauernd auf eine richterliche Anordnung verwiesen, ohne die sie keine Auskünfte erteilen oder Unterlagen zur Verfügung stellen würde. Was Frau Höfler passiert ist, tue ihr sehr leid, und sie könne sich überhaupt nicht vorstellen, was dahintersteckt. Einen Zusammenhang mit ihrer Arbeit hat sie ausgeschlossen. Das wirkte authentisch auf mich. Ansonsten hat sie nur das über ihre Arbeit erzählt, was auch im Internet auf der Homepage steht.«

»Du hast Erfahrung, Sarah. Glaubst du, Frau Ludwig weiß mehr? Verschweigt sie etwas, was uns weiterhelfen könnte? Manchmal reagieren Menschen sehr eindeutig, wenn man sie erwischt. Du weißt, was ich meine. Blicke, Körpersprache, Übersprungshandlungen. Irgendetwas, das einen Hinweis gibt, dass wir auf dem richtigen Weg sind.«

Sarah schien zu überlegen. »Sie war sehr auf ihre Worte bedacht. Hat jeden Satz zurechtgelegt, bevor sie ihn ausgesprochen hat. Sie war unglaublich kontrolliert und, wenn ich darüber nachdenke, sie hat genau das vermieden. Sie hat jede Geste, jeden Reflex unterdrückt. Als gäbe es etwas, was sie zu verraten fürchtete. Ich meine, sie ist Ärztin. Wenn sie uns gegenüber etwas sagt, was eine Patientin belastet, hat sie eine Klage am Hals. Dass sie direkt oder indirekt in die zwei Fälle verstrickt ist, würde ich ausschließen.«

Das half Frederike zwar nicht unmittelbar weiter, doch bestätigte es ihre Vermutung.

»Ich finde es toll, dass du das gemacht hast. Wenigstens wissen wir jetzt, dass sich die zwei Frauen kennen. Das ist doch ein Schritt in die richtige Richtung.«

Nachdem sie das Gespräch beendet hatte, dachte sie, dass es Fluch und Segen sein konnte, jemanden gut zu kennen. Im Fall von Patrick war es Segen. Seine ausweichende Antwort auf ihre Fragen nach Frau Höflers Obduktion bestätigte ihre Vermutung. Auch, dass Sarah jede eindeutige Formulierung vermieden hatte, die darauf hindeutete, dass Laura Höfler tatsächlich tot war.

Also nahm Frederike ihr Telefon und rief in der Uniklinik an. Sie gab sich als die Patentante von Laura Höfler aus, die von ihrer Nichte gehört hatte. »Liegt sie bei Ihnen? Meine Laura, geht es ihr gut?«

Im Hintergrund hörte sie ein Rascheln, dann Stimmen. »Moment bitte«, sagte die Frau, »ich verbinde Sie in die Abteilung.«

Stille. Frederike ballte eine Faust.

»Hallo.«

Frederike erzählte wieder ihre Geschichte von der Patentante, die endlich wissen wollte, wie es um ihre Nichte stand.

»Uns ist nichts bekannt von Angehörigen.«

Frau Höfler befand sich also im Universitätskrankenhaus. Erleichtert atmete Frederike auf. »Glauben Sie, ich rufe Sie an, wenn ich keine Angehörige bin? Hören Sie, mich gibt es, ich bin aus Fleisch und Blut. Stier.« Den Namen nuschelte sie, denn man wusste nie. »Ich möchte mit ihr sprechen. Wie geht es ihr? Sagen Sie mir, wie es um Laura steht! Kommt sie durch?«

Die Frau räusperte sich. »Ich verlasse mich darauf, dass Sie eine Angehörige sind.«

»Soll ich Ihnen eine Kopie meines Ausweises schicken?«

»Frau Höfler ist stabil. Wir konnten sie reanimieren. Mittlerweile ist ihre Körpertemperatur wieder normal. Sie wurde mit einer Hypothermie eingeliefert, was ihr wahrscheinlich das Leben gerettet hat. Aber sie liegt auf der Intensivstation und wird überwacht. Sie ist schwach und braucht viel Ruhe.«

»Kann ich sie sehen? Nur kurz? Ich will ihr sagen, dass ich da bin. Ihre Hand halten. Bitte.«

Es dauerte, bis sie eine Antwort bekam, was Frederike als gutes Zeichen wertete.

»Sie schläft. Sie hat ein Beruhigungsmittel bekommen, das noch wirkt. Heute auf keinen Fall. Vielleicht morgen. Aber ich bezweifle es.«

»Arbeiten Sie morgen? Dann würde ich mich direkt an Sie wenden. Mein Name ist Stier. Ich bin morgen Nachmittag bei Ihnen.«

»Ja, ich bin hier.« Die Frau zögerte. »Fragen Sie nach mir. Zimmermann.«

»Sie wissen gar nicht, wie dankbar ich Ihnen bin. Das vergesse ich Ihnen nie. Einen schönen Abend noch. Danke vielmals.«

Frederike war mit ihrer Leistung zufrieden. Sie wusste, dass Frau Höfler noch lebte und dass sie im Krankenhaus lag. Für ein Telefonat, das sie nicht hätte führen dürfen, ein ordentliches Ergebnis.

Wenn das kein Grund war, den Tag mit einer Bestellung bei »Don Camillo« zu krönen. Ein gutes Glas Rotwein dazu?

Sie entschied sich dagegen. Brot und Käse mussten für heute genug sein.

Bei ruhiger Musik – Fleetwood Mac hatte sie schon lange nicht mehr gehört – und einer Kanne Tee verbrachte sie den Abend in ihrem Sessel, ging in Gedanken das morgige Abendessen bei den Bredemanns durch, überlegte, was passieren konnte, wie sie sich darauf vorbereiten konnte, welches Risiko sie einging, und genoss es, ihre Überlegungen einmal wieder mit Moritz zu diskutieren.

Doch der Bedenkenträger versuchte, ihr die Laune zu vermiesen. Sie stoppte das und holte stattdessen die ausgedruckten Unterlagen zu ihrer neuen Wohnung.

Draußen pfiff der Wind. Ein kalter Windhauch erreichte ihre Füße. Die Fenster mussten dringend erneuert werden, dachte sie.

Bald würde sie in eine neue, perfekt isolierte Wohnung einziehen. Mit Aufzug und Balkon, mit trockenem Keller und netten Nachbarn und in einem schönen Umfeld.

Sie schloss die Augen und malte sich ihr neues Rentnerleben in Farben aus, die Munch nie aus einer Tube gedrückt und sie niemals in ihrem Kopf vermutet hatte. Nur die Wände waren weiß gestrichen.

Sie holte sich eine Decke und wickelte sie um die Beine. Eine Wolljacke wärmte den Rest, der Tee von innen. So saß sie da. Ihre Gedanken irrten um Rebecka, Frau Höfler, Hartmut. Sie vermischten sich, drängten sich einzeln nach vorne, erloschen in der Wut über Kowalczyk. Was trieb die Bredemanns an? Sie verstand es nicht.

Irgendwann übernahm der Schlaf das Kommando und verordnete ihr kompromisslos Ruhe. Aus der sie gegen Mitternacht hochschreckte. War es ein Traum gewesen, ein Geräusch, der zwickende Rücken? Keine Frage für diese Uhrzeit. Sie ging ins Bett.

44

Frederike trat um halb zehn am nächsten Morgen auf die Altendorfer Straße. Der eisige Wind scheuchte immer noch die Leute von der Straße, und die dunklen Schneewolken sorgten wohl dafür, dass sie nicht mehr aus dem Haus kommen würden. An der Straßenbahnhaltestelle gegenüber stand ein älterer Herr und rieb die Hände aneinander.

Nur Frederike pfiff auf diese Verhältnisse, denn sie war auf dem Weg zu ihrer ersten Wohnungsbesichtigung. Die Unterlagen versprachen viel. Siebzig Quadratmeter, Westbalkon, Parkett und eine Miete, die in ihr Budget passte. Sie hoffte auf einen kleinen Bonus durch den Kontakt mit Alfred und vielleicht auch, weil sie als ehemalige Hauptkommissarin einigermaßen seriös daherkam.

Eine gute Stunde später saß sie bei Sakrine im Café und berichtete mit strahlenden Augen von dem Termin. »Die Wohnung ist direkt um die Ecke. Zwinglistraße. Eins der hinteren Häuser. Du kennst sie. Im Januar kann ich einziehen. Ich muss zwar streichen, aber das kriege ich hin. Oder lasse streichen. Jetzt muss ich mich nur noch um eine Küche kümmern. Wo krieg ich nur so schnell eine Küche her?«

»Das schaffst du«, meinte Sakrine und stellte ihr den Tee hin.

»Weißt du, jetzt musste ich zweiundsechzig Jahre alt werden, um meine erste eigene Wohnung zu mieten. Ist das nicht verrückt?« Frederike nahm den Tee.

»Vorsicht!«, rief Sakrine, doch es war zu spät. Frederike hatte sich schon die Zunge verbrannt.

»Nicht so schlimm«, wiegelte sie ab und spürte bereits die Blase auf der Zunge größer werden.

Immer mehr Gäste betraten das Café, sodass Frederike entschied, sich zu verabschieden. Am Montag würde sie den Mietvertrag unterschreiben. Sie sollte es feiern.

Auf dem Platz vor dem Café blieb sie stehen. Die heutigen Termine schoben sich in den Vordergrund und verdrängten die Freude über die neue, die sensationelle Wohnung. Kaum hatte sie mit dem Herrn der Vermittlung diese betreten, hatte sie angefangen, ihre Möbel zu verteilen, den Platz für den Sessel, das Bild, ihre wenigen Schränke. Die Wohnung bot wirklich alles, was sie sich vorgestellt hatte: Balkon, Parkett, Badewanne und separate Dusche. Wo gab es so was? Dazu einen großen Kellerraum, Aufzug, viel Licht.

Frederike zwang sich, sich auf den Fall Rebecka und Frau Höfler zu konzentrieren. Bis zum Abendessen brauchte sie noch den letzten Hinweis, dass die Bredemanns hinter den Fällen steckten. Sie war sich sicher, aber was war das wert, wenn verwertbare Beweise fehlten?

Sie rief Hartmut an. »Morgen weiß ich, was hinter Rebeckas Tod steckt. Heute Abend bekomme ich die letzten Informationen. Wir könnten uns morgen treffen, dann erzähle ich es dir.«

»Da du dich heute Abend nicht mit mir triffst, vermute ich, dass ich kein Verdächtiger mehr bin.«

Trug er es ihr also immer noch nach. Sie erinnerte sich an ihren ersten Gedanken, als sie zusammen am Werksschwimmbad gestanden hatten, während Rebecka abtransportiert und in die Rechtsmedizin gebracht worden war: *Hoffentlich fragt er mich nicht.* Aber Hartmut hatte sie gefragt, und sie war so blöd gewesen, es ihm zu versprechen. Obwohl ihre ganze Erfahrung und ihr inneres Warnsystem angesprungen waren und sie zum Ablehnen aufgefordert hatten.

»Die Zeitungen werden sicherlich auch darüber berichten. Die bekommen die Informationen zwar nicht von mir, aber sie bekommen sie. Ich bin sicher.«

»Sei doch –«

»Doch, ich bin. Ich habe mich für dich aufgerieben und habe viel auf mich genommen. Ich habe es für dich getan. Weil du dir sicher warst, dass Rebecka sich nicht das Leben genommen hat.

Natürlich macht es mir auch Spaß zu ermitteln. Aber wenn du es nicht gewollt hättest, ich hätte nichts unternommen. Außerdem dachte ich ...« Tränen stiegen ihr in die Augen.

»Was?«

»Schon gut. Ich wünsche dir alles Gute.« Sie schluckte. »Dir und Adelheid.«

Sie beendete das Gespräch. Hartmut musste nicht wissen, dass sie sich insgeheim Hoffnung gemacht hatte, dass vielleicht doch etwas aus ihnen werden könnte, sie eine gemeinsame Zukunft hätten.

Wenn sie ehrlich war, war es so vielleicht auch besser. Sie wäre mit Hartmut nicht glücklich geworden. Hartmut und sie waren zu verschieden. Er lebte ein anderes Leben als sie, hatte andere Interessen, andere Einstellungen. Sie erwarteten zu unterschiedliche Dinge vom Leben, vom Partner. Aber es tat ihr doch weh. Was nutzte es, wenn es dem Kopf klar war, der Bauch aber etwas anderes fühlte?

Vielleicht brauchte sie diese Erkenntnis, auch wenn sie schmerzhaft war. Sie erleichterte das Verstehen und verkürzte diese vertane Zeit des Hoffens und Bangens.

Die Erfahrung, dass sie auch in ihrem Alter nicht nüchtern und unberührt ihr Beinaheverhältnis mit Hartmut ad acta legte, stimmte sie doch hoffnungsfroh. Es glimmte noch ein kleiner Funke der Leidenschaft, der nur wieder vom Richtigen entfacht werden musste.

Glaubte sie.

Die Hoffnung stirbt zuletzt.

Der heikelste Punkt des heutigen Tages stand an. Sie musste zu Frau Höfler auf die Intensivstation kommen. Wie auch immer ihr das gelingen sollte. Sie musste darauf bauen, dass Frau Zimmermann, diese Krankenschwester auf der Station, ihr vertraute.

Frederike musste überzeugend sein.

Entscheidend wäre am Ende, wie der Zustand von Frau

Höfler war. Ob sie wieder bei Bewusstsein und ansprechbar war. Das alles würde sie nur wissen, wenn sie nun in die Klinik fuhr und es versuchte.

Zu Hause zog sich Frederike ein Kostüm an. Nicht der neuste Schick, aber okay für eine Patentante, die sich Sorgen um ihre Nichte machte. Sie würde noch ein Stofftier besorgen, das sie »ihrer Laura« in den Arm legen konnte. Wegen der Glaubwürdigkeit. »Sie liebt Meerschweinchen, meine Laura.« Frederike schmunzelte.

Sie nahm den Bus. Die 161 brachte sie, ohne dass sie umsteigen musste, zur Uniklinik. Sie war oft genug hier gewesen, um den Weg zu finden.

Im Kiosk fand sie tatsächlich das passende Stofftier, das sie für zu viel Geld kaufte. Für Frau Zimmermann fand sie eine Schachtel mit Pralinen.

»Das ist wirklich zu lieb von Ihnen, dass sie mir das ermöglichen. Vielen lieben Dank.« Frederike hatte sich die Sätze mehrmals innerlich vorgesagt, damit sie ihr glaubwürdig über die Lippen kamen, als Frau Zimmermann nun vor ihr stand. In ihrer rechten Hand hielt sie die Schachtel mit den Pralinen. Darüber lag ihr Schal, damit Umstehende sie nicht sehen konnten. Sie reichte sie Frau Zimmermann.

»Das darf ich nicht annehmen«, sagte sie und sah auf den Boden.

»Sie dürfen. Sie wissen gar nicht, welche Erleichterung das ist, kurz zu meiner Laura zu dürfen.« Sie hielt das Meerschweinchen hoch. »Sie liebt sie, die Meerschweinchen. Wenn sie aufwacht, wird sie das an ihr eigenes erinnern und daran, dass sie schnell wieder heimmuss, um sich um das Peterle zu kümmern.«

Frau Zimmermann sah sich um und öffnete die Tür. »Aber wirklich nur ganz kurz.«

Frederike schlüpfte durch die Tür und sah sich mit einer Batterie an Geräten und Apparaturen konfrontiert, die rechts und links am Kopfende des Bettes standen. Sie ging direkt zu Frau Höfler und nahm ihre Hand.

»Frau Höfler?«

Sie öffnete die Augen einen Spalt.

»Sie sind wach. Ich bin so froh. Es tut mir so leid, dass ich Sie hineingezogen habe. Werden Sie schnell wieder gesund. Hier.« Frederike legte das Stofftier auf die Decke. »Sie kennen mich, Frederike Stier. Ich habe nur eine Frage: Waren es die Bredemanns?«

Frau Höfler nickte. Zweimal tat sie das, bevor sie die Augen wieder schloss.

»Die Bredemanns waren bei Frau Ludwig, Rebecka hat das mitbekommen und später für ihren Plan, sich als Leihmutter anzubieten, ausgenutzt. Das konnten Sie Rebecka nicht verzeihen. Drücken Sie meine Hand ein Mal, wenn es stimmt.«

Frau Höfler tat es.

»Rebecka war auch Patientin von Frau Ludwig?«

Frau Höfler drückte erneut Frederikes Hand.

»Die Abtreibung hat Rebecka von einem anderen Arzt durchführen lassen.«

Wieder drückte Frau Höfler, dieses Mal jedoch viel schwächer.

»Vielen, vielen Dank. Damit kriegen wir sie, die Bredemanns.« Frederike stand auf. »Kommen Sie schnell wieder auf die Beine. Ich wünsche es Ihnen von Herzen.« Damit verschwand sie durch die Tür und von der Station.

Das war gut gegangen, dachte Frederike, als sie durch den Haupteingang die Klinik verließ.

»Frederike, was machst du denn hier?«

Ihre Gedanken beschäftigten sich so sehr mit ihrer Theorie, dass sie ihre Umgebung nicht beachtet hatte. Kowalczyk stand vor ihr.

»Darf ich nicht ins Krankenhaus? Muss ich dich um Erlaubnis fragen?«

»Wen hast du besucht?«

»Ganz ruhig. Ich war bei meiner Patentochter.«

»Ich lade dich vor, wenn ich erfahre, dass du Frau ...« Er stockte.

»Wenn ich wen besucht habe?«

»Du hörst von mir.« Damit ließ er sie stehen.

Warum hielt die Kripo geheim, dass Frau Höfler überlebt hatte? Verfolgte Kowalczyk eine Spur und wollte die Öffentlichkeit und den Täter im Unklaren lassen?

Wenn Frau Höfler gleich Kowalczyk gegenüber auch etwas sagen konnte, dann würde er möglicherweise ihren eigenen Plan torpedieren.

Reichte es, darauf zu hoffen, dass Frau Höfler schlief und nichts sagen konnte?

Sie überlegte. Dann wählte sie Frau Zimmermanns Nummer. »Frau Zimmermann, schön, dass ich Sie erreiche. Ich hatte das Gefühl, dass es meinem Patenkind gar nicht gut geht. Sie wirkte erschöpft und sehr müde. Ich musste dringend weg, deshalb konnte ich nicht mehr selbst zu Ihnen kommen. Es wäre schön, wenn Sie ein Auge auf sie haben könnten. Damit sie Ruhe hat und nicht gestört wird. Vielen Dank.«

Die Stationsschwester versprach es. Frederike war überzeugt, dass die Frau es auch umsetzen würde.

Sie drückte sich selbst die Daumen, dass Kowalczyk keine Gelegenheit haben würde, ihr ins Handwerk zu pfuschen.

Bevor sie nach Hause fuhr, machte sie einen Abstecher zur Zeche Zollverein. Im »Casino«, dem schicken Restaurant am Ehrenhof, wollte sie fragen, ob Bredemanns mit Rebecka am Mordabend dort essen waren.

Sie ging zu einer Bedienung und fragte direkt, ob sie letzte Woche Montag hier gearbeitet habe. Nach einer kurzen Diskussion kam der Chef.

Frederike sagte, dass sie eine Freundin von Frau Lautenschläger sei, die an jenem Tag hier gewesen sei. Wahrscheinlich mit einem befreundeten Ehepaar. »Sie muss an diesem Abend einiges getrunken haben, weil sie sich nicht mehr so genau erinnert, wie sie nach Hause gekommen ist. Junge Leute.«

»Was genau kann ich für Sie tun?«, fragte der Mann reserviert.

»Meine Freundin, Frau Lautenschläger, vermisst ihr Telefon. Ich wollte Sie fragen, ob Sie es gefunden haben. Bredemanns, mit denen sie hier war, haben es nicht.«

»Bei uns ist kein Telefon abgegeben worden.« Der Mann war offenbar nicht bereit, ausführlicher zu antworten.

Frederike zog die Bilder von Bredemanns aus der Jacke. »Das ist das Ehepaar. Sie erkennen es bestimmt.«

Der Mann sah auf das Bild. »Die waren schon hier, ja.«

»Erinnern Sie sich vielleicht, ob das letzten Montag gewesen ist? Meine Freundin war wirklich sehr betrunken. Ich denke, dass sie nicht mehr in der Lage war, selbst zu gehen, so wie sie aussah.«

Der Mann sah sie ungläubig an. »Ich weiß nicht, ob ich Ihnen helfen kann. Aber ja, an jenem Abend war eine Frau hier, die ziemlich aufgefallen ist.«

»Das tut mir sehr leid, wenn meine Freundin Ihnen Unannehmlichkeiten bereitet hat. Manchmal verliert sie das richtige Maß. Zum Glück war das Ehepaar dabei.«

»Das war sehr hilfreich.« Der Ton ließ keinen Zweifel aufkommen, wie unangemessen er das Benehmen der jungen Frau gefunden hatte.

»Es ist schlimm.« Manchmal hatte Frederike auch Spaß daran, den Menschen nach dem Mund zu reden und sie damit in die gewünschte Richtung zu dirigieren. »Dann werde ich mich bei den zwei entschuldigen müssen.« Sie schob hinterher: »Die Bredemanns waren nicht zufällig diese Woche noch einmal hier? Ich will sie als Entschuldigung zum Essen einladen. Es wäre mir peinlich, wenn sie dann zum dritten Mal hierhergingen.«

Der Mann sah sie ausdruckslos an. »Vielleicht fragen Sie das Ehepaar einfach.«

»Auch wieder wahr. Also noch einmal: Entschuldigen Sie meine Freundin bitte.« Frederike schüttelte den Kopf, wollte es aber auch nicht weiter kommentieren.

Auf dem Nachhauseweg konkretisierte sich ihre Idee, die sie

gestern vom Schlafen abgehalten hatte. Zu Hause angekommen setzte sie sich in ihren Sessel und führte das Gespräch, von dem sie nie gedacht hätte, es noch einmal zu führen. Und es nahm einen überraschend positiven Verlauf.

45

Frederike traf Sarah am Hauptbahnhof. Sie stiegen in die Regionalbahn, setzten sich einander gegenüber.

»Bist du bereit?«, fragte Frederike und sah am Gesicht, dass die Frage überflüssig war. In den kommenden dreißig Minuten musste sie der jungen Frau das Selbstvertrauen und die Zuversicht vermitteln, die für ihr Vorhaben unerlässlich waren. Deshalb sagte sie auch: »Wir kriegen das hin.« Schließlich zog sie nicht mit Zweifel in eine Schlacht.

Die Idee war ihr gestern Nacht gekommen, als sie schlaflos im Bett gelegen hatte. Dass es hilfreich sein konnte, wenn sie gemeinsam mit Sarah zu den Bredemanns ging. Sie wollte das Ehepaar überraschen. Vor allem, weil sie davon ausging, dass die beiden geplant hatten, auch sie, die »lästige alte Hexe«, zu beseitigen.

Es hatte sie eine halbe Stunde Überzeugungsarbeit bei Julian Potthoff gekostet. Weil sie von Patrick wusste, dass Potthoffs Einstellung ihr gegenüber nicht mehr so negativ war, und sie über die bösen alten Zeiten hinwegsah, war das Telefonat am Nachmittag vielversprechend verlaufen.

»Sieh es als praktischen Teil meiner Bewerbung«, hatte sie Potthoff gesagt. »Wenn ich das Ehepaar Bredemann überführe, dann überlegen wir, ob es eine Aufgabe bei der Kripo für mich gibt.«

»Eins nach dem anderen«, hatte er geantwortet und ihr schließlich den Segen gegeben, vorausgesetzt, dass Sarah auch einverstanden war. Eine weitere Bedingung war, dass ein SEK-Team um die Ecke wartete, das bei Bedarf sofort eingreifen konnte.

Das war auch in ihrem Sinn.

Jetzt saß Sarah Frederike gegenüber und schien ihre Zusage zu bereuen.

Frederike ging den Abend mit Sarah durch. Bei der Begrüßung, wie sie Sarah vorstellen würde, ihr Dabeisein erklären, fing sie an. Die erste Hürde war, durch die Haustür zu kommen. Danach mussten sie das Ehepaar davon überzeugen, dass es besser wäre, aufzugeben und sich zu stellen.

Frederike konnte überhaupt nicht einschätzen, wie die Bredemanns reagieren würden. Einsichtig oder aggressiv? Wütend und panisch? Bei solchen Menschen konnte es sein, dass sie ihre Niederlage akzeptierten. Wenn sie einsahen, dass der Preis für ihren Widerstand zu hoch war, gaben sie manchmal auf. Wenn sie noch eine Chance sahen, doch irgendwie davonzukommen, konnte es auch schlimm ausgehen.

Frederike sah Sarah an.

»Wir müssen gleich geduldig sein. Frau Bredemann ist gut, sie fängt dich geschickt ein. Ich vermute, ihr Plan ist, mich außer Gefecht zu setzen, um mich danach irgendwie zu beseitigen. Eine blöde Idee zwar, als Verdächtige eine ehemalige Polizistin zu entsorgen, aber ich denke, dass ich sie mittlerweile zu sehr in die Enge getrieben habe. Sie würden es wieder wie einen Unfall oder Selbstmord aussehen lassen, ich bin sicher. So wie sie es bei Rebecka und Laura Höfler getan haben. Ich vermute, sie rücken von dem Plan ab, wenn wir zu zweit kommen. Sie müssten improvisieren, wenn sie uns beide verschwinden lassen wollen. Dazu fehlt ihnen die Zeit, und es ist zu kompliziert. Außerdem wartet draußen unsere Unterstützung.«

Sie musste Sarah das Gefühl vermitteln, dass nichts passieren konnte. Es keine Gefahr gab, die auf sie lauerte.

»Wir dürfen Frau Bredemann nicht provozieren. Wir vermeiden es, ihnen zu drohen, sie zu beleidigen oder zu kränken. Wir dürfen ihnen nicht das Gefühl geben, wir stünden ihnen bei irgendetwas im Weg. Ziel muss es sein, dass sie ihre Tat einräumen. Dass sie einsehen, dass sie verloren haben und nun den Preis dafür bezahlen müssen. Jede weitere Handlung würde nur ihre Strafe verlängern.« Wenn Frederike es sich so sagen hörte, klang es, als wäre es ein Sonntagsspaziergang.

Sarah nickte nur. Sie rieb die Hände über ihre Oberschenkel. Frederike überlegte, ob sie Sarah mit der Aktion in Gefahr brachte. Sie glaubte es nicht. Das Überraschungsmoment lag auf ihrer Seite. Fabienne konnte nicht davon ausgehen, dass sie zu zweit kämen. Also war sie nicht vorbereitet. Dass die sie deshalb wegschicken würde, konnte sie sich nicht vorstellen. Aber sicher war sie sich nicht.

Sie erreichten Gelsenkirchen und stiegen am Hauptbahnhof in die Straßenbahn. Schweigend saßen sie nebeneinander, bis es Frederike zu still wurde. »Wir schaffen das. Nachher denkst du über den gelösten Fall nach und trinkst noch ein Bier drauf.«

»Ach, Frederike, wenn ich deine Erfahrung und deine Zuversicht hätte, würde ich mich wohler fühlen. Aber ich finde es gut, dass du an meiner Seite bist und nicht … Ich fühle mich sicher neben dir.«

So wie es sich anfühlte, glühte Frederikes Kopf wie ein Koksofen. Sie ging nicht darauf ein. »Wir müssen einfach feinfühlig sein. So tun, als ob. Das Problem ist sie. Volkmar, ihr Mann, läuft mit. Aus meiner Sicht ist er der Schwachpunkt. Bei ihr müssen wir wirklich aufpassen.«

»Meinst du, es wird gefährlich?«

Eine ehrliche Antwort war nicht angebracht. »Das kann ich mir nicht vorstellen.«

»Die haben zwei Frauen auf dem Gewissen. Beinahe zwei.«

»Aber das war geplant und vorbereitet. Wir überraschen sie. Außerdem warten draußen die Kollegen, die uns helfen, sollte es zu einer Auseinandersetzung kommen.«

»Bis die da sind …« Sarah verdrehte die Augen.

»Du hast die Nummer gespeichert, um sie zu rufen. Auf der Kurzwahltaste. Außerdem denken wir positiv.«

Nun setzte sich Frederike neben Sarah, und sie ließen die Stadt an sich vorbeiziehen.

Frederikes Smartphone klingelte. Sie las »Adelheid«. Kurz überlegte sie, das Gespräch anzunehmen. Dann stellte sie doch ihr Telefon auf stumm und ließ den Anruf auf die Mailbox laufen.

Am Rathaus Buer nahmen sie ein Taxi. Adelheid rief noch einmal an. Aber Frederike konzentrierte sich bereits auf die Bredemanns und ignorierte den Anruf auch dieses Mal. Der Fahrer bog an der Westerholter Straße rechts ab. Nach hundert Metern stiegen sie aus, um die letzten Meter bis zum Haus zu Fuß zu gehen.

Die Temperaturen waren angestiegen. Die Straße war matschig und glatt. Sie balancierten am Rand entlang, um ihre Schuhe einigermaßen zu schützen.

Frederike machte sich noch einmal bewusst, dass heute Abend nichts danebengehen durfte, um ihre Chancen als Coach bei der Kripo nicht zu gefährden. Eine misslungene Aktion wäre eine schlechte Bewerbung.

Bevor sie die letzten Meter bis zur Haustür gingen, nahm Frederike Sarah noch einmal zur Seite. »Die Gefahr lauert in den Getränken. Ich kann mir sehr gut vorstellen, dass sie versuchen werden, uns wie Rebecka Lautenschläger und Laura Höfler mit Beruhigungsmitteln außer Gefecht zu setzen. Also gar nichts oder wenig trinken. Wir bleiben ruhig, arbeiten unsere Fragen ab und provozieren nicht. Keine Diskussion, kein Streit. Alles bleibt harmonisch und freundlich.«

Frederike nahm ihren Blumenstrauß in die linke Hand und wollte schon den Klingelknopf drücken. »Eins noch. Sollte irgendetwas nicht wie geplant laufen, wir getrennt werden, eine Situation entstehen, die sich gefährlich oder nicht überschaubar anfühlt, dann rufe sofort das SEK. Wir gehen kein Risiko ein. Hast du mich verstanden? Kein Risiko.«

Sarah bestätigte es mit einem kurzen Nicken.

Na ja, es war noch immer gut ausgegangen.

Frederike begann zu zittern und erwischte sich dabei, dass sie zögerte. Wo war ihre Entschlossenheit, die sie normalerweise auf dem letzten Weg antrieb? Ihr fielen mehrere Situationen ein, in denen es ihr fast gleichgültig gewesen war, wie sie aus einer

Auseinandersetzung mit dem Mörder hervorging. Hauptsache, er war überführt und ein Fall abgeschlossen. Was aus ihr wurde, war dabei nebensächlich gewesen.

Gerade fühlte es sich anders an. Am Montag wollte sie den Mietvertrag unterschreiben und damit einen neuen Lebensabschnitt einläuten. Damit nahm sie endgültig Abschied von ihrem bisherigen Leben. Sie wollte in den Ruhestand starten, mit Elan und einer neuen Küche. Sie freute sich darauf, wie sie sich schon lange nicht mehr auf etwas gefreut hatte. Dazu noch eine neue Aufgabe als Coach.

Doch auch das durfte sie jetzt nicht bremsen.

46

Frederike drückte auf den Klingelknopf und atmete noch einmal durch. Sarah stand neben ihr, die Hände in ihrer Jackentasche versteckt, die Augen hielt sie geschlossen.

»Herzlich willkommen ...« Fabienne Bredemann stockte beim Anblick von Sarah. »Das ist ja schön, dass du eine Freundin mitgebracht hast.« Sie trat zur Seite. »Kommt rein, es ist kalt hier.«

Frederike ließ die gestaute Luft ihrer Lungen entweichen. Die erste Hürde war genommen, wobei sie die übertriebene Freude hellhörig machte.

Fabienne stand im kurzen schwarzen Kleid vor ihnen, schwarze Strümpfe, die Haare nach hinten gegelt. Sie sah sehr streng aus.

»Hättest du etwas gesagt, dann hätten wir uns vorbereitet.« Fabienne streckte ihnen die Hand entgegen. »Aber das ist auch so kein Problem.«

Volkmar kam mit einem Tablett und drei gefüllten Sektgläsern aus der Küche.

»Volkmar, schau, Frederike hat eine Freundin mitgebracht.« Er drehte sich sofort um und verschwand in der Küche.

»Sie wissen sicherlich, wer ich bin. Trotzdem: Fabienne Bredemann. Das war mein Mann, Volkmar.« Sie zeigte auf die Küchentür. »Sie dürfen gerne Fabienne sagen.« Dabei streckte Fabienne ihre Hand aus und strahlte Sarah aus einem offenen Gesicht an. Der Ausdruck in ihrem Gesicht war so vorbehaltlos zugewandt, dass Frederike angst und bange wurde. Fabienne verstand es, sich blitzschnell auf eine neue Situation einzustellen, obwohl sie eigentlich Überraschungen hassen müsste.

»Ich bin Sarah. Vielen Dank, dass es kein Problem ist und wir Sie überfallen dürfen.« Die junge Polizistin deutete die Anführungszeichen mit ihrer Stimme an. Sie strahlte genauso offen und gab sich entspannt und aufgeschlossen.

Frederike bemerkte es, und ihr Puls fuhr etwas herunter. »Das ist wirklich nett von dir. Danke«, sagte auch sie und übergab die Blumen und den Champagner, den sie aus ihrem Rucksack geholt hatte. »Ich hoffe, der schmeckt. Ich habe keine Ahnung von so was«, merkte sie an und zog die Jacke aus.

In einem Korb gleich links neben der Kommode wedelte ein Welpe mit dem Schwanz und sah Frederike erwartungsvoll an.

»Wie sagt der Hund?«, fragte Fabienne das Tier und streckte den Zeigefinger in die Luft. Sofort bellte der kleine Racker, und sie lobte ihn mit einem Hundekeks, der in einer Schale auf der Kommode lag.

»Das ging ja schnell mit einem Nachfolger. Was für eine Rasse ist das?«, fragte Frederike.

»Wir wollten schon lange einen Wachhund. Das empfiehlt sich hier. Es laufen so viele Menschen herum, von denen man nicht weiß, wo sie herkommen. Das ist ein Dobermann. Wir bilden ihn aus, und dann kommt hier keiner rein.«

Frederike sah, dass er mit einer Leine an einem Haken in der Wand angebunden war. »Darf er nicht herumlaufen?«

»Nicht, wenn wir Gäste haben. Noch nicht. Er muss lernen, dass dies hier sein Platz ist.«

Volkmar kam erneut aus der Küche. Dieses Mal standen vier Sektgläser auf dem Tablett.

Er trug eine schwarze Hose zu einem weißen Hemd. Eine elegante schwarz-weiß gestreifte Kochschürze wies ihn als den heutigen Chefkoch aus, wo doch Fabienne kochen wollte. Schweißperlen standen ihm auf der Stirn, und seine Locken standen etwas wirr vom Kopf. Er hielt ihnen das Tablett hin.

Sie nahmen sich je eins, stießen an, und die Gastgeberin meinte: »Herzlich willkommen. Auf einen schönen Abend.«

Frederike und Sarah bedankten sich für die Einladung und nippten an den Gläsern.

Frederike wusste, dass es bestimmt kein schöner Abend werden würde.

Fabienne tauschte mit ihrem Mann einen kurzen Blick, dann

sagte sie zu Frederike: »Ich weiß, warum ihr hier seid. Aber ihr liegt daneben. Volkmar und ich haben nichts mit dem Tod von Rebecka und dieser anderen Frau zu tun. Ich beweise es dir, und dann genießen wir den Abend.« Sie ging zu der Tür gleich rechts neben der Garderobe, auf der »Keller« stand. »Komm«, forderte Fabienne Frederike auf und öffnete die Tür.

Ein Abend voller Überraschungen, dachte Frederike. Die Absprache war, sich nicht trennen zu lassen. Also fragte sie: »Du hast nichts dagegen, wenn Sarah mitkommt?« Ihr war klar, dass die Gastgeberin etwas im Schilde führte.

»Das machen wir zwei allein. Deine Kollegin brauchst du nicht.«

Frederike überlegte. Ihr Blick ging zu Sarah. Auch sie schien die Situation für sich einzuschätzen. »Geht nur. Ich bleibe hier bei Volkmar. Er wird mir schon nichts tun«, sagte sie und lachte unbeschwert.

Das war nicht das, was Frederike hören wollte. Unentschlossen drehte sie das Sektglas in ihrer Hand. Ein Problem war wahrscheinlich, dass es im Keller keine Mobilfunkverbindung gab, um Verstärkung rufen zu können. Sie wären auf sich alleine gestellt. Da sie nicht wusste, was dort auf sie wartete, wäre das ein Risiko. Sollte, nein, durfte sie es eingehen?

»Worauf wartest du? Ich tu dir nichts.« Fabienne hob die Hände, als wollte sie zeigen, dass sie unbewaffnet war. »Ich will dir nur etwas zeigen. Komm.« Fabienne hielt die Tür auf und wartete. »Sarah, du kannst mit Volkmar ins Wohnzimmer gehen. Wir kommen gleich nach.« Fabienne hatte wieder die Stimme, die keinen Widerspruch zuließ, dennoch freundlich klang.

Volkmar legte Sarah die Hand auf den Rücken. »Komm, wir setzen uns vor den Kamin und trinken den Champagner. Es dauert nicht lang, dann sind die zwei Damen wieder bei uns.«

Frederike hasste das. »Du machst es spannend«, meinte sie, um einen unverkrampften Ton bemüht. Sarah alleine zu lassen gefiel ihr gar nicht.

»Das siehst du gleich. Es dauert wirklich nicht lang. Die Überraschung ist für dich.«

Frederike hielt einen Moment inne. Sie sah zu Sarah, die kurz die Augen schloss. *Dann gehen wir das Risiko ein.* Zumal so wenigstens Sarah ein Netz auf ihrem Smartphone hatte. Und sich die Eins-zu-eins-Situation ja vielleicht ausnutzen ließ.

»In fünf Minuten sind wir wieder da.« Sie hoffte, Sarah wusste, dass sie das SEK rufen sollte, falls es länger dauern sollte. Sie wiederholte: »Fünf Minuten.«

Fabienne lachte. »Wenn es zehn werden, ist es auch nicht schlimm.«

»Fünf«, betonte Frederike.

Frederike stellte ihr Glas auf die Kommode, und gemeinsam mit Fabienne stieg sie die Kellertreppe hinunter. Es wirkte nicht, als würden sie in einen Keller gehen. Die Treppenstufen und der Boden waren weiß gefliest, die Wände tapeziert und weiß gestrichen. Ein bestimmt zwei Meter breiter Flur lag vor ihnen. Was sich wohl hinter den gewöhnlichen Zimmertüren befand? »Das ist ein ordentlicher Keller«, sagte Frederike anerkennend.

»Für uns ist es kein Keller. Wir haben die Räume hier unten als Wohnräume geplant. Es gibt zwar einen Heizungsraum und Abstellräume, aber auch ...« Sie hielt inne und öffnete die Tür gleich links neben der Treppe.

Frederike verschlug es den Atem. Sie blickte auf ein komplett eingerichtetes Kinderzimmer. Eine Wiege, ein Mobile mit Seepferdchen und bunten Fischen an der Decke, eine Wickelkommode, Stofftiere überall. »Was ist das?«

»Ich wollte dir nur zeigen, was mir Rebecka gestohlen hat. Nein, sie hat es nicht gestohlen. Sie hat es ermordet. Kaltblütig getötet.« Fabienne wischte sich über die Augen. »Meine Hoffnung, meinen Lebenssinn, sie hat alles ausgelöscht.«

»Das hätte sie nicht tun dürfen«, bestätigte Frederike. Sie erinnerte sich an ihre eigenen Worte: *Kein Konflikt, keine Konfrontation.*

Fabienne sah Frederike überrascht an. »Niemals. Das konnte ich ihr nicht durchgehen lassen.«

»Wie auch? Ihr hattet eine Vereinbarung, einen Vertrag. Du hast viel Geld dafür bezahlt. Aber am schlimmsten ist doch, dass sie dich hintergangen hat. Dass sie dir deinen Mann ausspannen wollte und dein Kind getötet hat.«

Fabiennes Gesichtsausdruck sagte, dass sie sich gerade im falschen Film wähnte. »Du alte Hexe.« Sie lachte ihr sympathisches Lachen. »Dafür mag ich dich. Weil du ein echter Gegner bist und Tricks draufhast. Meinst du wirklich, wenn du mir nach dem Mund redest, gebe ich alles zu?«

»Was solltest du zugeben? Gibt es da etwas?«

»Du bist so erfrischend scheinheilig. Natürlich gibt es nichts, was ich zugeben müsste.« Fabienne lachte. »Entschuldige. Es war nicht so gemeint.« Sie schloss die Tür. »Das wollte ich dir gar nicht zeigen. Unseren neuen Weinkeller will ich dir zeigen. Er ist noch nicht ganz fertig, aber er funktioniert schon. Er ist sehenswert. Weil du doch auch Wein liebst. Chianti, oder?« Sie gingen zum Ende des Flurs, der vor einer bordeauxroten Stahltür endete.

Es war Fabiennes Tonfall, der bei Frederike den Alarmmodus aktivierte. »Habt ihr den Keller schon eingeräumt?« Ihre Stimme zitterte, weil sich allmählich eine böse Ahnung in ihr breitmachte.

»Einige Flaschen sind schon drin, ja. Deshalb haben wir die Kühlung schon an. Acht Grad sind perfekt. Aber es bleibt nicht nur der Wein frisch, wenn man ihn kühl lagert.« Fabienne stand vor der Tür und sah durch das Bullauge darin. Nach einem schnellen Blick hinein drehte sich die Hausherrin zu Frederike um. »Schau, was wir gerade eingelagert haben.«

So wie Fabienne Bredemann das sagte, wusste Frederike, dass etwas nicht stimmte. Was erwartete sie, wenn sie durch das runde Fenster sah? Ihre Füße weigerten sich weiterzugehen. Sie zwang sich, einen Schritt nach dem anderen zur Tür zu gehen. Hatten die Bredemanns doch Stephanie Grubinek gefunden?

»Die haben Kontakte, das kannst du dir nicht vorstellen«, hatte Jenny irgendwann gesagt.

Fabienne packte sie am Arm und zog sie zur Tür. Widerwillig folgte sie. Das Fenster war hoch, sodass sie sich auf die Zehenspitzen stellen musste.

»Was sagst du?«

Frederike schloss die Augen. Was sie dort sehen musste, war noch schlimmer als ihre Befürchtungen. Mit beiden Händen stützte sie sich an der Tür ab. Legte die Wange an das kalte Metall der Tür. Zu viele Gedanken schossen gleichzeitig durch ihren Kopf. Wut. Verachtung. Sorge. Entsetzen.

Ein Plan!

»Was ist mit dir?« Fabienne legte ihr besorgt die Hand auf den Rücken.

Frederike atmete schwer. Sie trat einen Schritt zurück und beugte sich nach vorne. Stützte sich auf die Knie. Sie musste kurz nachdenken. Richtete sich auf und bog die Arme nach hinten. Dann drückte sie sich auf den Brustkorb. Verstohlen sah sie zu Fabienne.

»Hab ich dich so sehr überrascht? Jetzt spielt dein armes altes Herz verrückt?« Fabienne trat zu ihr. »Kann ich etwas für dich tun? Ich wusste doch nicht, dass es so schwach ist. Auch wenn ich es gehofft habe. Dass dich der Anblick aus der Fassung bringen soll, war allerdings so geplant.« Sie lachte.

Frederike hielt die Luft an. Schweiß brach ihr aus. »Wasser. Ein Glas Wasser«, röchelte sie.

»Nachher. Zum Essen. Zuerst müssen wir das hier zu Ende besprechen.«

»Lass Hartmut aus dem Spiel.« Frederike atmete schwer. »Er hat damit nichts …« Sie lehnte sich an die Tür und rutschte mit dem Rücken an sie gelehnt Richtung Boden. Ihre Hände presste sie auf die Brust. Sie schloss die Augen und legte den Kopf auf die Knie.

»Natürlich hat er!« Fabienne schlug mit der Hand an die Metalltür, dass es schepperte. »Das war seine Tochter, die mir das angetan hat. Er hat sie nicht zur Vernunft gebracht. Außerdem hat er dich auf mich gehetzt. ›Er will den Hintergrund zum Tod seiner Tochter wissen.‹ So ein Blödsinn. Jetzt soll er sehen, was er davon hat.«

»Ich höre auf, sage kein Wort zur Polizei. Ich gebe ihnen recht, dass es Suizid war. In beiden Fällen. Es gibt nichts, gar nichts, was auf euch deutet und euch in Verdacht bringt. Ich sage, dass ich nichts gefunden habe. Überhaupt nichts.« Frederike rang nach Luft. »Aber tu ihm nichts. Bitte.« Sie wollte nicht auch noch Hartmut auf dem Gewissen haben. »Ruf mir einen Arzt. Bitte.«

Fabienne lachte trocken. »Doch nicht so kurz vor Schluss. Das würde die Pointe versauen.«

Bei Frederike poppte eine Erinnerung auf. Ihr Wettrennen mit der Agenturchefin auf dem Crosstrainer. War es damals doch kein Spaß gewesen, sondern ein gezielter Test? »Mir ist nicht nach Lachen«, stöhnte sie. »Einen Arzt. Bitte.«

Fabienne Bredemann setzte sich neben Frederike auf den Boden. »Ich verspreche dir, dass er zu spät kommen wird. Er wird nichts mehr für dich tun können. Das tut mir leid. Sehr sogar.« Sie strich ihr über das Bein. »Weil, irgendwie mag ich dich. Weißt du, ich hatte gehofft, dass dein Herz den Anblick nicht verkraftet. Etwas sagte mir, dass dir Monsieur Lautenschläger sehr wichtig ist. Warum sonst solltest du das alles auf dich nehmen? Die Nachforschungen, die ganzen Gespräche, ins Fitnessstudio gehen, wo du doch Sport hasst.«

»Lass ihn gehen. Die Sache hier ist etwas zwischen dir und mir.« Frederikes Stimme klang dünn und kraftlos.

»Mach dir um deinen Hartmut keine Sorgen. Er wacht nachher auf, sitzt auf der Bank an der Straßenbahnhaltestelle in der Nähe seines Hauses und wird einen Filmriss gehabt haben. Er wird sich an gar nichts erinnern. Er wird weder wissen, wo er war, noch, bei wem er war. Er wird sich fragen, wie er dorthin gekommen ist, aber keine Antwort erhalten. Vielleicht erinnert er sich später, dass er am Morgen alleine das Haus verlassen hat.

Ich habe ihn *zufällig* in der Stadt getroffen, habe ihm persönlich mein Beileid zum Tod seiner Tochter ausgesprochen. Wir haben einen Kaffee getrunken. Aber dann …« Fabienne grinste. Sie wirkte, als wäre sie noch immer stolz auf ihren listigen Plan. »Wenn du dich allerdings weigerst, an einem Herzinfarkt zu sterben, wird er dadrin an Unterkühlung sterben. Dann wird er seiner Tochter in den Tod folgen, weil er es nicht verkraftet hat, nun alleine zu sein. Wobei ich fürchte, dass ihr das gemeinsam tut. Im Tod vereint sozusagen.«

Frederike rang nach Atem und setzte an, etwas zu sagen. Es kam kein Wort heraus.

»Den Arzt rufe ich nachher. Versprochen. Nachdem du es hinter dich gebracht hast.«

Frederike sah, wie Fabienne den Kopf an die Tür lehnte und dann nach oben sah.

»Frederike, ich mache das nicht gerne. Aber du zwingst mich dazu. Weil du nicht aufhören kannst. Du musstest in allem herumrühren und die Ordnung stören. Es war alles perfekt. Nur du –«

»Frederike!« Von oben rief Sarah.

»Wir kommen gleich! Nur noch eine Minute!«, rief Fabienne zurück. »Oder brauchst du länger, um zu sterben?«, fragte sie leise. Wieder dieses Lachen. »Trink noch ein Glas Champagner!«, rief sie Sarah zu. »Dauert nicht mehr lang.«

Frederike legte sich auf den Rücken und stellte die Beine auf.

»Lass los, Frederike. Es ist besser.« Die Agenturchefin legte Frederike die Hand aufs Knie. »Ich wollte deinem Hartmut nichts antun. Wobei er es verdient hätte. Wie kann man sein Kind so im Stich lassen? Sein Fleisch und Blut braucht Hilfe, und er verweigert sie ihm. Das darf er nicht. Egal, was vorher passiert ist.« Fabienne klang zornig. »Alleine dafür ist es gut, dass er dadrin liegt.« Mit geschlossenen Augen fuhr sie fort: »Aber das Beste ist natürlich, dass du es mir so einfach machst, weil dein Herz doch schwächer ist, als ich zu hoffen gewagt habe. Lass los.«

So einfach war es nicht für Frederike.

Fabienne saß an ihren Füßen. Ihr Blick wirkte jetzt fast gelangweilt. »Weißt du, im Grunde ist alles Volkmars Schuld. Weil er nicht von den Weibern lassen kann. Bei einer hat er sich angesteckt. Ein Virus – diese verdammten Chlamydien! –, das mich unfruchtbar gemacht hat. Ich habe ihm gesagt, dass er unsere Familienplanung in Ordnung bringen muss. Was ist eine Familie ohne Kinder? Wenigstens war er in der Beziehung kreativ. Er hat Rebecka überzeugt, alles hat gepasst und zum Glück auch schnell geklappt. Und dann denkt dieses dumme Huhn, es kann uns reinlegen. Lässt es wegmachen und verkauft es uns als Fehlgeburt. Wie absurd ist das denn? Als würde ich das nicht herausfinden.« Fabiennes Verachtung klang bei jedem Wort mehr durch.

Frederike atmete schwer, stoßweise, drückte sich auf die Brust, die sich eng anzufühlen schien. »Ruf mir bitte einen Arzt. Schnell.« Sie öffnete die Augen einen Spalt, fixierte Fabienne, schloss die Augen wieder. Sie wusste, dass sie nur eine Chance hatte. Sie wusste aber auch, dass ihr die reichen würde. Weil man im Leben selten eine zweite Chance bekam.

Fabienne ging wohl Rebeckas Ungeheuerlichkeit weiter durch den Kopf, so wie sie auf dem Boden saß und einen Punkt an der gegenüberliegenden Wand fixierte.

Frederike zog das rechte Bein blitzschnell an und trat zu. Das Geräusch war eklig. Wie Fabiennes Unterkiefer zur Seite klappte. Der Kopf zeitgleich folgte. Danach ihr Körper zur Seite kippte. Das Blut aus ihrem Mund floss. Sie reglos auf dem Boden lag.

Frederike sprang auf. Mit zwei Schritten war sie bei Fabienne und hielt die Hand an ihren Hals. *Sie wird es überleben.*

Sofort nahm sie Fabiennes Füße und zog die Frau von der Tür weg. Sie riss sie auf. Zum Glück war sie nicht abgeschlossen. Eine eisige Luft schlug ihr entgegen.

Hartmut lag auf dem Boden, die Knie zur Brust gezogen, die Arme verschränkt. Sie schob ihre Hände unter seine Achseln, verschränkte sie vor seiner Brust und zog ihn aus der Eiskammer. Er war höllenschwer. Sie legte ihn auf die Seite und rannte zum Kinderzimmer. Das Licht brannte noch. Sie sah die Wolldecke auf dem Wickeltisch, nahm sie und eilte zurück zu Hartmut. Sie wusste, dass es nach einer Unterkühlung etliches zu beachten gab. Im Moment erschien es ihr wichtig, ihn nicht weiter frieren zu lassen.

Dann rannte sie die Treppe hinauf, stürmte ins Wohnzimmer. »Sarah, ruf einen Notarzt. Das SEK. Schnell!« Und zu Volkmar: »Fabienne ist gestürzt. Ich glaube, sie hat sich im Gesicht verletzt.«

Dann erst sah Frederike genau hin. Sarah saß mit nach vorne gekipptem Kopf auf dem Sofa, ihr Brustkorb hob sich ruhig und gleichmäßig. »Was ist mit ihr?«

»Es muss ein harter Tag gewesen sein. Sie ist eingeschlafen.« Volkmar grinste Frederike an. Erst dann begann er zu begreifen. In seinem Gesicht las Frederike förmlich die Fragen, die nacheinander durch seinen Kopf gingen.

Warum kommt Frederike alleine herauf? Wo ist Fabienne? Wieso Notarzt?

»Volkmar, es ist jetzt überstanden. Du musst kein Schauspiel mehr aufführen. Wir müssen wirklich jetzt einen Notarzt rufen. Für Fabienne und Rebeckas Vater. Es ist dringend.« Frederike redete langsam. Deutlich.

Doch Volkmar verstand offenbar nicht.

»Wo ist das Telefon!«, schrie sie ihn an. Sie fürchtete, dass es zu lange dauern würde, bis sie ihr Smartphone aus dem Rucksack geholt hätte. »Und hol endlich Decken!«

»Das Telefon steht im Flur«, meinte er und stand auf.

Frederike drehte sich um. Als sie das Telefon auf der kleinen Kommode sah, erinnerte sie sich wieder. Sie tippte die 112 ein und gab alle Informationen durch. »Beeilen Sie sich.« Als Nächstes musste sie das SEK rufen.

Sie drehte sich um, um zur Haustür zu gehen. Doch Volkmar stand jetzt vor ihr. Er hielt ein Küchenmesser in der Hand.

Es war das große, mit der breiten Klinge, das silbern in seiner Hand glänzte.

»Warum zerstörst du unser Leben? Wir waren glücklich. Und dann kommst du. Warum tust du das? Was hast du mit meiner Frau gemacht?«

Frederike sah Volkmar an, der wirkte, als würde er nicht verstehen, was hier ablief. »Vielleicht solltest du nach ihr sehen. Es ging ihr gerade nicht so gut. Glaube ich. Sie braucht bestimmt deine Hilfe. Geh zu ihr in den Keller.«

War es der Schock bei ihm oder nur ein verzweifelter Versuch, die Situation zu retten. Sein Blick ließ sie erschauern, so durchdringend, so irre, wie er war.

»Hör mir zu. Es ist jetzt wirklich vorbei. Draußen steht ein Einsatzkommando von der Polizei, der Notarzt klingelt jeden Moment, es hat keinen Sinn, noch mehr Schaden anzurichten.«

Volkmar sah auf das Messer in seiner Hand. Überlegte er, es wegzulegen oder zuzustechen? Frederike ging einen Schritt in Richtung der Haustür. Volkmar folgte ihr. Sie legte die Hand auf die Klinke. Volkmar kam einen Schritt näher. Er drehte das Messer in seiner Hand.

»Mach dich nicht noch unglücklicher, Volkmar. Fabienne braucht dich jetzt. Sie ist schwer verletzt. Du solltest dich um sie kümmern. Bestimmt ist sie froh, wenn du an ihrer Seite bist.« Frederike hoffte, dass sie bei Volkmar mit einer einfühlsamen Ansprache den richtigen Ton traf, zu ihm durchdrang. Auf einen Kampf mit ihm konnte sie sich nicht einlassen.

Ihr Blick ging zur Wohnzimmertür. »Sarah!«, schrie sie. So tief konnte die junge Frau doch nicht schlafen. »Ruf Hilfe!« Sie hörte keinen Laut aus dem Wohnzimmer. »Beeil dich!« Nichts.

Volkmar grinste. »So ein Pech.« Sein Blick ging zum Messer. Dann hob er den Kopf und sah Frederike an. »Was hat das Leben ohne Fabienne noch für einen Sinn? Sie ist mein Leben. Alles. Ohne sie …« Er verstummte und hob den Arm.

Frederike drückte die Türklinke nach unten. Sie rüttelte und zog daran.

»Abgeschlossen«, sagte Volkmar und hob die Schultern. »Wieder Pech.« Grinste. Er kam noch einen Schritt näher, die Hand mit dem Messer hoch über seinem Kopf.

Frederike riss instinktiv ihren Arm hoch.

Ein ohrenbetäubender Lärm hallte durch den Eingangsbereich. Im selben Augenblick wurde Frederike der Türgriff in den Rücken gerammt, dass es sie nach vorne warf.

»Polizei!« Männer stürmten ins Haus. »Lassen Sie das Messer fallen!«

Volkmar fiel bäuchlings auf die Fliesen. Ein Knie drückte seinen Rücken nach unten, Hände bogen seine Arme nach hinten. Er wandte sein Gesicht ihr zu und schloss resigniert die Augen. »Glück gehabt«, sagte er leise.

Frederike sah den Hund, wie er mit dem Schwanz wedelte. Sie rappelte sich auf. »Im Keller. Dort.« Sie zeigte auf die Tür. »Zwei Personen. Brauchen Hilfe.«

Zwei Polizisten rannten dorthin und die Treppen hinunter. Die anderen verteilten sich im Haus. Von unten rief einer: »Kontakt!« Gleich darauf: »Sicher!«

Frederike lehnte sich an die Wand und ließ den Kopf sinken. Als sie kurz danach aufschaute, stand Sarah am Rahmen der Wohnzimmertür angelehnt und gähnte.

»Danke«, meinte Frederike und hob den Daumen.

Frederike blickte dem Notarztwagen hinterher, der mit Hartmut zum Krankenhaus fuhr. Auf der Bahre hatte er die Augen schon wieder geöffnet. Sie sagte nur: »Alles wird gut. Ich informiere Adelheid«, und drückte ihm noch einmal die Hand.

Seine Unterkühlung war nicht so schlimm. Er würde morgen wieder auf den Beinen sein. Der Weinkeller hatte sich zum Glück nicht so weit herunterkühlen lassen, als dass es schnell zu schwerwiegenden Folgen gekommen wäre.

So lief eine Ermittlung. Manchmal trug man Blessuren davon. Sollte sie ein schlechtes Gewissen haben, weil Hartmut in Gefahr geraten war? Weil sie den Mörder seiner Tochter finden wollte? Weil sie wissen wollte, wissen musste, was passiert war? War es falsch, einen Mörder nicht davonkommen lassen zu wollen? Es waren überflüssige Fragen. Morgen würde es ihm wieder gut gehen, und er konnte ernsthaft beginnen, den Verlust seiner Tochter zu verarbeiten. Adelheid half ihm bestimmt dabei.

Sarah trat zu ihr. »Sagst du mir, was im Keller passiert ist?«

Frederike legte ihr die Hand auf den Rücken, und sie gingen ins Haus zurück. Dann berichtete sie der jungen Polizistin vom Kinderzimmer, von dem Weinkeller, ihrer schauspielerischen Meisterleistung mit dem vorgetäuschten Herzinfarkt. »Vielleicht hat sich mein Training in diesem Fitnessstudio doch gelohnt, dass ich mit einem blauen Auge davongekommen bin.« War Sport doch kein Mord, sondern bewahrte davor, ermordet zu werden?

Frederike ging wenig später zur Straßenbahnhaltestelle, um nach Hause zu fahren. Die Kollegen hatten angeboten, sie zu fahren, doch sie wollte alleine sein. Alleine über den Abend nachdenken.

Erst als sie einige Stunden später im Bett lag und an die Decke starrte, fragte sie sich, ob dieses Finale eine erfolgreiche Bewerbung für die Position des Coachs bei der Polizei gewesen war.

47

Frederike fuhr mit der Straßenbahn von der Haltestelle Am Freistein in die Innenstadt. Es würde das voraussichtlich letzte Treffen mit Hartmut werden. Sie musste ihm noch Rebeckas Unterlagen und ihr Smartphone zurückgeben.

Hartmut machte sie dafür verantwortlich, dass er von den Bredemanns in die Ermittlung hineingezogen worden war. Hätte sie aufgehört, so wie er es gewollt hatte, wäre das nicht passiert. Dass das Ehepaar Bredemann dann mit einem Mord und einem Mordversuch davongekommen wäre, war keine Rechtfertigung für ihn. Am Telefon hatte er sich ausführlich dazu ausgelassen.

Ihm war sein Wohlergehen wichtiger. Wichtiger, als zu wissen, was mit seiner Tochter passiert war. Wichtiger, als ihre Mörder zu überführen. Diese Seite von ihm war ihr unbekannt gewesen.

Die letzten zwei Tage hatte sie genutzt, um einen endgültigen Schlussstrich unter die Episode Hartmut zu ziehen. Deshalb wühlte sie die bevorstehende Begegnung mit ihm nicht mehr auf. Verabredet waren sie in einem Café, einem neutralen Ort.

Sie wollte Hartmut zumindest noch alles erzählen, was sie über Rebecka herausgefunden hatte, egal, ob er es hören wollte oder nicht. Ihr war bewusst, dass sie mit ihren Nachforschungen das Bild seiner Tochter zerstört hatte. Das Bild, das er über die letzten Jahre trotz aller Zurückweisung aufrechterhalten hatte. Er hatte sich geweigert, Rebeckas schwarze Seite zu sehen, die sie, Frederike, mit ihren Nachforschungen offengelegt hatte. Dass Hartmut das nicht wissen wollte, war ebenso verständlich wie ignorant. Weshalb er sich selbst fragen oder sich fragen lassen musste, ob er sich nicht trotz allem um sie hätte kümmern müssen, einen Weg finden, sie aus ihrer wütenden Trauer über den Tod der Mutter herauszuführen.

Frederike zog den Reißverschluss ihres Rucksacks auf. Als sie gegangen war, hatte sie noch die Post aus dem Briefkasten genommen. Der Brief mit der handgeschriebenen Adresse lag jetzt in ihrer Hand. Wer schrieb ihr einen solchen Brief? Sie kannte niemanden, der Briefe noch mit der Hand schrieb.

Sie riss den Umschlag auf. Ein einfaches weißes Blatt steckte drin. Vorsichtig holte sie es raus. Die Erfahrung einer KHK bestimmte noch immer ihr Handeln. Aber es befand sich nur dieses eine Blatt im Umschlag.

Sie faltete es auf. Auch das Blatt war mit der Hand beschrieben. Sie las:

Liebe Frederike Stier,

ich habe im Internet gelesen, dass man meinen Fall wieder aufrollt und dass Sie dafür verantwortlich gemacht werden, meine Leiche nicht gefunden und meinen Mörder nicht überführt zu haben. Das konnten Sie nicht. Denn ich bin nicht ermordet worden.

Ich bin damals einfach untergetaucht. Ich habe es nicht mehr ausgehalten und musste weg. Von meinem Verlobten, meiner Familie, allem. Ich bin irgendwo und komme nicht mehr zurück. Ich lebe ein neues Leben. Ein glückliches. Auch wenn es mich quält, dass ich meiner Mutter solchen Kummer bereitet habe.

Und es tut mir leid, dass Sie durch mich solche Scherereien haben, und das so lange nach meinem Verschwinden. Ich dachte, ich wäre vergessen.

Eine Bitte habe ich: Lassen Sie das unser Geheimnis bleiben. Niemand soll nach mir suchen und mich schon gar nicht finden.

Ich hoffe, es geht Ihnen gut. Es war nicht Ihr Fehler!

Ihre Bettina Schmatke

Frederike ließ den Brief sinken. Nur kurz überlegte sie, was sie mit ihrem Wissen tun sollte. Natürlich würde sie der Bitte entsprechen. Sollte die Kripo doch den Fall wieder ergebnislos abschließen und die Akten im Keller einlagern. Jetzt wusste sie, dass sie damals nicht schlampig ermittelt hatte und die Kripo, Kowalczyk, auch heute zu keinem anderen Ergebnis kommen würde als sie damals.

Dass damit auch die Eltern weiterhin im Unklaren leben mussten, gefiel ihr gar nicht. Aber das war die Verantwortung der Geflohenen. Und sie, Frederike, kannte die damaligen Umstände nicht gut genug.

Jetzt wartete Hartmut im Café auf sie. Er reichte ihr die Hand, »Guten Morgen, Frederike«, sie setzten sich gegenüber an den Tisch, bestellten Kaffee und Wasser, danach erzählte Frederike alles, was sie herausgefunden hatte. Hartmut hörte zu, stellte keine Fragen, ließ es über sich ergehen. Hinterher saßen sie da und schwiegen sich an. Wieder war es kein vertrautes Schweigen.

»Rebecka schien wirklich sehr verzweifelt gewesen zu sein«, sagte Frederike schließlich in die Stille hinein. Sie unterließ es anzufügen, dass sie in dieser Situation die Unterstützung des Vaters dringend gebraucht hätte. Sie zog sich auf die Rolle der Überbringerin der Nachricht zurück. Alles andere lag außerhalb ihres Verantwortungsbereichs.

Was wohl in seinem Kopf vorging? Fragte er sich jetzt doch noch, ob er ihr hätte helfen können? Vielleicht von dem Schritt abhalten oder ihr nach der Abtreibung beistehen? Frederike sah, wie er litt. Worunter genau, wollte sie nicht mehr wissen.

Sie legte ihre Hand auf seine. »Ich hoffe, Adelheid ist dir eine Hilfe und Stütze. Es ist schwer jetzt. Ich weiß.« Sie spürte dabei keine Bitterkeit.

Hartmut stand auf. Er schien geschrumpft zu sein. Seine Kleider wirkten eine Nummer zu groß, seine Haut passte nicht mehr über die Knochen, hing in Falten am Hals. Er streckte Frederike die Hand hin. »Mach es gut.«

Frederike weigerte sich dieses Mal, sich mit einem einfachen Händedruck abfertigen zu lassen. Sie trat einen Schritt näher, wollte ihn noch einmal umarmen. Doch Hartmut zuckte nur mit den Schultern und zog die Hand – sich – zurück.

Er nahm seine Jacke von der Stuhllehne und ging. Er drehte sich nicht um. Die Tür fiel hinter ihm zu. Er war weg.

Dabei hätte es noch so viel zu besprechen gegeben.

Frederike eilte zur Toilette. Nach fünf Minuten kam sie mit verquollenen Augen und einer roten Nase zurück. Dabei hatte sie gedacht, sie wäre über ihn hinweg.

Sie setzte sich und trank den Rest des kalt gewordenen Kaffees.

Ab jetzt wollte sie nach vorne sehen. Ihr neues Leben planen. Der Tag hatte bereits verheißungsvoll angefangen. Sie hatte nämlich den Mietvertrag für ihre neue Wohnung in der Zwinglistraße unterschrieben. Und gleich würde sie in ein Küchenstudio fahren. Sie freute sich darauf, eine Küche zu kaufen. Vielleicht gab es auch ein Kochbuch dazu.

Dann stand auch noch die Entscheidung an, wie es mit der Kripo weiterging. Im Gespräch hatte Potthoff gesagt, sie solle sich ein Konzept überlegen, wie sie junge Kolleginnen und Kollegen coachen könne.

Beim Coaching ging es aus ihrer Sicht darum, Dinge zu vermitteln, die in keinem Handbuch standen. Vorgehensweisen zu zeigen, die man nicht auswendig lernte, sondern die ein Gespür für die jeweilige Situation verlangten. Das konnte man trainieren, stand manchmal aber auch im Gegensatz zur offiziellen polizeilichen Dienstanweisung.

Wäre sie eine gute Trainerin? Hatte sie Lust, das zu tun?

Die Frage war müßig. Sie müsste es tun, um es hinterher zu wissen. *Ich hätte es drauf, da bin ich zuversichtlich.*

Vielleicht sollte sie sich besser darauf konzentrieren, im Eltingviertel anzukommen und ihre neue Wohnung, ihr neues Leben einzurichten. Sie hatte den Platz für das Munch-Gemälde bereits ausgewählt, in ihren Gedanken stand der Sessel am Fenster neben der Balkontür. Wenn sie die Augen schloss, stand Moritz dort und hob die Daumen.

Ein Pling signalisierte eine neue Textnachricht. Sie las: »Liebe Frederike, ich habe darüber nachgedacht. Es wäre super, wenn du mein Coach werden würdest und ich von dir und deinen Erfahrungen lernen könnte. Gruß und bis bald! Sarah. PS: Potthoff will noch einmal mit dir reden ;o)«

Danke!

Danke an alle, die meine Frederike lesen. Es freut mich, wenn ich Ihnen unterhaltsame und spannende Stunden schenken konnte und ich Sie gut unterhalten habe, Sie am Ende vielleicht auch mit einem »Oh, das hab ich gar nicht gewusst« das Buch ins Regal stellen.

Damit ich diesen Kriminalroman so schreiben konnte, wie er ist, haben mich wieder einige Menschen unterstützt. Allen voran meine Frau Charlotte, die geduldig die Fortschritte und die Rückschritte meines Schreibens begleitet und erträgt. Es ist ein großes Privileg, dass ich Bücher schreiben darf!

Fachliche Unterstützung bekam ich wieder von KHK Jörg Metz von der Kripo Essen, der mir geduldig alle meine Fragen zur Polizeiarbeit und zum Polizeibetrieb beantwortet hat. Steffi Niel hat mir viele Frage beantwortet und die Tür zur Rechtsmedizin in Köln geöffnet. Dafür danke ich ihr herzlich. Dort standen mir Herr Dr. Thomas Kamphausen und Dr. Frank Glenewinkel für meine Fragen zur Verfügung. Vielen Dank für die ausführlichen und detaillierten Antworten.

Auch ein herzliches Dankeschön an Sakrine aus dem Café und Bistro Zwingli, bei der ich zu Gast sein durfte und ein kleines bisschen Eltingviertelluft schnupperte. Aus dramaturgischen Gründen musste ich ihre Öffnungszeiten verändern. Wer dorthin gehen möchte, sollte sich vorher noch einmal über die wirklichen Öffnungszeiten informieren. Wie an mehreren Stellen die Realität an die Dramaturgie angepasst werden musste, damit die Geschichte funktioniert.

Auch Steffen Hunder, dem Pfarrer i. R. aus dem Eltingviertel und Mitbegründer der roten Krimi-Couch in Essen, vielen Dank. Er hat mir mit sehr viel Leidenschaft und Begeisterung das Quartier nähergebracht und mir ein Gespür für das Leben dort vermittelt. Ob ich es getroffen habe, sagen mir vielleicht Leser aus dem Quartier. Es war jedenfalls ein informativer, spannender Nachmittag, den ich mit Steffen im Eltingviertel verbringen durfte.

Ein herzliches Dankeschön auch allen, die für mich die Zeche Zollverein zu mehr gemacht haben als einem Welterbe. Der netten Dame, Stephanie, im Ticketshop auf der Kokerei, der perfekten Führung über die Kokerei, den Damen im Café. Es ist ein Erlebnis, die Zeche Zollverein und die Kokerei zu besuchen. Ich lerne jedes Mal etwas Neues, sehe etwas für mich Neues und bin immer wieder und immer mehr von diesem Ort begeistert.

Das Unterflurpump-Speicherwerk gibt es. Es wurde tatsächlich diskutiert, diese Technik auf der Zeche Prosper-Haniel in Bottrop nach deren Schließung 2018 einzusetzen. Die Geschichte, warum ein Einsatz dort nicht zum Tragen kam, habe ich mir überlegt und wurde von mir frei erfunden.

Für den Fall der vermissten Bettina Schmatke (der Name wurde geändert) gibt es auch einen realen Bezug in Essen. Ich habe diese tragische Geschichte für den Krimi als Idee aufgegriffen und zu einem fiktiven Ende geführt.

Auch meinem Lektor schulde ich Dank, der meine Geschichte wieder rundgemacht und mich zu interessanteren, spannenderen Wendungen getrieben hat. Es ist ein stetes Ringen, das bisher immer zu einem besseren Ergebnis geführt hat. Vielen Dank dafür!

Ebenso dem gesamten Team des Emons Verlags ein herzliches Dankeschön für die Unterstützung und die Begleitung des Projekts von der Idee bis zur Fertigstellung und darüber hinaus.

Am Ende noch ein besonderer Gruß an meine Kölner Fangemeinde, die mich tatkräftig und unermüdlich unterstützt und motiviert. Vielen Dank!

Thomas Salzmann
KOHLENWÄSCHE
Broschur, 336 Seiten
ISBN 978-3-7408-0675-0

Auf Zeche Zollverein wird der Aktionskünstler Claude Freistein
tot aufgefunden – die Essener Kunstszene ist in Aufruhr. Als kurz
darauf auch sein Agent ermordet wird, steht Hauptkommissarin
Frederike Stier vor einem Rätsel. Auf der Suche nach einem Motiv
ermittelt sie zwischen Sammlern und undurchsichtigen Galeristen
und kommt dem Täter am Ende näher, als ihr lieb ist.

*»Salzmanns Krimi-Debüt gerät überzeugend. Weil es nicht nur
mit feinen Seitenhieben auf eine Kunstszene, die sich selbst ad
absurdum führt, punkten kann, sondern mit einer anfangs sperrigen
Heldin. Je länger man Stier kennt, desto mehr mag man sie. Wie
sie noch einmal Anlauf nimmt, noch einmal alles gibt, ist grandios.
Mehr davon!«* Aachener Zeitung

www.emons-verlag.de

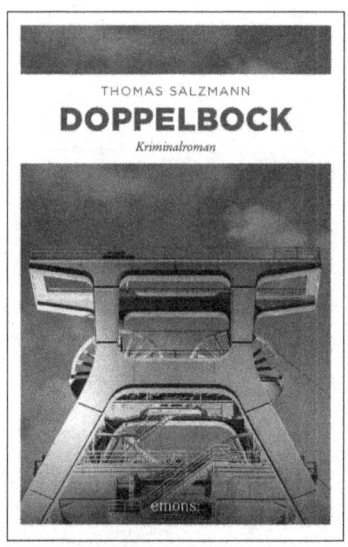

Thomas Salzmann
DOPPELBOCK
Broschur, 288 Seiten
ISBN 978-3-7408-1148-8

Ein Essener Aktivist wird erschlagen aufgefunden. Er war einem
Umweltskandal im Zusammenhang mit den Spätfolgen des Stein-
kohlebergbaus auf der Spur – und hat sich damit nicht nur Freunde
gemacht. Ex-Hauptkommissarin Frederike Stier, die das Opfer gut
kannte, bringt Machenschaften ans Licht, die mancher gerne unter
Tage gelassen hätte. Zwischen Ewigkeitslasten, Klimaveränderung
und skrupelloser Umweltverschmutzung lauert ein unerwarteter
Täter auf sie.

www.emons-verlag.de